诗述中华史

苟正安 著

中国书籍出版社
China Book Press

图书在版编目（ＣＩＰ）数据

诗述中华史 / 芶正安著 . -- 北京：中国书籍出版
社 , 2021.8
ISBN 978-7-5068-8672-7

Ⅰ.①诗… Ⅱ.①芶… Ⅲ.①格律诗－诗集－中国－
当代 Ⅳ.① I227.7

中国版本图书馆 CIP 数据核字（2021）第 178147 号

诗述中华史

芶正安　著

责任编辑	盛　洁　朱　琳	
责任印制	孙马飞　马　芝	
封面设计	山水悟道	
出版发行	中国书籍出版社	
地　　址	北京市丰台区三路居路 97 号（邮编：100073）	
电　　话	（010）52257143（总编室）　（010）52257140（发行部）	
电子邮箱	eo@chinabp.com.cn	
经　　销	全国新华书店	
印　　厂	明玺印务（廊坊）有限公司	
开　　本	880 毫米 ×1230 毫米 1/16	
字　　数	345 千字	
印　　张	27	
版　　次	2021 年 8 月第 1 版　2021 年 8 月第 1 次印刷	
书　　号	ISBN 978-7-5068-8672-7	
定　　价	128.00 元	

文胜质则史

王青

一

慈眉善目，笑口常开，芶正安老师是一个浪漫的人，执着的人，有才华的人：

18 岁到四川省阆中市老观镇石马村种田，4 年种成了四队生产队长；

34 岁到四川省阆中市老观中学教历史，4 年教成了南充地区第一名；

44 岁到南德集团总裁牟其中手下打工，4 年打成了南德研究院院长；

68 岁痴迷于古诗，痴迷于历史教学，4 年拿出了长卷《诗述中华史》。

二

诗好，"不学诗，无以言"；史更好，"以史为镜，可以知兴替"。

只可惜，"史"大多数时候形同骷髅，面目可憎。枯燥是历史学原罪，把人类历史讲得绘声绘色是一道世界性难题。可喜的是，我们有司马迁老前辈做过宝贵探索；可悲的是，这种探索很难说是正面的，积极的。这样说吧，《史记》究竟属于史学还是文学，司马迁究竟是史学家还是文学家，其实是有争议的。鲁迅先生称赞《史记》为"史家之绝唱，无韵之离骚"，毛泽东主席却说，"中国古时候有个文学家叫作司马迁的说过：人固有一死，或重于泰山，或轻于鸿毛"。

毛是正确的，司马迁主要是文学家，《史记》前半截，例如《五帝本纪》《夏本纪》，在严肃学者看来基本属于文学创作；鲁也是正确的，司马迁主要是史学家，只不过用力过猛，一不留神把历史整成了《离骚》，整成了诗。

三

史学文学区别在哪儿呢？

人们常说"真善美"，史学追求"真"，而文学追求"美"。按照古希腊人分类，前者属于科学，后者属于艺术。

"史学不允许一句话无出处，文学不允许一句话有出处"，面对这个不太完美的世界，史学家只能观察记录，做一个六亲不认的"冰美人"，而文学家必须积极参与，做一个慷慨激昂的"搅局者"。

四

"没有对比就没有伤害"，与西汉文学家司马迁相对应，北宋司马光是如假包换的史学家。让我们对比一下《史记·项羽本纪》和《资治通鉴不在·高帝五年》，关于垓下悲歌，司马迁满怀激情地写道：

项王则夜起，饮帐中。有美人名虞，常幸从；骏马名骓，常骑之。于是项王乃悲歌慷慨，自为诗曰："力拔山兮气盖世，时不利兮骓不逝。骓不逝兮可奈何，虞兮虞兮奈若何！"歌数阕，美人和之。项王泣数行下，左右皆泣，莫能仰视。

而司马光面无表情，冷峻地写道：

（项王）则夜起，饮帐中，悲歌慷慨，泣数行下；左右皆泣，莫能仰视。

没错，严肃的史学家对浪漫的文学家可疑的激情创作做了断然切割。

剔掉鲜肉，骨头卖给谁？没有别姬，谁关注霸王之死？中国读书人如鲫过江，几人读过《资治通鉴》？据说毛泽东读过，而且读了17遍。他读的是竖排本繁体字，没有注释标点那种。此事很多人不信，反正我信。

五

历史不容浪漫，不容胡扯。和当年老愚公一样，史学家门前也横着太行王屋——真相索然无趣，不招普罗大众喜欢。

文学没这个问题。人人爱看《三国演义》，不看《三国志》，爱看《史记》，不看《资治通鉴》；更极端是《百家讲坛》，易中天讲《三国》，刘心武讲《红楼梦》，于丹讲《论语》，口吐莲花，万人空巷，把一些严肃学者气得吐血。

今日于丹女士受到一些批评，我想为她喊一声冤。《论语》

确实是个好东西，但由于言语古奥，普通人很难读懂。怎么办？是让专家借口"科学"继续阻断大众探求渠道，还是用"不科学"打破垄断？

是的，和孤傲的史学不同，通俗的文学人缘极好。清代有"家家收拾起，户户不提防"之说。"收拾起"出自昆曲《千钟禄》第一句"收拾起大地山河一担装"，"不提防"出自《长生殿》第一句"不提防余年值乱离"；最近一例发生在"文革"期间，家家"临行喝妈一碗酒，户户要学那泰山顶上一青松"。

六

史学和文学，鱼和熊掌可以兼得吗？

答案是肯定的。由于3卷《西方哲学史》，罗素成了文学大咖，1950年荣获诺贝尔文学奖；他的同龄人丘吉尔，由于24卷《英语民族史》成了史学大咖，1953年也荣获诺贝尔文学奖。

当然，这是特例，只有大人物才能兼得。

知道吗？孔子《论语》有一个字，难倒了天下读书人。子曰："质胜文则野，文胜质则史。文质彬彬，然后君子。"这个"史"什么意思？

包括著名语言学家杨伯峻在内，中国主流解释是"质朴胜过文饰就会粗野，文饰胜过质朴就会虚浮"。"史"＝"虚浮"，恐怕连他们自己也不相信。

今天，让我们试着从最原始含意来翻译：譬如绸缎，譬如瓷器，"质"是底色，"文"是花纹，底色占上风叫粗俗，文饰占上风叫"史官"，二者和谐共生，就和君子一样了。

没错，孔子时代史官名声不太好，"在齐太史简，在晋董狐笔"只是一种理想，一种光荣例外；面对强权，面对私利，史官文过饰非，虚浮大概率。

七

那么以"真"为本,中学历史教学难,主要难在年轻人荷尔蒙当家,血脉偾张。你说《水浒传》杀人越货,《红楼梦》爱恨情仇,他双拳紧握,两眼喷火,只恨自己不是李逵武松贾宝玉林黛玉;你说猛安谋克、赐紫金鱼袋、同中书门下平章事、军机大臣上书房行走,他头昏脑涨,昏昏欲睡,恨不得拍案而起,夺了鸟位。

如何将中学历史课讲得像《史记》一样有声有色,像《离骚》一样清新脱俗?今日效仿先贤,芍正安老师创作《诗述中华史》,采用诗歌形式做了宝贵探索。

知道吗?古代诗歌从来就不是单纯诗歌。孔子教导儿子孔鲤:"不学诗,无以言。"不学习《诗经》,怎么和人说话呢?"关关雎鸠,在河之洲"背后,历史占了很大分量;《离骚》也一样,"帝高阳之苗裔兮,朕皇考曰伯庸"背后,历史熠熠生辉。

"文胜质则史",国外也不例外,历史作底色,艺术作文饰,《荷马史诗》《神曲》《浮士德》美不胜收。那么今天,透过诗歌,让历史具有艺术美的属性,芍老师着手将枯燥的中国历史浪漫化,使之生动有趣,帮助人们记忆和欣赏,提供了另一条路径,让我们预祝他成功。

为中华史诗出版题赠 飞雪先生

肇夏文明五千年盛衰兴替

不如烟英雄奴隶同创史赖有

诗家为记传

博陵李树喜谨题 时维庚子深秋于心

李树喜先生题诗

詩賦中華撼
我心咏歌曲里
有金音千般愿
史后来者几个
真人立抚琴

題詩咏中華史詩一首
辛丑夏月黄莽揮京華

黄莽先生题诗

C 目录
Contents

唐　朝

隋　朝

北　宋

元　朝

清 朝

原始社会

中华文明

盘古开天玄幻语，三皇五帝口传多。
考古发掘添凭据，逻辑分析续长河。
原始群落起元谋，氏族生息观半坡。
传说考据两相倚，中国历史呈巍峨。
悠悠万年文明史，唱响中华大风歌。

注释： 悠悠中华史斑驳陆离，精彩纷呈。远古的历史从神话开始，荒诞神话配以考古发掘构成了一部中国远古史。

开天辟地

人间始祖称盘古，巨斧挥摇天地开。
怒喜乐哀生景异，风雷雨电伴踪来。
身躯卧处山河起，毛发生时草木栽。
劳动终能新世界，中华必定涌英才。

注释： 盘古开天辟地，将自己的喜怒哀乐化为阳光雨露、雷电风云；将自己的躯干毛发化为五岳江河、森林草原。从此，混沌世界化为朗朗乾坤。

补天

始祖女娲雄雌造，和谐劳作地天间。
晴空暗淡遭污毁，魔兽喧嚣呈恶顽。

拨乱铿锵工艺灿，归真绚丽色光斑。

传说描绘母权乐，正气历来导宇寰。

注释： 女娲造人是一个美妙的故事。可正当人们过着美好生活的时候，天裂了，地陷了，水臭了，人类的生活受到了极大的威胁。又是女娲承担了拯救人类的重任，在她的辛勤劳作下，天补好了，地变美了，人类又开始正常地繁衍生息了。

有巢氏

聪明有巢氏，避害上高枝。

自谋生存权，相帮不可欺。

注释： 远古的人类露宿原野，无遮无蔽，经常受到飞禽走兽的伤害和风霜雨雪的侵袭。有巢氏想出了在树上做巢的方法，使人类躲开了凶禽猛兽，也有了遮风避雨的场所。众望所归的有巢氏被推举为领袖。

燧人氏

又有燧人氏，火苗钻木生。

熟食身脑壮，任我海江行。

注释： 燧人氏钻燧取火，人类进入熟食时代，社会的发展有了一次质的飞跃。燧人氏自然也被大家推举为领袖。

伏羲氏

抬手伏羲八卦作，人间玄幻写欢歌。

兼传渔猎开殖养，定舍安居导远河。

注释： 伏羲氏教人捕鱼打猎，饲养牲畜，并制作八卦用于占卜和记事，功勋卓著。

神农氏

神农舍命尝百草，导民植谷田业来。
耒耜犁出集市路，交换促就脑胸开。

注释：神农尝百草，教民农耕，制作耒耜，开辟集市，炎帝即神农系农耕社会
的始祖。

华夏起步

轩辕黄帝乃同人，部落撑旗务农耕。
大挠弄筹编甲子，仓颉造字写文明。
缫丝嫘祖锦衣现，经典岐伯药业生。
炎帝归依才势旺，中华迈步启征程。

注释：伏羲、神农、黄帝并称三皇，是氏族公社的首领。炎帝（即神农）和黄
帝则是部落联盟的首领，据说仓颉造字、大挠创甲子、伶伦制乐器、岐伯编《黄
帝内经》、嫘祖养蚕都出现在黄炎时代。

涿鹿之战

九黎喧嚣出蚩尤，黄炎奋起战方休。
烽烟涿鹿惊魂定，从此中原无大忧。

注释：涿鹿之战是黄炎部族与九黎部族之间的一场大战，九黎部族首领蚩尤战
败被杀，华夏民族在黄河流域发展起来。

怒触不周山

共氏颛顼争治歧，拼头怒触不周山。
天纲断折星辰动，地势崩摧稻麦还。

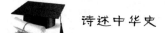

日月西行围地绕，江河东下傍形弯。
英雄豪气儿孙叹，留得精光亮宇寰。

注释： 黄帝的孙子颛顼和炎帝的后代共工发生矛盾，引发共工怒触不周山（昆仑山），造成天柱折，地维绝，天倾西北而江河东流的自然景观。

黄帝、颛顼和后来的帝喾、尧、舜被后人尊称为五帝。

禅让制

唐尧德茂功倾世，禅让君基虞舜贤。
尔后承接兴夏禹，书彰口颂美名传。

注释： 尧舜禅让是原始社会末期的民主选举制度，当舜传位于禹时，这种禅让制被兄终弟及或父死子继的世袭制所取代。

大禹治水

神州数载天灾至，洪水滔滔没地川。
大禹挥师疏恶阻，山河俯首续炊烟。
三经老舍难家顾，数克衰身凭志坚。
九域分州全华夏，德才勤智颂先贤。

注释： 大禹治水的故事家喻户晓，大禹治水的精神感召后世。

夏　朝

夏朝

四千年前世道变，大禹继舜夏朝立。
国家机器初出现，启废禅让兴世袭。
战俘免杀变奴隶，上下尊卑分等级。
农务精作知灌溉，青铜铸造鼎爵集。
人类社会展飞跃，时代前进脚步急。

注释： 夏朝是中国奴隶社会的开端，它大约起于公元前 2070 年，公元前 1600 年前后被商取代。夏朝确立了王位世袭制，有了军队、刑法、监狱等国家机器，有了利用沟洫灌溉的农业，有了与农业十分密切的历法，并能铸造鼎、爵、刀、钻等青铜器，可能已有了文字。

奴隶社会的战俘不再被杀死而是强迫其成为奴隶，此较之原始社会是一个很大的进步。

疆域

东至江头南望湘，黄河立定守中央。
陕甘西越拈黄土，草甸北窥见马羊。

注释： 夏朝以黄河流域为中心，东达江浙，南至长江流域，西越陕甘，北望草原，不失为一个幅员辽阔的大国。

禹铸九鼎

大禹疏流划九州，山川华夏一心收。

国家权柄何尊示？铜鼎铸浇鉴春秋。

注释： 大禹以前，华夏已出现冀、兖、青、徐、扬、荆、豫、梁、雍等九州。大禹用九个州出产的铜矿石铸成九鼎，表示九州的存在。九鼎后来成为国家权力的象征。

禅让废止

启废公天下，尊称座上宾。

掀翻禅让矩，独断一家亲。

谁人敢说不，钺刀带血呻。

新兴奴隶制，历史顺延伸。

注释： 传说夏禹仍坚持禅让制，准备让皋陶作自己的继承人。皋陶死得早，人们又推举了伯益。夏禹死后，其子夏启用武力赶走伯益，自己做了夏朝的第二代君王。从此，世袭制取代了禅让制。

萧墙祸起

金光引力注王冠，启子争权走极端。

无奈挥兵施暴棍，腥风平叛灭嚣烟。

注释： 夏启年老时，几个儿子都想继承王位，小儿子武观闹得最凶，夏启将其放逐于黄河西岸。武观起兵反叛，夏启派大将彭伯寿出兵讨伐，叛乱平定。祸起萧墙，有了先例。

太康腐败

启子太康承父位，寻欢作乐败风生。

江山社稷丢身后，引得东夷鼓噪声。

注释： 夏启死后，大儿子太康继承了王位。太康生活腐败，只知寻欢作乐而丢下国家大事而不顾，给了野心家以可乘之机。

后羿夺权

平天后羿神仙话，夺取安都史乃真。

挟持仲康傀儡事，洒挥恶力废权伦。

注释： 东夷首领后羿起兵攻占了夏朝首都安邑，扶持太康的弟弟仲康为傀儡，自己掌握大权。至于后羿射日、嫦娥奔月的传说则是另外一篇神话了。

寒浞叛羿

不靠良臣听究佞，寒浞得志羿王昏。

谋杀计就君权失，血训留书警后人。

注释： 后羿喜欢打猎寻乐，不善管理国事。奸臣寒浞寻机杀死后羿，霸占了后羿的妻子和财产，掌握了朝政大权。

少康复国

奸佞篡位纯根在，九鼎生光有少康。

颠沛流离经寒苦，博学笃志炼骨钢。

根基稳固壮丁勇，仇恨汹喧斗士昂。

斧钺兵锋安邑指，歼除逆叛再兴邦。

注释：傀儡王仲康死后，其子后相继承王位。因不愿做傀儡出逃，后相被寒浞派兵追杀而死。后相的遗腹子少康在得知自己的身世后奋发图强，夺回了政权，史称"少康中兴"。

夷夏之争

中华自古民族众，四域多存夷夏争。

史路颠仆生血迹，开疆拓土靠刀兵。

注释：少康复国的故事见于《左传》，反映了中国历史上古老的夷夏之争。

季杼降东夷

季杼助推鼎盛世，发明护铠保心身。

兵丁勇武方筹诡，服定东夷落战尘。

注释：少康之子季杼在位时期是夏朝的鼎盛时期。季杼发明了打仗时穿戴的铠甲，使其成为护身法宝，军队战斗力由此增强。季杼用武力降服东夷，扩大了夏朝的疆域。

败家子夏桀

夏政延承十四代，哀哉接棒暴桀王。

豪兴木土倾宫起，醉望鲜香百众忙。

龌龊轻倚宠于莘，忠良恶对灭龙逢。

昏残自惹凶嚣涌，吮汁黄河起智汤。

注释：季杼以后的夏王一代不如一代，最昏庸的是夏禹的第十四代孙夏桀。夏桀耗用民力修筑倾宫，建酒池肉林，远忠臣而近奸佞，终于导致了夏朝的灭亡。

网开三面

商汤劝勉人捉鸟，网设三开一处张。

善意传流天下信，民心贴附势当强。

注释： 夏朝日渐衰落时，黄河下游的商国逐渐强大起来。商国国君商汤在逃出夏桀的牢笼后励精图治，终于有了与夏桀一决雌雄的力量。商汤"网开三面"的故事是他赢得人心的一个例子。

商汤灭夏

商汤灭夏宣言振，历数桀凶百罪书。

羽翼先消清障碍，鸣条再战送丧沮。

南巢败走方知悔，暴寡奔逃只剩嘘。

圣主当收天下物，新浇铜鼎盼安居。

注释： 商汤发出战时宣言，历数夏桀罪状，号召人们起来打败夏桀，然后进兵。夏桀调动昆吾、韦、顾等属国的力量保卫夏朝，被商汤各个击破。夏桀带着妻子妹喜逃出重围，到了南巢，因不会劳动而饿死山中。商汤建立了我国历史上第二个奴隶制国家商朝。

商　朝

商朝

商汤灭夏建新朝，五百余年路迢迢。
盘庚中途迁新址，留下殷墟竞妖娆。
青铜铸鼎后母戊，甲骨刻下宫廷谣。
伊尹傅说两奴隶，搭就昌盛过河桥。
更多苦奴洒血泪，生死路上魔爪撩。
漫漫接力至殷纣，击鼓骤停传花凋。

注释： 商朝是中国奴隶社会的繁盛时期。河南安阳殷墟留下了丰富的历史见证物。在经历了十七代三十一王后，商朝被周武王所灭，历时五百多年。

伊尹为相

伊君本为岳家奴，屈就庖厨作伙夫。
显露锋芒汤甚喜，实施手段国当苏。
安邦筹划消桀计，治世编挥助商符。
辅佐君王三代顺，呕心沥血劳勋殊。

注释： 商朝出了两个奴隶宰相，一个叫伊尹，一个叫傅说。只要是人才，总有显露锋芒的时候。

太甲悔过

君生太甲亏伊尹，忘却师恩世上横。
屡教难纠桐地逐，多窥得悟祖先情。

幡然悔改踏实处，不忘躬身践自行。

再为君尊勤理政，商朝日渐露繁荣。

注释： 伊尹辅佐三代君王，勤勤恳恳。可第三代商汤的孙子太甲不谙世事，逐渐变坏。伊尹一再规劝不见成效，便将其放逐到商汤坟墓附近的桐宫。太甲面对祖父的坟墓思过，经三年历练终于悔过自新。伊尹亲自带着文武大臣将太甲接回首都亳城，交还政权。太甲吸取教训，励精图治，商朝日渐繁盛起来。

盘庚迁殷

盘庚立意除贪朽，寻址迁都落定居。

终有商廷繁盛地，珍稀出土壮殷墟。

注释： 商朝前期多次迁都，政局不稳。直到盘庚将都城迁到殷（今河南安阳）以后才稳定下来。都城固定带来了政治上的安稳，而政局的安稳又促成了经济的繁荣。

后母戊鼎

商朝破解青铜术，母戊恭司树巨杆。

图案精稀身形阔，巍峨立世古今坛。

注释： 盘庚迁殷以后，青铜器有了很大发展。现保存于中国国家博物馆的后母戊大方鼎重832.84公斤，系世界上迄今为止所发现的最大的青铜器。

甲骨文

龟甲兽骨刊文字，考古殷墟献奇珍。

揭示朦胧遮挡面，沉寂史话再逢春。

注释： 殷墟发掘出大批刻着文字的龟甲和牛骨，上面能辨认的单字达三千多

个，系研究殷商历史的可靠资料。

明君武丁

伍氏轻漠贵室风，心甘劳作畎田中。
登坛不易农间事，理政冥思豁见通。
拜相求贤傅说出，人和政顺艳阳东。
明君自古心胸阔，应运方成盖世功。

注释： 盘庚的侄子武丁很有作为，他生活简朴，励精图治，尤其重视人才，提拔奴隶傅说为相的故事流传千古。

傅说

前观伊尹协汤事，后见傅说上政坛。
治理三年多绩效，安平百事靓衣冠。
人兴财旺织耕乐，土拓疆开朝野欢。
奴隶飞身邦作相，说来容易做时难。

注释： 傅说不负武丁厚望，他充分发挥自身才干，仅用三年工夫，就把殷朝治理得井然有序，人丁兴旺，盗贼消迹，胜仗连连。商朝又一次兴盛起来。

奴隶

牛马肩功猪犬食，生丧予夺主人知。
身心锁就熬寒苦，九鼎推移嫌步迟。

注释： 伊尹、傅说的飞黄腾达是奴隶成才的个例，而成千上万的奴隶则是牛马活，猪狗食，连身家性命都掌控在奴隶主手中。

殉葬

主子神消奴隶殉，金棺盖处万人呻。
生前落尽悲酸泪，死后仍得受暴凌。

注释： 奴隶殉葬鲜血淋淋。在殷墟发掘的一处墓葬中，殉葬的奴隶达四百人之多。每逢祭祀，又得用大批奴隶作为祭祀用的牺牲，据甲骨文记载，一次祭祀竟有 2656 个奴隶被杀。

反抗

生煎死逼血光冲，奴隶常刮反抗风。
斧钺相加难有胜，亦能迫使换囚笼。

注释： 有压迫就有反抗。逃亡和暴动是奴隶反抗的主要方式，虽取胜艰难，对奴隶主的震撼作用还是显而易见的。

纣王克东夷

纣王长就玉金肢，扛鼎精功拥圣资。
誓扫东夷丰国土，平添奴隶富身私。
神兵勇猛赢先手，武器精良克弱师。
遍拾东南肥美地，勤耕细作写新诗。

注释： 殷纣王一表人才，力能扛鼎，且聪明能干，很有主见。他攻克东夷经营东南的故事应该是一段历史佳话。只因为荒淫残暴，废止忠言，带来亡国之祸，该君又成为千夫所指的一代暴君。

周朝兴起

渭水周朝姬姓立，祖先后稷系农师。
古公亶父初兴政，微露锋芒即见欺。

继位文王开脑腹，囚居羑里动冥思。
演成周易略方出，屈指期窥灭纣时。

注释： 商朝末年，渭水流域兴起了一个叫周的强国。周的祖先姓姬，据说远祖后稷在尧的时候担任农师，夏朝末年西迁现甘肃东部陕西西部一带，自成部落。商朝后期因受犬戎和狄族的侵扰而迁到岐山以南的周原居住，首领古公亶父在此建立起奴隶制国家，至周文王时有了和商朝一决雌雄的力量。

姜太公钓鱼

沉寂老仙翁，单窥渭水中。
三年绝鱼影，四季候清风。
腹藏撼天智，胸装纬地聪。
专期明主至，展才建奇功。

注释： 姜太公姓姜名尚字子牙，长期怀才不遇，于是垂钓渭水。他用别致的钓鱼方式打出了一则绝妙的广告，专候明君周文王的到来。

纣王无道

一味穷奢殷纣王，偏心妲己害忠良。
朝纲散失官民怨，宝座倾颓难久长。

注释： 聪明反被聪明误，殷纣王成了绝妙的反面教材。

牧野之战

天威不许恶魔凶，暴纣横行鬼撞钟。
武帅挥师趋牧野，朝歌动地起狂风。
千年帝业一宵尽，百代根基顷刻空。
教训深沉当记取，民潮莫起水汹汹。

注释： 牧野之战是规模空前的一次大战。周武王组织了三百辆兵车，三千虎贲，四万五千名士兵，会同各部落和若干小国的部队，向商朝的都城朝歌进发。兵至牧野，武王竖起讨伐大旗，当众誓师，然后向纣王仓皇拼凑的七十万大军进攻。纣王兵败后在鹿台自焚，商朝灭亡。

西 周

西周

武王灭纣出强周，四海归一瘴气收。
众建诸侯屏周室，列土分民解后忧。
成王即位武庚反，周公东征写春秋。
井田阡陌财力旺，营造东都立后筹。
强盛数代衰气现，平民暴揍厉王头。
更有幽王宠褒姒，信手烽火戏诸侯。
犬戎乘机犯镐京，平王东迁西周休。

注释： 西周是中国奴隶社会的鼎盛时期。"普天之下莫非王土"，天子是最高统治者。"众建诸侯以藩屏周"，建立了许多诸侯国作为周朝的屏障。西周推行井田制以发展生产，手工业以青铜制造、制陶、纺织为主。当时文字多刻在青铜器上，故形成金文（又称钟鼎文）。该文字是研究周朝历史的重要工具。

封建诸侯

周朝利落推封建，列土分民立诸侯。
旨在安全天子位，同心合力助怀柔。

注释： 西周实行分封制，将本家亲戚及有功之臣予以分封，建立诸侯国，目的是作为屏障保护周朝。为安定民心，商朝的一些旧贵族也得到分封。

井田制

纵横阡陌起炊烟，发愤诸侯造井田。
奴隶强行耕作事，财粮盈库助丝弦。

注释： 井田遍野，阡陌纵横，勾勒出西周社会的兴盛景象。

周公吐哺

周公恐惧流言日，热血胆肝人几知。

一饭三停恭客士，通宵微盹损身肢。

经年铸就君兴事，众疑烟消政顺时。

老骥身修明鉴在，书留后世顶膜诗。

注释： 周武王去世，幼子成王即位，由周公旦辅政。其弟管叔鲜和蔡叔度心生嫉妒，散布周公图谋篡位的谣言，一时人心惶惶。周公用勤勉和诚意消除了人们的猜疑，辅助成王稳固了统治，其行为被后人视为做人的楷模。

东征

武逆回戈管蔡从，周公怒起剑挥东。

三年平定骚喧地，沥血元勋再建功。

注释： 殷纣王的儿子武庚拉拢管叔鲜和蔡叔度发动叛乱，周公旦以成王的名义挥师东征。经过三年艰苦奋战，周公取得了东征的胜利。东征巩固了周朝的统治，经济也迅速繁荣起来。

营建东都

殷疆始定欠安宁，营建东都事必行。

殚尽周公多载力，王鼎走进洛阳城。

注释： 周朝的老家是丰水以西的丰城，武王灭商以后，在丰水以东建立了新都镐京。镐京仍然偏西，于是周公花了九年多时间建立了东都洛邑。象征权力的九鼎也从镐京搬进了新都。

金文

姬周盛走鼎钟文，刻记青铜勉后人。
比排甲骨观远古，沟通史迹抹烟尘。

注释： 从商朝末年开始，君主常常把刻有文字的青铜器赏赐给大臣和贵族，用来纪念他们的功劳，或者作为鉴戒。这种刻在青铜器上的文字叫作金文或钟鼎文。清朝道光年间出土的重五百多斤的大盂鼎是刻有金文的珍贵文物。

成康之治

周朝顿启始逢春，数代明君肱股臣。
上下清通天意顺，人间正道走车轮。

注释： 周文王的愿望被周武王实现了，后继的成王和康王继承了先辈的事业，配以肱股大臣周公旦、太公望和召公奭等人的鼎力相助，周初的四十多年间政治清明，经济发达，统治稳固，史称"成康之治"。

昭王蒙难

成康后继有昭王，猎艳争奇庚性张。
为掠南方白雉趣，征伐楚地箭刀狂。
惹翻渡水摆船汉，巧计沉舟造国殇。
可怜喧嚣天下主，奸佞一信命悲亡。

注释： 康王死后，儿子姬瑕即位，是为昭王。昭王喜欢奇花异草、飞禽走兽，听说南方越裳氏出产的白雉鸡系天下第一美禽，但因为楚国的阻隔而难以得到。昭王一怒，立即发动了对楚国的战争。此次御驾亲征苦了沿途百姓，汉水边的摆渡人用胶船计淹死了昭王，笑柄流传后世。

穆天子巡游

奇趣穆王宇内游，南北踏过走西州。
黄居水地勤探址，长臂赤乌竞奉酬。
拜谒天山王母喜，欢宴瑶池盛情留。
传说自然多奇幻，一叶邦交足晓秋。

注释： 周昭王死后，儿子姬满即位，是为周穆王。穆王喜欢巡游，他驾着八匹骏马拉的车子，从北方转到西方。他到过阳纡山访问了水神河伯的家乡，到过巨蒐国喝过白天鹅的血，到过昆仑山游览了黄帝住过的官殿，到过赤乌国接受了国王奉献的美女，到过长臂国受到了国王的盛情款待，传说还到瑶池拜会了西王母。其传说有古书《穆天子传》可参考。

弭谤

厉主姬胡行特利，豪夺巧取剥民膏。
听从弭谤奸佞语，拒避精忠诤吏唠。
目视行人心口意，胸生下民腹诽刀。
人间鼻舌皆沉默，喜煞昏君仰面豪。

注释： 周朝第十代国王厉王姬胡宣布对一些重要物产实行专利，受到平民和一些官吏的反对。为了堵住众口，周厉王宣布凡议论专利者杀头。路人迎面而过时均不打招呼，只是递个眼色而已。周厉王自鸣得意：我有办法制止老百姓诽谤。殊不知，一场大祸即将来临。

国人暴动

弭谤灭得当面语，苛徭逼使逆心生。
国人怒暴昏君走，闭口亦能造厉兵。

注释： 弭谤三年后，即公元前 841 年，一场激烈的斗争终于爆发，成千上万的平民和奴隶联合起来，冲向王宫袭击厉王。周厉王偷偷溜出王宫，逃奔到彘地，公元前 827 年死于流浪途中。

周召共和

国人风暴起，厉究遁出宫。
周召同行政，共和两耿忠。
呕心隐太子，沥血填坑壑。
从此开元始，连年史载通。

注释： 起义群众找不到周厉王，决定用太子姬靖抵罪。召公把自己的儿子冒充太子交了出去，将姬靖保护起来。周公和召公两人出面代行天子职权，史称"周召共和"。从共和元年（公元前 841 年）起，我国历史开始有了准确的纪年。

北伐

宣王上位多征战，北讨南伐示国威。
猃狁喧嚣京外扰，驱殴远地静宫闱。

注释： 周宣王姬靖即位以后，为缓和国内矛盾，于是对四周的少数民族发动了一系列的战争。猃狁趁周朝内乱之机从西北方威胁镐京，宣王派大将尹吉甫征猃狁，大获全胜。宣王将尹吉甫和先锋子白的功劳分别记在两个铜盘上，这两件历史文物后被发掘出来，成为研究当年历史的珍贵资料。

南征

南方宿敌名荆楚，作乱夷戎是近邻。
愤怒宣王戈指处，江河万里起烟尘。

注释： 打败猃狁的第二年，周宣王亲率大军南征，进攻荆楚、淮夷和徐戎。在牺牲了许多士兵生命和耗费了巨额财富以后取得了胜利，稳定了淮河流域和长江下游的局势。

宣王失威

征伐取胜妄骄生，败于姜戎脑梦惊。

敛户搜财襄黩武，民潮涌动鼎山倾。

注释： 连年征战的胜利冲昏了周宣王的头脑。在他即位后的第三十九年（公元前789年）又亲自带兵去征伐姜戎，结果几乎全军覆没，他本人也险些做了俘虏。周宣王的威信从此一落千丈，国势也一蹶不振。为了补充兵力和财力，周宣王宣布调查户口，按户抽丁和派捐，结果遭到激烈反对，西周结束的日子即将到来。

烽火戏诸侯

幽王烽火戏诸侯，耻辱难知九鼎羞。

宠幸褒妃规矩废，奔逃太子祖章休。

佳人露笑塞防叹，武卒惊心众吏忧。

一旦威严成笑柄，飘摇社稷任搓揉。

注释： 公元前781年，周宣王忧郁而死，继承王位的是他的儿子姬宫涅，即西周的末代天子周幽王。幽王即位时令不顺，天灾人祸不断，社会矛盾日趋尖锐。周幽王曾娶申侯的女儿做皇后，儿子宜臼被立为太子。幽王又爱上了褒姒，于是想废掉宜臼立褒姒的儿子伯服为太子。宜臼怕遭暗算，逃亡他乡，褒姒成了皇后，伯服成了太子。

为了博得褒姒的千金一笑，周幽王听信虢石父"烽火戏诸侯"之策，褒姒倒是笑了，被戏弄的诸侯们再也不相信幽王的号令了。宜臼的外祖父申侯联合鄫国和犬戎攻破镐京，幽王被杀于骊山，西周灭亡。

平王东迁

幽王逆事起刀兵，犬戎乘机破镐京。

上位新君都洛邑，西周自此易东名。

注释： 诸侯和申侯拥戴宜臼即位，是为周平王。周平王担心犬戎再次攻破镐京，于公元前 770 年迁都洛邑，是为东周。

春　秋

春秋

据传孔圣治春秋，经史人伦一书收。
史书编年开先例，以书为名写东周。
周室东迁王权落，中华大地走诸侯。
为霸中原称盟主，势如竞舟争上游。
猛将执锐拼诡道，谋臣侃谈献计谋。
铁器牛耕走大地，兵强马壮跃上流。
财力充盈文化盛，孔老治学安神州。
大地一派龙虎气，东方光亮耀全球。

注释： 东周从公元前770年到公元前256年，分为春秋和战国两个阶段。春秋以孔子的史书《春秋》代名，时间为公元前770年至公元前476年（《春秋》一书记载了上起公元前722年，下至公元前481年的历史事件）。春秋时期的重要特点是诸侯争霸，历史上有"春秋五霸"之说。春秋时期生产力进一步发展，牛耕和铁农具得到广泛使用。土地私有制开始出现，社会处于大变革的前夜。老子和孔子成为道家和儒家学派的创始人，思想文化空前发展。同时，孙武的军事思想和医药学也有很高成就。

公王反目

郑国三公卿士显，东周肱股建勋功。
窜生无视王尊上，齐鲁跟从自坐东。
下吏威风难克己，君王讨伐誓诛凶。
祝聃一箭天规破，始现诸侯夺霸风。

注释： 从西周末期到东周初期，郑国国君三代为周朝卿士，势力很大。周天子与郑庄公终于发生矛盾，以至爆发战争。周桓王被郑国的军队打败，而且被郑国将军祝聃一箭射中左肩。这一箭，无情揭露了周室衰落、诸侯强大的现实。

春秋五霸

中原九鼎引诸侯，五霸豪杰写春秋。
晋文追踪强齐后，庄王骤起虎秦羞。
襄公义战惹嬉笑，勾践撕肝报血仇。
大地高歌风雨诵，诗章亮丽照神州。

注释： 饮马黄河、问鼎中原是春秋诸侯的最高愿望，于是有了春秋五霸。春秋五霸有两种说法。一种是齐桓公、晋文公、宋襄公、秦穆公、楚庄王；另一种是齐桓公、晋文公、楚庄王、吴王阖闾、越王勾践。今日看来，似乎第二种说法更切合实际。

争霸带来战争，同时也带来竞争。自由竞争是历史前进的动力。

管鲍之交

经天纬地管公才，赤胆忠心鲍胆诚。
变幻风云多诡异，难移伯仲手足情。

注释： 齐桓公称霸得益于管仲和鲍叔牙。管仲和鲍叔牙是好朋友，他们一起做买卖，鲍叔牙让管仲多得；人们对管仲参加打仗畏首畏尾多有不满，鲍叔牙极力为之辩护。鲍叔牙为了保护管仲这个人才不惜忍辱负重，管仲深受感动，两人遂成莫逆之交。

桓公即位

襄公在位多昏暴，后继传人走异乡。
管仲扶纠奔鲁地，叔牙助主匿莒疆。
先君暴毙风云起，继者逞能国势强。
从此明君东部现，诸侯拱奉藐周王。

注释： 齐襄公昏庸残暴，又没有儿子，有资格继承君位的是两位异母兄弟，一个是公子纠，一个是公子小白。为趋利避害，管仲带公子纠躲到鲁国，鲍叔牙带公子小白躲到莒国。公孙无知杀死了齐襄公，大臣们又杀死了公孙无知，齐国内乱。公子小白先于公子纠回国，管仲驱车赶上公子小白并突放冷箭，公子小白假装受伤倒于车上，瞒过管仲回国当上了国君，是为齐桓公。

干戈玉帛

主子登基王位重，冲冠搭箭射桓公。
安邦不记弯弓仇，换得君臣脑腹通。

注释： 鲍叔牙化解了齐桓公与管仲的一箭之仇，齐桓公拜管仲为相，君臣开始共图霸业。

曹刿论战

两势排开决战阵，三通响过变衰风。
胸藏锦囊布衣策，亘古留名史册中。

注释： 公元前684年，齐鲁爆发了长勺之战。布衣曹刿求见鲁庄公并直接参与了这次战役，鲁军取得了最后胜利。

曹刿在该战中展示了高明的战争理论和有效的战略战术。他说，要想战胜敌人，必须取信于民；战争进行时，抓住时机"一鼓作气"；当敌人败退时谨慎小心，摸清敌情后再乘胜追击。曹刿论战传为千古美谈。

管仲治国

桓公放手松绳套，管仲兴邦有异方。
农士商工分属性，财资苦战各奔忙。
评查土质均租税，发展盐铁火市场。
数载欣观风雨顺，权铸必就乱中王。

注释： 齐桓公放手让管仲治国。管仲实行了一系列改革：把齐国分成工商乡和
士乡，工商乡专门从事工商，免除兵役；士乡即农乡，农民平时种田，战时当兵
打仗；将五乡编为一军，全国编成三军，形成一支强大的军队；依照土地的好坏
确定赋税；设置盐官和铁官，铸造货币，调节物价，活跃市场。几年工夫，管仲
把齐国治理得兵强马壮。

桓公称霸

尊王攘夷树标旗，胁迫同盟奠霸基。
北杏约得从国至，鄄城又是令侯时。
双雄傲视拜公会，一手轻挥讨逆师。
扯动兵威诸子服，春秋首霸显英姿。

注释： 齐桓公听从管仲的建议，以"尊王攘夷"的名义主持了北杏会盟、柯地
会盟、甄地会盟，大多数诸侯都承认了齐国称霸的事实，齐桓公成为春秋时期的
第一个霸主。

老马识途

桓公救燕击山戎，误入沙漠乱北东。
甚幸知途能马在，从容走出迷谷中。

注释： 山戎侵犯燕国，燕国向齐国求救。齐桓公带兵误入歧途，被困茫茫沙漠，好
在老马识途，带着齐军走出沙漠，并顺势打败山戎，灭了帮助山戎的孤竹国。齐

桓公将山戎和孤竹国的土地送给了燕国，再将齐国的五十里地割让给燕国，其威势和大度使齐桓公赢得了更高的威望。

管鲍之贤

管仲推贤诚坦怀，叔牙遇事海宽胸。
终生不为偏私计，刻辑诗书两劲松。

注释： 鲍叔牙有知人之明，向齐桓公推荐了管仲。管仲知道鲍叔牙的弱点而向桓公推荐了更能干的人接替相位。鲍叔牙不但没有因此责备管仲，反而认为管仲做得对。管仲和鲍叔牙是好朋友，同时又以国事为重，心地坦白，后人称这种情怀为"管鲍之交"。

假途伐虢

晋国相商通虢道，虞臣急坏有之奇。
唇亡齿寒人皆晓，手顺羊牵几悟知。
虢道开通虞祸至，虞亡即为虢消时。
千年笑料尤惊醒，自古狼羊不混池。

注释： 晋国南面有两个小国，一个名虞，一个名虢。虞虢两国唇齿相依，关系和睦。晋国欲攻打虢国，于是使用离间计拆散虞虢关系，并要求借道虞国。虞国大夫宫之奇以唇亡齿寒的道理开导虞公，阻止虞国借道给晋国。无奈贪图小利的虞公最终答应借道，晋国在灭掉虢国后顺手牵羊灭了虞国。唇亡齿寒，后人常思之。

五张羊皮之事

海南牧马百里奚，颠沛七旬遇己知。
穆公求才千万里，乃翁市值五羊皮。
相依蹇叔作卿相，辅佐秦君奠霸基。
自古雄才多磨难，隶奴又见做人师。

注释： 百里奚是虞国人，家境贫寒，离乡背井先到齐国，再到宋国，无以为生。在宋国时结识蹇叔，他们走了几个国家，均未遇上值得效力的君主。百里奚回到虞国，当上了大夫，在假途伐虢时成了晋国俘虏，后被作为陪嫁奴仆送往秦国。百里奚中途逃跑，被楚国当成奸细流放南海牧马。秦穆公以五张羊皮为代价赎出百里奚，拜为左相，百里奚推荐蹇叔为右相，秦穆公在蹇叔和百里奚的辅佐下成为西部霸主。百里奚的儿子孟明视，蹇叔的儿子西乞术、白乙丙也成为国家栋梁。

襄公义战

欲霸中原显义姿，襄公力建爱仁师。
休攻半渡仓皇旅，不许杂毛老弱欺。
楚阵强推夺战利，迁营败溃丧军旗。
兵谋自古诡称道，笑柄此君后辈嗤。

注释： 宋襄公一心想当霸主，只因实力不济，霸主未成，反而引起宋楚之战。宋襄公打出"仁义"大旗，宣扬"不击半渡之师"、"不擒二毛"、"不重伤"等迂腐的仁义之师理论，被楚军打得大败。

春秋无义战。宋襄公的义战理论只能成为笑谈。

重耳复国

晋国廷嚣公子避，重耳十九沛颠年。
齐桓宋襄捐仁义，楚成秦穆摆盛筵。
外助相援威骤起，臣贤竭力志弥坚。
煎熬半旅终兴国，且看挥师筑霸权。

注释： 晋文公重耳是晋献公的儿子，因宫廷内斗逃往国外，狐毛、狐偃、赵衰、魏犨、介子推等晋国才干跟着他。重耳在狄国避难十二年后，为避晋惠公追杀逃往齐国。齐桓公以礼相待数年后，重耳到了宋国。身受重伤的宋襄公无力相帮，重耳来到楚国。楚成王将其奉为上宾，重耳留下"退避三舍"的承诺。重耳再到秦国，在秦穆公的帮助下复国成功。颠沛流离十九年的晋文公终成霸业。

退避三舍
尊崇许诺谢成王，退避三舍诚信张。
义战精髓重耳解，襄公可笑演荒唐。

注释： 晋国向中原地区发展势力，楚国势力也达到了黄河以南，晋楚矛盾尖锐起来，终于爆发了历史上有名的城濮之战。晋文公为这场战争做了很多工作，整顿军队，开展强有力的外交活动，在战前信守"退避三舍"的承诺，终于一鼓作气打败楚军。

城濮大战
两国喧嚣战城濮，秦齐助晋楚王孤。
三军尽演攻防术，一着文公定霸图。

注释： 城濮之战，楚军统帅成得臣刚愎自用，自己埋下了祸根。晋军演练了全方位的避实击虚战术，勇猛冲杀，取得了大战的胜利。

晋文公"退避三舍"的承诺赢得了人心，这是真正意义上的"义战"。

文公称霸
文公获胜奉周王，再塑尊卑义旗扬。
天子钦昭新霸主，诸侯运作见规章。

注释： 晋国打败楚国的消息传到洛阳，周襄王派卿士王子虎慰劳晋文公。晋文公向周襄王献上礼品，周襄王回以谢礼，许诺晋文公有权对其他诸侯自由讨伐。晋文公借此机会会合诸侯，歃血为盟，当了霸主。

烛之武退秦师

义士烛之武，残年解危邦。
躬腰安国计，辩口化敌狂。
郑国消合围，秦师免杀伤。
生存适夹缝，巧舌有担当。

注释： 晋文公约秦穆公共同攻打郑国，郑国力量薄弱，显然不是晋秦两国的对手。郑国大夫烛之武已是风烛残年之人，他不辱使命，向秦穆公痛陈这场战争的利弊关系，利用秦晋两国都想争霸的心理，终于说服秦国退兵。晋国只有派人去和郑国谈判，订立盟约，然后撤兵。

在大国争霸的局势下，小国要求生存，巧妙的外交手腕往往是最有效的方法。

贩牛郎救国

秦公欲图郑，卒伍脚趋东。
路遇商牛汉，军威扫地空。
内奸兵换地，外应箭收弓。
黔首亦襄国，麻衣有杰雄。

注释： 秦穆公决定对国君新丧的郑国发动战争，他不听蹇叔和百里奚的苦苦规劝，任命孟明视为大将，西乞术、白乙丙为副将，带领大军偷偷去攻打郑国。郑国的贩牛商人弦高得到消息，一边派人到郑国报告敌情，一边假冒郑国使臣带着四张牛皮和十二头肥牛到秦军慰问。秦军以为郑国已有准备，于是不再向郑国进军，而是顺手灭掉了附近的滑国。

贩牛郎救国的故事从此传为美谈。

崤山之战

秦军战息转回西，路过崤山被晋欺。
卒堵峡谷无退路，刀消肉体葬雄师。
三骁统帅临刀鬼，苦口文嬴救囚眉。
垂泪穆公诓败将，建功未必论朝夕。

注释： 秦军灭了滑国班师回国，在崤山遇到晋军的埋伏，秦军全军覆没，孟明视等三员大将也成了俘虏。晋襄公的后母文嬴是秦穆公的女儿，她劝说襄公放了孟明视、西乞术和白乙丙，秦国大将得以生还。

成就将军梦

两败将军孟明视，羞伤失面见恩公。
秦君护犊胸怀露，炼狱终归显骏雄。

注释： 孟明视两次败于晋军，羞愧难当。秦穆公承担了全部责任，继续让孟明视统领军队。穆公的坦荡胸怀感动了孟明视，他认真总结教训，刻苦训练，终于带领秦军横扫晋国，秦穆公成了天子承认的西域霸主。

明公赞

心胸坦荡数穆公，爱才终身万事通。
蹇叔奚君终其用，兵丁百姓两相融。
临身死地抚遗骨，拱手夷狄服犬戎。
霸业成时仍谨慎，牵怀后世有旭风。

注释： 秦国能从偏僻西域之地不断向东发展，秦穆公功不可没。秦穆公爱才，他终生信任蹇叔和百里奚，对孟明视百般呵护，并亲到崤山悼念阵亡将士，抚恤军人家属，得到了人们的信任。他努力发展生产，训练军队，使秦国日渐强盛起来，为后来秦统一全国奠定了基础。

韬光养晦

虎虎逼人有晋公，庄王却刮酒猎风。
三年鸟止难开翅，众口臣喑免叹忠。
楚国惊欣腾俊杰，中原问鼎见弯弓。
韬光养晦为观势，肚里乾坤几认同？

注释："三年不飞，一飞冲天"；"三年不鸣，一鸣惊人"。这是楚庄王的真实写照。楚庄王用三年时间考察了官员，构思了发展蓝图，方才开始施展才能。他一面改革政治，一面扩充军队，誓报城濮之战大仇。他即位的第三年灭了庸国，第六年打败了宋国，第八年击溃了陆浑的戎族，并在周朝边界阅兵，问鼎之轻重，楚国的势力和声威迅速振作起来。

平定内乱

楚国奸佞斗越椒，开旗反祭斩臀腰。
庄王一战萧墙定，大鸟冲天击九霄。

注释：楚庄王讨伐戎族回来的路上，发生了令尹斗越椒叛乱的事件，双方在漳水发生激战。楚庄王用计打乱斗越椒的部署，激战中斗越椒被神箭手养由基射杀，楚国内乱平息。

南北开发

楚国雄尊晋亦强，中原对峙两相当。
回身南北图兼并，四野蛮狄嗅墨香。

注释：公元前 597 年，楚国和晋国在郯城郊外发生大战，楚军大胜晋军。楚庄王饮马黄河，问鼎中原，不可一世。但晋国毕竟是大国，楚国继续向北发展受阻，只有向东南开拓，兼并了许多小国，把长江中游、汉水流域统一起来，成为当时最强大的国家之一。晋国则向北发展，兼并了北方少数民族戎狄的许多小国和部落，和楚国旗鼓相当。晋楚双方相互死盯，寻找打败对方的机会。

大夫登台

晋楚争锋割据时，大夫实力上升期。
君臣玄幻风云起，驾驭诸侯舛未知。

注释： 历史进入公元前 6 世纪，各国内部开始发生重大变化，大夫的势力强大起来，诸侯往往得看大夫的眼色行事。晋国内部的斗争尤为明显，韩赵魏三家在斗争中获胜。齐国的田氏，鲁国的季孙氏、孟孙氏、叔孙氏的势力也很强大。各国都得注意后方的安全，大国的争霸势头趋于缓和。

弭兵会议

十国卿夫宋地盟，烟尘避止议弭兵。
南臣武力拼权主，罢战还得以力争。

注释： 公元前 546 年，宋国大夫向戎约会晋楚两大国，发起了一次弭兵会议，有十个国家的大夫代表参加了会议。会议确定晋楚两国同为霸主，楚国以武士精神占据了主动。晋楚双方约定，谁要是破坏盟约，各国将共同讨伐。会后，战争明显减少。

这次弭兵会议是一个重要的分水岭，会盟以前，主要是诸侯兼并，其次是大夫兼并；会盟以后，变为主要是大夫兼并，其次才是诸侯兼并了。

阖闾上位

鱼腹藏短剑，设计刺僚王。
子胥相扶助，阖闾跨庙堂。
虔心治兵政，勠力事农桑。
立志黄河饮，威名世上扬。

注释： 伍子胥受迫害从楚国奔向吴国，投奔公子光。伍子胥协助公子光，用鱼腹藏剑之计杀掉吴王僚，扶持公子光上位，是为吴王阖闾。伍子胥协助阖闾治理国家，吴国逐渐强盛起来。

孙武将兵

孙子善将兵，令出厉风行。
巨著传当世，军谋起后情。
阖闾封帅印，战马对天鸣。
向楚挥师进，鬼神千里惊。

注释： 伍子胥向吴王阖闾推荐了大军事家孙武。孙武用操练女兵的方式显示了他的能力，阖闾拜他为大将，立下赫赫战功。孙武有《孙子兵法》一书流传于世。

伍子胥复仇

吴军进郢都，子胥复亲仇。
掘墓渲遗愤，鞭尸割鬼头。
凡间肚量在，必得寸分留。
行径若凶绝，当存后患忧。

注释： 公元前506年，吴王阖闾任命孙武为主将，伍子胥为副将，公子夫概为先锋，亲自挂帅，率领六万吴军伐楚。吴军五战五捷，进入楚国都城郢都。伍子胥刨开仇人楚平王之墓，鞭尸三百后割下平王头，并将尸体剁碎抛入田野。

伍子胥报了大仇，但因手段太过也留下了后患。

会稽山之败

东南二主鏖巂李，败走阖闾一命丧。
切齿夫差雪父恨，励兵勾践峙锋芒。

越军败绩收降将，奴隶躬身侍寇王。
忍辱三载囚限满，重回故土磨刀枪。

注释： 越国因支持夫概叛乱而得罪了阖闾。阖闾不顾伍子胥反对，对新即位的越王勾践发动了战争。双方在樵李发生激战，吴军战败，阖闾受伤而死。阖闾的儿子夫差即位后决心为父报仇，三年后大战会稽山，越军大败，越王勾践夫妇和范蠡到吴国作人质。勾践用假象迷惑了夫差，三年后回到了越国。

卧薪尝胆

越君不忘为奴耻，尝胆卧薪图振兴。
薄赋轻徭农畜旺，厉兵秣马战攻能。
殷勤面上吴王醉，蓄力胸间越势升。
莽汉临绝方悔悟，啸哀一咧脑身崩。

注释： 勾践不忘会稽山战败的奇耻大辱，用卧薪尝胆的方式提振自己励精图治一雪前耻的决心。吴王夫差被勾践的假象迷惑，赐死屡提劝告的伍子胥。勾践趁夫差参加黄池会盟的机会进攻吴国，攻下了吴国都城，活捉了吴国太子。四年后，勾践再次进攻吴国，将夫差困于阳山，夫差求和不成，羞愧自杀。吴国为越国所灭。

越王称霸

饮马黄河亮厉兵，中原问鼎任君行。
越君北地称盟主，蜿蜒春秋末霸成。

注释： 越王勾践于公元前476年统率越军北渡淮河，在徐地约齐、晋、宋、鲁等诸侯国会盟，并给周天子送去贡品。周元王派使者给勾践送来祭庙用的肉，承认了勾践的霸主地位。勾践成为春秋时期最后一位霸主。

范蠡之聪

辅佐越王兴霸业，功成隐退走山东。
经营盐铁儒商起，富比陶朱颂范公。

注释：范蠡、文种是越王勾践的左膀右臂，在越王称霸的过程中功勋卓著。范蠡是聪明人，他明白勾践只能共患难而不能共安乐，为了自保，在勾践称霸后悄然隐退，到山东谋求盐铁之利大获成功，自称陶朱公，后人对富翁有"富比陶朱"之说。

文种之愚

一片忠心为越王，贪功迷途命尤丧。
难听范蠡倾心劝，不辨君王系歹氓。

注释：文种不识时务，对范蠡劝其退隐不以为然，最后被勾践赐死。

雌雄剑

干将莫邪雄雌剑，悲催故事遗千年。
春秋冶炼钢铁现，技艺精深叹宇寰。

注释：雌雄剑系传说，但也反映了春秋时期我国的冶炼技术已达到了相当高的水平。

子产改革

郑国童年子产聪，成人挺立士林中。
农耕确定国家事，刑鼎催浇法制功。
内辟言路吸民智，外斡列强换尊崇。
谦谦君子庶黎敬，变革途中一显公。

注释： 子产是郑国的贤相，在他执政的二十多年间，对内加强了团结，促进了经济的发展；对外维护了国家的尊严，使大国不敢欺负小国。子产治理郑国，取得了很大的成就，国家安定了，生产发展了，老百姓也受到了不少益处。据说子产死时，郑国人像死了亲人一样悲伤。孔子将子产作为君子的榜样给予了充分的肯定。

晏子相齐

貌身矮挫有晏婴，舌口堪称十万兵。
礼克晋卿多警智，昂趋楚国亮雄争。
分桃祸害恶方尽，贤举穰苴始得鸣。
图治重襄齐地盛，诸侯侧目露狰狞。

注释： 晏子貌不惊人，却干出了惊天动地的一番事业，受到天下人的尊敬。晏子接待傲慢的晋国使臣范昭，使探听齐国虚实的晋君不敢轻举妄动；晏子出使楚国，凭计谋和口才让楚王折服；晏子用计除掉了齐国的三害，推举田穰苴为齐国大将军。在晏子和田穰苴的治理下，齐国再次强盛起来。

穰苴执法

穰苴法令重如山，怒斩监军顷刻间。
抚慰三军卒士猛，邦威重振靓欢颜。

注释： 田穰苴出身卑微，担心将士们不服他这个大将军，请国君派一名监军一同主事。监军庄贾自以为是国君宠臣，未按时到军营，被田穰苴处以死刑，连国君的使臣也一同受过。田穰苴关心士卒，与之同甘共苦，受到全军上下的拥戴。侵犯齐国的晋燕两国统帅自知难敌士气高昂的齐军，急忙撤兵。齐军乘势追击，将几年来丢失的土地一一收复。

望老子像

骑牛向夕过雄关，德道存留宇宙间。
福祸相倚思辩证，乾坤转换望清闲。
山依持重疏情性，水惯缓低导世寰。
礼数千言难述尽，先师俯首谒贤聃。

注释： 祸兮福所倚，福兮祸所伏；上善若水，厚德载物。老聃寥寥数语，说透了天体宇宙，世间万物，怪不得先师孔子也要向其请教。

孔子的传说

人生虎养鹰摇扇，大成至圣文宣王。
曲阜光鲜须有孔，秦皇愤怒反为昌。
三千弟子辉煌路，万仞宫墙日月光。
重任担当需迈坎，先师伟业后人扬。

注释： 传说孔子貌丑，刚出生时被其父抛弃于一山洞内，三天后其母至山洞探望，发现一只老虎在喂奶，一只鹰在用翅膀打扇，知道孔子有天命附身，于是抱回抚养。

据说秦始皇恨孔子，游泰山驾崩后，秦二世命人在孔林前开挖"断子绝孙河"，殊不知该河开挖前孔家世代单传，开挖后则子孙繁盛。

圣人是倒不了的。孔姓在曲阜一直受尊重，至今仍有"无孔不成席"的说法。

孟子云："天将降大任于斯人也，必先苦其心志，劳其筋骨，饿其体肤，空乏其身，行拂乱其所为，所以动心忍性，曾益其所不能。"

仰万世师表

艰难困苦助先贤，混沌清通德映天。
施教育才立表率，宣仁释义著新篇。
编修经礼树王道，留语四书图后延。
孔子名声飘海外，伦理世界纪纲传。

注释： 孔子姓孔名丘字仲尼，被后世奉为大成至圣先师。孔子是伟大的思想家，他的思想的核心是仁，仁的表现形式是礼，中庸则是将仁和礼有机结合的方法论。孔子是伟大的教育家，他兴办私学，广收门徒，据说有弟子三千，贤人七十二，为当时的社会培养了一批人才。孔子整理了古代典籍，为后人留下了《诗》《书》《礼》《易》《春秋》五经。孔子还是儒家学派创始人，开启了战国时期百家争鸣之先河。

战　国

战国

争霸性质转兼并，战国争锋有七雄。
秦楚齐燕韩赵魏，逐鹿中原走西东。
为拼强弱求变革，各国劲吹人才风。
封建制度平地起，奴隶残规路途穷。
生产发展军威猛，中原鏖战拉硬弓。
烽烟挑动文化盛，百家争鸣透鸿蒙。
玄幻舞台主角现，秦国终建统一功。

注释： 公元前475年至公元前221年是中国历史上的战国时期。这一时期，战争性质由春秋时期的争霸战争转变为兼并战争，形成齐、楚、燕、韩、赵、魏、秦等强大的诸侯国，史称"战国七雄"。为了壮大力量在战争中取胜，各国都进行了变法，其中以秦国的商鞅变法最为彻底，使秦国的力量逐渐强大起来，最后吞并六国，形成统一的秦王朝。

战国时期是中国社会由奴隶制转变为封建制的开始是主流观点，即战国封建论。这一时期，牛耕和铁农具广泛使用，生产力有了较大发展。

"百家争鸣"是战国时期重要的思想文化活动，中国文化在这一时期展现了百花齐放的特有景象。

三家分晋

晋室大夫力量宏，国君权势进隆冬。
幽公忍痛三分地，周傀违章再册封。
突起新潮摧祖制，裂崩旧习击丧钟。
神州上下风雷动，历史涌流水汹汹。

注释： 春秋末期，晋国的权力掌握在智、赵、韩、魏四家手中，国君成了傀儡。后来赵、魏、韩三家联合起来灭掉智伯，进而又瓜分了新即位的晋幽公的土地。"三家分晋"被认为是战国的开始。"三晋"虽然是三个国家，但还不是诸侯，公元前403年，三家找到已是空架子的周天王要求分封，周天王只得承认三家的诸侯地位，三晋正式成为独立的诸侯国。

魏斯礼贤下士

文侯数访段干木，礼屈恭谦拜国师。
一刮旭风千里远，博学志士尽前趋。

注释： 战国初期，魏国是最强大的国家，这得益于魏文侯（魏斯）的贤明。魏文侯礼贤下士，屈尊拜访段干木的故事在历史上传为美谈。为此，政治家翟璜、李悝，军事家吴起、乐羊等先后投奔魏文侯，帮助他治理国家，魏国迅速强盛起来。

李悝变法

文侯更制用李悝，世袭禄卿朽木摧。
地力开发兴平籴，法经落定见新规。
良施异举助潮涌，北讨南征显作为。
震荡东西昔制废，时代变革劲风吹。

注释： 李悝变法是历史上的重大事件。其变法内容包括废除世卿世禄制度、尽地力、推行平籴法、颁布《法经》等。通过变法，魏国很快富强起来。

大义灭亲

文侯拜乐羊，起卒讨中山。
痛别心撕处，城倾泪眼潸。

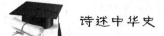

注释： 魏文侯任命乐羊为大将征讨中山国，可乐羊的儿子乐疏在中山为官，怎么处理这一关系？乐羊大义灭亲，儿子被中山国君杀害，中山国也被乐羊攻克。

西门豹治邺

人说邺地闹灾荒，只怪河伯娶丽娘。
魏侯精挑推干吏，西门顺势克凶殃。
兴修水利治漳河，鼓励农耕保寿康。
要塞一方得靖肃，妖凶遁迹顺风扬。

注释： 邺城是魏国的战略要地，魏文侯任命西门豹为邺城县令。上任后的西门豹所见到的却是一派荒凉景象，究其原因，则是河伯每年要娶媳妇而逼得很多有女孩儿的人家远走他乡。西门豹用果敢的手段将那些编造谣言、剥削人民的巫婆、官吏抛入河中，制止了这一荒诞的活动。此后，西门豹组织力量兴修水利，消除水患，邺地的农业生产发展起来。

田氏代齐

田家代齐替姜姓，及至威王再露锋。
盐铁盛行雄伍现，中原众首再恭龙。

注释： 比"三家分晋"稍晚一些，东方大国齐国内部也出现动荡，田氏取代姜氏做了国君。"田齐"到齐威王的时候强盛起来，被楚、魏、赵、韩、燕五国公推为霸主。

讽王纳谏

威王得以成枭器，幸有邹公劝谏明。
始以抚琴喻国政，又经赞容吐衷情。
悉察细访清形势，图治励精露峥嵘。
赞赏能臣封侯印，圣君熟谙拜先生。

注释： 齐威王得以成大器，多亏了有邹忌这个人。开始的齐威王只知吃喝玩乐，对国事不闻不问，琴师邹忌以弹琴为例开导齐威王要以治国为要，后又用自己和徐公比美的故事告诫齐威王纳谏，再派人到各地明察暗访以了解实情。在邹忌的开导下，齐威王终于成为明君，齐国也得以强盛起来。

孝公图治

蔑称秦国叫西戎，贫地经营愧望东。

奋进孝公强出令，推吾盛者赋勋功。

注释： 地处西部的秦国虽然有穆公垫底逐渐发展起来，但在东方各国眼中只是"西戎"而已，并不受人待见。秦孝公决心改变这种状况，下了求贤令，人才开始流入秦国。

卫鞅立木

客士商鞅骤入秦，雄摧众口拜能臣。

行法果断施胸计，立信撑杆服众人。

注释： 卫鞅是卫国人，因受封于商、于等地，后人便称之为商鞅。卫鞅劝说秦孝公变法，得到秦孝公支持。为取信于民，卫鞅在都城南门竖了一根三丈来长的木头，张贴告示说谁能将此木头扛到北门，赏十金，没人响应。又加至五十金，终有人完成了这一并不费难的活儿而得到赏金。卫鞅立木的事很快传开，人们对他颁布的法令也就相信了。

卫鞅变法

卫鞅行新法，执权写规章。

邻亲起连坐，井田废昔疆。

耕战锋芒露，迁都国势张。

分明推奖惩，一路助秦强。

注释： 公元前356年，卫鞅的新法令公布。主要内容有：一、加强社会治安实行连坐法；二、奖励发展生产；三、奖励杀敌立功。在排除重重阻力之后，新法得以推行。

排除阻力

旧贵恶心起，新法冒浪尖。
商鞅托上爱，太子受牵连。
顽劣遭鲸剔，厉刀助霸权。
惊呼秦国盛，向外渐争先。

注释： 反对新法的人很多，包括太子和他的老师。在秦孝公支持下，卫鞅处罚了保守势力的代表甘龙和太子的老师，新法方得以推行。几年后，秦国变得强大起来。

车裂之刑

卫鞅赐姓商，权势两分张。
可叹先王毙，惊心继任狂。
车刑独自领，酷磔碎身丧。
革故鼎新途，充填血火光。

注释： 秦孝公死后太子继位，反对变法的旧势力活跃起来，他们以谋反的罪名将商鞅处以车裂之刑。商鞅虽死，他推行的新法已经在秦国扎下了根，为秦国强盛统一全国打下了基础。

庞涓之毒

庞孙发小拜同师，共约升迁一脉痴。
妒忌难防生歹意，相加酷刑废双肢。

注释： 孙膑庞涓同拜鬼谷子为师学习兵法。时值魏惠王招揽人才，庞涓应聘当了魏国的大将兼军师。庞涓嫉妒孙膑的才能，设计陷害孙膑并对其动了膑刑（挖掉膝盖骨）。

围魏救赵

庞涓赵地兵威至，起势孙膑渡魏津。

恶战襄陵分伯仲，方知哪位是真神。

注释： 孙膑逃往齐国，成为田忌的座上宾。公元前 353 年，魏惠王派庞涓带兵攻打赵国，包围了赵国的都城邯郸。赵国向齐国求救，齐威王拜田忌为大将，孙膑为军师，领兵救赵。孙膑用围魏救赵计解赵国之危。

马陵道

庞涓击韩恶师出，挂帅孙膑指魏都。

减灶增兵施巧计，昼奔夜忙走迷途。

马陵道上起飞箭，败溃营中死莽夫。

天意难容奸邪久，天丧诡贼有余辜。

注释： 公元前 341 年，庞涓领兵攻打韩国，齐威王派田忌、孙膑领兵救韩。孙膑再用"围魏救赵"计领兵攻打魏国首都大梁，并用"增兵减灶"计迷惑庞涓，将其引入马陵道射杀。

孙膑兵法

孙膑著兵法，近年有印证。

汇智传先遗，表白解后困。

注释： 孙膑继承祖上孙武遗志，著有《孙膑兵法》，可惜后来失传，以至有人认为《孙

膑兵法》是误传，甚至认为孙膑就是孙武。直到 1972 年山东银雀山出土了《孙膑兵法》竹简，才得以为其正名。

墨子止战

鲁班墨翟显奇才，止战兴攻辩阵开。
楚国因之停讨宋，民财两固免伤灾。

注释： 墨子是战国初期的思想家和科学家，他主张"兼爱""非攻"（反对非正义的战争）、"尚贤"。当得知鲁班制造云梯帮助楚国攻打宋国时，墨子星夜赶往楚国，说服楚王和鲁班停止攻宋，制止了一场非正义的战争。

叹张仪

张仪顺口抖连横，可敌万千铁甲兵。
首瞽魏燕合纵散，再诓楚地野朝惊。
交攻远近诈齐计，上下蹦奔为主争。
游走诸侯一政客，舌头动处露狰狞。

注释： 张仪是个政客，他用连横之策破了齐、楚、燕、韩、赵、魏六国的合纵计，为秦国出了很多破坏东方六国联合抗秦的馊主意，但每个主意都效果明显。后秦国就是用张仪的办法打拉结合、远交近攻，把六国一一击破的。

哀屈原

举世皆知哀屈子，端阳设祭感苍天。
龙舟鼓乐通江海，美酒雄黄醉半仙。
几人能识离骚意，何时得解诤臣贤。
原为鉴古通今镜，弄就欢歌甚可怜。

注释： 屈原是我国历史上伟大的爱国主义诗人，因郁郁不得志而投江自杀，后人为纪念他专门设置了端午节。屈原的故事悲怆壮烈，而后人将端午节弄成了一个喜庆的节日，热闹非凡，总让人觉得别扭。

《离骚》叹

凛然正气有离骚，才势如虹笔似刀。

忧国情怀天地动，屈原愤激化江涛。

注释： 屈原忧愁忧思作《离骚》以感怀明志。《离骚》是中国古代最长的抒情诗，并由此诞生了中国文学史上的"离骚"体，对后世有深远影响。

宋玉

宋玉才华盛，风流天下闻。

一篇登徒子，笑倒世间人。

注释： 宋玉是楚国的风流才子，他的一篇《登徒子好色赋》不但能引人一笑，也能让人从中悟出一些人生哲理。

胡服骑射

赵国长时多弱瘦，奋身武灵做先知。

勋臣懵懂开心智，胡服射骑显靓姿。

骤换轻装凌厉势，顿成华夏锐精师。

鼎新革故清风起，自此神州走锐骑。

注释： 赵武灵王实属有远见之人。他不但搞了胡服骑射改革，让赵国兵强马壮，而且早早传位于太子，让其提前历练。他自己则为赵国的长远考虑，并化妆到秦国考察。知己知彼方能百战百胜，在赵武灵王的努力下，赵国再次强盛起来。

战国四公子

养士兴邦时尚起，收罗门客助家风。

君临厄处谋臣现，战国蜚声起四公。

注释： 赵惠文王拜其弟赵胜为相国，封为平原君。平原君喜欢招贤纳士，广收门客，给他出谋划策，排难解纷，同时借此提高自己的声望，维持和巩固自己的地位。这种做法一时成为风气，于是齐国出了孟尝君，魏国出了信陵君，楚国出了春申君，人们称他们为"四公子"。

平原君

推门纳士平原在，聚众招贤势若虹。

随附三千多谋计，排忧除患建勋功。

注释： 开门纳士是有风险的，平原君有赵武灵王遗风，敢为天下先，于是有了"战国四公子"之说。这种胆识和作为其实有探讨的必要。

孟尝君

孟尝门前有冯驩，三窟狡兔世间传。

行侠仗义多歌事，食客齐声奏管弦。

注释： 孟尝君能在齐国两载为相，得益于冯驩。"狡兔三窟"的故事对后世影响很大。

信陵君

急智信陵盗虎符，锤杀晋鄙胆肝殊。

挥军直解邯郸围，举世尊称伟丈夫。

注释： 信陵君窃符救赵的壮举使他的声望超过了平原君。

春申君

楚地之君有春申，声张合纵抗强秦。

臂长只叹袖衣短，战国难称一干臣。

注释： 春申君系楚属黄国人，名黄歇，曾为楚国相。他博学多才，礼贤下士，为楚国立下汗马功劳。信任他的楚考烈王病逝后，继任的楚幽王将其杀害。

千金买马头

齐君北侵冒冤仇，立誓昭王雪巨羞。

郭隗温言开迷窍，千金一掷买驹头。

金台筑就生诚意，四野归依竞风流。

吏政清新国运起，苏秦舌巧腹施谋。

注释： 燕昭王决心富国强兵，于是向郭隗讨教。郭隗用千金买马头的故事启发燕昭王，鼓励燕昭王筑起黄金台招贤纳士，天下人才纷纷向燕国集中。

哭苏秦

扪心苦读成才气，巧舌生簧世上行。

抵御强秦说合纵，抚安散勇抗连横。

诸侯帅印风光短，五牛分尸神鬼惊。

可叹书生难建业，刀枪举处定乾坤。

注释： 苏秦是才子，也很有毅力。"锥刺股"的故事为后人留下了奋发图强的典范，五合纵抗秦、六合纵抗齐的重大外交活动是苏秦多年劳苦奔波的结果。苏秦被齐国车裂的结局很悲惨，却也体现了一介书生为了使命不惜献身的风骨。苏秦是为坚守信义而死的。

乐毅破齐

黄金台上迎乐毅，华夏精英有大名。
一统六师伐齐地，纵横千里剩双城。
前方鏖战刀兵急，后室惊嚣换将声。
失却雄才征战处，他乡潜走度余生。

注释： 乐毅是燕王在黄金台上拜的大将，他率六国之帅连破齐国七十余城，齐国只剩两城负隅顽抗。乐毅进一步收买齐国民心，做着最后破齐的准备。可惜相信他的燕昭王死了，即位的燕惠王听信谗言，用骑劫代替乐毅，逼使其逃往赵国。

火牛阵

惠王信谗疏乐毅，齐国田单起弱兵。
战地驰驱牛火阵，燕营夜半鬼神惊。
棋枰落子开优局，华夏传书记美名。
成败终归能认定，风云滚动辨才情。

注释： 乐毅连破齐国七十余城，齐国仅存莒和即墨两城，危在旦夕。燕惠王用骑劫替代乐毅的败着给了齐国反攻的机会，田单用火牛阵大破燕军，挽救了齐国的危亡。

将相和

廉卿赵国称良将，社稷梁才劳苦多。
相如只身君有面，秦王躬退诈难讹。
将军坦白荆条意，赤子倾心将相和。
史上美谈延后世，千年咏叹留笙歌。

注释： 廉颇系赵国大将，曾领兵伐齐，大获全胜，天下闻名。而蔺相如则出身寒门，经人引荐为赵惠文王解围，在外交上解决了棘手的秦赵关系，维护了赵国的尊严。赵惠文王感谢蔺相如，对其加官晋爵，地位超过了廉颇。廉颇不服气，几次想当众羞辱蔺相如，为了顾全大局，蔺相如尽力回避和廉颇发生冲突。当廉颇知道蔺相如的心迹后，羞愧难当，主动上门负荆请罪，从此两人成了刎颈之交。

触龙说赵太后

秦兵势猛赵廷急，欲求齐君发厉师。
太后难容驱爱子，群臣无奈锁双眉。
触龙卖老善循诱，国母释怀定缓危。
疑窦来时多运计，为难起处有玄机。

注释： 赵惠文王去世后，即位的赵孝成王年幼，秦国趁此机会攻打赵国，形势危急。赵国向齐国求助，齐国提出要将赵孝成王的弟弟长安君作为人质方可出兵。掌握赵国大权的赵太后疼爱小儿子，坚决不答应让长安君作人质的事。老臣触龙巧妙地用比喻说服了赵太后，长安君到了齐国，齐国于是发兵援助赵国，秦兵乃退。

长平之战

百万大军战长平，人嘶马叫鬼神惊。
傻颇衰矣只识饭，智括悲哉空点兵。
赵卒哀时天闭眼，秦师吼处地生坑。
学依纸上终觉浅，万事成功必践行。

注释： 秦国与赵国展开了百万大军的生死拼杀。赵王忘记了能征善战的老将廉颇，任用只会纸上谈兵的赵括为大将，结果大败，赵国四十多万兵士战死或被俘虏后活埋，留下震惊天下的血案和纸上谈兵的笑话。

毛遂自荐

秦兵困邯郸，赵室苦心寒。

毛遂拍胸荐，平原解厄难。

执言上楚廷，提剑亮脾肝。

迫使援兵出，一人系否安。

注释： 秦兵围攻赵国都城邯郸一年多，赵国危急。平原君受命到楚国求救，门客毛遂自荐跟平原君前往。楚王惧怕秦国势力不愿出兵援赵，毛遂提剑上殿晓以利害，终于胁迫楚王签署盟约，派春申君领兵援赵。

窃符救赵

秦军攻赵势汹汹，引出魏邦一厉龙。

畏敌安僖摇袖手，激昂信陵露芒锋。

窃符急智屠晋鄙，陷阵挥兵挤恶痈。

幸有侯嬴馈主意，留得佳话响洪钟。

注释： 秦兵急攻赵，平原君向楚、魏两国求救。魏国国君安僖王畏首畏尾，将大军屯于魏赵边境隔岸观火。信陵君按侯嬴计窃得兵符，锤杀晋鄙，整顿军队，然后向秦军发起进攻。在魏、赵军队的夹击下秦军大败，邯郸之围得以解除。信陵君因之名声大振，平原君自此不敢自比于人。

周朝灭亡

西兵日日凶，一路直挥东。

三晋威风尽，楚齐熊狗充。

王廷筑债台，玺印送秦宫。

八百周朝岁，赧王送其终。

注释： 公元前 256 年，年老力衰的周赧王抵御不住秦国的压力，主动向秦国捧上地图，领着大臣和家眷到咸阳称臣，秦王将其降为"周公"，长达八百多年的周朝最终灭亡。

秦灭巴蜀

西南沃野在，域阔物亦丰。
蜀地内讧起，秦廷囊袋充。
府中财力实，兵将战征雄。
一统收天下，方知此处功。

注释： 战国后期，四川境内主要存在着两个国家，一个是蜀，一个是巴。蜀国发生内乱给了秦国以可乘之机，秦军借平叛名义进兵蜀地，一举灭了蜀国。在回兵时顺手牵羊灭掉巴国。秦国得到了巴蜀这块肥美之地，为平定天下筹备了丰实的物质力量。

都江堰

秦廷耕战重，水利其当冲。
李氏开胸界，西蜀建巨功。
都江堤堰成，财富北西通。
华夏生天府，至今效无穷。

注释： 秦国能统一全国，发展农业夯实征战的物质基础是最重要的因素。发展农业离不开兴修水利，秦灭蜀国后开凿都江堰就是例证。蜀守李冰父子主持兴修的都江堰，是"天府之国"出现的前提。

嬴政上位

吕氏投机恭子楚，嬴政客旅梦中生。

多亏不韦心胸计，童孩登基天下惊。

注释： 秦王嬴政得以成为秦始皇，吕不韦功不可没。嬴政的父亲子楚在秦宫不受待见，长期作为人质住在赵国。吕不韦花重金买通了秦宫上下关系到子楚能上位的人，让子楚在错综复杂的王室关系中脱颖而出，当上了国君，即秦庄襄王。庄襄王任命吕不韦为相，共同管理国政。庄襄王在位三年即殁，十三岁的嬴政上位（公元前246年），于是有了后来威震天下的秦始皇。

秦灭韩

雄才大略生嬴政，去旧迎新亮丽姿。

化解关东合纵日，邻韩便是国消时。

注释： 嬴政即位后第九年发生了嫪毐叛乱，嬴政平定叛乱，并将引荐嫪毐入宫的吕不韦撤职，自己掌握了政权。嬴政雄心勃勃，为早日平定六国统一天下，他广揽人才，发展生产，强化军事，终于有了与六国一决雌雄的力量。

公元前230年，秦灭韩。

王翦破赵

邯郸广存铁钢士，只恨赵王犯糊涂。

王翦巧施离间计，国君俯首做囚奴。

注释： 公元前229年，嬴政派大将王翦、桓齮进攻赵国，赵国大将李牧打败秦军，杀死桓齮。王翦用离间计除掉李牧，赵国迅速败亡。

荆轲刺秦王

王翦喧嚣燕国惧，荆轲上演刺秦王。
秋风易水悲歌起，杀气咸阳壮士狂。
只叹助帮心气怯，何该嬴政命身长。
九州一统成趋势，雕技黔驴甚荒唐。

注释： 王翦灭赵后，下一个目标是燕国。燕国太子丹知道不能和秦国硬拼，于是演出了荆轲刺秦王的闹剧。国家统一已是大势所趋，无论反秦势力如何英勇悲壮已经无济于事。

秦灭燕

秦军燕地走，逼杀太子丹。
北国秋风扫，向南回首观。

注释： 公元前226年，秦军占领燕都蓟城和大半国土，燕王喜和太子丹退到辽东。燕王杀了太子丹，将首级送至秦军谢罪，但无济于事，燕国灭亡。

秦灭魏

秦兵攻魏急，黄水漫大梁。
降表催王假，囚车向咸阳。

注释： 公元前225年，嬴政派王翦的儿子王贲领兵进攻魏国，魏军退守都城大梁。秦军掘开黄河灌大梁城，魏王假向秦军投降，魏国灭亡。

秦灭楚

初攻即受挫，老将再兴兵。
横扫沿江下，南国一荡平。

注释： 公元前 224 年，秦军伐楚。因青年将领李信缺乏实战经验而吃败仗，秦王请出老将王翦领兵再次攻打楚国。公元前 223 年，秦军攻破楚国都城寿春，俘虏楚王负刍。楚国大将项燕立昌平君为楚王，逃到江南继续抵抗。第二年，王翦渡江发动攻势，楚军全军覆没，昌平君被打死，项燕自杀，楚国灭亡。

秦灭齐

燕地孽余扫，王贲向临淄。
风吹残叶落，南北尽秦师。

注释： 公元前 222 年，赢政派王贲领军追赶逃到辽东的燕王，燕国残余被消灭。王贲回师攻打齐国，势如破竹，齐国速亡。至公元前 221 年，秦国完成了全国的统一。

一统天下

秦收六合大功成，四海抹平孽怨生。
陡创咸阳衣赭路，平添华夏焚书坑。
百花齐放变追忆，一帝雄尊看独行。
万里山河尽牢狱，黎民锁口鸟惊心。

注释： 秦国统一全国，赢政成为中国历史上首位统治华夏的封建皇帝，称为秦始皇。秦始皇用严酷的法律和残暴的手段镇压各地的反叛，维护统一，造成了"赭衣塞途，囹圄成市"的局面。秦始皇又用"焚书坑儒"的手段镇压了知识分子的反抗，战国时期"百家争鸣"的局面结束。可极端的专制终究不能维持政权的稳固，貌似强大的秦王朝也便成了短命王朝。

工具改进

牛耕兼备铁农具，粮草增收活力生。
财货丰盈人马旺，支撑列国纵横争。

注释: 战国时期战争频繁,要支持大规模的战争必须有雄厚的经济基础。而这种经济基础的建立首先依赖于工具的改进。战国时普遍使用牛耕技术和铁制农具,使经济基础的建立有了保障。

农业发展

农耕致胜兴塘堰,筑坝开渠稻麦生。
土壤有机肥入地,分明四季米粮盈。

注释: 因为铁制农具的使用,提高了生产效率,为整治土地和兴修水利创造了必不可少的条件。战国时的都江堰、郑国渠是著名的水利工程。在农业技术方面,已知道改良土壤和使用粪肥,农业单位面积的产量得以提高。

手工业发展

十五连灯观止叹,编钟技艺四方惊。
陶皮木漆排肩进,战国精工次第呈。

注释: 农业的发展推动了手工业的发展。战国时主要的手工业有冶金、木工、漆工、陶工、皮革工、煮盐、纺织等,尤其是冶铁和青铜手工业技术有飞跃的进步。十五连灯的技艺让人叹为观止,湖北随县出土的战国编钟更是当时冶炼技术和音乐水平的真实反映。

儒商

春秋华夏儒商起,子贡范蠡应运生。
战国白圭吕不韦,精研货殖九州行。

注释: 农业和手工业的发展促进了商业的发展,齐国的都城临淄、赵国的都城邯郸、魏国的都城大梁等是当时有名的商业中心。商业的发展孕育了一代有名的

知识分子商人，春秋末期的子贡、范蠡及战国时的白圭、吕不韦被后人尊称为"儒商"。

封建制形成

私耕发展井田废，佃户催生地主昂。

奴隶囹圄坍塌现，封建制度亮曙光。

注释： 战国时期土地私有制的确立，从根本上动摇了奴隶社会的经济基础。阶级关系也随之发生变化，奴隶主贵族没落，新兴地主阶级产生并逐渐掌握了政权。奴隶也逐渐转化为佃农、雇农和城市贫民。中国的奴隶社会终结，封建社会开始（社会分期问题有争议，这里采用的是战国封建论）。

神医扁鹊

战国奇才秦越人，尊名扁鹊是医神。

望闻问切思辨症，汤药针灸扶病身。

北走南巡解倒悬，回生起死返阳春。

天诛李醯生妒意，残害贤明丧天伦。

注释： 扁鹊是传说中黄帝时代的名医，春秋末战国初的名医秦越人被人们尊称为扁鹊。秦越人创造了望、闻、问、切四诊法，使用针灸和汤药为人治病，成就了中医的传统疗法。可惜一代名医，最后死于秦国医官李醯之手。

百家争鸣

战火纷纭助辩嚣，骚人墨客火心烧。

胸襟袒露评时政，脑海翻腾出异招。

墨道儒法谓显学，农兵杂小亦乖娇。

百花齐放文风盛，华夏璨璀一坐标。

注释： 战国时期，学术思想非常活跃，各派政治力量的代表人物纷纷著书立说，宣传自己的主张，批评别人的观点，后人将这种争辩讨论的文化现象称为"百家争鸣"。"百"乃言其多也，据司马迁《史记》记载，当时有儒、道、阴阳、法、名、墨、纵横、农、杂、小说等十家。应该再增添一家：兵家。

儒家

当从孔圣兴儒学，朝野仁德起旭风。

孟子集成树正统，荀卿唯物傲苍穹。

清明入世贤能责，薄赋轻徭王帝功。

后代多崇礼义论，中华顺道古今通。

注释： 儒家的创始人是孔子。孔子思想的核心是"仁"，主张"仁者爱人"。战国时期的孟子继承和发挥了孔子的学说，他讲究"仁义"而特别强调"义"，把它当作判断是非的标准。儒家的另一位大思想家是荀子，他主张变革，提出了人能掌握自然规律并利用它的唯物主义思想。法家的代表人物韩非、李斯是荀子的学生。儒家思想以后成为历代统治者的治国理论。

孟母教子

为子宜居寻善地，三迁住所傍学堂。

稚童顽劣荒书句，慈母惊疼震儿郎。

抚育呕心成亚圣，施恩沥血写华章。

育才铸就活标本，后世传承塑栋梁。

注释： "昔孟母，择邻处。子不学，断机杼。"孟母教子的故事成为《三字经》的重要内容。望子成龙是中国人的心愿，但能否教子成龙就是另外一回事了，孟母教子的故事发人深省。

墨家

墨子兴时从者众，誉称显学重农工。
宣称平等谈兼爱，反对战争论非攻。
选举贤能勤政事，啖吞糠菜克奢风。
主张良善难呈现，时过境迁短命终。

注释： 墨家在战国时期名气很大，人称"儒墨显学"。墨家主张"兼爱""非攻""尚贤"，但多是空想，没法将其变为现实，因此对后世影响不大。

道家

老聃立章庄子承，时逢战国道昌明。
伸张无为人间治，向往寡民小国生。
出世逍遥观宇内，消融法令享安平。
伤心现实何堪对，制造玄虚求静宁。

注释： 道家的创始人是春秋末期的老子，战国时期的庄子发展了老子的学说。道家主张"无为而治"，一切顺其自然，希望回到"小国寡民"的时代。道家的学说反映了不满现实却又逃避现实的思想。

法家

韩子李斯仁政鄙，严刑峻法利刀兵。
有功当赏促耕战，犯罪必罚护太平。
驭术当头权谋起，威风躁地虎山行。
秦王数代兴邦策，倒海翻江露狰狞。

注释： 法家的代表人物是韩非和李斯。韩非主张"法治"，劝君主要讲"术"和"势"。所谓"术"，就是要有一套驾驭臣子的权术；所谓"势"，就是保持君主的权威和势力。秦王嬴政赞同韩非的主张，并通过李斯付诸实施。

秦 朝

秦朝

秦灭六国成大统，嬴政尊号称始皇。

废止分封造集权，上下一体服中央。

三公九卿助皇帝，设郡置县安地方。

全国统一度量衡，货币文字有规章。

焚书坑儒封黔口，万里长城护北疆。

徭役繁重刑法酷，人命轻薄反势张。

秦皇凶毙胡亥出，赵高弄权丧心狂。

陈胜吴广义旗举，刘邦项羽进咸阳。

秦氏王朝气数短，功过是非后人详。

注释： 秦朝从公元前221年至公元前207年，是个只维持了14年的短命王朝。秦始皇能以风卷残云之势在不到10年的时间内灭掉六国，14年后又被摧枯拉朽的起义军势力横扫，原因何在？唐人章碣《焚书坑》一诗可视为答案。

秦始皇

年轻即位做君王，秉性乖张脑气狂。

几扫诸侯成大业，一归华夏始称皇。

生身残暴图心快，出手毒苛惹祸殃。

以至勋功夭折早，悲怆后世写秦殇。

注释： 秦始皇的性格是扭曲的，从小的宫廷生活及幼年登基后被控制造成的心理压抑让他对整个社会充满仇恨，他的所作所为很大程度上是复仇。因为这种心理支配，才有极端严酷的专制统治。物极必反，是秦始皇自己为他的王朝修了坟墓，秦二世的昏庸加速了秦王朝的灭亡。《过秦论》一文对秦王朝迅速败亡的原因有比较透彻的解析。

三公九卿制

秦皇握玺升龙座，九卿三公排两厢。
封建朝政格局定，传延后世日益昌。

注释： 秦王嬴政统一全国后，自称始皇帝，设想他的接班人称二世、三世、四世，以至万世。中央设三公九卿，帮助皇帝处理中央及全国政务，大权集中在皇帝一人手中。

郡县制

郡县地方双级制，长官任卸在中央。
分封割据成前话，上下亨通国势强。

注释： 秦始皇采纳了丞相李斯的建议，在地方推行郡县制，郡守、县令由皇帝直接任命，将地方权力掌握在皇帝手中。全国设三十六郡（后来有所增加）。秦始皇所采取和推行的中央集权制度对后世影响很大。

统一货币

六国钱钞形质异，交流换算道难通。
中央一锤规格定，方孔圆形走西东。

注释： 秦始皇统一了货币，用半两重的圆形方孔铜钱取代了过去的六国旧币，有利于市场流通。

统一度量衡

尺寸斗升斤两事，千差百异算交难。
全秦一统标规出，喜乐童叟脑腹宽。

注释： 秦始皇下令统一了尺寸、升斗、斤两等工具，方便了换算和流通。

车同轨

秦皇下令路关通，驰道平延顺西东。
间距车规尺码定，重轻型样北南同。

注释： 秦始皇下令"车同轨"，规定车轴上两个轮子之间的距离为六尺。下令修筑首都咸阳到全国各个重要地方的大路，路面宽五十步，路的两旁每隔三丈种植一棵青松。有了这样的驰道，全国的交通就方便多了。

书同文

秦廷主持修文字，小篆端庄应运生。
隶体随之行简帛，书抄便利普天行。

注释： 秦始皇下令"书同文"，将全国杂乱的文字统一为小篆，作为标准文字。后又整理出书写更为方便的隶书。

焚书

为坚脚底祖龙居，话出皇门禁异词。
只留医农秦史册，烧光经文百家诗。
焚书坑内青烟起，嬴政掷出绝命棋。
众盼明朗清世界，独夫岂可随心撕？

注释： 为消除旧贵族的残余势力，维护中央集权制度，秦始皇接受丞相李斯的建议，于公元前213年在全国掀起了一场焚书运动。规定除了医药、占卜、种树之书和秦国历史书，其他诸子百家的书籍和原六国史书一律烧毁，时间限制在三十天，违者将受到严厉处罚甚至处死。焚书运动是秦始皇摧残中国文化的一大暴行。

坑儒

清儒一伙书生气，不辨秦皇内火冲。
妄议君臣谈复古，争鸣朝野论文风。
咸阳城外人坑起，华夏域间魂鬼躬。
四百余腔肝脑血，秦廷尽蚀脚基空。

注释： 焚书引起了读书人的反感。焚书的第二年即公元前212年，替秦始皇求长生不老药的方士侯生和卢生悄悄逃走，秦始皇恼羞成怒，下令清理那些在背后诽谤他的读书人，将四百六十多个儒生活埋在咸阳城外的大坑里，这是对读书人的残酷屠杀。

焚书坑儒表面上镇压了读书人的反抗活动，实际上动摇了秦王朝的根基，而且对后世造成了非常恶劣的影响。

万里长城

剽悍匈奴多侵扰，中原无奈建长城。
农夫含泪劳役苦，士卒挥鞭吼叫惊。
巨蟒巍巍随地走，冤魂累累靠墙横。
奇观世界今亦在，功过是非后辈清。

注释： 战国时期，北方的少数民族匈奴逐渐强盛起来，为防止匈奴的南侵，燕、赵、秦三国在北部边境修筑了长城。秦统一全国后，匈奴南侵的势头有增无已，秦始皇令大将蒙恬率三十万大军北击匈奴，取得极大胜利。为防止匈奴再次南侵，秦始皇调集了几十万民工来到北部边境，将原先三国的长城连接起来，并进行加固，一条西起甘肃临洮东到辽东的万里长城形成了。万里长城是世界奇迹，也是秦朝百姓的血泪见证。

阿房宫

搜罗世上珍奇异，七百深宫叫阿房。

天上人间观览尽，万金垒就侍秦皇。

注释： 公元前213年，秦始皇集六国宫殿建筑之大成，开始在渭水南岸的上林苑新建朝宫，后又在朝宫后面兴建后宫，形成了由七百多座宫殿组成的建筑群，称为阿房宫。这座建筑群延绵三百余里，集天下山水奇观于一体，将从六国抢来的美女及奇珍异宝贮藏在各个宫殿里面。秦始皇每天住一个宫殿，直到死也未将所有的宫殿住完。

骊山陵

求仙不成遂修陵，模拟皇宫筑地城。

耗散民膏举国力，骊山脚下血渊倾。

注释： 秦始皇长生不老的奢想绝望后，下令在骊山北麓为自己修建陵墓。陵墓深五十丈，周围约五里。在深埋的地下墓室里修成各式宫殿，宫殿里陈列着秦始皇生前喜欢的奇珍异宝，用明珠做成日月星辰，用水银制成江河湖海。为防止有人盗墓，墓室里安装了许多机弩。修筑骊山陵动用了七十多万民工，耗费了无数钱财物资，是秦朝百姓的又一血泪见证。

兵马俑

秦陵陪葬品，卧地夏冬寒。

一旦天光现，寰宇叹壮观。

注释： 1974 年以来，我国考古工作者在秦始皇陵东侧陆续发掘出大型兵马俑陪葬坑。出土的陶俑、陶马阵势浩大，雄伟壮观，制作细致，形象逼真，是秦国赫赫军威的缩影。兵马俑迅速为世界瞩目，被誉为"世界奇观"。

始皇病逝

秦王游走过山东，岱庙归来热暑中。

身倒难扶王气尽，开天一帝运当穷。

注释： 公元前210年，秦始皇巡游今湖南、江西、江苏、浙江一带，一直到达南海，然后取道山东回咸阳。时值大伏天，秦始皇在山东平原津病倒，于沙丘平台病逝。时年五十岁。

二世上位

秦皇遗愿立扶苏，沉瀣奸宄逆恶粗。

胡亥登基成二世，天心倒转帝根枯。

注释： 秦始皇遗书让公子扶苏继承帝位并办埋自己的丧事，但二儿子胡亥在赵高的怂恿下决定弑兄夺权。他们挟持李斯同意了这一阴谋，胡亥登上了皇位，称秦二世。扶苏被迫自杀，和扶苏一起戍边的大将蒙恬死于狱中。

李斯

一代天才辅始皇，建章立制气飞扬。

只悲屈顺蛆虫意，九族遭诛肉化浆。

注释： 古人曰：李斯是条龙，赵高是条虫。可惜李斯这条龙，为秦始皇平定天下、治理国家立下盖世之功，可关键时刻软弱退让，让胡亥成了秦二世。后被赵高陷害，处以极刑，满门抄斩。

赵高

宦令阴毒诡如妖，控监二世险心刁。
指鹿为马弄权术，污染史书蛆一条。

注释： 赵高，历史上著名的奸臣，留下"指鹿为马"这样飞扬跋扈的典故，成为后世笑料。

秦之殇

始皇殒命泰山路，鬼驭虫龙破政纲。
赵氏专权胡亥出，李斯施压扶苏殃。
宦官指定鹿为马，丞相入瓮脑喷浆。
可叹秦家百世业，巅峰路上速衰亡。

注释： 秦朝迅速败亡咎由自取。秦始皇的专制统治造成了二世时的邪恶政权，在六国初灭、天下不稳的时候大兴土木，劳民伤财，造成天怒人怨。六国旧贵族利用农民起义的强大力量，促成了秦王朝的迅速灭亡。

揭竿起义

少年即有志，鸿鹄盼翱翔。
役服渔阳路，水围大泽乡。
与其随律斩，何如奋刀伤。
挥臂一声喊，齐呼陈胜王。

注释： 陈胜吴广起义是中国历史上第一次大规模的农民战争。陈胜年少时便有"鸿鹄之志"，当面临生死的紧急关头，联袂吴广揭竿而起，于公元前209年在大泽乡发动起义，迅速形成全国性的反秦运动。司马迁的《史记》将陈胜排在"世家"之列，可见其起义的意义之大。

群雄并起

暴政汹民怨，胆边反意生。
陈吴刀晃影，六国地嚣兵。
沛县刘邦吼，会稽项羽鸣。
群雄天下走，二世泪眼瞪。

注释： 陈胜、吴广领导的起义军被秦将章邯残酷镇压，吴广、陈胜先后兵败身亡。但各地群雄并起，反秦怒火速成燎原之势。首先起兵响应大泽乡起义的是楚国旧贵族项梁、项羽叔侄，继而是刘邦在沛县响应。齐、赵、燕、魏的旧贵族亦纷纷起兵，形成群雄并起的局面。

巨鹿之战

章邯军威至，陈吴两命丧。
秦军挥北地，巨鹿击赵王。
壁上援军望，声威项羽张。
沉舟破釜战，少帅气飞扬。

注释： 陈胜、吴广败于章邯以后，项梁、项羽成了抗击秦军的主力。定陶一战，项梁战死。章邯撇开项羽、刘邦，渡过黄河进攻赵王歇。赵王歇向六国旧贵族求救，可各路人马均畏缩不前，纷纷"作壁上观"。项羽怒火冲天，杀了他的顶头上司宋义，领兵渡过漳河，命令每个战士准备好三天的干粮，然后破釜沉舟，做了死拼秦军的准备。项羽的楚军与秦军进行了九次激烈的战斗，大败章邯，解巨鹿之围。章邯走投无路，投降了项羽，整个战场局势发生了颠覆性变化。

强秦败亡

秦施暴政人间乱，陈胜揭竿大泽乡。
奋激诸侯张旧部，兵锋刘项指咸阳。
昏招霸道拧黔首，不谙饥民变强梁。
血火天灾当记取，水舟覆载定兴亡。

注释： 项羽北上救赵时，刘邦带兵西进攻打咸阳。公元前207年八月，刘邦进到了武关，赵高杀了秦二世来投降，刘邦没有答应，赵高被秦王子婴杀死。十月，刘邦打到咸阳附近的霸上，秦王子婴到霸上投降。刘邦派人把子婴看管起来，自己带兵进入咸阳，秦朝灭亡。

约法三章

项羽兵锋破章邯，刘邦蓄锐指函关。
风吹落叶秦廷倒，约法三章百姓安。
只限刑法伤杀盗，归依民信善和宽。
封宫宁事候王霸，静望风云傍栏杆。

注释： 刘邦迷恋阿房宫被群臣劝阻，于是封存库房，回兵霸上。为了稳定人心，刘邦对关中"约法三章"：杀人偿命；伤人判罪；偷盗受罚。其余秦朝的法律一律废除。刘邦在关中赢得了人心。

鸿门宴

危机四伏宴鸿门，急煞军师怒目瞠。
项羽举杯终捏手，脱逃刘氏楚天倾。

注释: 项羽得到刘邦已进入咸阳灭了秦朝的消息,急速进兵关中要杀掉刘邦。刘邦用张良计稳住了项羽,并亲自到项羽的住地鸿门赔罪。项羽的军师范增安排了刀斧手埋伏在周围,并和项羽约定以掷杯为号开始行动。项羽终究下不了杀刘邦的决心,范增又安排项庄舞剑,剑指沛公刘邦,结果也被项伯和樊哙化解。刘邦趁机脱逃,项羽留下终身遗憾。

汉中王

刘邦受挤驻汉中,蓄锐养精志向东。
从此九州多趣意,山川刮起正阳风。

注释: 项羽进咸阳后,杀掉了秦王子婴和秦国的贵族、官吏,放火烧掉了阿房宫,掠夺了许多金银财宝和妇女,然后离开咸阳东归彭城。项羽分封了十八个王,自称西楚霸王,凌驾于各王之上。刘邦被封为汉王,离开咸阳到了封地汉中,作再返中原的准备。

汉,这个原本普通的中国字,因汉王的原因成为具有特殊意义的概念。

楚汉战争

蓄锐汉中半载强,沛公率众出陈仓。
鏖兵数载逼垓下,四面楚歌绝项王。

注释: 只经过半年的准备,刘邦便"明修栈道,暗度陈仓",进兵关中。经过四年拉锯战,刘邦由弱变强,逐渐有了和项羽决战的力量。公元前202年,韩信用"十面埋伏"计诱使项羽陷入垓下之围,项羽听着"四面楚歌",怀着"无颜见江东父老"的悲愤拔剑自杀了。刘邦最终得到了天下。

哀西楚霸王

力拔山兮气盖世，摧枯拉朽扫咸阳。

掀翻暴政诛秦氏，怒捣深宫焚阿房。

战地英武风送爽，鸿门寡断命遭殃。

涛惊垓下楚歌起，泪别虞姬一命亡。

注释： "力拔山兮气盖世，时不利兮骓不逝。骓不逝兮可奈何，虞兮虞兮奈若何！"
项羽自刎前的吟唱何其伤感。一代枭雄，推翻秦朝的主力，终因自身的弱点败于
刘邦之手，死时才三十一岁。

西 汉

西汉

兵进咸阳灭秦氏，楚汉二虎两相争。

四年拉锯项王败，沛公称帝霸业成。

休养生息凡五代，武帝高歌四海平。

罢黜百家尊儒术，中央一统强权生。

农工商业先后起，府库充盈赞歌鸣。

北击匈奴安边塞，南抚夜郎止刀兵。

张骞西域开通道，使出东南结同盟。

辞赋乐府诗文盛，司马史记古今情。

科技历法多建树，哲学宗教论纵横。

王莽改制留败绩，不失强汉华夏荣。

注释： 刘邦建都长安，史称西汉。西汉始于公元前202年，公元9年为王莽的新朝取代，历时211年。西汉是中国历史上的强盛时期，与唐朝并称汉唐雄风。因为连年战争，西汉初年社会凋敝，民不聊生。汉初的几代帝王推行"休养生息"政策，国家逐渐强盛起来，于是有了武帝时期的文治武功。汉初崇尚黄老思想，武帝时"罢黜百家，独尊儒术"，从此儒家思想成为中国封建社会的统治思想。武帝时经济繁荣，国力强盛，因此有北击匈奴的胜利，有张骞通西域的壮举，有文化上的不朽建树。

武帝以后，西汉逐渐衰落，最终被外戚王莽篡政。

刘邦建汉

暗度陈仓出汉中，沛公刮起霸王风。
帷幄运筹张良计，后盾安实萧何功。
放手韩枭南北往，绝杀楚项地天通。
四年血火终归定，大汉泱泱宇内雄。

注释：从表面看，刘邦不如项羽。刘邦之所以能战胜项羽当上皇帝，他自认为是用好了三个人，那就是运筹帷幄的张良、安顿后方的萧何、斩将搴旗的韩信。得人才者得天下，在刘邦身上表现得尤为突出。

布衣将相

沛公斩蛇刀兵起，左右后前尽布衣。
萧何曹参日从吏，韩信樊哙夜吟饥。
余多市井糠加饭，但逢刀矛勇且威。
宵小一帮成大业，黎民也可铸王徽。

注释：刘邦的成功，不仅得益于萧何、张良、韩信三人，他还使用了许多各有所长的人才。他用人不讲出身，只看本领，助他成事的多为布衣，因此历史上称刘邦周围的人为"布衣将相"。

仰汉高祖

偷鸡撵狗少年郎，乱世英豪志气扬。
笼络人杰窥帝位，寻思巧计戏枭王。
心雄敢掉妻翻马，胆酷能分父熬汤。
本性敛收生幻异，世人感叹汉刘邦。

注释： 刘邦身上存在着成就大事的心理与才气。在起事前，他近乎流氓无赖，一旦有了成大器的前景，他便收敛身上的劣习，进关中约法三章就是例子。他心目中只有一个目标：成事。为达此目的，他可以置父亲妻子的生命于不顾。项羽却正好相反，故而失败。

留侯赞

满腹经纶有子房，运筹帷幄辅君王。
疆场决胜施良计，麻缕廓清构巧方。
透晓君臣多诡诈，轻薄名利少奔忙。
功成勇退逍遥在，愿做乡间种树郎。

注释： 张良有范蠡之风。为主做事不遗余力，事成之后急流勇退。刘邦建汉以后，张良告老还乡，来到云梦泽边住下，安度晚年。据说湖南张家界这一名称即因张良而来。

哀淮阴侯

多多益善会将兵，斩将搴旗世上横。
运至风高雄气盛，时颓兔死犬毛烹。
从来患难多良诤，每到安平少共生。
可叹英杰豪壮士，刀横头颅眼方清。

注释： 淮阴侯韩信的故事家喻户晓。青年时穷愁潦倒，于是有"胯下之辱"。后长期怀才不遇但不死心，直到遇见萧何才得以出人头地。萧何"月下追韩信"说服刘邦拜其为大将，从此有了施展才能的机会。可韩信最终不识时务，死到临头方醒悟"狡兔死，走狗烹"的道理，可惜已经晚了。

萧何

沛县小文吏，神州大眼光。
兴衰识俊杰，生死护刘邦。
月下追韩信，关中督草粮。
捧得玺印至，开汉首功郎。

注释： 萧何被刘邦定位为建汉第一功臣，实至名归。萧何认定刘邦将来能成大事，于是处处帮助刘邦。陈胜吴广起义爆发后，萧何、曹参、樊哙把刘邦找回来，在沛县起事。刘邦的军队进入咸阳后，别的将士忙着抢劫金银财宝，只有萧何接过了秦朝政府的图书律令、文书档案，为打败项羽、建立汉朝奠定了基础。月下追韩信和经营后方更是被后人传为美谈。萧何也顺理成章成了汉代第一任丞相。

曹参

一县牢狱吏，死生傍沛公。
披坚冒疾矢，百战顶狂风。
平楚先锋将，破秦显赫功。
身伤七十余，无愧老英雄。

注释： 曹参亦是功勋卓著之人。沛县起义后随刘邦东征西讨，是最先进入咸阳的大将之一。在楚汉战争中攻克县城一百二十余座，先后负伤七十余次，为创建汉朝立下汗马功劳。萧何去世后，曹参继任丞相。

王陵

沛县郊区没落绅，追随刘氏骤兴兵。
清风两袖称良相，正气一身魍魉惊。

注释：王陵是刘邦的结拜兄弟，家境比较富裕，刘邦进攻咸阳时，王陵在南阳聚集了几千人坐观局势。楚汉战争爆发后站到刘邦一边，忠心耿耿跟随刘邦，亦是汉朝开国功臣。

陈平

帷幄筹运协张良，足智多谋助刘邦。

承继前贤担佐相，兴衰掌控稳皇桩。

注释：陈平足智多谋，和张良一起为刘邦运筹帷幄，在汉朝建立的过程中立下汗马功劳。后和周勃一起除诸吕，安刘家天下，居功至伟。

樊哙

沛县街头一莽夫，追随刘氏上征途。

鸿门宴上嘶声起，项羽低眉自认输。

注释：樊哙本是沛县街头杀猪屠狗之人，促使刘邦起义后忠心耿耿，追随左右。鸿门宴上提剑进帐保护刘邦，怒斥项羽，让楚霸王也不得不对他崇敬三分。

刘氏难题

草莽一帮似歹雄，朝堂嚷嚷野枭冲。

尊卑上下乱麻动，无序愁煞刘沛公。

注释：刘邦没什么文化，一贯讨厌读书人，也讨厌烦琐的礼节。他周围的人多出自草莽，蔑视尊卑上下，因此刘邦在朝堂上和大伙儿议事，便往往吵闹不休，弄不出一个结果来。刘邦为此事感到烦恼，好在出了个叔孙通，为他解决了这个难题。

叔孙通制朝仪

秦宫博士显孙通，助汉吹刮仪礼风。

文武朝堂厢两立，君王御座殿居中。

山呼万岁严威起，至上皇权一帝雄。

自此规章延后世，遗传千载助邦功。

注释： 刘邦接受了叔孙通的建议，为汉朝制定了一套切实可行的礼仪。通过演练，这套礼仪于公元前 200 年十月正式施行。天还没大亮，准备朝见皇帝的文武官员按官职大小在宫门外排队等候。宫殿外边，悬挂着色彩鲜艳的旗帜，手执武器的仪仗队排列两边。当传令官发出"传大臣们上殿"的号令后，文武官员分两列进入大殿，汉高祖坐辇车从内宫来到殿上，接受群臣朝拜。群臣朝拜时要自报姓名官职，行跪拜礼。朝拜完毕，汉高祖赏赐法酒，群臣举杯齐额，齐呼"谢酒！敬祝皇帝万寿无疆！"汉高祖感到了做皇帝的威严，非常高兴，重金赏赐了叔孙通。这套礼仪在中国延续两千多年，从形式上巩固了帝王统治。

分封异姓王

楚汉相争起众雄，安平四海各居功。

刘邦无奈分红利，异姓封王叹苦衷。

注释： 项羽曾封张耳、英布、臧荼等人为王，其地位和汉王刘邦相等。这些人投靠刘邦后，刘邦只有继续封他们为王。而刘邦的老部下韩信、彭越等人功劳更大，也得封王。刘邦一共分封了七个异姓王。封异姓王是一种不得已而为之的做法，当全国局势稳定后，刘邦便想方设法解决这一棘手问题，韩信成了"兔死狗烹"的典型。

杀马宣誓

刘邦除灭异姓王，代以本家子弟郎。

牵挂临终太庙叹，安康绸缪社稷长。

君臣共饮誓言酒，上下同开国运方。

尸位之人免受禄，生机永保汉旗张。

注释： 刘邦在铲除异姓王的过程中，发生了九江王英布反叛的事件。刘邦亲率大军平叛，在战争中被飞箭射伤，从此一病不起。刘邦知道自己不中用了，于是带着文武大臣到太庙宣誓。刘邦端起一杯冒着热气的马血酒起誓：从今以后，凡不是刘姓的人一概不许封王，没有功劳的人一概不能封侯，谁违反盟约，天下共讨之。这条誓约后来被吕后破坏。

刘邦病危

刘邦除却异家王，御驾亲征伐九江。

难愈箭伤身影倒，遗权吕后祸生殃。

注释： 公元前195年，汉高祖刘邦因箭伤去世，十七岁的汉惠帝刘盈登基，大权落入吕后手中。

惠帝登基

刘盈继位弱登基，权印旁移吕后欺。

隐忍虚皇七载后，郁郁写就告别诗。

注释： 太子刘盈年少登基，懂得的事情不多，加上性格优柔寡断，身体欠佳，大权就由他母亲吕后掌握。

吕后专权

吕雉横刁作女王，处心积虑去诸强。
因之彭越三族废，入瓮韩君干将亡。
刘氏宗亲多死难，吕家宠仔傲登堂。
多亏汗马忠心在，悍妇难嚣龙座狂。

注释： 汉高祖在位时，吕后已设计杀了韩信和彭越。高祖一死，吕后便开始杀刘姓王，为她篡位做准备。刘邦的八个儿子被杀四个，杀害赵隐王刘如意和他母亲戚夫人的残忍触目惊心。

少帝悲剧

刘盈无嗣苦悲伤，吕后塞包立假王。
少帝双尊傀儡事，司晨牝雉演荒唐。

注释： 汉惠帝的张皇后一直没有儿子，吕后叫她在衣服里塞些东西，假装怀孕。到时候，抱来一个宫中美人生的婴儿，假称是张皇后所生，将美人杀了灭口。惠帝死后，这个抱来的婴儿即位做了皇帝，历史上称为少帝。少帝是个名副其实的傀儡，实权掌握在吕后手里。

人彘

切除四肢瞎哑聋，戚妃人彘此般容。
狠辣刁后天光暗，惠帝惊心脑起痛。

注释： 赵隐王刘如意是刘邦最宠爱的儿子，汉高祖死后，吕后先把如意的母亲戚夫人打入冷宫，然后把如意从封地上招回来杀害了。吕后叫人砍断了戚夫人的手脚，挖掉眼珠，熏聋耳朵，灌了哑药，称为"人彘"，关进厕所。惠帝看了后，嚎啕大哭，病了一年多。

周勃安刘

吕氏诸王根底浅，靠山坍溃势权倾。

刘邦旧部联心动，周勃声威定乾坤。

注释： 少帝被吕后杀害，找了个叫刘弘的小孩子做皇帝，仍然叫作少帝。吕后为吕氏封了四个王，六个侯，篡夺了刘氏天下。刘弘即位的第四年，吕后病逝。太尉周勃联络刘邦旧部除掉诸吕，为安定刘姓天下立了首功。

血的教训

成功大业靠根基，弯道超车系自欺。

一旦天旋风浪起，横流血泪悔追迟。

注释： 吕后野心勃勃想为吕氏夺得天下，可实力与野心不相称，落得吕氏满门抄斩的后果，咎由自取。

文帝上位

皇家孝子有刘恒，尝药三年奉母亲。

吕氏权溃天地变，是为文帝享独尊。

注释： 诸吕被铲除后，朝中大臣废除了非嫡亲的刘弘，迎立代王刘恒做了皇帝，是为汉文帝。文帝刘恒是汉高祖刘邦的第四个儿子，为躲避吕后的迫害，和母亲薄姬一直住在封地，没有引起吕后的注意。传说刘恒是个孝子，文帝尝药的故事使他成为中国古代二十四孝之一。

文帝治国

清辛上位汉文帝，图治励精史载芳。
抚恤童叟惜地力，亲为皇室事农桑。
轻徭薄赋食居定，去酷松刑连坐亡。
休养生息天下治，黎民称颂好人皇。

注释：汉文帝上位后，首先想到的是恢复农业生产。春耕时节，他带领文武百官到长安郊外去耕地、下种；他叫皇后在皇宫的园地里种桑养蚕，为农民作出榜样。他关心抚恤鳏寡孤独，重视人口增长。他下令减轻刑法，废除了连坐和肉刑。文帝治国的措施很快见到实效，史载汉朝初年"天下初定，民无盖藏，自天子不能具纯驷，而将相或乘牛车"的贫困局面结束了。

七国之乱

刘邦依赖本家王，岂料同根亦诡张。
景帝登基新落座，吴楚啸叫起癫狂。
名曰锄贼清君侧，实乃窥京入帝堂。
至此方知人话歹，挥师发令亮锋芒。

注释：汉高祖刘邦在铲除异姓王时，又分封了一批同姓王，到汉文帝时，同姓王达到二十多个。这些王国领有的土地占了西汉帝国土地的大半，严重影响了国家的收入。同姓王也没有刘邦认为的那样可靠，汉文帝时就发生过两次同姓王叛乱的事，只是规模较小，影响不大。当时，朝中大臣贾谊和太子刘启的管家晁错主张"削藩"，汉文帝认为时机还不成熟，没有采取大的行动。文帝去世后景帝登基，采纳晁错的主张开始"削藩"，将一些王国的领地削减下来。早有准备的吴王刘濞联合楚王刘戊、胶西王刘卬、赵王刘遂、济南王刘辟光、淄川王刘贤、胶东王刘雄渠一起出兵，以"诛晁错，清君侧"的名义于公元前 154 年发动叛乱，史称"七国之乱"。

周亚夫平叛

虎子将门周亚夫，奇兵突破战楚吴。
铺天杀气叛逆定，至此野朝少恶奴。

注释： 汉景帝杀了晁错，可叛乱并没有停息下来，于是派太尉周亚夫和大将军窦婴等分头率军应战。周勃的儿子周亚夫善于用兵，他接受赵涉的建议出奇兵断了叛军粮道，然后发起猛攻，大败吴楚七国联军，刘濞逃到长江南岸的丹徒被当地人所杀，历时三个月的七国之乱被平定。从此，汉朝才真正成为一个统一的帝国。

文景之治

文景二代重耕织，粮米丰盈富麻丝。
动荡平息天下稳，流传治世赞扬诗。

注释： 汉景帝继续推行文帝的休养生息政策，鼓励农民安心从事生产，将赋税减到三十税一，这在古代是很低的赋税标准。文景时期，社会趋于稳定，生产得到发展，人民的生活逐渐安定。历史上称文帝、景帝时期比较清平的政治局面为"文景之治"。

仰汉武帝

休生四代传英主，集聚皇权固散沙。
文治内修襄道统，边功外诉耀中华。
君民同唱强邦调，远近高擎贡帝花。
手握乾坤心自动，雄才大略后人夸。

注释： "惜秦皇汉武，略输文采；唐宗宋祖，稍逊风骚"中的"汉武"即继承汉景帝登基的汉武帝。汉武帝雄才大略，他将"文景之治"加以发挥，使汉朝的国力进一步增强，形成了经济繁荣、国力强盛、思想统一、文化发达的大帝国格局。

经济发展

楼犁下地造良田，府库殷实庆顺年。

手艺精雕珍品在，操工娴练路丝延。

兵丁执锐安边塞，民意平和撑帝权。

物阜岁丰成霸业，雄才大略得飞旋。

注释： 汉武帝时期，有个叫赵过的人发明了代田法和楼犁。代田法即垄沟轮作法，楼犁是一种播种的农具。新的耕作方法的推行，有利于提高粮食产量。农业生产的发展又促进了手工业生产的发展，丝织、冶铜、漆器是西汉时期比较发达的手工业部门。连续几十年的稳产丰产，到武帝时国家已非常富裕，据史书记载：府库之钱累巨万，贯朽而不可校；太仓之粟陈陈相因，至陈腐而不可食。

汉赋

武帝重文彩，辞章靓异葩。

名篇千古传，汉赋独成家。

注释： 汉赋是汉朝时期兴起的一种介于诗歌和散文之间的文体。汉武帝非常喜欢这种文体，据说谁能与他谈论辞赋，他就给谁官做。司马相如是当时最负盛名的辞赋家，后人有"千金难买相如赋"之说。西汉著名的辞赋家还有枚乘、贾谊、扬雄等。现存西汉辞赋一千多篇，这是一个很了不起的数字。

乐府

贪欢汉武帝，乐府树青枝。

婉转悠扬处，几多艳丽诗。

注释： 汉武帝非常喜欢诗歌和音乐，他在政府里设立了一个叫作"乐府"的机构，专门负责收集诗歌，配制乐谱，训练乐工，演唱歌曲。汉朝的乐府诗，是我国文学史上一枝绚丽的花朵，如流传至今的名句"百川东到海，何时复西归？少壮不努力，老大徒伤悲"就出自乐府诗《长歌行》。

大一统

满腹经纶出董子，天人合一绘皇符。
三纲五常清规在，引带千年浸润殊。

注释： 汉景帝平定七国之乱，全国实现了政治上的统一，汉武帝则实现了学术思想上的统一。汉武帝接受董仲舒的建议"罢黜百家，独尊儒术"，结束了战国以来百家争鸣的局面。董仲舒宣传"大一统"思想，改造了由孔子创立经过孟子发展的儒家学说，并糅合其他各家学说，形成了延续近两千年的封建统治思想。董仲舒提出了"三纲五常"理论，建立了与"大一统"相适应的君臣人伦关系。这些措施有利于维护封建专制国家的统一。

独尊儒术

罢黜百家禁异声，独尊儒术显王峥。
武皇赞赏董博策，从此孔学论纵横。

注释： 在董仲舒提出"罢黜百家，独尊儒术"的主张后，汉武帝下令在政府里设置了专门传授儒家学说的五经博士，在五经博士下面配置了五十名弟子员。这些弟子员在五经博士的指导下攻读儒家经书，每年考试一次，能通过一经的就可以做官，成绩优良的还可以做大官。后来博士弟子员人数不断增加，最多时达到三千人。将读书和做官结合起来，儒家学说迅速在思想文化领域树立了权威地位。

太初历

雄尊建历盼兴隆，谯氏躬推落下闳。
节气循规匡闰制，协和日月见勋功。

注释： 汉武帝时期，原先推行的《颛顼历》已出现较大误差，于是组成以司马迁为首的编写班子编制新历法，多年未成。这时，上林苑令谯隆推荐同乡落下闳参与编写，终于有了结果。汉武帝下令于太初元年开始推行这部新历法，因此该历法便命名为《太初历》。《太初历》第一次把二十四节气编入历法，并将闰月设置规范化。这些新内容无论对当时还是后世都有很大影响。

匈奴

强居北地有匈奴，势贯东西做莽夫。
负重长城梢见效，挥鞭高祖险作俘。
和亲无奈效功少，侵扰难绝脑力徒。
待到威风催武帝，千军一扫胆骨酥。

注释： 秦始皇时，大将蒙恬把匈奴逐出河套地区，使其在很长一段时间内不敢南下。到秦末农民战争和楚汉战争时，匈奴又逐渐强盛起来，控制了西起新疆东到内蒙古东部的广大地区，对汉人居住区形成很大的威胁。汉高祖于公元前200年率兵三十二万北上迎击匈奴，被围困白登山七天七夜，差点做了俘虏。迫不得已，汉初只有采用和亲的办法，将汉朝宗室的女儿嫁给匈奴单于，再馈赠许多物资，和匈奴结为兄弟。惠帝、吕后、文帝、景帝一直采用这种委曲求全的办法，求得一时安宁。但匈奴单于并不满足，经常派骑兵到汉族地区骚扰，怎样对付匈奴成了汉朝皇帝的苦恼事。

飞将军李广

一骑绝尘安塞外，将军才气震云天。
惜兵犹似父疼子，拒恶威如螳捕蝉。
奴首闻之肝离胆，功勋犹比石沉渊。
明君不认忠良汉，自古烟波埋圣贤。

注释： 在汉朝将领中，李广是与匈奴作战最多、战功赫赫的名将。李广以善射著称，在作汉文帝的侍卫官时，经常陪文帝外出打猎，其百发百中的箭法，每次都能使文帝满载而归。在和匈奴的争夺中，李广机智勇敢，让匈奴闻风丧胆，称其为"飞将军"。常胜将军也有马失前蹄的时候，公元前129年就中了匈奴的陷阱而被俘，李广仍能跳出装载他的大网兜，夺得马匹弓箭，在射杀数名追兵后逃了回来。北部边境哪儿吃紧，朝廷就把李广派到哪儿。而李广一去，匈奴就逃走了。李广一生和匈奴作战七十余次，战功卓著，可就是得不到应有的封赏，因此司马迁和唐朝的王勃都在他们的文章中表示了不平之意。

张骞

武帝开边呼特使，名臣负重上天山。
身钻鬼患凶蛮地，口破楼兰剑斧关。
撬动丝绸通域外，迎来奇货进长安。
宇寰自此兴通道，利惠东西夷汉间。

注释： 为了联合月氏国夹击匈奴，张骞应诏出使西域，这是充满风险的差事。公元前138年，张骞带着一百多人的队伍，从陇西出发。他们一出陇西就和匈奴人打起来了，最终寡不敌众，一百多人都成了俘虏。过了十年，张骞找到了逃脱的机会，和堂甘父二人偷偷逃出匈奴，继续向西走去。他们在沙漠和草原上走了几十天，来到了大宛国，受到大宛王的热情接待，并将他们送到康居，再由康居人送他们到月氏国去。这时的月氏王只图安乐，已将寻匈奴报仇的事抛于脑后，张骞和堂甘父只有返回。回来的路上又被匈奴扣留了一年多，后趁匈奴内乱之机逃回了长安。这一趟耗时十三年。

汉武帝再派张骞从四川出发到西域去，结果在半途被挡回。公元前121年，霍去病领兵征讨匈奴。汉武帝命令张骞随霍去病出征，结果大获全胜，张骞被汉武帝封为博望侯。过了两年，汉武帝派遣张骞出使乌孙等国，在和乌孙国建立友好关系的同时，还和大宛、康居、大夏、安息等国建立了友好关系。从乌孙回来一年多以后，张骞就病死了。

张骞几次出使西域，为西汉和西域的友好交往作出了重大贡献。张骞开辟的

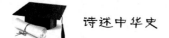

通往西域的道路，被后人誉为"丝绸之路"。

卫青

少幼贫寒经舛厄，多亏姊贵帝宫行。

心胸诡异多谋计，武艺精深树悍兵。

壮士挥戈英气盛，单于逃溃胆肝惊。

横征北地烟尘落，不失良臣身后名。

注释： 卫青的父亲姓郑，系平阳侯曹寿手下的一名小吏。其母卫媪是平阳公主的女奴。卫青从小给人家做牧童，历尽苦楚。后来他姐姐卫子夫被选入宫，得到武帝宠幸，卫青因精于骑射而得到武帝赏识。公元前129年，匈奴骑兵大举入侵，汉兵分四路出击，其余三路皆失利，只有卫青一路在龙城大胜而归，武帝大喜，封其为关内侯。卫青于公元前127年收复河套地区，公元前124年在漠南之战中大败匈奴右贤王，公元前119年与霍去病联合发起漠北之战，重挫匈奴，迫使其不敢南侵。公元前106年，卫青病故，谥称烈侯。

霍去病

出身低下知廉耻，自幼弓骑志恋戎。

誓破匈奴征战急，戈挥少壮屡建功。

披坚奋进擒敌首，执锐施威服劲雄。

可恨苍天阳寿少，恩亏世上一蛟龙。

注释： 霍去病出生在平阳公主府里，从小生活在奴婢群中，被看成是下等人。霍去病明白，像他这样的人要出人头地，只有立战功，因此他从小就刻苦练习各种武艺。十六七岁时，他的武艺已十分出众，被选为保卫皇帝安全的侍中官。霍去病十八岁那年随卫青出击匈奴，汉武帝让他带领八百名最精锐的骑兵，跟随卫青作战。霍去病作为突击队，在战争中立了头功，被封为冠军侯。公元前121年，汉武帝任命霍去病为骠骑将军，率精锐骑兵一万多人，从陇西出发夺取河西走廊，深入匈奴腹地一千多里，匈奴两个最能干的王受到沉重打击。以后连战告捷，终于在公元前119年彻底打败匈奴。

汉武帝为表彰霍去病的功劳，为他修建了豪华的住宅。可霍去病却说："匈奴未灭，无以家为也！"这种为国忘家的精神，为后世树立了良好的榜样。只惜英雄气短，霍去病二十四岁时就因病去世了。

苏武

使公受命遇刁鸢，北海冰封十九年。
饮雪吞毡寒苦逼，强筋韧腱泪睛穿。
节操鼎尚成标本，铮骨铿锵感上天。
动地名节今犹在，梦追路上忆先贤。

注释： 匈奴单于多不讲信用，扣留汉朝使节的事经常发生，汉朝为了报复，也扣留匈奴使节。公元前100年，匈奴且鞮侯单于新立，表示和汉朝友好，将以前扣留的汉朝使节全部送了回来。汉武帝决定报答且鞮侯，派中郎将苏武为正使，副中郎将张胜为副使，带着助手常惠和一百多名士兵及各种礼物，护送原先扣押的匈奴使者回去。

因为卫律事件，苏武被匈奴扣押。匈奴单于佩服苏武的气节，千方百计诱使其投降。苏武义正词严，视死如归，被恼羞成怒的匈奴人送到北海（今俄罗斯境内的贝加尔湖）牧羊。苏武历尽艰辛，在北海牧羊十九年。后经常惠策划，苏武方持着汉武帝亲手交给他的使节回到阔别多年的故乡。

苏武的气节一直为后世景仰。

拜谒司马迁故居有感（一）

仰慕千年直笔名，单骑万里走韩城。
方砖瓦舍书香气，黛石青冢铮骨声。
椽笔说穿存废事，金牙咬断是非争。
天威可叹难容诤，腐刑惊刀定余生。

注释： 因为仰慕司马迁，笔者曾千里单骑走韩城，拜谒了这位先贤的故居，感悟颇深。司马迁是位学者，却因一句为李陵的辩护词而获罪，被汉武帝处以宫刑，终身受辱。好在他完成了千古不朽的《史记》，也可死而无憾了。

拜谒司马迁故居有感（二）

后辈难息伤感事，七尺岂可断雄珍？
司添一屌成同姓，马配双睪与冯亲。
字义鄙粗公理在，机关变换怨心伸。
当悲世事多亏厄，阅此说辞泪满襟。

注释： 据说韩城的"同""冯"两姓是不通婚的。为什么？因为这两姓系"司马"一姓分解而成。传说司马迁去世后，司马家族一直为这一奇耻大辱愤愤不平，但又不敢明目张胆地反抗，于是想出了弥补的办法，将复姓"司马"进行分解，在"司"字旁边加一竖为"同"，在"马"字旁边加两点为"冯"。其含义是"司添一屌，马加二卵"，以还司马迁一个完全身。用心良苦。

夜郎自大

自称域内大无疆，谷地西南有夜郎。
等到中央臣使至，多同才悟眼昏光。

注释： 夜郎是位于四川西南部、贵州西北部地区的少数民族，因地处西南一隅，对外界缺乏了解，于是有夜郎侯多同问汉朝官员唐蒙"汉朝大还是夜郎大"的趣闻。当多同了解到外部世界以后，接受了汉武帝的加封，西南地区与中原的交流逐渐频繁起来。

霍光

重宦之家出霍光，皇宫侍卫费肝肠。
先皇泪诏襄婴幼，己任双肩负栋梁。
魍魉编施暗室计，权臣牢把护邦枪。
昭宣两代君心顺，确保刘家几世昌。

注释： 霍光是霍去病的异母弟弟，被霍去病推荐到汉武帝身边做侍从官。汉武帝喜欢霍光诚实忠厚，很快提拔他做了侍从官的首领。霍去病去世后，汉武帝又提拔霍光为奉车都尉、光禄大夫，掌管皇帝的车马和宫殿门户。霍光办事小心谨慎，二十多年没出过差错。汉武帝临终前指定八岁的小儿子刘弗陵继承皇位，任命霍光为大司马大将军，辅佐年幼的皇帝管理国家大事。

霍光辅政时深知责任重大，处事更加小心谨慎，因此在汉宣帝（刘弗陵）年间廉政治国，政绩突出。霍光的行为阻挡了一批争权夺位者的道路，他们联合起来向霍光进攻，最终身败名裂，叛乱未能得逞。

霍光辅佐汉昭帝十三年，昭帝去世后又辅佐汉宣帝六七年，于公元前68年病逝。

桑弘羊

一代通才顾命臣，商人小计害心身。
迁公不列小宵传，重杖霍光锁霾尘。

注释： 桑弘羊称得上理财专家，为汉武帝经营盐铁专卖有过功劳，在汉昭帝时期为御史大夫。他想为子弟在朝廷里谋求官职，遭到霍光抵制，于是心怀不满，与反对霍光的上官桀、上官安、盖长公主等人勾结起来，陷害霍光并企图发动叛乱，事情败露后遭到霍光镇压。本来是位能人，因心术不正，连司马迁也不愿意为其立传。

汉昭帝

英聪慧智少年郎，八岁登基赖霍光。

睿目识得奸佞面，哀惜寿短怨阎王。

注释： 汉昭帝八岁登基，由霍光辅政。汉武帝雄才大略，临终前决定传位给小儿子，显然这个叫刘弗陵的孩子有过人之处。昭帝不负先帝厚望，在他当政的十三年间既依赖霍光，也有自己的主见，于是才有打击阴谋集团的决心和措施。只惜寿命太短，二十一岁就去世了。

汉宣帝

继位皇基年廿五，朝和野顺四方泱。

匈奴两股得安抚，汉室边疆出泰康。

注释： 昭帝没有儿子，昭帝去世后，霍光和皇太后商量，决定立汉武帝的孙子昌邑王刘贺做皇帝。殊不知刘贺乃荒淫无道之徒，据说即位不到一个月即干了上千件不该干的事。霍光和朝臣们商量后，报请皇太后批准，废掉刘贺，另立汉武帝的曾孙刘询为皇帝，是为汉宣帝。汉宣帝在位二十五年，算得上一位明君，他最重要的贡献是妥善处理了和匈奴的关系，南匈奴呼韩邪单于投降汉朝，北匈奴郅支单于也表示和汉朝友好，北方边境得以安定。

汉元帝

终生怯懦贪经史，放落皇权宠宦官。

好在存留堪颂事，昭君出塞地天宽。

注释： 汉宣帝去世后，由他的儿子刘奭继承皇位，是为汉元帝。汉元帝多才艺，善史书，通音律，好儒术，为人柔懦。因宠信宦官导致皇权式微，朝政混乱，西汉由此走向衰落。但他成全的昭君出塞一事则世代传为美谈。

昭君出塞

和亲自古邦交事，独有昭君诉议端。
骨傲难蒙君主面，颜娇喜遇异王欢。
深宫失却花魁貌，远陲招来数载安。
世论多嗤毛延寿，平藩哪晓域间宽！

注释： 公元前33年，呼韩邪单于又一次来到长安，请求汉元帝答应他跟汉朝结亲。汉元帝同意了他的请求，派人到后宫去物色才貌双全的宫女，准备以嫁公主的礼节成全这门亲事。王嫱（学名昭君）入选，在经历了隆重的婚礼后随呼韩邪远走漠北。王昭君悲喜交织，在马上弹奏了一曲《昭君怨》，说尽人间苦乐。因后来有人叫王昭君为"明妃"，这首曲子又叫《明妃曲》。王昭君帮助呼韩邪单于发展生产，匈奴地区出现了人畜兴旺的繁荣景象。昭君在匈奴育有一子二女，生活稳定，匈奴也保持了六十多年与汉族的和睦关系。至于毛延寿将昭君有意丑化的传说出于稗官野史，不足为信。

王氏专权

初登成帝位，外戚势倾天。
太后专玺印，弟兄揽大权。
谦卑王莽出，俯首仲叔前。
形似诚挚汉，雄心腹内悬。

注释： 昭君出塞那年夏天，汉元帝去世，他的儿子刘骜即位，是为汉成帝。汉成帝尊母亲王政君为皇太后，拜大舅王凤为大司马大将军，其他几个舅舅都封了侯，外戚王家从此掌握了朝政大权。

王家还有一个人，开始时默默无闻，后来慢慢崭露头角，他叫王莽。

王莽叹

心雄誓启辉，动效两相违。
巨斧削庸政，权门灭虎威。
野朝众怒犯，满地败亡诽。
只要光环在，何须顶帝徽？

注释： 王莽是汉成帝的二舅王曼的次子，因父亲去世早，家境贫寒，在政治上没有什么地位。为了出人头地，王莽一方面努力读书，一方面拼命巴结伯伯叔叔，终于在几个伯伯叔叔年老后做了大司马，掌握了朝政大权。为了使自己的名声超过前辈，王莽努力工作，广结人缘，获得了好名声。

成帝死后，他的侄子刘欣即位，就是汉哀帝。哀帝的一帮外戚排挤王莽，逼他辞职回家闲居。哀帝只做了六年皇帝就死了，其堂兄弟刘衍做了皇帝，就是汉平帝。重新上台的王莽立马排挤异己，安插亲信，并大造舆论为自己登基做准备。公元五年，王莽毒死逐渐懂事的汉平帝，立两岁的小孩刘婴为皇太子，史称孺子婴。

公元九年，王莽废孺子婴为安定公，自己登基做起了皇帝，自称"新皇帝"，改国号为"新朝"。继而推行改制，想在历史上有一番作为，结果适得其反，引起天下大乱，新朝在大乱中迅速灭亡。

天下大乱

失败新规人世乱，奈何王莽应西东。
天灾诱导农民反，吕母揭竿火势雄。

注释： 王莽改制的主要内容是推行"王田"和改变货币制度，另外还有一些改制措施。为了转移国内矛盾，王莽大肆对外用兵，加重了人民的负担。同时，全国很多地方又发生了旱灾和蝗灾，民不聊生，农民只有反抗一条路了。公元十七年，山东琅琊郡海曲县爆发了吕母起义，揭开了大规模农民起义的序幕。

绿林起义

荆州大地恶凶生，绿林双王骤起兵。

转战声威南国壮，长安剑指望京城。

注释： 和吕母起义同一年，南方的荆州爆发了王匡、王凤领导的绿林起义。公元21年，荆州的两万官兵袭击绿林军，被绿林军打败，起义军扩充到了五万多人。因为瘟疫发生，绿林军被迫分散作战。

赤眉起义

樊崇莒县农夫起，转瞬集结十万兵。

奋战成昌王莽败，东州遍布赤眉军。

注释： 在吕母起义的第二年，吕母家乡琅琊郡有个叫樊崇的农民在莒县发动起义，起义军将眉毛涂成红色，因此叫赤眉军。赤眉军纪律严密，作风朴实，受到人民拥护，队伍迅速发展到十几万人。赤眉军在成昌跟王莽派来的十多万官军作战，取得胜利，队伍进一步扩大。

刘氏起兵

义勇声威动列强，荆州刘氏举刀枪。

豪绅吼处闻风应，崭露锋芒暗地王。

注释： 大规模的农民起义爆发后，荆州一带的地主刘玄、刘縯、刘秀等人利用他们跟汉朝皇帝同姓的关系，打出了反对王莽、复兴汉室的旗号，加入农民起义军队伍。刘玄政治经验比较丰富，很快取得了农民起义军的领导地位，在打败王莽军的一次大规模进攻后，他做了皇帝，仍然叫汉朝，定年号为"更始"，历史上称刘玄为更始帝。从此以后，绿林等农民起义军也被称为汉军。接着，起义军攻下昆阳、定陵、郾城，包围了宛城。

昆阳大战

王军汹涌击昆阳，御敌刘公有主张。

稳固城防坚堡垒，搬增救卒破围墙。

十三勇士披坚出，一纵精兵卷地狂。

万众新朝顷刻溃，笔留史册弱拼强。

注释： 公元 23 年，王莽派大将王邑、王寻带领四十二万兵马，号称百万大军，南下包围了起义军占领的昆阳，历史上有名的昆阳大战爆发。当时住在昆阳的起义军不到一万人，因此有人主张放弃昆阳，分散作战。担任太常偏将的刘秀则主张集中兵力保卫昆阳，刘秀的主张占了上风。起义军决定由王凤、王常负责全力守卫昆阳，刘秀则带着十三人突出重围征集援军。

王邑、王寻指挥军队猛攻昆阳，昆阳城里的义军死守一个多月，打退了敌人一次又一次的进攻。刘秀在郾城和定陵组织了几千农民军，然后急速驰援昆阳。刘秀带领几千义军对王莽的军队反复冲杀，最后利用王邑、王寻的轻敌攻入大本营。城里的义军也杀出城外，王莽的军队腹背受敌，抵敌不住，顷刻溃散，汉军取得了以少胜多的战果。

新朝灭亡

新朝动荡十余载，改制难成惹厉兵。

渐台王枭尸血散，空留后辈讨伐声。

注释： 汉军在昆阳之战中消灭了新军主力，更始皇帝派王匡领军攻打洛阳，另一支军队攻打长安。攻打长安的汉军迅速攻破东北方的宣平门进入城内，长安城里的市民在少年朱弟、张鱼的号召下起义，和汉军一起攻破王莽宫殿的大门，商人杜吴冲上宫中的渐台，杀死了王莽。起义军分割了王莽的尸体，维持了十五年的王莽政权被推翻。

仰光武帝

王逆篡位朝纲乱，四野扬幡造霾尘。

圣主中兴通帝姓，超车上位靠顺民。

捭阖乱政凭天势，重建勋功叙圣伦。

智勇双娇通古少，今朝再忆脑清新。

注释： 更始皇帝刘玄怕刘縯、刘秀兄弟的势力扩张，找借口杀了刘縯。刘秀为避害忍气吞声，躲过了刘玄的迫害。刘玄迁都洛阳后，派刘秀到黄河以北去扩充势力。这是一个绝好的机会，刘秀摆脱了刘玄的控制，在黄河以北站住了脚跟，并得到越来越多的地方武装的支持。刘秀利用赤眉军西进的机会分兵两路抢占地盘，富饶的中原地区逐渐控制在他的手中。公元 25 年六月，刘秀在手下大将的拥戴下于鄗城称帝，重建被王莽篡夺了的汉朝。

这时，赤眉军也建立了自己的政权，他们在华阴拥立了一个十五岁的牧童刘盆子做皇帝，樊崇做了御史大夫。长安的刘玄却只知寻欢作乐，结果被赤眉军和逃出长安的王匡等人推翻。刘秀乘机向赤眉军进攻，樊崇最后被刘秀杀害。

不久，刘秀迁都洛阳，建立东汉，成为东汉的第一个皇帝，史称汉光武帝。

东 汉

东汉

史称光武起中兴，东汉初年国运升。
农工发展催科技，府库余财经史承。
张衡浑天促地动，造纸革新有蔡伦。
班超西域破虎穴，佛教东进燃青灯。
豪强称雄世家出，宦官外戚权势蒸。
天降灾难人为患，黄巾起事烈火腾。
乱局搅动军阀战，洛阳长安血成冰。
混战多年大局定，曹刘孙氏握乾坤。

注释： 西汉都长安，东汉都洛阳，因洛阳在长安以东，故将建都于洛阳的汉朝称东汉。东汉为刘秀建立，刘秀与西汉的建立者刘邦有没有血缘关系不重要，重要的是东汉继承了西汉的传统，人们便承认东汉是西汉的延续，故有"光武中兴"一说。

东汉开始于公元 25 年，结束于公元 220 年，历时 195 年。

汉光武帝过后，明帝、章帝相继继位，东汉王朝进入鼎盛时期，史称"明章之治"。汉章帝后期，外戚日益跋扈，和帝上台后打击外戚势力，东汉国力达到极盛。东汉中后期外戚宦官相继专政，政治日趋腐败，终于爆发了黄巾大起义。在镇压黄巾起义的过程中，各地豪强纷纷拥兵自立，形成军阀割据的局面。经过连年混战，曹操、刘备、孙权三雄鼎立，历史进入三国时期。

东汉时期，科技、文化、军事、佛教等均有突出成就。

有志者事竟成

耿弇携伤伐张步，嚣声一作鲁齐平。

光武把酒夸枭将，有志者则事竟成。

注释： 刘秀建立东汉后，国家并没有统一，在东西南北的割据势力中，比较强大的有东方齐鲁一带的刘永和张步，西北凉州、陇西一带的隗嚣和西南巴蜀一带的公孙述。刘秀依靠手下的得力大将东征西讨，一个个消灭了这些割据势力，重新开创了统一的局面。

耿弇击张步的战斗异常激烈。耿弇腿受箭伤，将箭砍断继续战斗，苦战两天终于取得了胜利。刘秀在劳军时夸奖耿弇"有志者事竟成"的话成了有名的成语。

得陇望蜀

光武一意平疆乱，大将挥师向远征。

得陇当观蜀地秀，西南尽起马嚣声。

注释： 公元 32 年，刘秀带领征南大将军岑彭、大司马吴汉等西征陇蜀。刘秀在东归平叛时给岑彭的信上留下了"得陇望蜀"的话，希望岑彭打下陇西后再拿下蜀地。岑彭苦战到死，终于完成了这一任务。

强项令

董宣轻嘘豪劣势，执法似铁世人钦。

湖阳护短家奴事，洛令横刀马上擒。

圣主宣声责杖死，倔头击血石金音。

皇权难让铮骨动，强项县官撼帝心。

注释： 董宣担任洛阳县令时，遇上了汉光武帝刘秀的姐姐湖阳公主的管家杀人，湖

阳公主袒护管家，董宣在大街上强行将此管家斩首。事情闹到御座前，皇帝为了姐姐，要将董宣乱棍打死。董宣一阵义正词严的辩护，说得皇帝低头认错。但姐姐的面子还是要给的，皇帝要董宣给湖阳公主道个歉即可完事。可董宣是条硬汉，为了维护汉朝的法律，硬是昂着脖子死不低头。其倔强的行为赢得了"强项令"的称号。

太学

光武护位尊儒术，太学中兴习五经。
四海风云博士喜，文潮涌动世间宁。

注释： 汉光武帝崇信儒学，他每到一个地方巡视，首先打听此地有没有熟读四书五经的人。若有则登门拜访，请其出来做官。听说皇帝如此尊重学士，各地精通儒学的人纷纷背着图书赶到京城。光武帝在京城修建太学，设置五经博士，让那些熟读经书的人讲学。京城的学术空气顿时浓烈起来，儒家伦理因此得以继续张扬。

光武中兴

光武数令释奴婢，薄赋轻徭能效催。
手艺光鲜农业动，先朝治世几多回。

注释： 汉光武帝亲眼看到了世间反叛力量的强大，为了维护他的统治，采取了一系列缓和社会矛盾的措施。他多次下令释放奴婢，禁止随便杀害和虐待奴婢；他将田租恢复到西汉初年的三十税一。积极的措施调动了农民的生产积极性，农业很快发展起来。农业的发展促进了手工业和商业的发展，全国出现了人丁兴旺、鸡鸣犬吠的繁荣景象。后世将此称为"光武中兴"。

佛教入华

因果相倚出佛教，轮回转换死生中。
修行减免前身罪，从善积蓄来世功。

皇帝心倾玄幻意，使臣经取异域风。

神州从此火香旺，古刹青灯与儒融。

注释：佛教创始人是释迦牟尼，本名乔达摩面·见悉达多。佛教宣扬因果报应和生死轮回，主张用"修行"的方式改过自新。西汉末年，佛教传入中国。汉光武帝死后，儿子刘庄继承皇位，是为汉明帝。明帝信仰佛教，于公元65年派郎中蔡愔和博士弟子秦景等人，带着上等丝绸，到天竺国取经求佛。天竺国派了两位佛学大师到中国，朝见了汉明帝，向明帝讲解了佛教的教义。汉明帝按照佛教大师的要求，在洛阳城里修建了中国第一所佛寺白马寺，从此，佛教在中国迅速传播开来。

白马寺

帝王顺应天竺意，白马洪钟起洛阳。

自此经声佛庙起，如今犹望火烛香。

注释：白马寺是按天竺国佛教大师提供的图样修建的，它体现了古印度的建筑艺术和佛教文化。从此，佛寺建筑作为一种外来文化在中国传播开来。

王景治水

叶落归根王景在，奉诏克患畅其流。

先疏浚仪功初显，再治汴渠技尽忧。

十万民工多奋战，千里长坝一年修。

鼎新革故水门出，航溉双赢利数州。

注释：王景是朝鲜乐浪郡人，祖籍山东琅琊，因喜好汉族文化而"树高千丈，叶落归根"，回到了故乡山东。汉明帝叫王吴负责修治浚仪渠，王吴向汉明帝推荐了王景。王景提出用"堙流法"疏通渠道，获得了很大成功。接着，汉明帝叫王景整治汴渠。汴渠西起河南荥阳，东到黄河入海处的千乘海口，长达一千多里，因

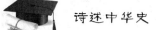

年久失修，河渠阻塞，水患无穷，修治难度很大。王景接受任务后，带领几十万民工和士兵苦战在工地上。他利用自己丰富的治水知识，淘去淤泥，加固河堤，开凿支渠，设置水门，仅用一年的时间就完成了这一艰巨工程。

汉书

班家两代系鸿儒，父业子承续史书。
二百余年西汉事，珠玑字字胜醍醐。

注释： 班氏系书香门第，班彪博学多才，以史学见长。其子班固利用父亲收集的资料，着手修治《汉书》，历时二十多年，在其妹班昭的协助下完成了这部巨著。《汉书》记载了西汉二百二十多年的历史，是我国第一部纪传体断代史，被后世列为中国二十四史之一。

班超赞

班家本是书香第，盖世风光父子贤。
四野烟罡边塞急，朝中使缺友邦悬。
文生一变成彪吏，虎穴惊风铺血筵。
西境重开平坦道，投笔纵马美名传。

注释： 班超是班固的弟弟，因渴望驰骋疆场建功立业而投笔从戎，跟随大将军窦固北击匈奴。班超作战勇敢，年轻有为，窦固报请汉明帝批准，让其以假司马身份带领三十六人出使西域。

当时西域有五十多个国家，在张骞通西域后和汉朝建立了友好关系。王莽当政时，西域和中原政权断绝了联系。这一时期，匈奴的力量又强盛起来，经常骚扰汉朝边境，西域各国怯惧匈奴。怎样联合西域各国夹击匈奴，成了东汉的一项重要国策。

班超等三十六人历尽千辛万苦来到鄯善，以"不入虎穴，焉得虎子"的豪气杀死匈奴使者，和鄯善国建立了友好关系。其后，班超领着他的队伍继续出使西域各国，使西域诸国全部归附了东汉。班超作为西域都护，长期担负着监视匈奴、保护西域诸国的重任。

西域都护府

坦途班超创，西域都护开。

红墙今一堵，凛凛驻轮台。

注释： 西域都护府是两汉政府在西域设置的最高权力机构，在现今新疆轮台县仍保留着西域都护府的遗址。

白虎通义

章帝开班论五经，丝分缕析考儒生。

文豪研墨疏章句，白虎通义集大成。

注释： 汉明帝很重视学者对儒家经典的理解，公元59年，他亲自到太学讲经，引得成千上万的人去听讲和看热闹，然后要求学者文人按他的讲解学习儒家经典。汉章帝继承父亲的做法，于公元79年在白虎观召开儒生大会，讨论对五经的不同看法，最后由他裁定谁讲得对，谁讲得不对，规定以后讲经得按他的标准讲解。他把白虎观会议的记录交给班固整理，于是有了《白虎通义》一书。

两都赋

长安洛阳哪宜都，众口纷纭定论无。

班固书成争辩赋，流传士庶问知乎。

注释： 班固擅长写赋。当时有人主张迁都长安，班固反对迁都，于是写了一篇《两都赋》，以一个长安人和一个洛阳人对话的方式互相阐述自己的看法，最后是洛阳人说服了长安人，都城还是设在洛阳为好。《两都赋》无论对当时还是后世都很有影响。

论衡

死生轮回甚荒唐，因果报应灌米汤。

奋笔王充成论衡，揭穿迷信亮祥光。

注释： 在白虎观会议期间，出了一个和白虎观决议唱反调的人，他叫王充。王充写了一部书叫《论衡》，《论衡》宣传唯物主义和无神论，对许多迷信说法进行了批驳。在公元一世纪能出现这样一个人和这样一部书是很了不起的。

蔡伦造纸

因为造纸受封侯，蔡伦功德映万秋。

自此人间添媒介，文章劲步走寰球。

注释： 在蔡伦以前已经有了麻纸，但麻纸很粗糙，还不宜于写字。蔡伦在麻纸的基础上经过多次试验，终于造出了经济适用的纸张。汉安帝因此封蔡伦为龙亭侯，人们将蔡伦造的纸叫作"蔡侯纸"。蔡伦的造纸术以后传入世界各地，对世界文化的传播作出了重要贡献。

文房四宝

自始颂宣蔡氏功，文人劲洒画书风。

砚笔墨纸成珍宝，一页薄笺走巨龙。

注释： 纸墨笔砚被中国人称为文房四宝。文房四宝出现的先后顺序应该是笔、砚、墨、纸，因纸在其中的重要作用而将其提到了四宝的最前面。文房四宝是文人骚客的最爱，也是中华文化的重要传媒。

张衡

自幼勤学今古通，帝王钦点太史公。

轻薄名利淡官场，迷恋科学重细工。

模拟浑天识上下，观测地动辨西东。

揭开宇宙朦胧状，独立九州一显翁。

注释： 张衡幼年时家境贫寒，靠亲戚朋友的帮助度日。但他天资聪慧又学习刻苦，十八岁到洛阳进入太学，很快成为一个学识丰富的青年学者。汉和帝几次派人请其做官，都被他谢绝了。张衡的兴趣在于研究机械、天文、历法、数学等自然科学。浑象仪和地动仪就是张衡发明制造的重要仪器。

浑象仪

欲晓星宿何路走，张衡制作浑象仪。

观摩天体轨迹动，方位一观心便知。

注释： 汉安帝召张衡做太史令，负责处理天文历法方面的事宜。为了工作需要，张衡制作了浑象仪。浑象仪是一个直径八尺的空心铜球，里面有一根铁轴贯穿球心。铜球表面刻有各种重要的星宿和刻度，代表天空中星座和天象运行的情况。浑象连接在装有一组齿轮的机械上，机械再跟报时的漏壶连接起来，漏壶和机械一动，浑象便随着铁轴转动，一天转一周，与天体运行的规律一致。浑象仪便于人们对天体运行的观测，是古代比较精密的天文仪器。

地动仪

飞来横祸地天震，抢险救灾顷刻间。

张氏发明地动仪，科学探测技当先。

注释： 张衡发明的地动仪用精铜制成，直径八尺，很像一个大酒坛。里面立着一根上粗下细的柱子，柱子紧挨着八道机关，和八道机关相连接的是趴在外面头朝下的八条龙，龙头分别对准八个方位，每个龙头的嘴里都含着一颗铜球，龙头下各蹲着一个昂首张嘴的蛤蟆。什么地方发生了地震，中间的柱子就倒向震区所在的方向，触动那个方向的机关，连接在机关上的龙头就张开嘴巴，吐出铜球，铜球掉进蛤蟆嘴里，发出"当啷"的响声。人们根据铜球掉落的方位，就能判断出哪个方向发生了地震。张衡发明的地动仪是世界上第一台记录地震的仪器。

外戚当政

皇基欠稳帝先天，七任汉家小蟒袍。
稚幼难谙军国事，亲戚自掌断麻刀。
专权梁冀一声噪，得道犬鸡里外嗥。
无忌横行趋绝路，升腾地火灭凶曹。

注释： 东汉从和帝刘肇起，七任皇帝都是幼年登基。年幼的小皇帝不会管理政事，于是便由皇太后临朝听政。皇太后相信娘家人，把自己的父亲和兄弟，也就是皇帝的外祖父和舅父找来，帮助管理国家大事。这在历史上叫作外戚当权。年幼的皇帝长大后，不愿充当傀儡任人摆布，于是把自己身边的宦官当亲信，利用宦官打击外戚，出现外戚、宦官轮流执政的局面。外戚、宦官多为腐朽势力的代表，他们专政的结果往往是统治黑暗，社会动荡。

东汉外戚当权最厉害的要数梁冀。他是汉顺帝梁皇后的哥哥，从公元141年起，掌握朝政大权达二十年之久。他大权独揽，不把皇帝放在眼里，汉质帝就是被他毒死的。梁冀家里前后有七个人封侯，三个人做皇后，六个人做贵人（妃子），出了两个大将军，三个驸马爷，做到高级官职的达五十七人之多。可谓"一人得道，鸡犬升天"。

宦官专权

梁冀专权种祸根，难知惹火自烧身。

君王不忍为雕木，帝宦合谋灭劣臣。

五侯功高嚣乱政，山河恶漫尽烟尘。

畸角哪懂庙堂事，朝野三空万众呻。

注释：梁冀专横跋扈，终于和他的妹夫汉桓帝发生了尖锐矛盾。桓帝跟自己的亲信宦官单超等五人合谋，发动卫兵突然袭击，包围大将军府，逼得梁冀自杀，并把他一家满门抄斩。宦官立了大功，单超等五人同一天封侯，掌握朝中大权。

宦官比外戚更坏。他们控制皇帝，将中央和地方的重要官吏都换成自己的亲信，国库里的钱财任其挥霍，使得整个国家呈现出田野空、朝廷空、仓库空的三空局面。

党锢之祸

豪强学士结盟朋，欲斗宦官恶怨升。

两次连生党锢祸，朝昏政溃地天崩。

注释：宦官专权严重影响到太学生的利益，他们在太学里展开了反宦官的斗争。太学生的斗争得到了包括外戚在内的世家豪族的支持。宦官集团看到世家豪族和太学生联合起来结成党派，于是寻找机会打击党人，先后发动了两次禁锢党人的暴力行动。

第一次，导致世家豪族出身的河南尹李膺等二百多党人入狱，后被驱逐回乡，永远不许做官。第二次则是激烈的武装冲突，结果宦官取胜，六七百党人被杀害、监禁、流放，一千多太学生全被关押。两次党锢之祸可见宦官势力的强大。

东汉田庄

东汉四处起豪强，连片千顷造田庄。

积聚人财心气重，身居世家望膏粱。

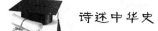

注释： 东汉是豪强地主的政权，田庄是豪强地主实力的展现。中国的田庄没有欧洲中世纪的庄园那么典型，但也自成一体形成了自给自足的自然经济。东汉田庄的主人往往又是达官贵人，即所谓门阀地主。门阀的最高层是膏粱世家，为膏粱奋斗是田庄主人的终极目标。

四民月令

崔寔学富心神旺，月令四民出手中。
眼下平铺庄户影，胸间浮现火雷风。

注释： 东汉末年，有个叫崔寔的人，写了一本《四民月令》，详细介绍了东汉田庄的情况。这里所说的"四民"，指士、农、工、商四种人，"月令"即每个月需要干的活儿。因为原书已经散失，从留下的三千多字中可以看到东汉田庄的基本情况，是后人研究东汉田庄的珍贵资料。

大限来临

阉官外戚闹朝堂，恶气乌烟乱政纲。
旱涝生灾天限至，黎民翘首盼枭王。

注释： 宦官和外戚争权夺利，引起社会动荡不安。人祸未已，天灾又来，从汉和帝刘肇上位时起，全国各地接连不断发生水灾、旱灾和蝗灾。农民没有活路，只有离乡背井，四处逃亡。实在活不下去时，他们终于打起了造反的旗号，开始聚众起义了。

太平道

张角创立太平道，济世安民有黄天。
遍及八州多信众，期观甲子起新篇。

注释： 汉安帝刘祜在位时，爆发了黄巾大起义。黄巾起义的领导人是张角，他创立了太平道，宣传"黄天太平"思想。张角懂医术，他经常免费给农民治病，病治好了，他就劝其参加太平道。穷苦农民把张角看成自己的救星，纷纷参加太平道，信徒发展到几十万人。张角把八州的信徒组成三十六方，每方设一渠帅领导，三十六个渠帅都听张角统一指挥。张角制定了"苍天已死，黄天当立，岁在甲子，天下大吉"的起义口号，只等时间一到就开始起义。

黄巾起义

凶告一篇出洛阳，千头掉落甚仓皇。
天公诏令八方动，黄帜翻飞四野张。
东汉起兵施重压，张角挥臂拒强梁。
天摧大帅血心碎，失首义军变跪羊。

注释： 因为叛徒出卖，大方渠帅马元义在洛阳被杀害，同时遇害的有一千多人。东汉政府下令搜捕张角，张角命令各地立即起义。起义军用黄布包头，因此被称为黄巾军。张角自称天公将军，他的两个弟弟张宝和张梁称为地公将军和人公将军，共同指挥战斗。东汉政府派出皇甫嵩、卢植、董卓等人领兵和黄巾军对抗，正在紧急关头，张角得病死了，皇甫嵩趁机发动进攻，黄巾军被打败，张梁、张宝先后战死，黄巾军主力战败。

黄巾败亡

汉代九州起众强，家师集训有规章。
乌合难抗谋略阵，百万黄巾速败亡。

注释： 黄巾军主力被镇压下去了，但各地的黄巾军仍然在继续战斗。在镇压黄巾军的过程中，各地豪强趁机扩充自己的势力。豪强武装训练有素，匆忙组织起来的农民军不是其对手，黄巾起义最终被镇压下去了。

军阀割据

豪强官府两相通，割据一方自号雄。

对抗黄巾声势起，欲探铜鼎帝王宫。

注释： 东汉朝廷害怕农民起义，派宗室大臣到各地担任州牧，交给他们军政大权。这些人跟当地豪强地主联合起来，形成地方割据势力，即军阀。豪强地主和大小军阀弱肉强食，互相兼并，战争连年不断，给人民带来深重的灾难。

洛阳劫

何进蹇硕两相争，袭扰皇宫起厉兵。

董卓乘机玩救驾，洛阳瞬刻失安宁。

东西两侧反军起，恶鬼匆忙旧路行。

一火繁华灰烬现，烟山赤野白骨生。

注释： 黄巾起义进入尾声时，东汉朝廷外戚宦官之争又一次发展到了高潮。外戚何进任大将军，因势力大而引起宦官的不满。宦官蹇硕担任禁卫军统帅，他想谋杀何进，不料消息泄露，何进先下手为强将蹇硕杀了。汉灵帝病死以后，何进立皇子刘辩继承皇位，是为少帝。担任中军校尉的袁绍建议何进利用机会杀掉所有宦官，遭到何太后反对。何进想利用凉州军阀董卓的力量钳制何太后，不想消息被宦官知道了，先下手杀了何进。袁绍带人攻入皇宫，杀了不少宦官，朝廷上下一片混乱。

这时凉州军阀董卓来了。负责京城及周边治安的长官丁原看出了董卓的野心，董卓收买丁原的部将吕布杀掉丁原，扫除了控制朝廷的障碍。公元189年九月，董卓废掉少帝，立陈留王刘协做皇帝，这就是东汉的末代皇帝汉献帝。董卓自封丞相，独揽朝中大权，为所欲为。董卓在洛阳的专横残暴引起了社会各阶层的强烈反对，袁绍逃往渤海郡，典军校尉曹操回到陈留，他们公开打出了反对董卓的旗号。各地反对董卓的力量公推袁绍做盟主，组织联军讨伐董卓。这支联军历史上称为"关东军"。

董卓撤出洛阳，挟持汉献帝逃往长安。董卓把洛阳及附近二百里内的几百万人口押往长安，将洛阳一带的房屋、庙宇、宫殿全部烧光，洛阳毁灭。

长安劫

董氏狼嚎进长安，霸权一举手遮天。
修筑堡垒郿坞起，藏贮金银卅载宽。
巧计王公施离间，挥刀吕布出钢拳。
郭汜李催凶魔至，水热山焦绝菜烟。

注释： 董卓到了长安以后，更加专横跋扈，穷奢极欲，逼迫汉献帝称他为"尚父"，外出用天子仪仗队，气势咄咄逼人。他大封自己的子侄做官，拼命搜刮百姓钱财，百姓恨死了董卓。董卓征集二十五万民夫，在离长安城二百六十里的一个叫郿的地方建筑了一座防卫用的堡垒——郿坞。董卓在里面屯集了够吃三十年的粮食和许多金银财宝，外出时衣服里裹着厚厚的铠甲，以为这样就可高枕无忧了。他没想到，周围最亲近的人王允、吕布合谋于公元192年四月动了杀机，并将其暴尸街头。

董卓的余部李催、郭汜领兵打进长安，杀了王允等一万多人，对长安城进行大肆烧杀抢劫。

洛阳、长安这两座繁华的大都市，相继遭到凉州军阀的洗劫，变成了一片荒凉的废墟。

曹操起兵

双面曹阿瞒，钢骨正气风。
箧轻搴叔势，侧视董卓躬。
陈留聚兵财，兖州收义雄。
厉兵握在手，飞箭射苍穹。

注释: 曹操,字孟德,沛国谯县人,二十岁时被举为孝廉,担任了皇帝的侍从官。不久调为洛阳北部尉,负责洛阳北部的治安工作。他颁布"夜禁令",将为非作歹的蹇叔(宦官蹇硕的叔叔)杖毙。董卓进京后想收买曹操,曹操逃回陈留,以此为基地起兵反对董卓。他带着新组建的五千多人马,参加了以袁绍为盟主的关东军,在和董卓对阵时吃了败仗,关东军散伙。公元192年,曹操在兖州打败黄巾起义军,从降兵中挑选了一批健壮青年充实到自己的队伍,组成了有名的"青州军",在兖州建立了根据地。

挟天子令诸侯

曹公兵起时,恶气漫神州。
欲取先天势,须恭皇上筹。
搜得献帝至,借语令诸侯。
号令出君口,雄窥四野茜。

注释: 当时在北方称霸割据的除了袁绍和曹操外,还有袁术、吕布、公孙瓒、陶谦、马腾等人,在长江一带割据的有刘表、刘璋、孙策等人。曹操要想统一国家,就得战胜这些人。当时,曹操手下有两个谋士,一个叫毛玠,一个叫荀彧,他们向曹操建议:"挟天子,令诸侯。"曹操接受了这个建议,在打败袁术、吕布和陶谦后,亲自带了一队人马,到洛阳将居于窝棚之中的汉献帝接到曹操的驻地许昌,改年号为建安元年(公元196年),表示从此以后要建立一个安定的汉朝。曹操自封大将军,开始用皇帝的名义向各地的豪强军阀发号施令,掌握了政治上的主动权。

屯田

兵荒马乱时,粮米乃根基。
曹氏兴屯地,军民共垦织。
身先践令律,发剪替头眉。
领地生机起,经年见虎狮。

注释： 毛玠和荀彧对曹操的建议除了"挟天子以令诸侯"外，还有一条是注意耕种，开垦荒地，积蓄军粮。在着手解决粮食问题时，东阿县令枣祗建议曹操实行屯田。曹操于是下达"屯田令"，任命枣祗为屯田都尉，任峻为典农中郎将，募民屯田。同时命令各地军队开展军屯。由于曹操重视农业，推行屯田政策，奖励耕作，保护庄稼，使破坏了的农业生产逐渐恢复和发展起来，为打败群雄、统一北方建立了稳固的经济基础。

曹操叹

究奸诈狡外宣鄙，大略雄才内隐珠。
乱世混来心计歹，烽烟练就胆心殊。
能征惯战成枭器，度势审时养干躯。
只道宁亏天下人，后生乃咒狠毒夫。

注释： 一个人成功需要若干要件，而审时度势是任何成功人士必不可少的要件，曹操能在乱军丛中拔地而起获得成功，善于审时度势是最关键的因素。他的名言"宁让我负天下人，不让天下人负我"虽被后人诟病，但设身处地想想，在当时那种情况下，不心狠手辣、当机立断行吗？

吕布

功威当世绝，力挫万夫雄。
只叹谋胸浅，伤心负魏公。

注释： "人类吕布，马类赤兔"是小说《三国演义》的判词，却也说明了一个问题：在当时的天下枭雄中，吕布是佼佼者。只可惜有勇无谋，常被人当枪使，最后败于曹操之手。

桃园结义

患难相逢忠义在，桃园一拜感皇苍。
风尘混迹寻活路，脑智精开拓帝疆。
手足情生肝胆照，弟兄诚映日月光。
神州自古崇杰士，妇幼皆知刘关张。

注释：据说刘备是西汉中山靖王刘胜的后代，比汉献帝高一辈，被称为皇叔。这位皇叔家境贫寒，得依靠母亲贩鞋织席维持生活。东汉末年，天下大乱，刘备得到中山富商张世平、苏双的帮助，招募义兵，组织自卫武装。关羽、张飞前来应募，刘备见关、张二人武艺高强、才智出众，于是结为异姓兄弟，成为生死之交。

青梅煮酒论英雄

曹公蓄意论英雄，刘备借威响雷风。
箸脱指尖轻掩饰，虎龙较劲见真功。

注释：曹操睿目识英雄，以青梅煮酒的方式对刘备进行试探。刘备假借惊雷作掩饰，逃过了曹操的追逼。龙虎相争，拼的是内功。

官渡之战

中原二虎互逞强，决斗惊心脑智狂。
白马初攻摧大将，乌桓火起绝军粮。
曹操吼叫势撕云，袁绍奔逃阵化汤。
以少胜多成战例，阿公一举四州降。

注释：曹操势力的迅猛发展，与占据河北之地的袁绍发生了尖锐冲突。公元200年，袁绍任命沮授为监军，统领十万大军从邺城出发进攻曹操的驻地许昌。袁绍进军到黄河北岸的黎阳，派郭图、颜良进攻白马。曹操采用避实就虚、声东击西的打法，杀死颜良及前来救援的文丑，首战告捷。袁绍自恃兵多将广，率兵渡过黄河，直逼官渡，誓和曹操决战。曹操竭尽全力固守官渡，战局进入相持状态。

曹操采纳了前来投奔的袁绍官员许攸的建议，亲自带兵奇袭乌桓，一把火烧掉了袁军的粮仓。袁绍不顾岌岌可危的局势，派大将张郃、高览进攻官渡的曹营。张郃、高览在前线投降曹操，曹操开始大举反击。袁军大败，袁绍带着八百多残兵败将逃回北方。

官渡之战是中国历史上以少胜多的著名战例。

袁绍

四世三公为膏粱，只惜胸脑欠情商。
江山半壁一宵尽，穷退途中老命亡。

注释： 袁绍出身于著名的膏粱世家，身份显贵，但不具备争霸群雄、一统天下的能力，最终被曹操在官渡打败。曹操没有给袁绍喘息的机会，一鼓作气荡平袁绍占领的北方四州，实现了北方的统一。

沧海横流，方显出英雄本色。袁绍当不在英雄群中。

小霸王孙策

英姿飒爽少年郎，弱冠之时过大江。
击败寇仇张六郡，抚安百姓拓东疆。
仇人怀恨施毒箭，胞弟含悲承栋梁。
早逝雄才心未竟，世人皆叹小霸王。

注释： 孙策、孙权的父亲孙坚原是袁术的部下，孙坚替袁术攻打荆州时被荆州刺史刘表的部将黄祖射死。十七岁的孙策只得去投靠父亲的老上司袁术。孙策少年英俊，很得袁术喜欢，当扬州刺史刘繇进攻孙策的舅舅吴景时，袁术借给孙策一千人马前去救援吴景。孙策进军江东，得到好友周瑜的大力支持，最终打败刘繇，解了舅舅危难，同时控制了江东的大块地盘，也摆脱了袁术的控制。正当孙

策准备渡江北上与曹操争夺地盘之际，仇人的毒箭射伤了他，临死前将权力移交给弟弟孙权，委托张昭、周瑜辅政，然后闭上了眼睛。小霸王孙策死时二十六岁。

孙权上位

含悲跪接恩兄印，立誓兴邦霸九州。
诚意炼修肝胆志，潜心敬奉父兄筹。
张昭主内安朝政，周瑜操兵抗曹刘。
少年老成人世叹，生子当如孙仲谋。

注释： 孙策死后，十九岁的孙权在张昭协助下，开始掌管军政大权。不久周瑜也赶来辅助，并向孙权推荐了鲁肃。当时江东初定，政局不稳，人心浮动，很多人对孙权持观望态度。孙权铁腕镇压了李术的反叛，人们才开始信服他，江东的局势逐渐稳定下来。公元202年，曹操遣使到江东，要孙权送一个儿子到许昌做人质，遭到孙权拒绝。在文臣武将的竭力辅佐下，由孙策开创的称霸江东的基业，到孙权手里逐步得到了巩固。

三顾茅庐

皇叔劳苦廿多年，扶汉安邦如上天。
新野屈居恨步穷，雄才希冀望心穿。
徐公力荐卧龙智，刘备躬身疾步前。
三顾方蒙诸葛面，宏韬一席解胸悬。

注释： 袁绍兵败官渡，原先投靠袁绍的刘备只有带着关羽、张飞去荆州投靠刘表。刘表对刘备很客气，但又不放心，安排刘备住在小小的新野县城。这时刘备已起事二十多年，虽一直寄人篱下，但名气很大，投奔他的人很多。刘备四处寻找人才，有个叫徐庶的向他推荐了诸葛亮。

诸葛亮字孔明，从小死了父母，跟随叔父从老家山东到荆州避难，在隆中的卧龙岗盖了几间茅屋住了下来。他除了种地外，还经常和一些朋友切磋学问，畅谈天下大事。诸葛亮胸怀大志，自比春秋战国时的管仲、乐毅，熟悉的人都认为他是个了不起的人物，尊称他为"卧龙先生"。

刘备听说诸葛亮的才能后，非常高兴，于是带着关羽、张飞三顾茅庐，终于请出了诸葛亮。

隆中对

孔明钦佩皇叔志，茅舍席谈天地通。
据荆跨益先驻足，联南抗北后争锋。
三分天下初成势，再下九州毕巨功。
宏论结时随步往，殷酬几顾出隆中。

注释： 刘备三顾茅庐时，和诸葛亮的一番话被称为"隆中对"。诸葛亮首先分析了当前的形势：曹操已平定北方，势头正盛，目前尚不能与其争锋。孙权据有江东，已历三世，政权稳固，只能联合，不能图谋。荆州系战略要地，可惜主人暗弱，守不住这个地方。益州民殷国富，尚可作为基地。那么目前我们该做什么呢？占领荆州，再跨益州，东和孙权，南抚夷越。待天下有变，两路大军分别从荆州和益州出发进取中原，那时大势可定，天下可平。

诸葛亮的一席话让刘备有醍醐灌顶之感，于是诚恳邀请诸葛亮出山共谋大业。

诸葛亮赞

乱世苟全一田夫，风云世事聚心枢。
恣情描述隆中对，信手挥研八阵图。
老骥情倾扶弱汉，忠良血尽报托孤。
奇才自古居山野，哪靠衣冠辨虎㹴？

注释： 成都武侯祠大门上有一副楹联："两表酬三顾，一代垂千秋"，将诸葛亮的事迹作了高度概括。

文姬归汉

凄凉苦女蔡文姬，一世颠簸屡见欺。
幸有曹公北向使，迎归汉地做人师。

注释：蔡文姬自幼聪明，在父亲蔡邕的关怀下，音乐、文学都有很高的造诣。身处乱世的蔡文姬命运悲惨，当她还在襁褓中时即随父充军朔方，在归途中又因得罪了地方官而一家流亡十二年。不久，蔡邕被王允逮捕入狱，囚死牢中。接着，母亲和丈夫也相继死亡，蔡文姬只身回到老家陈留，过着孤苦伶仃的生活。蔡文姬后被匈奴掠走，被迫嫁给了左贤王。她留居匈奴十二年，生了两个孩子。公元208年，蔡邕的好朋友曹操派人带着礼物，到匈奴处接回了蔡文姬，为汉朝的文化事业作出了重要贡献。

建安文学

曹公称冠建安起，烁烁文光射斗牛。
育出殷殷文囿艳，中华铸建一丰丘。

注释：建安文学在中国文学史上具有重要地位。曹操父子三人（包括曹丕和曹植）是当时的文坛领袖，另外号称"建安七子"的孔融、王粲、刘桢、阮瑀、徐干、陈琳、应场等在文学上都有很高的造诣。

名医华佗

华佗治病技高深，内外针灸业道精。
迷醉首研麻沸散，体操效仿五禽生。
关公疗毒系枭汉，阿瞒医头露霸凌。
只怪负天曹氏莽，冤狱惨死世人惊。

注释：东汉末年的华佗很有学问，尤其擅长医学，地方和朝廷的大官多次请他做官，都被他谢绝了，他的兴趣是为民治病。华佗精于内科和针灸，更长于外科，治好了很多疑难杂症。他发明的麻沸散是世界上最早的麻醉药，他创造的五禽戏是一套有效的健身操。后因得罪了曹操而惨死狱中。至于为关羽刮骨疗伤的事系传说，不足为信。

医圣张仲景

蔑视官场贪腐气，专司百姓病疾身。

四诊八纲探命理，辨证施治走阳春。

主破伤寒攻绝症，遗留著述引来人。

民间颂赞为医圣，华夏丰碑一显神。

注释： 张仲景是和华佗同时代的名医。他因医术高明被选拔出来做官，官至长沙太守。他为官清廉，很受老百姓爱戴。汉献帝建安年间，因战争频繁，瘟疫流行，成千上万的人被伤寒夺去了生命。张仲景决心探求出一套治疗伤寒的办法，通过长期努力，他总结出了辨证施治、对症下药的治病原则，发展了古已有之的望、闻、问、切四诊法，确定了阴阳、表里、虚实、寒热的中医诊断学八纲，从而奠定了中医学的理论原则和核心思想。他在总结临床经验的基础上写成《伤寒杂病论》一书，毫无保留地把自己的经验贡献给同行。张仲景以他杰出的贡献被后人尊称为"医圣"。

破荆州

曹操挥剑下江南，豚犬刘琮白幛悬。

弱势皇叔长坂走，收兵夏口待伸延。

注释： 曹操统一北方后，努力发展生产，增强军事力量，然后挥兵南下，准备消灭荆州的刘表和江东的孙权，进而统一全国。公元208年，曹操直取荆州，这时刘表刚刚去世，承袭职位的次子刘琮吓破了胆，暗地里向曹操投降。受刘表派遣驻守新野、樊城一带的刘备只得匆匆向江陵退却。曹操怕刘备占领军事重镇江

陵,亲自率领五千轻骑兵,不分日夜地追赶。没几天工夫,曹操在长坂追上了刘备。刘备大败,只得从小道逃到夏口,和刘表的长子刘琦相遇,集结了约两万兵力,准备继续抗击曹操。

舌战群儒

曹军席卷下长江,进退孙权乏主张。

舌战群儒诸葛厉,倾心借势助周郎。

注释: 曹操南下,孙权也很紧张,他派鲁肃到刘备处察看动静。刘备同意鲁肃的意见,孙刘联合起来共同抗曹,并带领军队退守长江南岸的樊口。诸葛亮跟鲁肃到了柴桑会见孙权,他先用激将法坚定了孙权抗曹的决心,再舌战群儒抵制了投降派,配合周瑜做好了抗击曹操的准备。

赤壁大战

两虎相争搏内功,兴衰强弱掌心中。

雄姿英发周郎智,羽扇纶巾孔明风。

老将行施苦肉计,曹营突起火焰冲。

杀声喊处北兵溃,联袂刘孙鼎势雄。

注释: 周瑜年轻气盛,和老将们精诚合作,设计了攻破曹军的成套方略。周瑜抓住了曹军来自北方,不服水土和不惯水战的弱点,用火攻烧毁曹军战船和岸上的营帐,并顺势掩杀,在赤壁大败曹军,写下了中国历史上以少胜多的又一战例。

叹周瑜

稚幼学法数载聪,英姿飒爽傲江东。

脚登赤壁倾才智,手执令旗败北公。

只恨诸葛捅软肋,惜哀马下倒枭雄。

喉间三寸宽窄道,全在速疏掌控中。

注释: "遥想公瑾当年,小乔初嫁了,雄姿英发。羽扇纶巾,谈笑间樯橹灰飞烟灭。"宋朝大文豪苏轼在《念奴娇·赤壁怀古》中的诗句活脱脱勾画出一个飒爽英姿的周瑜。可惜这样一员足智多谋的虎将却英年早逝,留下千古遗憾。至于诸葛亮"三气周瑜"一说乃小说情节,不足为信。

刘备入蜀

刘备挥师进蜀州,隆中决策效益收。
横跨两塞观天下,祈盼兴邦在夏秋。

注释: 刘备乘着赤壁之战的胜利占据荆州,然后按诸葛亮的隆中决策进取益州。当时占据益州的刘璋懦弱无能,他的部下张松和法正暗地里请刘备入蜀主政。刘备带兵进入益州,和刘璋的将领发生冲突,刘备节节取胜,可军师庞统战死。驻守荆州的诸葛亮让关羽守荆州,自己带着张飞、赵云等大将连夜入蜀,刘璋无计可施,只好投降,把益州让给了刘备。其后刘备又取得汉中,开始作进取中原的准备。

曹丕建魏

曹操营建帝王基,留与子孙写说辞。
献帝躬身王座去,刘家自此被人欺。

注释: 曹操败归北方,孙、刘亦无力北进,三方各自按自己的方略行事,全国局势趋于缓和。曹操在网罗人才、发展生产的同时,迫使汉献帝把更多的权力交给他。公元213年,汉献帝封曹操为魏公,三年后又封为魏王,这时的曹操只差让汉献帝退出皇位的最后一步了。公元220年,曹操去世,曹丕接替他做了魏王和汉朝丞相。曹丕在做了一系列准备工作以后,用迫使汉献帝"禅让"的方式上台当上了皇帝,改国号为魏,将都城迁到洛阳。曹操一直想做而没有做成的事由曹丕变成了现实。

刘备称帝

曹丕称帝霸中原，刘备悲哀哭上天。

忿怒登基襄正统，复光汉室效先贤。

注释： 曹魏代汉的消息传到成都，刘备悲痛欲绝。他带着军民对天痛哭三天，然后在成都宣布自己即位称帝，继承汉朝的法统。因为他建立的汉朝势力范围仅局限于巴蜀地区，历史上称之为蜀国。

孙权称帝

曹刘接踵登皇位，岂有孙权自认输？

打扫金陵撑帝座，史书自此有东吴。

注释： 刘备称帝后八年，即公元229年，孙权也在金陵即位称帝，国号吴，历史上称之为东吴或孙吴。至此，魏、蜀、吴三国鼎立的局面形成。

三　国

三国

黄巾造反起烟尘，四方豪强动刀兵。
混战连年山河哭，白骨遍野鸟心惊。
弱肉强食演吞并，优胜劣汰三家成。
曹丕代汉称魏帝，刘备建蜀荆益横。
孙权稳守父兄业，金陵城内东吴生。
为霸神州各用劲，内外施功政理精。
生产军事齐头进，文化科技并肩行。
分久必合系大势，三国归晋司马赢。

注释： 东汉末年，地方军阀在镇压黄巾起义的过程中各霸一方，最后形成魏、蜀、吴三国。魏国从公元220年至265年，最后亡于西晋；蜀国从公元221年至263年，最后亡于曹魏；吴国从公元229年至280年，最后亡于西晋。

三国时期，战争较军阀混战时期减少，各国为了发展势力均采取了有利于社会发展的措施，少数民族地区得到了有效开发。

魏国的经济文化成就比较显著，中原地区兴修了许多水利工程，农业生产得到恢复和发展。以冶铁和纺织为主的手工业也有了起色。文化方面以曹操父子为首的建安文学成绩显著，哲学上开创了清谈玄学的风气。科技方面，马钧的指南车具有代表性。

蜀汉在诸葛亮主持下注意搞好和少数民族的关系，西南地区得到开发，熬制井盐和织造蜀锦的手工业有所发展。

吴国注重对长江下游的开发，稻米和蚕丝的产量有了提高。吴国的造船业尤为发达，卫温驾驶海船到了台湾，加强了大陆和台湾的联系。

叹关公

赤面关公称壮士，功名卅载世间雄。
荆州扼守要冲地，襄水刮起卷北风。
孰料东吴袭背后，谁知麦堡叹途穷。
一人牵扯全蜀动，兄弟失和犯戒戎。

注释： 赤壁大战以后，曹操对孙权和刘备的威胁暂时解除了，可孙、刘之间的矛盾又尖锐起来。孙权认为荆州应该是东吴的地盘，而刘备却占据不让。后来刘备去了益州，让大将关羽守卫荆州。孙权趁关羽北上攻打曹军之机从背后袭击，夺取了荆州，又杀了关羽。可惜一世威风的关将军，就这样倒在孙权刀下。

叹张飞

桃园结义三叔弟，百万军中一世雄。
谋略生时满地计，刀枪起处顶天功。
催兴阆苑碑冲彩，计败张郃势掩虹。
只怪兄仇冲暴气，魂天部下壮歌终。

注释： 张飞浑身是胆，武艺超群，与关羽并称"万人敌"。他跟随刘备南征北战数十年，进益州后镇守阆中，政绩不菲。关羽被孙权杀害后，张飞悲痛欲绝，立誓作先锋征讨孙权。只惜脾气暴躁，惹怒下属，在出征前被范强、张达杀害。

夷陵之战

皇叔誓报弟兄仇，统率蜀军走下州。
急智孙权识俊杰，精心陆逊判敌酋。
天炙疲卒荫间息，火尽连营一战休。
意气难酬人世愿，托孤白帝泪双流。

注释： 关羽、张飞相继遇害，刘备决心复仇。公元221年七月，刘备不顾诸葛亮反对，指挥蜀国的大部分兵马，向孙权发动了大规模进攻。孙权几次求和不成，于是任命陆逊为大都督，统领五万人马对抗刘备。

当陆逊带领水陆两军来到前线时，刘备的军队已进抵猇亭，深入吴境五六百里。陆逊用缓兵之计拖住蜀军，避免大战。当时正值盛夏，酷热难忍，刘备只得让水军上岸，和陆军一起住在溪沟山涧、树林茂密的地方，扎下互相连接的四十多座军营，准备天凉时再大举进攻。陆逊抓住机会，用火攻烧毁刘备的连营，再配以大军掩杀，蜀军抵敌不住，一路溃逃。刘备艰难冲出重围，逃到了白帝城。

叹刘备

世上皆知刘备志，忠仁厚义地天闻。

关张携手拂尘土，诸葛出山壮弱军。

平定九州多影现，强征吴地火烟焚。

复兴汉室终生愿，只叹天恩缺半分。

注释： 刘备算是一个悲剧人物，奋斗一生，虽建立了蜀汉政权，毕竟恢复汉室的大业未竟，最后死于白帝城，让人唏嘘。

白帝城托孤

溃败夷陵悲白帝，托孤孔明泪沾襟。

蜀君痛彻追伤骨，丞相披捐日月心。

注释： 刘备猇亭战败，退到白帝城暂时驻扎下来，不久就因忧愤悔恨而病倒了。在病势沉重的时候，刘备派人去成都，把丞相诸葛亮等人请到白帝城安排后事。刘备让诸葛亮坐到床边，悔恨交加，然后将写好的遗书交给诸葛亮，将太子刘禅予以托付。诸葛亮表示一定尽力辅佐幼主，不辜负刘备的重托。公元223年四月，刘备去世，十七岁的刘禅在成都即位，加封诸葛亮为武乡侯。从此，蜀汉政权的大

小事情都由诸葛亮决断。

蜀吴修好

败战夷陵元气伤，邓芝东下论兴亡。
蜀吴再启昔时好，鼎驻三足自奋强。

注释： 猇亭战败让蜀汉元气大伤，诸葛亮继续贯彻他历来主张东联孙吴、北拒曹魏的政策，派邓芝到东吴去做孙权的工作，最终说服孙权和蜀汉结成抗拒曹魏的联盟，使得三国鼎立的局面得到进一步巩固。

诸葛亮用人

诸葛治国义为先，不以亲疏定正偏。
才住蜀中当有用，集思广智起强权。

注释： 诸葛亮懂得用人的技巧，重视选拔人才，敢于不拘一格用人才，十分重视发挥部下的智慧和才能。他主张"集众思，广忠益"，喜欢敢于直言的官吏，善于倾听不同意见，用张裔和蒋琬就是成功的例子。当然也有失误之处，用马谡导致失街亭留下了深刻教训。

读成都武侯祠楹联有感

当年领袖谓兴元，丞相祠堂悟诤言。
善赖攻心消反侧，轻忽审势乱宇寰。

注释： 在成都武侯祠内挂着这样一副楹联："能攻心，令反侧自消，从古知兵非好战；不审势，则宽严皆误，后来治蜀要深思。"这应该是对诸葛亮治蜀方略的高度概括。当年毛泽东主席派刘兴元到四川主政时，将这副对联推荐给刘，显然很有深意。

七擒孟获

蜀西嚣反叛，孟获首当冲。
丞相令旗舞，三军南地攻。
屡擒皆礼义，数放服枭雄。
坦臂忠言泣，从今挂箭弓。

注释： 南中历来是多民族聚居的地区，孟获系南中地区少数民族的豪强首领，是当地很有影响的人物。他趁蜀国对吴国作战失败，元气大伤，刘备刚死的机会，煽动群众，杀了蜀国派在这一带的官吏，公开发动了武装叛乱。诸葛亮在治理好内部和处理好了和东吴的关系以后，开始平定南中。诸葛亮用马谡的"攻心为上，攻城为下；心战为上，兵战为下"的策略，对孟获七擒七纵，终于让孟获心悦诚服，南中的叛乱随之平定下来。

诸葛亮治南中

西南族系杂，服众乃良方。
政令属当地，枭杰面帝王。
广推耕作术，鼓动坐行商。
乐事安居现，文明进陋乡。

注释： 诸葛亮平定南中以后，为加强蜀汉中央政权对南中的统治，他任命少数民族的领袖人物担任中央和地方的官吏，孟获后来就担任了蜀汉中央政权负责监察的御史中丞。诸葛亮将南中原来的四个郡分为七个郡，防止发生割据的危险。同时在南中推广汉族先进的耕作技术和手工业技术。诸葛亮主持修好了一度废弃的牦牛道和驿亭，恢复了西南地区的交通。这些措施，促进了南中地区的发展，维护了西南地区的民族关系。

七绝·诸葛亮北伐
谆谆复汉平生愿，丞相兴师上祁山。
锐势兵锋卷败叶，魏军震恐赴西关。

注释： 诸葛亮巩固了在西南地区的统治后，为了实现国家的统一，于公元228年发动了北伐曹魏的战争。诸葛亮进军阳平关，打算进攻郿县、长安，最后打到洛阳去。他命令赵云和邓芝带领部分军队作疑兵，虚张声势由斜谷道进攻郿县，迷惑敌人，把魏军主力吸引过来。诸葛亮任命马谡为先锋，亲自带领蜀军主力，突然袭击祁山，南安、天水、安定三郡的魏军来不及抵抗，投降了蜀汉，关中为之震动。

失街亭
马谡身披书卷气，诸葛误判授先锋。
空谈不保街亭道，局势风摇吉变凶。

注释： 在战局对蜀军十分有利的时候，先锋马谡骄傲轻敌，主观武断，不听从参军王平的意见，违背了诸葛亮的战略部署，在街亭舍水上山扎营。魏将张郃围困街亭，断了汲水之道，然后放火烧山。蜀军饥渴难忍，不战自乱，马谡只得放弃街亭逃命，迫使诸葛亮退兵。诸葛亮挥泪斩马谡，第一次北伐失败。

病逝五丈原
鞠躬尽瘁灯光灭，死而后已德映天。
六出祁山心未竟，来人感叹出师篇。

注释： 后来，诸葛亮率军五次北伐，其中两次打出祁山。在最后一次北伐战争中，因为操劳过度，诸葛亮病逝五丈原，终年五十四岁。诸葛亮出隆中以后，一心辅佐刘备父子统一中国，做到了"鞠躬尽瘁、死而后已"。因为当时的蜀汉还不具备统一全国的力量，故诸葛亮的愿望没法实现。

天下名巧马钧

中原巧匠有马钧，工具改良助世人。
提水翻车襄灌溉，织绫机械便丝民。
精心造就指南车，实证钦服御下臣。
百戏君王眯眼乐，多枚硬果慰艰辛。

注释： 马钧是魏国的能工巧匠。他改进了织绫机，提高了工作效率；他制造了指南车，将传说变成了现实；他发明了翻车，把低处的水提到高处；他为魏明帝制作了被称为"水转百戏"的木偶戏。人们佩服马钧的智慧和实干精神，称他为"天下名巧"。

三国科技

战乱亦能杂业兴，三国科技负清名。
韩暨水排催炉火，蒲元钢刀助蜀兵。
诸葛孔明连弩造，木牛流马数脚行。
竞争促使人心奋，压力逼得大事成。

注释： 三国时的能工巧匠除了马钧外，著名的还有曹魏的韩暨、蜀汉的诸葛亮和蒲元。韩暨在东汉杜诗水排的基础上，制造了一种力量更大的水排，利用水力鼓风，大大节省了人力和畜力。诸葛亮在北伐曹魏的过程中发明了连弩和木牛流马。蒲元制造的宝刀削铁如泥。

东吴登夷州

台湾古代叫夷州，大陆仙山久汇流。
遣使孙权风上走，行船卫氏浪中游。
登滩才遇棍矛事，进寨却逢志趣投。
自此隔空相对望，风云宝岛一心收。

注释：公元230年，孙权派卫温和诸葛直带领一万多人乘船去夷州，夷州就是现在的台湾。刚上岸，当地的高山族人以为遇上了海盗，于是发动进攻，结果被卫温的军队打败。按高山族的规矩，战败者要向对方道谢，双方达成和解。因吴军士兵新到夷州，不服水土，很多人病死，于是只有退回大陆。从此以后，夷州和大陆的交往密切起来。

高山族

夷州土著谓高山，女织男耕林寨间。

海外风云多变幻，陈规固守露欢颜。

注释：三国时候，高山族还处于氏族社会阶段，他们分成许多部落，没有私有财产观念，部落的成员叫作"弥麟"。他们按性别和年龄分工，身强力壮的男子担任狩猎、捕鱼和保卫部落安全的任务，妇女则负责采集、养殖和准备饭食，缝制衣服。在高山族部落里，一切都按照集体的意志和传统习惯办事，有人犯了罪，由部落中人共同议决制裁的方法。

司马懿叹

面饰愚蛮藏虎志，身居简宅盼杀机。

腾空一跃熊黑影，出手连赢蜀汉师。

兵政略韬多遣后，子孙能耐少如斯。

精心磨打成豪器，个中机关耐揣思。

注释：司马懿出身于氏族大家，本人才智出众，文武双全。曹操当权时，他曾帮助曹操推行屯田制；后帮助曹丕废献帝，被任命为尚书、太尉，掌管军政大权；他执政期间政绩突出，赢得了很高的声望。魏明帝曹叡荒淫腐朽，司马懿乘机收买人心，扩大势力。明帝死后，年仅八岁的儿子曹芳即位，由司马懿和曹爽辅政。曹爽利用手中的权力排挤司马懿，但曹爽一派被称为"浮华友"，不是司马懿的对手。司马懿用假象骗过了曹爽的试探，随时寻找机会要除掉曹爽。

高平陵事变

曹家祭祖走皇陵，司马惊雷动魏廷。

大印收归言似鼎，洛阳再次泛灾腥。

注释： 公元249年正月，曹芳要到皇陵去祭祀父亲魏明帝，曹爽和大小官员跟随皇帝出城，浩浩荡荡向高平皇陵进发。司马懿用迅雷不及掩耳之势发动政变，调动军队控制了洛阳。曹爽知道大势已去，答应把兵权交给司马懿。不久，司马懿用灭族的刑法杀戮曹爽家族和党羽，解除了后顾之忧。史称此事件为"高平陵事变"。

司马昭之心

路汉皆知司马昭，视探王座剑锋嚣。

曹髦不堪怨声出，一命呜呼帝运遥。

注释： 高平陵事变后不久司马懿就去世了，他的儿子司马师、司马昭相继执政。司马师和魏帝曹芳不和，进宫一句话就把曹芳废了。司马师死后，司马昭做了丞相，更加专横，根本不把魏帝放在眼里，篡权野心毕露。新立的魏帝曹髦深知司马昭的野心，愤慨地说"司马昭之心，路人皆知"，准备下手除掉司马昭。可惜力不从心，曹髦还没动手即被司马昭击败，一命呜呼。司马昭害怕别人说他弑君篡权，假惺惺责备自己，又杀了直接杀死曹髦的成济，立曹操的孙子曹奂为帝，司马昭完全控制了政权。

竹林七贤

士子难容司马氏，消极抵制弄文鞭。

形骸放荡多才气，竹罩隐身有七贤。

褴褛衣衫当世怪，华鲜文采后人传。

终归不敌打拉计，两别刑官断话源。

注释： 司马氏集团打败曹氏集团以后，为了稳定局面，对文人采取了又拉又打的两面手法。当时有些文人不愿意投靠司马氏集团，却又不敢硬碰，于是采取消极反抗的办法。他们经常几个人聚在一起，到竹林山水之乡游逛，饮酒清谈，并且故意放荡形骸，表示蔑视权贵，反对礼教。这些人的学问都很好，历史上把其中最有名的七个人称为"竹林七贤"。他们是：阮籍、嵇康、山涛、刘伶、向秀、阮咸、王戎。这七贤后来发生了分化，除阮籍、嵇康临死不为司马氏服务被害死外，其余五人都投靠了司马氏集团。

阮籍

为首之贤阮嗣宗，坚辞赎买酒汹汹。
才华满腹倚笔忿，自击床榻绝命钟。

注释： 阮籍性情豪放，脾气古怪。他不满意现实，经常用酒来麻醉自己，喝醉了，就跑到荒野山林去长啸，发泄胸中的闷气。阮籍很有才能，曹魏末年被任命为东平相，仅用十天工夫就把东平郡治理得井井有条。阮籍醉酒的主要目的，是装糊涂逃避司马氏的收买，后在狂放中病死。

嵇康

文韬武略嵇叔夜，蔑视霸权首离身。
一曲刑场广陵散，伤心几许爱书人。

注释： 嵇康是一个脾气古怪的人。他一表人才，学识渊博，不但善于弹琴作诗，还有一身好气力。山涛被司马氏集团收买以后，希望嵇康出来做官，为司马氏效劳。嵇康写了一封绝交信，在信中一边痛骂山涛，一边对司马氏集团的黑暗给予了无情的揭露和批判。司马氏集团决定杀掉嵇康，临死以前，嵇康要了一把琴，从容不迫地弹了一曲《广陵散》，曲调悠扬悲壮，在场的三千多名太学生无不为之落泪。嵇康死时四十岁。

邓艾灭蜀

躁动皇基司马昭，伐蜀代魏火心烧。

洛阳四面烟尘起，蜀地三军苦旅遥。

邓艾奇兵麈险地，阿公束手迅折腰。

刘家两代心浇印，愚儿憨哈顷刻消。

注释： 公元262年，司马昭调集十八万大军，分三路伐蜀。三路大军分别由邓艾、诸葛绪、钟会三员大将率领。这年冬天，邓艾率领的伐蜀部队到达阴平，再往前就是四川的松潘地界了。从阴平到松潘得走七百多里无人烟的荒僻小道，这一带山势险峻，到处是悬崖峭壁，因此蜀汉未在这一带设防。邓艾选定了一个山口，他用毡毯把自己包裹起来，冒险从山上滚下去，试探进攻的道路。士兵们大受鼓舞，个个奋勇当先，如神兵出现在四川江油。邓艾留下部分兵力切断驻在剑阁的蜀将姜维的退路，自己带领另一部分军队向成都进军。后主刘禅献出整个蜀国，向邓艾投降。

钟会反叛

邓艾亡蜀建首功，钟会突冒鬼来风。

奸书密告司马处，刀剑锋屠锦城宫。

逆将痴心奸计破，姜维复汉梦魂空。

相残二士功勋殁，最终成全窥帝翁。

注释： 邓艾灭蜀立了头功，对于野心很大的钟会是件难以容忍的事，于是密报司马昭，说邓艾谋反。司马昭当然明白是怎么回事，他一方面命令钟会进兵成都捉拿邓艾，一方面带兵西进防着钟会。钟会得知这一切后大失所望，只有孤注一掷，和企图乘机恢复蜀汉的姜维联合打进成都，抓住邓艾，然后宣布反对司马昭，做第二个刘备。哪知拥护司马昭的人先动起手来，杀了钟会和姜维，邓艾也被冤杀。司马昭牢牢地控制了局势。

司马炎代魏

司马三代大功成，魏灭晋兴免血兵。
曹氏当羞摧汉事，腮边应存献皇声。

注释： 灭蜀后不久司马昭病死，他的儿子司马炎享受了祖父、伯父和父亲那里留下的果实，当上了晋王，掌握了魏国大权。司马炎急于当皇帝，几个月以后，他就毫不客气地让魏帝曹奂退位，自己登上了宝座。一切禅让仪式和条件都仿照当年曹魏代汉的格式，这可是当年曹丕所万万想不到的。司马炎改国号为晋，他就是晋武帝。

羊祜奠基

皇族干将有羊祜，立誓东征灭劲吴。
竭虑殚精施抱负，奠基南夏现通途。

注释： 西晋代魏以后，晋武帝司马炎接受将军羊祜的建议，积极准备消灭东吴，统一中国。羊祜是司马师的小舅子，司马炎称帝后，任命羊祜为荆州都督，屯兵南夏。羊祜采取了一系列措施，使南夏成了征伐东吴的基地。可惜的是，出师未捷身先死，灭吴的事，羊祜向晋武帝推荐了杜预。

杜预灭吴

晋帝兵锋指吴州，金陵霸气黯然收。
江边杜预一声吼，孙皓降幡冒石头。

注释： 公元280年，晋武帝派大将杜预率领二十多万人马，分六路进攻吴国。晋军势如破竹，很快打到东吴的都城建邺。吴主孙皓效法刘禅，带上东吴的户口册子，领着残留下来的文臣武将向晋军投降，东吴灭亡。

三国归晋

势成司马气若虹，曹氏印玺纳袖中。

虎降成都后主地，雕扑孙氏建邺宫。

南方脱却吴蜀画，北地齐歌晋帝功。

战乱多年终有定，山河再现九州同。

注释： 公元263年，司马昭灭蜀。公元265年，司马炎以晋代魏，西晋建立。公元280年，西晋灭吴。三国鼎立的局面最终结束，西晋实现了全国统一。

西 晋

西 晋

三国政归司马氏，晋朝权生洛阳宫。
士族当政贪腐盛，争奇炫富奢无穷。
搜刮民财竞贪婪，卖官鬻爵见司空。
晋室诸王拥权势，埋藏祸根暗火冲。
时逢杨贾两皇后，婆媳争宠飙血风。
宫廷格斗八王乱，洛阳长安火中溶。
五胡乘机闹中原，山河泣血魔头疯。
腐败导致皇运短，西晋匆匆寿命终。

注释：司马炎建立的西晋从公元265年至316年，最后被匈奴人建立的汉国灭亡。西晋初年，国家统一，社会秩序比较安定，经济开始有所发展。但司马氏集团腐朽贪婪，挥霍无度，社会矛盾很快尖锐起来。到晋惠帝司马衷时，天灾严重，战祸频繁，皇帝愚蠢糊涂，诸王外戚争权夺利，西晋王朝迅速走向崩溃。晋惠帝是个白痴，大权掌握在母亲杨太后手中。晋惠帝的皇后贾南风不甘心婆婆一家掌权，她利用司马氏诸王杀了杨太后，引起八王之乱，匈奴人趁机打进洛阳、长安，西晋灭亡。

周处除三害

周郎吴地一狂生，年少浑凶我自行。
父老归依三害列，亲身领会脑心惊。
消杀恶兽虎蛟尽，痛改前非事业成。
吴晋为官通肃正，贪昏凶里有清名。

注释：东吴人周处从小死了父母，缺乏管教，加之力气过人，因此年轻时横行乡里，百姓痛恨，把他和山上的猛虎、河里的蛟龙并称为三害。当周处明白自己在乡里人眼中的形象后，先除了猛虎、蛟龙，然后改过自新，将自己这一害也除掉。在东吴时，他官至无难督；归顺西晋后，先后被任命为新平、广汉等地的太守。他为官清廉，勤政能干，大家称赞他是了不起的清官，尤其是他年轻时勇于改过的意志和行动更受人钦敬。

腐败晋王朝

士族身影司马氏，淫荡骄奢迷乱宫。
地效天行官气败，王朝短命必然中。

注释：司马氏集团腐败贪婪，他们卖官鬻爵，贿赂公行。晋武帝原有宫女几千人，灭吴后又挑选吴宫美女五千人，整天宴饮作乐，荒淫奢骄。王室的豪门权贵大肆搜刮钱财，挥霍无度。如此昏愦的王朝，短命将成为必然。

王石斗富

王恺石崇双斗富，畸心仕宦育怪胎。
铺绫隔路香抹墙，喂马银槽蜡替柴。
人命寻常草菅事，华屋堆砌打劫财。
直臣上奏哀声叹，奢侈之风系恶灾。

注释：石崇系大官僚，依靠世代剥削积累了巨额财富。王恺是晋武帝的舅父，和石崇一样拥有大量财富。王恺听说石崇很富有，于是不服气，要和石崇斗富。王恺家用麦糖洗锅，以此向石崇炫耀；石崇自然不服气，用白蜡当柴烧，压倒了王恺。王恺为了讲排场，出门时在道路两旁用紫丝布做成挡风墙，全长四十里；石崇则用锦缎做成挡风墙，全长五十里，又压倒了王恺。王恺用赤石脂抹墙；石崇则用香椒泥抹墙，又胜过王恺。

晋武帝支持舅父和石崇斗富，赐给舅父一株高二尺多的珊瑚树，王恺把石崇请到家里予以炫耀。石崇哼了一声，随手拿起一根铁如意，将珊瑚树敲碎，然后叫手下人回家将自己的珊瑚树搬来，三四尺高的竟有六七株，像王恺那两尺多高的更多，任凭王恺挑选。王恺又输了。

王恺、石崇草菅人命，在饮酒时经常杀掉服务的美女，拿人命当儿戏。如此奢腐，还得到皇帝支持，这样的政权何能持久？

腐败晋武帝
异草奇花装太庙，皇宫美女万人多。
穷奢极欲搜天下，且看能哼几载歌。

注释： 晋武帝生活奢侈腐化。他为祖宗修了一座富丽堂皇的太庙，建筑材料用的是荆山上采来的木材，华山上采来的石料，正殿上十二根柱子用铜铸成，外面镂刻出各种各样的花纹，再涂上黄金，点缀上大大小小的明珠。晋武帝修建太庙的目的，表面上是孝敬祖宗，实际是为自己铺张浪费开路。他为自己修建了豪华的宫殿，搜罗了一万多美女来服侍他，这一万多美女一天的胭脂花粉就是一笔很大的开销。

奢靡官僚
太尉何曾父子兵，衣食斗靡两相争。
三餐万钱难插箸，压帛金箱蛀虫鸣。

注释： 皇帝奢侈腐化，大臣们纷纷效法。太尉何曾家里的门帘、帐子、车篷全用上等的丝绸做成，他家的饭食非常讲究，每天的伙食费花一万钱，还说没有下筷的地方。何曾的儿子何劭比父亲更奢侈，他每天的伙食要花两万钱，天天山珍海味。他的衣服一天换两三次，一年也换不完，被虫子蛀了就扔掉。

庇护士族
高族霸占府官田，一纸抗书达旁权。
圣上难招权贵事，杀只小雀儆猴前。

注释： 司马炎包庇高级氏族，容忍他们胡作非为。刘友、山涛、司马睦、武陔四人依仗自己的权势，各自霸占了一大片公田。有个叫李熹的实在看不下去，于是告发了他们。司马炎接到控告文书，不敢得罪那三个高门氏族，就拿地位较低的刘友开刀，其他三人不予问罪。皇帝包庇高门氏族，更助长了这些人的气焰。

荫庇制度
大官家室荫庇护，租徭尽免享天光。
延及旁系皆多利，负重黎民肉脑伤。

注释： 司马炎推行荫庇制度，凡是做大官的人，他们的亲戚可以沾光，免交租税和免服徭役。官做得越大，庇荫的范围越广，大的可以庇荫九族，品级低一点的可庇荫三族。这些只不过是名义上的规定，一些与大官毫无关系的人，只要送些贿赂，被大官认作亲戚，也能得到庇荫。

卖官鬻爵
汉家鬻爵钱归库，晋室卖官财进包。
只管逍遥身自乐，安危国事一边抛。

注释： 司马炎为了搜刮钱财，采用东汉的办法，规定可以用钱买取官爵。官爵的价格根据地位高低、职位肥瘦来标定。不过东汉卖官所得的钱归国库，而西晋卖官得来的钱则全归司马炎所有，供他个人挥霍浪费。

刘毅直言

晋皇尤喜恭维语，刘毅偏发辣燥声。
直比桓灵若武帝，刚直横刺帝王惊。

注释： 要承认，司马炎也不是昏庸透顶，他还是听得进意见的。有一次他问身边的司隶校尉刘毅："拿我跟汉朝的皇帝比，你看我比得上哪一个？"他希望刘毅赞他如高祖或光武帝。哪知刘毅竟说他像东汉末年的桓帝、灵帝。晋武帝究其原因，刘毅说，桓帝、灵帝卖官得来的钱归国库，陛下则将卖官的钱归于私人，从这点看，你还不如桓帝、灵帝呢！晋武帝居然没有生气，而且以后一直重用刘毅。

裴秀绘地图

制绘先宗谁领受？晋朝裴秀配称之。
翻研古典明就里，考察山川决端倪。
穷尽腹心成大统，疏通六体奠根基。
精心治道人钦敬，移至今天仍是师。

注释： 晋武帝任命裴秀为司空，负责掌管地理图籍和建筑方面的事情。中国早就有地图，但差错很多，裴秀通过实地考察，再参考其他古籍图册，绘制成《禹贡地域图》十八篇，对古代的九州，西晋时候的十六州作了准确的反映。更难得的是他创造了一套绘制地图的理论，即"制图六体"。"制图六体"包括分率（比例尺）、准望（方位）、道里（路程距离）、高下（地势高低）、方邪（角度大小）、迂直（山脉、河流、道路的曲直），在当时是很了不起的，裴秀因之被誉为"中国科学制图学之父"。

洛阳纸贵

左思笔功苦读成，穷研细刻造诣精。
十年写就三都赋，一但诵传天下鸣。

陆机折服搁笔叹，洛阳纸贵世间行。

田园居隐修诗志，咏史八章寄内情。

注释： 左思的《三都赋》是一篇用赋的文体描写三国时的蜀都成都、吴都建邺、魏都洛阳的文章，是这种文体中最出名的长篇之一，也是西晋文学的代表作之一。左思为写《三都赋》足足花了十年时间，文章写成后，人们争相传阅，赞不绝口，纷纷争着买纸来抄写阅读，以至造成"洛阳纸贵"的现象。左思的诗也写得好，《咏史》八首是其代表作。

司马炎埋祸根

武帝分封同姓王，顾兼外戚势权张。

根基自以豪族稳，得意之余祸害藏。

注释： 晋武帝为了使司马氏的江山能够长期存在下去，实行了一些保安天下的措施。其一，大封同姓王，以此拱卫王室；其二，重视外戚，给老丈人、小舅子、表兄弟等都封了重要官职；其三，拉拢氏族地主，给予高官厚禄以换取他们的支持。这些措施在晋武帝时候有用，但却埋下了祸根，以至引起后来的"八王之乱"，葬送了西晋王朝。

昏愦无知晋惠帝

智障帝王司马衷，登基不认路途穷。

安知饥众哪堪食，反问肉粥何不中。

鬼魔妖精相伴至，昏君悍妇一双凶。

纷纭世事催天变，祸起萧墙卷恶风。

注释： 晋武帝做了二十五年皇帝，死后其子司马衷继位，是为晋惠帝。晋惠帝是个白痴，自然管理不了国家大事，甚至闹出了问灾民没饭吃为啥不吃肉粥的笑话。皇帝愚蠢糊涂，诸王外戚争权夺利，统治集团贪暴腐化，终于祸起萧墙，引

起天下大乱。

讽刺文章

世道昏乌当有醒，民间盛起苦辛文。

淋漓首举钱神论，恰似为君垒卧坟。

注释： 有人对当时的黑暗世道看不下去，于是用文章讽刺批评。比较有名的是王沈的《释时论》、鲁褒的《钱神论》、杜嵩的《壬子春秋》。其中以《钱神论》辛辣程度最烈。

外戚专政

惠帝本憨痴，登基险恶时。

皇妈倚外戚，国丈霸高枝。

结党野兼朝，倾权公与私。

难防贼眼视，背后卧熊黑。

注释： 因为晋惠帝不会管理国家大事，他父亲晋武帝临死前把大事托付给太尉杨骏，叫他辅佐皇帝，掌握军政大权。杨骏是晋武帝老婆杨皇后的父亲，在武帝时被称为"国丈"。他欺负晋惠帝是个白痴，于是专横跋扈，结党营私，导致各种矛盾激化。

泼辣皇后

深宫生虎妇，帝后贾南风。

惹动宗室乱，歼杀外戚雄。

诸王乘势起，四野烈烟冲。

西晋寿阳短，去来两匆匆。

注释： 晋惠帝的皇后贾南风是个不服气的泼辣货，她不甘心婆婆杨太后和太后娘家的人专权，于是利用晋朝宗室的力量来反对杨太后和杨骏。"八王之乱"由此爆发。

八王之乱

可惜三代精英业，一朝失于子孙手。

兄弟相残洛阳乱，八王互撕豺狼吼。

尸骨再垒中原泣，哀鸿重嘶山河抖。

萧墙起祸警后世，抑制野心权位久。

注释： 晋武帝为了保住司马氏的天下而大封诸王，在当时分封的二十多个王中，势力较大的有八个，他们是：楚王司马玮、汝南王司马亮、赵王司马伦、齐王司马冏、成都王司马颖、河间王司马颙、长沙王司马乂、东海王司马越。因贾南风和杨氏外戚的矛盾，这八位势力较大的王均参与了一场权力拼杀，史称"八王之乱"。

楚王殒命

楚王名曰司马玮，入朝领命祛权奸。

功成反被南风灭，临死方知悍妇蛮。

注释： 贾皇后先利用楚王司马玮。她在公元291年命令司马玮带兵入朝，杀了杨骏和杨太后，灭其三族。外戚一灭，皇族亦大祸临头。

汝南王乱

贾后托权司马亮，维皇有了汝南王。

皆因不愿当模样，毒妇抽刀一命丧。

注释： 杨骏一死，贾皇后请汝南王司马亮来辅政。司马亮也是个喜欢专权的人，他不愿意做贾皇后的傀儡，于是贾皇后让晋惠帝派司马玮去杀司马亮，等杀了司马亮以后，贾皇后又叫惠帝否认下过命令，反而说司马玮假传圣旨，把司马玮给杀

了。八个王被除掉了两个，贾皇后夺得了全部大权。

赵王称帝

贾氏机关盘算尽，塞包太子假成真。

司马激愤喧嚣起，晋室峰凸司马伦。

注释： 贾皇后没有儿子，她怕将来大权旁落，就假装怀孕，暗地里把妹夫韩寿的儿子抱来，当作自己生的儿子。贾皇后废黜了原来晋惠帝已经立的太子，并且派人把他毒死，立自己抱来的儿子做太子。此消息传出去以后，宗室群情激愤，都说贾皇后想篡夺司马氏的天下，于是群起而攻之。赵王司马伦带兵入朝，杀死贾皇后，废掉晋惠帝，自己当起了皇帝。

齐王起兵

许地齐王司马冏，名复惠帝起甲兵。

厮杀两月虽成事，背后恶狼发厉声。

注释： 镇守许昌的齐王司马冏听说赵王司马伦废了惠帝，夺得了皇位，心里很不服气，于是发布讨伐司马伦的檄文，号召诸王起兵。成都王与河间王同司马冏联合起来，共同攻打司马伦，争权夺利的斗争在四个王之间展开。经过六十多天的厮杀，耗费了十万人的生命，司马伦兵败被杀。齐王司马冏进入洛阳，恢复了惠帝的皇位，叫惠帝封他为大司马，在幕后操纵政局。

野心河间王

河间膨胀野心王，率领精兵袭洛阳。

趁水摸鱼司马颙，偷鸡不遂死萧墙。

注释： 河间王司马颙看穿了司马冏的鬼把戏，于是发兵二万进攻洛阳。长沙王司马乂也是一个有政治野心的人，他假装起兵响应司马颙，看准一个有利的机会，选派多名骑兵,先打进洛阳,杀了司马颙,控制了朝政大权。这时八个王已死了四个,而争权夺利的斗争又在长沙王司马乂、成都王司马颖、河间王司马颙三个王之间继续展开。

乘乱成都王

伺机打劫成都王,趁乱入京助晋皇。

败事有余司马颖,呜呼一命殒洛阳。

注释: 司马颙和司马颖联合,一东一西夹击洛阳的司马乂。司马乂牢牢控制着惠帝,进行抵抗。

惨死长沙王

长沙司马野心在,突进洛阳获大权。

岂料沉沦东海手,金身一炬火中燃。

注释: 正在洛阳城里的东海王司马越利用皇城的禁卫军,在夜里捉住司马乂,将其用火烧死。司马颖乘机进入洛阳,做了丞相,控制了政权。

得利东海王

禁卫亲军司马越,封王东海突兴兵。

掀翻惠帝双王毙,熄灭烽烟大事成。

注释: 东海王司马越认为自己杀司马乂有功,却没有得到什么好处,很不甘心,就假借惠帝的名义,起兵讨伐司马颖,结果被司马颖打败,逃回东海郡。

混战结束

王浚击败双司马,东海并肩进长安。

打扫门庭驱旧主,拥推怀帝混嚣完。

注释： 跟司马颖有仇的幽州刺史王浚联合鲜卑和乌桓，起兵攻打司马颖。司马颖请匈奴左贤王刘渊助战，结果王浚打败了司马颖。司马颖挟持惠帝逃往长安，这时控制长安的司马颙乘机排挤司马颖，把惠帝控制在自己手里，独揽朝政大权。

东海王司马越联合王浚打入关中，打败司马颙，把惠帝和司马颙、司马颖带回洛阳。不久，司马越杀死司马颙、司马颖，毒死惠帝，拥立司马炽做皇帝，历史上叫晋怀帝。至此，八个王在自相残杀中死了七个，一场混战才告结束。

八王之乱时间长达十六年，造成成千上万人死亡，洛阳、长安遭到严重破坏，西晋一步步走向灭亡。

流民问题

战乱八王洪水至，中原尽没一方贫。
苍生故地鲜活路，举室他乡变流民。
远足悲哀丢户籍，饥寒自然起横心。
拥团取暖枭杰在，听见风声卷埃尘。

注释： 八王之乱给人民带来了深重的灾难，黄河流域的广大农村成了战场，农业生产遭到破坏。再加上连年灾荒，人民实在难以生存，许多人不得不离乡背井，流浪到其他地方去寻找活路。这种到处流浪的人，失去了政府的户籍，被称为"流民"。流民问题成了西晋时期一个严重的社会问题。

李特起义

益州刺史丧忠信，杀害协庠暴流民。
李特挥师兴大众，绵竹举义灭赵廞。
三章条理约法顺，曾聚千川剩几人。
可叹忽疏鏖战败，牺牲酋首势沉沦。

注释： 晋惠帝时期，略阳、天水等六郡的流民十多万人成群结队地流往梁州、益州等地去找活路。在流亡途中，流民们缺衣少食，经常发生疫病，氐族人李特、李庠、李流兄弟尽力帮助大伙儿克服困难，深得流民们的拥护。李特被推举为领袖，带着流民向益州进发。西晋益州刺史赵廞早有割据称雄的野心，他看上了十几万流民这股力量，拉拢李庠，在四川闹起了独立。但当赵廞看到李庠带兵有方时，又生了猜忌之心，找个借口杀了李庠等三十多人。李铁、李流为了给兄弟报仇，带领流民攻打成都，赵廞在逃跑的路上被杀死。西晋政府派罗尚接管益州，罗尚要求流民立即离开益州返回故乡，流民们已在四川种了庄稼，要求收获过后再走，罗尚表面上答应，暗地里调兵遣将，准备对流民进行镇压。李特对罗尚的阴谋早有察觉，当罗尚派出军队袭击流民时，李特带领流民进行反击，打败了罗尚的军队，在绵竹发动起义，建立起流民自己的政权。

成汉政权

李雄兴师强硬起，几经搏杀下蜀都。

刷新权印称成汉，对峙晋廷奋五胡。

注释： 李特效法汉高祖刘邦，跟蜀中百姓约法三章，受到老百姓的热烈欢迎。益州的豪强地主害怕李特，他们和罗尚勾结起来，暗地里集结力量，对李特发动了前后夹击。这一次李特疏于防范，打了败仗，李特在战场上牺牲，李流领导起义军继续战斗。不久李流也因病去世，流民们拥戴李特的小儿子李雄为领袖继续斗争，几经反复后，流民起义军攻占成都。公元304年，李雄称成都王，不久又称帝，建立了大成国。后来改大成为汉国，史称成汉。

成汉败亡

成汉政权滋蜕变，豪强入室是非多。

雄尊殒逝萧墙乱，蜀地消失黎庶歌。

注释： 当成汉政权巩固以后，这个流民建立的国家便迅速腐败。李雄称成都王时，原先资助过流民起义的豪强范长生进入成汉政权，得到特殊优待，豪强地主

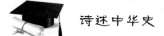

越来越多地进入成汉，逐渐改变了政权的性质。李雄去世后，成汉政权发生内乱，统治者越来越腐败，各种矛盾越来越尖锐，公元347年，成汉被东晋灭亡。

巾帼荀灌

杜氏雄军困宛城，荀崧把守缺刀兵。

请缨小女重围破，策动援军战马鸣。

杀退强敌难困解，天成灌颂世间行。

巾帼不让须眉汉，青史少年留大名。

注释： 西晋叛将杜曾围攻宛城，驻扎在宛城的晋朝官员荀崧兵力不足。荀崧十三岁的女儿荀灌主动请缨，带领几十名壮士杀出重围，到襄阳和寻阳搬来救兵，解了宛城之围。小荀灌的机智勇敢受到人们称颂。

五胡乱华

晋室纷争尚未已，中原突现五胡师。

风吹烈火宅成土，命遇刀兵首离肢。

草木惊魂凄水哭，鸡犬失声野狼嘻。

蛮夷领教蔬黍味，从此南人受北欺。

注释： 八王之乱时，北方的少数民族匈奴、鲜卑、羯、氐、羌进入中原地区，少数民族首领利用司马氏内乱西晋政权削弱的机会，纷纷在中原地区建立政权。这些政权都是通过血腥手段建立起来的，给中原地区带来了极大的灾难，后人将这一过程称为"五胡乱华"，他们建立的政权称"五胡十六国"。

刘渊称帝

匈奴贵胄起刘渊，站脚离石舞血鞭。

织造皇冠登帝位，兵指洛阳誓翻天。

注释： 李雄在四川称成都王那年，匈奴贵族刘渊也在离石郡起兵反晋。过了几年，刘渊在平阳（今山西临汾）称帝。因为汉朝时候曾经把公主嫁给匈奴单于，所以刘渊自称是汉朝的外孙，把他建立的国家定名为汉国，表示他要继承汉朝的正统。

洛阳破

刘渊长剑指洛阳，滚滚红尘卷地狂。
屡击终得城土破，烽烟一起古都亡。

注释： 公元309年八月，刘渊派自己的第四个儿子刘聪为先锋，从平阳出发进攻洛阳。刘渊、刘聪父子精通汉族文化，熟悉《孙吴兵法》，头一仗就打败晋朝大将曹武，进入宜阳。接着连续打败晋军，迅速向洛阳推进。连续的胜利冲昏了刘聪的头脑，被晋朝弘农太守垣延用计打败，刘聪被迫退回平阳。

经过两个多月的准备，刘渊又派刘聪和刘曜领兵第二次进攻洛阳，结果又被晋军打退。

刘渊病死，刘聪即位做了汉国的皇帝，他派呼延晏和刘曜、石勒等猛将第三次进攻洛阳。这时晋朝内部又发生了争权夺利的斗争，力量大大削弱，公元311年，洛阳终于被匈奴军攻陷。

西晋灭亡

匈奴两破进长安，晋室残余顶危难。
愍帝无济消殒事，皇玺上奉裉衣冠。

注释： 匈奴军攻进洛阳，俘虏了晋怀帝司马炽，屠杀王公士民三万多人，将洛阳抢劫一空，再放上一把火，魏晋两朝经营了近一百年的洛阳，遭到空前浩劫。

听说晋朝皇室有大批人逃往长安，刘聪又命令刘曜领兵打进长安。因关中连年饥荒，长安无法立足，刘曜掳走八万人口后撤出长安。大臣们拥立秦王司马邺做了皇帝，即晋愍帝。四年后刘曜又一次攻陷长安，晋愍帝投降，维持了五十二年的西晋王朝灭亡。

东晋十六国

东晋十六国

八王之乱晋室凋，"五胡乱华"草莽嚣。

一十六国前后起，中华大地火汤浇。

琅琊睿王江东渡，再复旧名建新朝。

天下士族奔扶助，王庾桓谢竞妖娆。

祖逖北伐空有志，刘裕西进另藏招。

拉锯兴废百余年，江河上下战火烧。

淝水大战写经典，风声鹤唳古今谣。

战乱不乏文采在，诗文书画立坐标。

羲之书法龙凤舞，渊明辞章众折腰。

刘裕恃才代晋室，历史进入南北朝。

注释： 西晋灭亡以后，晋朝宗室司马睿逃到南方建立东晋。东晋从公元 317 年至 420 年，政权最后被大将刘裕篡夺。

东晋时期，北方的匈奴、鲜卑、羯、氐、羌等少数民族先后建立了十多个割据政权，历史上叫十六国。它们与东晋南北对峙。

东晋系门阀地主当权，农民起义规模不大，经济有一定发展。北方十六国中，氐族建立的前秦比较强大，一度统一了北方，但在淝水之战中被东晋打败，迅速衰落。

文化方面，辞赋和田园诗流行，绘画和书法取得了卓越成就。

司马睿建东晋

本是琅琊晋室王，凶潮卷袭渡建康。

回归祖制兴朝政，固守江东护汉疆。

士族盛兴安帝座，南人晨暮务农桑。

留得华夏安息地，马蹄声中有墨香。

注释： 西晋灭亡后的第二年，即公元317年，西晋琅琊王司马睿依靠王导的支持，东渡建康（今南京，因避司马邺讳，将建邺改称建康）做了皇帝，重新建立晋朝，史称东晋。司马睿就是晋元帝。北方士族大量逃往东晋，中原文化得以在南方保存和发展。

王马共天下

仲父成功司马睿，北南士族共推之。

金陵稳落新朝印，帝相同吟汉语诗。

注释： 司马睿刚到建康时，不但南方的士族瞧不起他，就是北方来的士族也表示怀疑。王导本人出身豪门大族，在士族中有一定影响，他策划了一套方案，树立了司马睿在士族中的威望，从而逐渐巩固了司马睿刚建立的东晋政权。司马睿很感激王导的帮助，将其称之为"仲父"，东晋大权实际掌握在王导手中，因此当时有"王与马共天下"之说。

士族叹

本是晋朝梁下柱，无辜后代上污名。

王庾桓谢辅朝政，贵胄贤达亮群英。

乱世纷繁宣礼仪，人间恶善辨浊清。

皆因举止多刁究，史论书归颓败营。

注释： 历史上的士族是个有争议的概念。士族乃"世世有禄秩之家"，由西汉时期的世家发展而来。两晋时期，士族是王室政权的支柱，尤其是东晋时期，王庾桓谢四大家族先后执政，是东晋政权的顶梁柱。可以说，没有士族，就没有东晋政权。士族还是汉族礼仪的维护者和汉文化的传承者，在民族延续的过程中，士族是有功劳的。当然，士族讲门第，摆排场，将形式主义和腐败堕落推向顶峰的荒诞行为，又历来为世人所不齿。

祖逖北伐

国难终归冒世雄，江东祖逖刮清风。
通光夜读求王道，起舞闻鸡练劲功。
北渡挥师复故土，中流击楫挽强弓。
难酬一腹青云志，品节传延正气隆。

注释： 祖逖年轻时便胸有壮志，"闻鸡起舞"的故事就发生在他身上。在匈奴贵族刘渊横行北方时，祖逖带着家属、亲戚、朋友离开北方南下，在司马睿政权任军谘祭酒的闲职。祖逖向司马睿请缨北伐，司马睿授予他奋威将军、豫州牧职务，给了一千人的给养和三千匹布，让祖逖自己去招兵买马，制造武器，出师北伐。祖逖带着一百多人渡江，船至江心，他用佩剑敲着船桨，当众誓师："我祖逖如果不能肃清中原的敌人，决不再过这条大江。"祖逖渡江后进驻江阳，在那里制造武器，招募壮士，继续北伐。江北的人民热情支持祖逖，几年之间就收复了长江以北、黄河以南的大部分地方。

蓬陂之战

祖逖强征抗石勒，蓬陂一战显真功。
双方对峙生奇巧，智勇兼施义勇雄。

注释： 祖逖北伐时，北方是羯族人石勒建立的后赵政权。两军在蓬陂发生了一场大战。双方对峙四十多天，祖逖用计断了后赵军队的粮道，最终取得了战争的胜利。

祖逖逝世

百姓拥推动地雄，朝廷忌悼震皇功。

难堪夙愿蒙尘垢，义愤成疾一命终。

注释： 祖逖打了很多胜仗，东晋朝廷升任他为镇西将军。祖逖生活简朴，和部下同甘共苦，注意发展生产，安抚从匈奴和羯族统治区逃出来的官兵和百姓，在部队和百姓中威望很高。但祖逖的节节胜利却引起了东晋统治集团的猜忌，活动受到限制。祖逖忧愤成疾，于公元321年去世。

陶侃运砖

陶公起始镇武昌，匪患清通名气扬。

权宦生非奔远足，广州落脚弄刀枪。

砖堆一垒晨昏动，心体双维日夜刚。

志道闲修忙备用，绸缪未雨写良方。

注释： 东晋统治集团中有志于恢复中原的人除了祖逖，还有一个叫陶侃。陶侃起初在武昌做太守，把武昌治理得很好，官升宁远将军、荆州刺史。陶侃的威望引起了权臣王敦（王导的堂兄）的妒忌，被降职到广州做刺史。

在广州没多少事儿干，为了磨炼自己的意志和体力，陶侃叫人准备了一百多块砖，整整齐齐码在院子里。天一亮，他就把砖搬运到外面去，堆在一块空地上；到了晚上，他又把砖搬进院子里，码在原地。第二天清早再搬出去，晚上再搬回来。从不间断。

陶侃治荆州

广府储蓄荆地用，辛勤理事讲分阴。

严苛罚懒开心悟，自律为官留腹音。

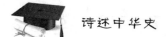

爱护庄稼恤百姓，慎兢节俭克私身。
抑食废寝求精进，北定中原听虎吟。

注释： 过了几年，由于形势需要，东晋朝廷任命陶侃为征西大将军、荆州刺史。荆州公务繁多，但在广州养成的搬砖习惯一直没有间断。陶侃耐心教育不认真办事的人，让他们改过自新；陶侃爱护庄稼，严惩不珍惜劳动成果的人；陶侃注意节约，变废为宝。在陶侃治理下，荆州政务和生产迅速有了起色。

前赵

匈皇二代聪王毙，刘曜拥兵霸长安。
建立政权前赵起，名都坐定向东观。

注释： 灭亡西晋的汉国皇帝刘聪死了以后，他手下的大将刘曜和石勒各霸一方，称王称帝。刘曜建都长安，改汉国为赵国，他建国比石勒早一年，历史上叫作前赵。

后赵

刘曜立国经年后，石勒东方号大王。
后赵中原称霸主，风生水起志飞扬。

注释： 石勒建都襄国（今河北省邢台市），也自称赵王，他建国比刘曜晚一年，历史上叫作后赵。

前赵、后赵和李雄的成汉，是十六国中兴起较早的三个国家。

石勒治国

起事八骑闹胡蝗，忠心汗马势权张。
张宾辅佐兴王道，士族支撑写艳章。
驰骋黄淮败刘曜，界安东晋稳南方。
难得有此彪羯汉，草莽亦能树大梁。

注释：石勒出身寒苦，做过佣工、农奴，后从乱军中逃出，邀集一伙人骑着马到处流窜，靠抢劫度日，号称"八骑"。他智勇双全，擅长骑射，在"八骑"增加到十八骑以后，又召集了一批流亡人员，成立了一支武装队伍。他们到处烧杀抢劫，破坏生产，人们称他们为"胡蝗"。石勒后来投靠刘渊，成为刘渊手下一员大将。刘渊死后，石勒又跟刘聪东征西讨，攻下洛阳，为刘聪的汉国立下汗马功劳。

刘聪死后，石勒做了后赵国王，他采纳汉族士人张宾的建议，改变作风，注意政治、经济、文化方面的建设工作，加之自己能征惯战，成为当时一支无敌的力量。公元329年，石勒灭掉刘曜建立的前赵国，统一了黄河中下游大部分地方，他自己也由赵王改称为皇帝。第二年，后赵和东晋商定以淮河为界，各不相犯，初次形成了南北方和平相处的局面。

后赵衰落

犬子接承叔父位，荒淫暴戾助天灾。

徭役繁重民生苦，众怨蒸腾国势衰。

注释：石勒死后，侄子石虎继承帝位。石虎统治残暴，个人生活穷奢极侈，繁重的徭役和兵役不断激起农民的反抗，后赵逐渐衰落。

前六国

山头蜂拥皇冠众，划界氐秦前后行。

两赵成汉先起势，插针梁燕政权生。

注释：十六国以前秦为界，分为前六国和后十国。前六国除了成汉、前赵、后赵外，还有一个汉族人建立的前凉、鲜卑人建立的前燕和氐族人建立的前秦。

前凉

动乱纷争北地破，张轨姑臧建前凉。
称臣赵晋独成势，孤汉政权据北疆。

注释： 前凉系汉人张轨在西北建立的政权，都姑臧，时间为公元318年至376年。前凉表面上对东晋和前赵称臣，实际是割据政权。前凉保留的汉文化对后起的南北朝时期的北魏、东魏、西魏、北齐、北周都有重要影响，也是士族北上的聚居地。

前燕

鲜卑贵胄慕容儁，策马辽河霸众州。
南北诸侯齐献地，前秦脚下桂冠收。

注释： 前燕系鲜卑贵族首领慕容儁建立的政权，存在时间为公元352年至370年，全盛时期统治区域包括冀州、兖州、青州、并州、豫州、徐州、幽州等地。因主要领地在古燕国旧地，故名燕。后被前秦所灭。

前秦建立

氐族苻健建前秦，始驻长安四面伸。
其后侄儿登宝座，突张权势变真神。

注释： 前秦的创始人是苻健，这个国家最初建于关中地区，都城长安。苻健死后，侄子苻坚夺得政权，势力范围逐渐扩大到整个黄河流域和现在的辽东、四川。苻坚自称大秦天王，是个想有所作为的人。他到处搜罗人才，发现了一个叫王猛的谋士。

王猛治国

符坚壮志吞天下，重用王猛效圣贤。
峻惩严法平乱世，崇儒励教树强权。
提拔干吏兴州县，重视农耕照瑞年。
百姓清晏关陇乐，朝鲜葱岭直穿连。

注释： 王猛年轻时家里很穷，靠卖畚箕维持生活。符坚听说王猛是埋没草丛的珍珠，于是派人把王猛请出来，辅佐他治理天下。王猛和符坚像老朋友一样高谈阔论，对天下大势有着同样的看法。符坚得了王猛，犹如刘备得了诸葛亮。

开始，符坚派王猛治理始平，王猛公布法律，了解实情，处决首恶，很快治好了这块秩序混乱的地方。在治理京城时，王猛狠治皇亲国戚，使社会风气大变。王猛不仅镇压豪强，还注意选拔人才，重视恢复和发展农业生产。在王猛当政的时候，前秦没有犯了罪而不受刑法处置的人，也没有怀才不遇而终身被埋没的人。

因终日操劳，王猛积劳成疾，于五十一岁时辞世。

淝水之战

前秦滚动万千兵，淝水东窥图远征。
晋室拳脚同仇忾，谢安父子露狰狞。
长空影照马人动，百里风催戟剑声。
符氏军崩山水倒，风声鹤唳草木惊。

注释： 符坚和石勒一样，是我国历史上少数民族的杰出人物。可符坚未听从王猛生前的忠告，在飘飘然中发动了对东晋的战争。公元383年，符坚亲自统率全国八十多万军队，号称百万大军，浩浩荡荡向东南地区进发。晋军的总指挥是宰相谢安，前线指挥官是谢安的弟弟谢石和侄儿谢玄。

秦军来势汹汹，迅速拿下军事重镇寿阳、洛涧，把谢石带领的八万晋军阻挡

在洛涧东边。苻坚派尚书朱序到晋军大营劝降，朱序本是东晋将领，四年前兵败被俘，一直想重新回到东晋。他的劝降活动变成了和谢石的破敌密谋活动。按照朱序的建议，谢石派兵主动出击，渡过洛涧，扎营八公山。几天后，谢石派人向苻坚下战书，要求苻坚军队后移，腾出一块地方让晋军渡过淝水决战。苻坚想趁晋军渡水时发动攻击，于是同意了谢石的要求。殊不知秦军一退而不可收拾，朱序趁机大喊"秦军败了"，秦军顷刻溃不成军。晋军乘胜追击，一直追了三十多里才收兵。苻坚一口气逃到淮北，清点部队，原先的八十多万人只存十之二三了。

前秦败亡

苻坚轻视王师诚，毅然东征狠用兵。

淝水功亏权杖失，人亡政毁北天倾。

注释：淝水之战是中国古代规模最大的战争，也是以少胜多的著名战例。战后，东晋政权得到巩固，而前秦则迅速败亡，苻坚被部将、羌族人姚苌杀死。

后秦

反叛杀苻坚，羌人出姚苌。

长安生后秦，终被刘裕亡。

注释：后秦（384—417）是羌族人姚苌建立的政权。前秦苻坚兵败淝水后，关中空虚，原降于前秦的羌族军阀姚苌在渭北叛秦，于公元384年自称"万年秦王"，都北地，次年擒杀苻坚。公元386年姚苌在长安称帝。公元417年，东晋大将刘裕攻破长安，后秦灭亡。

后燕

鲜卑慕容垂，后燕立中山。

北魏强相逼，残延两霸间。

注释： 后燕（384—407）是鲜卑慕容氏建立的政权，建立者是前燕文明帝慕容
皝第五子慕容垂，都中山（今河北定州），后迁往龙城（今辽宁朝阳），公元407
年被北燕所取代。

后凉

吕光建后凉，权政立姑臧。

一隅雄尊望，难敌秦将狂。

注释： 后凉（386—403）系吕光建立的政权，都姑臧，统治范围包括今天的甘
肃西部和宁夏、青海、新疆、内蒙古及蒙古国的一部分。公元 403 年降于后秦。

西秦

鲜卑生乞伏，苑川建西秦。

统领河间地，终恭夏乃臣。

注释： 西秦（385—431）为陇西鲜卑族首领乞伏国仁所建，都苑川（今甘肃兰
州西固），最盛时期统治范围包括甘肃西南部及青海部分地区，431 年为夏国所灭。

北凉

蒙逊建北凉，权政树姑臧。

玺印多交手，柔然重臂亡。

注释： 北凉（397—460）系沮渠蒙逊所建，都姑臧，后迁至高昌，最强时控制
今甘肃西部、宁夏、新疆、青海的一部分。460 年被柔然所灭。

南凉

鲜卑生拓跋，建凉驻乐都。

权势甘宁控，逢秦则认输。

注释： 南凉（397年—414年）为河西鲜卑拓跋乌孤所建，都乐都（今青海境内）、姑臧，盛时控制着今甘肃西部和宁夏一部，414年灭于西秦。

西凉

李暠建西凉，都城驻敦煌。

权威虽有限，唐室奉先王。

注释： 西凉（400年—421年）为李广后裔李暠所建。凉州一带曾先后产生过五个凉政权，史家为了区别其他四个，将中心位于凉州西部酒泉的李氏政权称为西凉，疆域在今甘肃西部及新疆部分，421年被北凉攻灭。西凉太祖李暠被唐朝皇室尊为先祖。

南燕

慕容鲜卑起，滑台建南燕。

东晋刘裕至，踹破鲁苏天。

注释： 南燕（398年—410年）为慕容德所建，都滑台（今河南滑县），后广固（今山东青州西北），统治范围包括今山东及江苏一部。410年为东晋刘裕所灭。

北燕

慕容鲜卑部，龙城建北燕。

魏军横扫至，屈膝献兵权。

注释： 北燕（407年—436年）为慕容云、冯跋所建，407年，冯跋发动政变灭后燕，拥立后燕惠愍帝慕容宝的养子、高句丽人高云（慕容云）为帝。都龙城，拥有今辽宁省西南部和河北省东北部，仍沿用燕国号，史称北燕。436年为北魏所灭。

夏

赫连亦大夏，统万建京城。
乱世摊末位，亡归吐谷浑。

注释： 夏国（407年—431年）是南匈奴屠各种铁弗部赫连勃勃建立，都统万城，系十六国中最后出现的一个政权，431年为北魏所灭。因古代称夏的国家很多，因此史家称十六国时期的夏国为赫连夏或大夏、胡夏。

苻坚办学

贵胄子孙须教化，苻坚重养太学欣。
八旬教授老妪出，史上宣文美艳君。

注释： 王猛辅佐苻坚统一了黄河流域，前秦的经济、文化都有了发展。为了吸收汉族的先进文化，苻坚开办了太学，招收氏族的贵族子弟入学，学习儒家的四书五经。由于战乱频繁，有些儒家的学问在北方已经失传，书籍也大量散失了。例如《周官》这门学问，是专讲古代典章制度和礼乐方面知识的，太学里就请不到教这门课的老师。后来经人推荐，才找到一位八十岁的老太太来讲《周官礼注》，苻坚尊称她为"宣文君"。

宣文君授课

周官礼注宋家宝，韦氏承从学问精。
战乱烽烟筋腱苦，他乡育子脑汁倾。
开宣礼道师资短，求教苻坚用意诚。
八旬祥妪纱幔授，中华史册载嘉名。

注释： "宣文君"名韦宋氏，其父系儒学大师，《周官礼注》是宋家的传家宝。因为宋氏是独生女儿，父亲把《周官》这门学问传授给了她。北方成了恶魔石虎的天下，很多人离乡背井外出逃难，韦宋氏也和丈夫、儿子一起远走他乡。一家人逃到冀州，韦宋氏的丈夫病故，她只有抱着儿子韦逞去求靠同乡程安寿。韦宋氏白天劳作，晚上教儿子读书，韦逞长大后参加前秦政府的科举考试，成绩优异，被选拔为太常寺卿，很受皇帝苻坚的信任。因为太学里没有人讲《周官》，苻坚听说韦逞的母亲能讲这门课，专门在韦宋氏家里挂上纱幔，派出一百二十名太学生上门听课。苻坚送韦宋氏一个尊号："宣文君"。由于有宣文君的讲授，《周官》这门学问终于在北方流传下来。

搜神记

宝君写下搜神记，文字劈开一片天。
干将莫邪书怪异，巾帼李寄斩蛇仙。
韩凭夫妇仇冤恨，少女相思情意绵。
爱憎分明穿纸背，留得样本后人传。

注释： 东晋文史学家干宝所写的《搜神记》是中国第一部著名小说。内容大部分是神怪故事，但也有些很有价值的内容。如《干将莫邪》《李寄》《韩凭夫妇》等篇目所表现的声张正义、褒扬勇敢、针砭邪恶的主题表明了作者爱憎分明的立场和观点。

书圣王羲之

书法两晋多才俊，有道羲之首劲冲。
墨池轻摇神手笔，寒窗难隔顶头风。
天门龙跃外锋健，凤阁虎威内力功。
万古流传兰亭序，无可企及一高峰。

注释： 王羲之是我国历史上最伟大的书法家，人们尊称他为"书圣"。王羲之练字刻苦用功，留下许多练字的佳话。人们称赞他的字是"龙跳天门，虎卧凤阁"，《兰亭序》是其代表作。

书成换鹅

義之笔艺名天下，道士贪求脑腹灵。
饲养白鹅投其好，称心获取道德经。

注释： 王義之的书法艺术达到了炉火纯青的境界，当时的人都以得到王義之的字为荣耀。据说山阴（今浙江绍兴）地方有个道士想请王義之给他写一本《道德经》，怕王義之不答应，于是投其所好，精心饲养了几只白鹅来获取王義之的欢心。王義之果然喜欢上了这几只白鹅，当然道士也得到了王義之书写的《道德经》。"书成换白鹅"一时成为佳话。

才女谢道韫

一代勋臣出谢家，难得道韫藻词华。
微抒志趣析诗问，崭露才情咏雪花。
劝勉弟兄廌俊杰，协帮小叔显舌牙。
王郎喜娶双般配，留得佳言后辈夸。

注释： 谢家是东晋的名门望族。谢安的哥哥谢奕把儿子谢玄培养成了一代名将，而将女儿谢道韫培养成了受人景仰的才女。有一年冬天，谢安把家里人召集在一起，围着火炉举行家庭宴会。天空飘起了纷纷扬扬的雪花，谢安手捧酒杯，兴味盎然，于是叫子侄们以雪为题咏诗。谢道韫技压众兄弟，让谢安大为赞赏。谢道韫后来嫁给大书法家王義之的二儿子王凝之，夫妻恩爱，互相促进，一时传为佳话。

法显取经

同窗组队向西行，峻岭沙洲险象生。
法显心诚艰路尽，南域口吐异文声。
迎得勇士西方回，译就经书事业成。
再叙珍稀佛国记，方知印度远邦情。

注释： 后秦的第二个皇帝姚兴是个虔诚的佛教徒，在他统治时期，有个名叫法显的高僧从长安出发，历尽千难万险，到佛国印度取经，回国后根据自己的经历写了一部题为《佛国记》的书，详细地介绍了印度的情况，成为研究印度古代史的宝贵资料。

"三绝"顾恺之

人称顾恺为三绝，造极登峰才画痴。
性格诙和佳句至，维摩画毕点睛时。
洛神爱意为植诵，女史箴规讽贾雌。
智慧天生加苦奋，风移后代古今师。

注释： 东晋时的顾恺之将绘画艺术推上了一个高峰。顾恺之在二十岁时即被人们称为"三绝"，即才绝、画绝、痴绝。才绝指他精通诗歌文赋；画绝指他的绘画艺术高超；而痴绝则是说他在生活上天真爽朗，不计较得失的个性。"三绝"中最突出的当然是"画绝"，其代表作有《女史箴图》《洛神赋图》和《烈女图》等。

葛洪炼丹

葛洪称号抱朴子，试炼金丹做玄师。
自幼勤耕加苦读，一生顽毅出真知。
除消百病多急卷，注视结核生圣医。
着手探研狂犬症，终将腐朽化神奇。

注释： 葛洪号称"抱朴子"，是东晋时一位著名的炼丹家。葛洪与其他只追求长生不老的炼丹家不同，他在炼丹时能根据实际情况总结出一些化学方面的知识来，成为我国早期的化学家之一。葛洪在医学方面也有杰出的成就，他总结了前人的经验，写了一部《肘后备急方》的医书。他还是我国最早观察和记载结核病的医学家。他提出了治疗狂犬病的方法，系现代免疫学的先驱。葛洪没有炼出长生不老的仙丹，却对我国的化学和医药事业作出了杰出的贡献。

陶渊明

陶勋后代出渊明，一代文风应运生。
陋室贫寒欢趣在，清杯肆意妙纷横。
诗书尽写田家意，五斗难收正骨情。
种豆南山哼小曲，桃源寄语免鸣争。

注释： 陶潜又叫陶渊明，是东晋后期有名的诗人兼散文学家。据说陶潜是那位运砖锻炼身体的陶侃的曾孙，到陶潜这一代已家道衰落。有人推荐陶潜去做官，在做彭泽县令时因不愿为五斗米折腰而回家种田。陶潜的五言诗具有浓烈的田园气息，系田园诗人的代表。陶潜最有名的散文是《桃花源记》，对后世影响很大。

田园诗

田园忽闪豆粮诗，唤来清风绚丽词。
五柳轻摇遮陋舍，南山荷锄瞰疏枝。

注释： 陶潜辞官回家后，在自己家门前种了五棵柳树，自称"五柳先生"。又开了一块荒地，种上些粮食、蔬菜和花草，靠自己的劳动养活自己。他一边耕作，一边写诗，反映的情景真切感人。如"种豆南山下，草盛豆苗稀。晨兴理荒秽，带月荷锄归"这样的诗句，没有亲身体验是写不出来的。

有感《桃花源记》

桃源小启一东窗，情寄天伦雾霾降。
可笑莫尔见识短，中华早有乌托邦。

注释： 陶潜在《桃花源记》一文中反映了人们厌恶战争和社会黑暗，向往祥和安静的生活环境的愿望，这与不知多少年后欧洲作家莫尔在《乌托邦》一书中反

映的倾向是相同的，但中国的陶渊明则早了若干年。

孙恩起义

晋室昏庸帝业空，孙恩造势起江东。

十年进退如拉锯，引爆金陵刮飓风。

注释： 宗教是农民起义的工具，东晋末年的孙恩起义就利用了五斗米教。孙恩以浙东的海岛为基地，组织民众，等待时机起义。当东晋政权内部互相攻杀的时候，孙恩趁机登陆，攻占上虞，袭击会稽，队伍发展到几十万人。接着攻占会稽、吴郡、吴兴等八郡。当东晋北府军名将刘牢之领军去镇压时，孙恩退回海岛。第二年，孙恩再次登陆，打败谢安的儿子谢琰，鉴于东晋的援军到来，孙恩再次退回海岛。公元 402 年，孙恩最终失败，投海自杀。

桓玄政变

刺史桓玄大起兵，风尘滚滚进京城。

皇衣披挂替东晋，刘裕一挥暴乱平。

注释： 东晋末年，野心勃勃的荆州刺史桓玄发动政变，他收买了北府军名将刘牢之打进建康，强迫白痴皇帝晋安帝退位，自己做了皇帝，改国号为楚。当时，刘牢之手下的大将刘裕却在暗暗做着恢复晋朝的工作，一切准备停当后，刘裕从京口起兵向建康进军，大败桓玄。桓玄带着晋安帝退出建康，刘裕乘胜追击，再次打败桓玄。桓玄逃到益州，被益州的地方官所杀。

刘裕起家

刘裕生身破落家，归依北府展才华。

孙恩败处名声起，桓玄溃逃众口夸。

北渡江淮夺燕印，西攻古宅揭胡痂。

通天扫遍秋风叶，觊觎皇冠写奇葩。

注释：镇压孙恩起义、平定桓玄叛乱的大将刘裕自称是汉高祖刘邦的弟弟刘交的后代，但他在少年时代却贫困交加。刘裕年轻时应募刘牢之的北府兵，凭战功步步高升。他凭镇压孙恩起义有了名气，又在平定桓玄叛乱中立了大功，逐渐掌握了东晋王朝的军政大权。为了将威望提升到能做皇帝的高度，刘裕发兵攻击南燕并很快将其灭亡，然后挥兵西进灭了后秦。至此，刘裕的能力和威望已无人匹敌。

刘裕代晋

公元四百二十年，废除恭皇登御天。

建立南朝刘宋始，中华历史写新篇。

注释：刘裕灭掉后秦，从长安退兵回到建康。东晋朝廷拜他为相国，尊称他为宋公。他看到夺取帝位的时机已经成熟，于是在公元420年废掉晋恭帝，自己做了皇帝，改国号为宋。东晋由此灭亡，南朝开始。

南北朝

南北朝

乱云飞渡跨南北，电闪雷鸣马啸啸。

大将刘裕废东晋，宋齐梁陈前后嚣。

北朝始于拓跋氏，东西两魏再过招。

北齐北周磕绊行，外戚杨坚突发飙。

南朝士族趋没落，北地鲜卑任逍遥。

南方开发鱼米俏，北魏改革鲜卑嚎。

冲之推演圆周率，木兰从军女儿娇。

佛教寺庙遍南北，范缜神灭论断刁。

战争频繁天下苦，民族融合汇大潮。

分久必合乃趋势，南北统一称隋朝。

注释： 南北朝是继东晋与十六国之后的南北对峙局面。南朝从刘裕废晋建立宋朝开始，经历了宋、齐、梁、陈四朝，从公元420年至589年。北朝从北魏建立算起，包括后来由它分裂成的东魏、西魏和继起的北齐、北周，从公元386年至581年。

南朝以宋的国势最强，从建立到灭亡经六十年。在前三十多年里，刘宋对内兴修水利，鼓励农桑，减轻赋税；对外屡次打败北朝的进攻，开创了安定繁荣的局面。齐、梁二朝内乱频繁，国势削弱。到陈朝时，疆域缩小，国势更弱。南朝时期南方发展迅速，经济文化出现了超越北方的趋势。

北朝因为北魏孝文帝改革使鲜卑族全面封建化，促进了北方的社会安定和经济发展，也促进了北方的民族大融合。东魏、西魏分裂后战争连年，两败俱伤。北齐、北周并立时，北周重视政治经济改革，终于聚集力量灭了北齐，统一了北方。公元581年，杨坚建隋；589年，隋朝统一全国。

代国

拓跋起始出嫩江，猗卢南迁封代王。

游走长城生内乱，前秦马踩政权亡。

注释： 鲜卑族拓跋部早先居住在东北嫩江流域兴安岭附近，过着游牧生活，后来南迁至长城以北匈奴人居住过的地方。这时拓跋部分裂为东西两支，东边的一支逐渐发展成一个大的部落联盟。西晋末年，晋朝统治者为对付匈奴人建立的前赵，派人拉拢拓跋部，封拓跋部大酋长猗卢为代公，把山西代县的一些地方交给他统治。过了几年，西晋王朝又封猗卢为代王。到了公元376年，代国被前秦灭亡。

拓跋珪建北魏

北魏先驱拓跋珪，重农轻牧马粮肥。

尊谦汉士儒生乐，呐喊长城现虎威。

注释： 前秦苻坚灭亡代国后，想把代国的王子王孙都带走。代国大臣燕凤怕苻坚斩草除根，想法骗过苻坚，把年幼的拓跋珪保护下来。公元386年，前秦苻坚在淝水之战中被东晋打败，拓跋珪趁此机会在牛川（今内蒙古呼和浩特市东）即王位，重建代国。不久又将国号改为魏，史称北魏。拓跋珪既能打仗，又善于治理国家，先后打败了北方许许多多的部落和称雄北方的后燕。公元398年将都城迁往平城，北魏成为黄河流域最强大的国家。同年，拓跋珪由魏王改称皇帝，他就是魏道武帝。在拓跋珪统治下，北魏的政治、经济、文化都得到了很大的发展，先后灭亡了北方的夏、北燕、北凉，实现了北方的统一，与南方的刘宋形成南北对峙的局面。

宋文帝治国

文帝登基德配天，精明执政世称贤。
税租减免兴农事，户籍清规保地田。
睿目亲和能吏面，铁拳紧握治庸鞭。
江南丰顺人丁旺，治世元嘉显泰年。

注释： 刘裕做皇帝不到三年就病死了，长子刘义符继位。刘义符年轻贪玩，不
到两年即被大臣徐羡之杀死。徐羡之和大臣傅亮拥立刘义符的弟弟刘义隆做了皇
帝，就是宋文帝。

　　宋文帝精明能干。他先除掉了拥他上位的徐羡之和傅亮，自己掌握大权。随
即采取了一系列发展农业的措施，想方设法救济灾民。他注意选拔官吏，将能人
提拔到重要岗位上，而对贪官污吏则严加惩处。宋文帝在位三十年，整个国家出
现了经济繁荣、人丁兴旺的景象。宋文帝的年号为"元嘉"，历史上把他在位时
的太平景象称为"元嘉之治"。

元嘉三大家

元嘉治世诗人出，谢氏颜鲍三大家。
景映当时留墨迹，情牵后代引烟霞。

注释： 宋文帝时，诗歌成就很大。谢灵运、颜延之、鲍照是有名的诗人，人称"元
嘉三大家"，其中又以鲍照最为有名。

鲍照

鲍照多才气，一腔感世诗。
不甘渊底伏，终为圣王知。
描景犹飞纸，诉情如拣丝。
出身悲下贱，上走不逢时。

注释： 鲍照写诗，既能写景，也能抒情，常常把深刻的思想内容灌注到字里行间，给人一种清新、俊逸而又意味深长的感受。鲍照虽然才华横溢，因为出身低贱，经常受到士族的排挤，后在一场叛乱中被杀害。

宋魏大战

刘宋文皇贪北伐，鲜卑太武欲南攻。
两尊雄主双峰立，一对虎龙相峙雄。
悬瓠嚣嚎拼勇毅，滑台上下见真功。
东西胜负各分半，难辨劣优平手终。

注释： 南方刘宋建国初年，北方的北魏已相当兴盛。宋武帝刘裕去世那年，北魏乘机占领了黄河以南刘宋的大片土地。宋文帝即位后，一直想把这块土地夺回来。随着经济的繁荣和社会的安定，这种收复失地的心情更迫切了。这时，北魏太武帝拓跋焘统一了北方，力量十分雄厚，想继续南下，夺取刘宋的土地。一个要北伐，一个想南下，双方在边境上的摩擦不断发生。小打小闹三十年后，终于爆发了一场大战。

悬瓠之战

太武亲征悬瓠地，雄兵十万困孤城。
南军上下同仇忾，击退鲜卑一世荣。

注释： 公元450年春天，魏太武帝拓跋焘率步、骑兵十万，攻打刘宋的悬瓠城（今河南省汝南县），由于宋军的坚守，北魏军一连攻打四十二天，伤亡一万多人也没攻下来，只好退兵。

滑台之战

南军否帅有玄漠，围打滑台乏妙方。
太武挥师横扫至，宋兵弃甲走仓皇。

注释：魏太武帝用激将法激怒宋文帝，宋文帝下令即刻出兵。宋文帝命令宁朔将军王玄谟带领主力部队进攻滑台，建威将军柳元景和建武将军薛安都向西北挺进。王玄谟不会用兵又刚愎自用，当魏太武帝亲自带兵来解滑台之围时，王玄谟惊慌失措，急忙抛弃大批军用物资撤兵逃走，魏军乘胜追击，大败宋军。

西路之战

南军西进胜旗开，柳薛威风显干才。

横扫弘农攻陕县，魏兵惊恐向天哀。

注释：进攻滑台的宋军主力虽然被打败了，但柳元景、薛安都带领的宋军却打得很顺利。他们得到卢氏县人民的支持，打下了弘农，接着向陕县进军。陕县城池坚固，魏军又有两万人马支援，宋军多次进攻，都打不下来。薛安都气得胡须倒竖，他扔掉头盔，脱下铠甲，骑着撤掉鞍子的战马，挺着长矛冲入敌阵。一人拼命，万夫莫敌，宋军士兵见主将如此勇敢，人人精神振奋，个个斗志昂扬，打得魏军不敢应战。夜里，柳元景的援军赶到，击溃魏军，攻克陕县，进逼潼关。

大战结束

北魏兵锋指大江，军民南岸护金汤。

穷凶太武还原地，恶战经年挂剑枪。

注释：在另一个战场上，魏太武帝打败了王玄谟以后，又攻打彭城。彭城的宋军拼死抵抗，魏军绕过彭城南下进攻盱眙，仍然攻打不下来。魏军绕过盱眙，直抵长江北岸的瓜步（今江苏省南京市六合区），扬言要渡过长江，进攻建康。宋文帝命令将士封锁长江，附近民众纷纷赶来参战，军民联防，形成了一道坚固的防线。魏太武帝只好下令退兵，在回去的路上再次猛攻盱眙，双方激战三十多天，魏军尸体如山也未能攻下城池，只好退兵。魏兵一路烧杀抢掠，许多村庄变成了一片废墟。

崔浩之死

北魏谋臣崔浩出，三朝汗马苦劳功。
皆因刻存民族忌，不免飘飞逆怨风。
曾有语言讥圣上，哪知编史惹长虫。
悲催一代忠良士，皓首接刀寿命终。

注释： 北魏是鲜卑贵族建立的政权。北魏的统治者知道，没有汉族士族地主的支持，他们的政权要在中原地区得到巩固是不可能的。而北方的汉族士族地主也知道，要想保持自己的地位，非投靠鲜卑贵族政权不可。一个需要支持，一个要找靠山，两方就这样结合起来了。许多汉族士族地主在北魏朝廷里做了大官，崔浩是其中最有名的一个。魏道武帝拓跋珪在位时，崔浩当了帮助皇帝起草文件的官；魏明元帝拓跋嗣在位时，崔浩因为教拓跋嗣念过书，有师生情谊，更受重用；魏太武帝拓跋焘即位后，崔浩虽然一度被罢官，但因为朝廷上许多疑难问题解决不了，又只有把他请回去。这位三朝元老，终因汉族和鲜卑之间的民族隔阂而遭到杀害。

乘风破浪

少年宗悫立鹄志，破浪乘风做世雄。
总角飞身童稚勇，青年铸骨庙堂功。
南征北讨为王战，除暴安良显幼衷。
立地宽诚多厚意，击节后代赞精忠。

注释： 宗悫是刘宋时一位大名鼎鼎的将军。还是在少年时，宗悫就有"乘长风破万里浪"的志气，十四岁时碰上强盗抢劫，宗悫抄起平日练武的大刀，制服了强盗。消息传到江夏王刘义恭那里，刘便将宗悫招到身边，做了一名军官，因战功卓著，不到二十岁就当上了将军。此后，他破岭南象阵，平刘劭叛乱，克广陵

捉刘诞，屡建功勋，为维护刘宋政权尽心尽力，受到人们的尊敬。"乘风破浪"也因此成为成语。

南齐建立

刘宋宗亲乱，皇宫践铁蹄。
权威萧道成，持剑建南齐。

注释： 刘宋末年，皇室内部不断演出骨肉相残的惨剧。刘宋大将萧道成于公元479年废掉宋顺帝刘准，自己当上了皇帝，改国号为齐，史称南齐，萧道成就是齐高帝。

齐高帝执政

高皇萧道成，执政脑心清。
提炼前朝训，编修本世行。
宫廷倡俭节，帝室促同生。
上下精诚在，南方现盛荣。

注释： 萧道成认为刘宋灭亡的原因有二，一是皇室骨肉相残，削弱了自己的力量；二是皇帝生活奢侈腐化，加重了人民的负担，引起人民的强烈反对。萧道成以身作则，厉行节俭，并一再告诫子孙要互相亲爱，紧密团结，以保住萧姓天下。萧道成只做了四年皇帝，死后由太子萧赜继位，是为齐武帝。

南齐灭亡

良方济二代，痼疾再生疴。
萧衍刀兵至，南齐一命亡。

注释： 萧道成立的规矩在齐武帝一代起了作用，齐武帝保持了节俭的作风，也没有杀害兄弟，在位十一年间，没有出现危险的征兆。萧赜死后，他的堂弟萧鸾夺得了帝位，就是齐明帝。萧鸾一登帝位就大杀兄弟侄子，他的儿子萧宝卷也学他的样子，皇室又开始互相残杀。公元 501 年，雍州刺史萧衍起兵攻入建康，萧宝卷被杀。萧衍抬出十五岁的萧宝融作傀儡，叫作齐和帝。一年之后，萧衍夺过皇位，改国号为梁，是为梁武帝。

水碓磨

水急推得碓磨勤，珍珠跳动面纷纷。
冲之巧想多奇技，自然功勋替畜人。

注释： 祖冲之是我国古代伟大的科学家，他出生于宋文帝年间，祖父在刘宋朝廷里做大匠卿，负责管理土木建筑工程。家庭环境使祖冲之从小就养成了好学的良好习惯，二十几岁就很有学问。朝廷见他博学多才，就请他到研究学术的国家机关华林学省去做研究工作。祖冲之在天文历法、数学、物理、机械等方面都有重大的成就，他在齐武帝时期研制成功的利用水力舂米磨面的水碓磨就是一项重要发明。

圆周率

环三径一老圆周，祖氏求精再摆筹。
点后推敲七位数，新规自此走寰球。

注释： 祖冲之最重要的贡献是将圆周率推算到了小数点后七位数。在祖冲之以前，人们使用的圆周率是"周三径一"，即圆周率为三，很不精确。祖冲之用算筹计算了一万多遍，推算出圆周率在 3.1415926 和 3.1415927 之间，这是一项很了不起的成就。

大明历

汉武颁宣落下历，长年应用谬差多。
冲之雄辩推新制，力排喧嚣谱壮歌。

注释： 汉武帝时期由落下闳制定的太初历到南北朝时已出现不小的误差，祖冲之根据自己掌握的天文历法知识，制定了一部新历法——大明历（以宋孝武帝年号命名）。因为有争议，这部历法一直到祖冲之死后十年（公元 510 年）才开始使用。

反检籍

士庶黄籍护，皆因避赋徭。
朝廷清户口，浙地起风潮。

注释： 南朝时，虽然出现了士族势力开始没落、庶族地主势力上升的趋势，但士族的特权并没有消失，因此不少庶族地主想方设法钻进士族圈子。士族增多庶族减少影响到国家的赋税收入，于是在齐武帝时开展了一场清理士族的活动，要把那些不是士族、不该享受优待的家族清理出来，称为"检籍"。一些拿钱买了士族身份的人与政府的矛盾尖锐起来，于是爆发了唐寓之领导的反检籍起义。

唐寓之起义

反检风潮至，揭竿唐寓之。
虽伤绩效在，庶富获天时。

注释： 唐寓之是浙江富阳人，祖父和父亲靠看风水挣了不少钱，生活很富裕。校籍官想借此机会敲诈勒索，硬说他家户籍有问题，要把唐寓之捉去充军。唐寓之很气愤，看到反对检籍的人很多，于是发动了一场反检籍起义。当时，被罚充军的三万多人都投奔到唐寓之门下，他们攻克了新城、桐庐、富阳、钱塘等地方，唐寓之自称皇帝。以后又攻下东阳、山阴，但在浦阳江畔的浃口被官军打败。后官军攻下钱塘，唐寓之被俘处死，起义失败。

　　这次庶族地主起义最终失败了，但南齐政府的检籍活动也被迫停了下来。

士庶之争

南朝武士争天下，面对门阀矮自身。

拆座张敷隔纠当，移床江斅远僧真。

尊卑理念分高贱，俗雅行为讲矮伸。

实效终归赢陋矩，合该贵胄变贫民。

注释： 南朝是庶族地主建立的政权，不少庶族地主登台做了大官，但他们因为没有士族身份，常常被士族瞧不起，而自己也觉得比士族矮了三分。南齐初年的纪僧真出身庶族，深受齐高帝和齐武帝的信任，被封为男爵。既有实权，又有爵位，算得上贵族了。纪僧真恳求齐武帝答应他做士族，这事儿皇帝也办不了，叫他去找著名士族江斅、谢瀹帮忙。纪僧真找到江斅，刚在客床上坐下，还没来得及开口，江斅就招呼手下人说："快把我的床（一种有靠背的椅子）移开，离这位客人远一点，别把士族和庶族的身份混淆了。"纪僧真碰了一鼻子灰，只好垂头丧气地退回来。

同样的事情，刘宋时也发生在权官秋当、周纠身上，两人去拜访职务不高的士族张敷，同样碰了一鼻子灰。士庶之争是两晋、南朝的一大特点。

冯太后临朝称制

北魏人杰冯太后，协皇称制振朝纲。

权臣受遏乙浑倒，废帝廓清己自扬。

俸禄推行贪枉祛，新法制定盗贼藏。

农耕发展人丁旺，财政丰盈国势强。

注释： 北魏文成帝死后，年轻的献文帝即位，大臣乙浑掌权。乙浑专横跋扈，冯太后联合一些官员除掉了乙浑，自己掌握了军政大权。献文帝死后，五岁的儿子拓跋宏即位，就是孝文帝。冯太后以太皇太后的身份临朝称制，治理国家。

这时的北魏危机重重，冯太后决心进行改革。她解决了官吏的俸禄问题，推

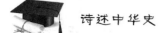

行"三长制"增加了国家税收,实行均田制促进了农业发展。这些改革措施对发展社会生产、加强国家力量起了积极作用。

三长制

邻里党层三长制,查实荫户赋役清。

逞强太后一挥手,改革成时国库盈。

注释: 北魏前期,大地主在地方上的势力很大,他们兼并农民的土地,强迫农民做他们的"荫户",供他们剥削。荫户没有户籍,不向朝廷交赋税,服徭役,这就肥了地主,损了国家。大臣李冲建议实行"三长制",即五家组成一邻,五邻组成一里,五里组成一党。邻有邻长,里有里长,党有党长。三长负责清查户口,征收赋税和征发徭役。该制度一推行,许多隐瞒的户口被查出来了,国家的税收也随之增加了。

均田制

北魏均田制度成,国荒土地赋民耕。

桑麻露等分农户,四野飘扬叹美声。

注释: 冯太后组织推行均田制,把政府掌握的荒地交给农民耕种,规定十五岁以上的男子和妇女可以分到国家授给的田地。每个男子可以领到种庄稼的露田四十亩,女子二十亩,人死了以后要交还政府。每个男子还可以领到桑田二十亩,死后可以传给子孙。不宜种桑养蚕而适合种麻的地方每个男子可以领到麻田十亩,女子五亩,死后也要交还政府。实行均田制,农民有田可种,农业生产发展起来。

裴昭明吊丧

北魏驾崩冯太后,南齐遣使裴昭明。

皆因服饰纷争起,饱学成淹定负赢。

注释： 南朝和北朝处于对峙状态，经常打仗。但碰到对方有婚丧大事，还是互派使者去庆贺或吊唁。冯太后死后，南朝齐武帝派大臣裴昭明为正使、谢竣为副使，前往北魏吊唁。他们走到冯太后灵堂门口，却被门卫挡住了，原因是裴、谢二人穿着朱红色的朝服，未穿素色的衣服，不符合吊唁礼节。僵持几天后，北魏政府特派尚书李冲主持一场辩论解决这个问题。李冲让成淹主辩。结果成淹引经据典取得了辩论的胜利，裴、谢二人只有穿上北魏准备好的素服参加吊唁。

李彪胜辩

李彪答谢赴南齐，引起两相廷辩争。

对峙交流无碍障，显彰文化四方行。

注释： 裴、谢到北魏吊唁了冯太后，为表示答谢，北魏派李彪出使南齐。李彪是北魏的老外交家，曾六次到过南齐。齐武帝特地设宴隆重接待他，宴会上鼓乐齐鸣。李彪一见乐队，赶快站起来辞谢，说北魏太皇太后新丧，全国含悲，哪能听音乐呢？双方又是一场辩论，李彪借机宣传北魏是懂得古代礼制的大国，颂扬了北魏皇帝的圣明，又一次赢得了外交的胜利。

孝文帝迁都

潜心进取拓跋宏，执意迁都接汉风。

巧计多施规顽劣，终得洛地坐皇宫。

注释： 冯太后死后，北魏孝文帝拓跋宏亲自执掌朝政大权。为了北魏的发展，孝文帝决定迁都洛阳。守旧派贵族留恋旧都的田地财产，强烈反对迁都。孝文帝为了迁都，定下了一条妙计。

公元 493 年秋，孝文帝亲率步、骑兵三十万南征。队伍到了洛阳。当时正是秋雨连绵的季节，文武大臣担心战争失败，因而忧心忡忡。孝文帝突然下令大军出发，文武大臣一齐俯首在地，请求停止南进。孝文帝趁机说，既然你们不同意南下，那就把都城迁到洛阳来，等有了机会再灭亡南朝。大家高呼万岁，迁都的

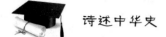

事就这样定下来了。

第二年，孝文帝亲自回平城做说服工作，终于完成了迁都的任务。

孝文帝改革

襟怀坦荡孝文帝，彻晓鲜卑差距多。
立意改革求进取，潜心汉化倡协和。
姓婚服语强通变，教制农耕细砚磨。
南北融合兴国势，为之世代唱清歌。

注释： 迁都后，孝文帝着手改革鲜卑的旧风俗，从各方面积极推行汉化政策。他发动了约一百万人迁到洛阳附近，采用汉族先进的生产技术发展农业生产；他下令废除鲜卑姓氏，采用汉姓，并且带头把拓跋改为元；他鼓励鲜卑贵族和汉族大地主通婚；他叫鲜卑人改穿汉人服装，学说汉话，读汉人的书；他规定所有迁到洛阳的鲜卑贵族都算作洛阳人，死后葬在洛阳的北邙山，不许送回平城安葬。通过这一系列改革，黄河流域的鲜卑族和其他少数民族与汉族逐渐融合起来，北方开始出现欣欣向荣的景象。

胡太后崇佛

昂扬佛教入中华，北魏喧嚣屡亮葩。
鬼蜮专权胡太后，朝廷几变尼僧家。
永宁寺内摆豪气，阳洛城垣尽侣裟。
国库空虚田地废，刀光闪动起烟霞。

注释： 孝文帝于公元499年去世，儿子元恪继承皇位。元恪在位十几年，死后由七岁的太子元诩继位，是为孝明帝，大权落到母亲胡太后手里。胡太后念过书，能写文章，也懂得武艺。她临朝听政，独断专行，荒淫残虐。胡太后崇尚佛教，大力提倡修建佛寺，使佛教在北魏得到了很大发展。这一时期，北魏出家做和尚尼姑的有上百万人，洛阳的佛寺达到一千三百多所。胡太后下令在皇宫附近修了瑶光寺和永宁寺，花费了大量人力、物力、财力。胡太后崇佛花光了国库，老百姓也越来越穷，社会矛盾尖锐起来，以边镇大暴动为序幕的北魏各族人民大起义爆发了。

河阴之役

可恶专权胡太后，才疏志大乱朝纲。

草原窥视有强盗，尔氏挥兵向洛阳。

袋束宫娥凄惨泪，投抛黄浪血红光。

人间最惨河阴役，野兽残凶肆虐狂。

注释： 公元 528 年二月，胡太后毒杀孝明帝，改立元钊为帝。塞上秀容川契胡酋长尔朱荣假托孝明帝旨意，立元子攸为帝，领兵打进洛阳，将胡太后及百官宫娥两千多人装入麻袋，在河阴地方投入黄河，制造了骇人听闻的大惨案。

云冈石窟

北魏石佛起帝冈，名僧昙曜著辉煌。

宫廷事由窟中现，艺术湛精写绚章。

注释： 北魏统治者为了在人民心中树立佛的高大形象，进一步宣扬君权神授，征集了大批民工和石匠，先后在平城附近的云冈和洛阳城外的龙门，劈山削崖，开凿了许多石窟，雕刻了许多佛像，让人们到那里顶礼膜拜。

公元 460 年，云冈石窟开始开凿营建，负责监造石窟的是名僧昙曜。昙曜经过精心策划，叫工匠先开凿了一个七丈多宽、六丈来深的大佛洞，然后在洞口筑了四层高的大楼阁，楼阁中心雕刻了一尊五丈多高的巨型佛像，佛像象征文成帝。在大佛周围，工匠们又雕刻了许许多多大小不一的佛像，是群臣的象征。窟中还有许多象征民众和奴隶的小人物和凌空飞舞的仙女，把大佛衬托得更加雄伟庄严。昙曜总共开凿了五个石窟，后人继续开凿，现在保存下来的有四十多个石窟。石窟的雕刻艺术达到了很高的水平。

龙门石窟

北魏迁都坐洛阳，龙门两扇宝珠镶。

石佛万座参差立，百态千姿显瑞祥。

注释： 北魏孝文帝迁都洛阳后，石窟艺术也从平城转到洛阳，在洛阳郊外的龙门山上，开凿新的石窟。龙门石窟分布在龙门山东西的崖壁上，共有佛像九万多尊，一直开凿到唐代，总共开凿了几千个佛龛。这些大大小小的佛像千姿百态，栩栩如生。

云冈石窟和龙门石窟堪称世界石窟艺术的宝库，是我国古代劳动人民辛勤劳动和伟大智慧的结晶。

水经注

郦氏精心注水经，山河面貌一观清。

前书考究材质定，远地窥探疑窦情。

脚踩姜公古钓处，耳迎峭壁老猿鸣。

行云潇洒描江水，后世常闻击浪声。

注释：《水经》是我国古代一部专讲河道水系的地理书。全书记载了一百三十七条河流，可是许多记载过于简单，错误不少，实用价值不大。在北魏当过多年地方官并对地理很有兴趣的郦道元决心给它作注，通过注释弄清每条河流的来龙去脉、沿革变迁和其他有关的历史地理情况。

郦道元首先进行实地考察，比如在考察渭水时，就去过姜太公钓鱼时住过的石屋，并将杜吴砍杀王莽的史实写进了渭水的注文里。郦道元爬山涉水，追根溯源，寻访古迹，记录民间传说，将中国境内的大小河流一一加以介绍，还对《水经》没有提到的河流加以补充。《水经注》共记载了一千二百五十二条河流，比原书扩充了近十倍，文字增加了二十倍，成了一部三十万字含四十卷的巨著。《水经注》还是一部文笔生动的文学作品。

齐民要术

北魏民族唱大合，常规经验聚集多。
关心劳作思勰动，积撰真知农事歌。
因地制宜宣种养，实物求是祛邪讹。
心牵百姓生活术，传世勋功几汇河。

注释： 北魏末年贾思勰著的《齐民要术》是一部总结农业生产技术的著作，也是我国现存的一部最古老最完整的农书。"齐民"，是使人民丰衣足食；"要术"，是重要的方法。"齐民要术"说的是谋求提高人民生活水平的重要方法。

《齐民要术》既记载了前人的生产知识，又总结了当时的生产经验，还讲了贾思勰自己的亲身体会，对许多具体事例从理论上做了说明。《齐民要术》全书共九十二篇，十一万多字，内容十分广泛，从农作物耕种讲起，一直讲到怎样做醋和酱，凡是有关增加生产改善生活的事情都讲到了，是一部很有价值的农业科学著作。

边镇暴动

六镇鲜卑本肺腑，时迁境过变衰兵。
怀荒民众遭劫难，怒吼一声四野惊。

注释： 北魏初年，为了防御柔然等族的侵扰，朝廷在北部边境建立了许多军镇，分布在今天的内蒙古自治区和张家口一带。这些镇的镇将都由拓跋贵族担任，镇兵主要是鲜卑人，也有一些汉族地主子弟。起初边镇将士的地位比较高，不仅可以做官，而且还享受免除赋税的特别优待，朝廷经常派人慰问，称他们是"国之肺腑"，也就是最靠得住的力量。魏孝文帝迁都洛阳以后，边镇将领和士兵的地位逐渐下降，而南迁的贵族却享受着优厚的待遇。边镇将领一方面对朝廷的做法十分不满，另一方面对边镇士兵和边镇居民加强压榨，以维持他们奢侈的生活。士兵和居民对镇将十分痛恨，矛盾错综复杂。

公元523年，柔然族的阿那瓌带兵攻入怀荒镇，掳走了二千多军民和几十万头牲畜，军民实在生活不下去，要求镇将于景开仓放粮。于景置之不理，愤怒的军民将其杀死，开始了一场暴动。

破六韩拔陵起义

拔陵本姓破六韩，沃野兴兵起旋风。
北魏横心摧义举，双年恶战喘收弓。

注释： 怀荒镇军民的暴动很快影响到其他军镇，有个叫破六韩拔陵的匈奴人在沃野镇起义，占领了沃野镇，接着攻下武川、怀朔两镇，仅仅半年时间，起义风暴席卷所有边镇。北魏几次发大军围剿均被打败，不得已只有联系柔然军对起义军进行夹击，同时收买叛徒。在几方夹击下，奋战了两年四个月的破六韩拔陵起义失败了。

葛荣起义

边关降众押河北，颠沛流离寒苦生。
上谷挥师兴首义，定州反叛举葛荣。
轻摧北魏强兵阵，望眼洛阳健伍行。
可恶尔朱施杀手，难酬泪眼汗青情。

注释： 边镇大暴动失败以后，北魏政府把在边镇俘获的二十多万军民押往河北各州县。一路上，军民颠沛流离，饥寒交迫，冻死饿死的不少。到了河北，仍然整天挨冻受饿，找不到出路，于是再次爆发了起义。

公元525年八月，被迫迁到上谷（今河北省怀来县）的鲜卑人杜罗周首先发动起义，第二年，被迫迁到定州左人城（今河北省唐县）的鲜于修礼和葛荣也发动了起义。两支起义队伍互相支援，占领了河北很多州县。后起义队伍合并到葛荣部下，多次打败北魏派来清剿的军队，起义军发展到一百万人。

葛荣屡战屡胜，滋长了轻敌思想，最后被尔朱荣击溃，起义失败。

北魏分裂

暴动引得朝政乱，边关将领控皇冠。
堪怜宝炬宇文绊，独裁高欢善见悬。
两魏并行分国土，邺城对峙恨长安。
北方再现双门状，怒目拉弓统一难。

注释： 经过边镇大暴动和葛荣起义，北魏的政局十分混乱，边镇将领乘机控制了朝廷大权。公元 532 年，边镇将领高欢拥立孝文帝的孙子元修当皇帝，就是孝武帝。孝武帝不愿做有名无实的傀儡，跟高欢发生了尖锐矛盾。高欢带兵进逼洛阳，孝武帝只好逃走。高欢另立孝文帝的曾孙元善见当皇帝，就是东魏孝静帝，首都也从洛阳迁到了邺城。

孝武帝逃到关中投奔宇文泰。宇文泰参加过边镇起义，十八岁时担任葛荣手下大将，葛荣失败后投奔尔朱荣，被派到关中镇压关陇起义，势力一天天强大，成了与高欢齐名的将领。孝武帝投奔宇文泰后不久被杀，宇文泰又立孝文帝的另一个孙子元宝炬做皇帝，就是文帝，首都定在长安。

从此北魏有了两个皇帝，分裂成了东魏和西魏两部分。

六条诏书

权臣宇氏撑西魏，信赖苏绰定政纲。
六诏成书颁守则，强兵富国势能张。

注释： 西魏、东魏分裂后，西魏权臣宇文泰深知自身的危机，为了战胜东魏，他开始大刀阔斧地改革，大行台度支尚书兼司农卿苏绰所草拟的六条诏书就是重要的改革内容。这六条诏书的内容是：一、为政的人首先应当心和志静，善于分辨是非；二、要教育人们养成敦朴诚实的作风，去掉浮薄虚伪的习气；三、要发展

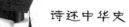

农业生产，保证农民有足够的时间男耕女织、养鸡养猪；四、用人要看能力，不能光看门第；五、法律要公正，不能滥杀无辜，冤枉好人；六、赋税和徭役要根据财产多少平均负担，不能全都加在穷苦老百姓身上。西魏根据这六条诏书励精图治，国力迅速强盛起来。

木兰辞

长夜复唧唧，儿心北向飞。
从军替父行，为国百征归。
不受多封赏，单求还旧帏。
千年肠动事，感慨叹清晖。

注释： 北魏后期，北边的柔然族、东北边的库莫奚和契丹等民族逐渐强盛起来，他们经常侵扰中原，抢劫财物，掳走百姓。北魏为了对付他们，常常大量征兵。《木兰辞》所反映的花木兰替父从军的故事就是当时的现实。《木兰辞》是北魏时期杰出的文学作品。

玉壁大战

东兵人马至，玉壁要冲悬。
攻似狂风起，守如铁壁坚。
高欢成困兽，宇氏亮钢拳。
战后兴衰变，天心西向偏。

注释： 东、西魏分裂之初，东魏仗着自身力量强大，总想灭掉西魏。公元543年，高欢率领的东魏军和宇文泰率领的西魏军在邙山大战，东魏大获全胜，差点把西魏灭掉。宇文泰吸取惨败的教训，发愤图强，积极推行苏绰拟定的六条诏书，在军事上实行府兵制度，西魏迅速强大起来。公元546年，高欢再次发兵进攻西魏，决心这一次把西魏灭掉。他调集了东魏所有的精锐部队，于八月从晋阳出发，九月初包围了西魏的前哨阵地玉壁城。玉壁城守将韦孝宽熟悉兵法，忠于职守，在形势十分危急的时候从容布阵，坚守阵地。东魏军使出所能用上的全部攻城战法，都被西魏军一一化解。在宇文泰源源不断的后勤支持下，西魏军在玉壁城坚守五十天，让东魏军留下了七万多具尸体。高欢疲劳忧愁终于病倒，东魏只好撤兵。西魏军乘胜追击，大获全胜。从此，西魏的力量渐渐超过东魏。

舍身同泰寺

痴心梁武帝，下位做僧人。
穷宝修佛寺，倾金造塔身。
颜如弥勒佛，心似毒蝎针。
倒退生民怨，王朝势渐沦。

注释： 南朝的梁武帝萧衍是个残暴、愚蠢、伪善而又善于玩弄政治手腕的人。他乘南齐末年政治十分混乱的机会夺得了帝位，做了皇帝后一心盘算着为子孙建立万世基业。为达此目的，他一方面用严刑峻法镇压老百姓，一方面把自己打扮成信佛的善人。梁武帝经常手拿佛珠，口念佛经，下令修建了一座同泰寺，他早晚都要到寺里去拜佛念经，而且四次"舍身"同泰寺，每次都要大臣拿钱把他赎回来。由于梁武帝崇佛，梁朝境内到处都建起了佛寺，单首都建康一处就有佛寺七百所，僧尼十多万人。梁武帝信佛，可佛并不保佑他，晚年遇上侯景之乱，被软禁而活活饿死了。

神灭论

佛教喧声起，财资日渐空。
齐梁出范缜，利口显精功。
鼓噪无神论，吹挥抗逆风。
流驱难灭志，哲界一枭雄。

注释： 在佛教盛行的南北朝也有不信佛的人，范缜是其代表。范缜有极好的口才，在有无神灵和因果报应的问题上，范缜坚持人死神灭、因果报应不存在的观

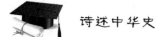

点，在和人辩论时经常是"辨摧众口，日服千人"。他写了一部宣传自己观点的书《神灭论》，批驳了人死神不灭的谬论，论述了佛教的祸害，主张废弃佛教，鼓励耕种，只有这样，才能丰衣足食，国家太平。梁武帝萧衍即位后，把佛教定为国教，范缜被流放到了广州。

本草经集注

南朝道士陶弘景，苦意研修本草经。
自此中医清属性，功延后世利生灵。

注释： 陶弘景是南朝有名的道士，精通医药学，他见流传下来的《神农本草经》残缺不全，谬误极多，可能对人的生命造成危害时，决心对残缺的《神农本草经》进行深入研究，重新加以整理。经过陶弘景的多年努力，一部《本草经集注》问世。《本草经集注》确定《神农本草经》记载药物三百六十五味，另新增三百六十五味，用红黑两种颜色分别记录，一目了然。《本草经集注》将药物分成玉石、草木、虫鱼、禽兽、果菜、米食和有名无用七类，对每种药的形状、性能、作用和主治的病症等都做了注解，并注明每种药的产地、采集时间以及制作方法。《本草经集注》是当时最完整的一部药书，对后世影响很大。

江郎才尽

清贫立志出江郎，笔墨翻飞名气扬。
一旦官升人自懒，多惜才子少诗章。

注释： 江淹是南朝人，小时家里很穷，通过发愤读书成了一代才子，其代表作有《别赋》和《恨赋》。他后来做了官，而且越做越大，到梁武帝时做了朝廷的光禄大夫，被封为醴陵侯，得了很多封地，变成了官僚地主。自从当了官，江淹便很少有好文章传世，学问明显退步，人们都说"江郎才尽"了。

侯景之乱

反复无常出恶棍，投梁叛魏祸灾生。
凶焰露处江防破，急雨泼时建邺惊。
绚丽京都烟漫海，无辜弱黎血淹城。
堪怜武帝八旬汉，困死深宫老泪横。

注释： 侯景是被鲜卑人同化了的羯族人，他原为东魏的将领，因与东魏权臣高澄不和而投降西魏。西魏不相信他，而东魏又派兵追捕他，他只好到南方来投降梁朝。梁武帝接受了侯景的投降，并任命为大将军，封为河南王，让他管理黄河南北的军政事务。梁武帝派侄子萧渊明率兵北上接应侯景，萧渊明不懂军事，在彭城被东魏军打得大败，自己也当了俘虏，接着东魏军又打败了侯景。侯景带着残兵败将八百多人逃往梁朝的寿阳城。高澄写信给梁武帝，说只要交出侯景，就和梁朝和好并送萧渊明回国。梁武帝同意讲和，这可气坏了侯景，他立即率兵南下攻击梁朝，由于梁武帝的侄子萧正德的里应外合，侯景攻进建康，软禁梁武帝，然后将建康化为一片废墟。梁武帝被活活饿死。

梁武帝的第七个儿子萧绎和大将王僧辩、陈霸先合作，从江陵起兵讨伐侯景，收复建康，侯景被部下杀死，他制造的叛乱得以平息。

陈朝建立

萧绎落定侯凶乱，又遇梁廷内墙风。
西魏乘机兵马至，川荆尽扫岸南空。
金陵水煮新魂地，陈氏刀平旧帝宫。
漫扫齐师威望起，霸先换代自扬功。

注释： 平定侯景之乱以后，萧绎在江陵做了皇帝，是为梁元帝。他拜陈霸先为

大司空，镇守京口；拜王僧辩为太尉，镇守建康。萧绎的弟弟萧纶、萧纪、侄子萧詧都来争夺帝位，互相攻打，并借来西魏兵协助。西魏对梁朝早有图谋，于公元555年帮助萧詧攻下江陵，杀了萧绎，封萧詧为梁王。西魏将江陵变成一座空城后交给萧詧管理，第二年萧詧自称皇帝。

平定侯景之乱的陈霸先和王僧辩不承认萧詧为帝，在建康拥立萧绎的儿子萧方智做了皇帝，是为梁敬帝。这时北方的东魏已被北齐代替，北齐打算派兵护送被东魏俘虏的萧渊明到梁朝做皇帝，王僧辩从个人利益出发答应了北齐的要求，接回萧渊明，立他为皇帝，废掉了梁敬帝。陈霸先不同意王僧辩的做法，几次三番劝告王僧辩，王僧辩不听。陈霸先的军队攻进建康，杀了王僧辩和萧渊明，仍旧立萧方智为皇帝。

这时形势非常复杂，王僧辩的党羽和北齐的军队偷袭建康，攻占了石头城。正在外地平叛的陈霸先回军建康，取得了军事上的胜利。后经过多次战争，陈霸先终于肃清了王僧辩的残余，战胜了北齐军。公元557年，陈霸先废掉梁敬帝，自己做了皇帝，改国号为陈，他就是陈武帝。

北齐建立

高洋不愿做权臣，废除先皇自命君。
国号北齐驱魏室，初弄朝政善耕耘。

注释： 高欢在玉壁大战后不久就死了，东魏的大权落到儿子高澄手里。高澄被自己的奴隶兰京刺死，弟弟高洋掌握了东魏大权。公元550年，高洋迫使孝静帝让位，自己当了皇帝，改国号为齐，历史上叫作北齐，高洋就是北齐的文宣帝。高洋称帝后大封功臣，将几个弟弟封王后打发到封地去，解除了皇位争夺之忧。他发兵北攻柔然、契丹，安定了北疆；又南下攻打梁朝，被陈霸先打败。

高洋初为皇帝时，留心政务，任用贤能，严格执行法律，减省官吏，并修筑长城，巩固边防。这时的北齐比较强盛。

北齐内乱

高洋勤政时间短，倒退昏庸暴恶生。

早逝留得根祸在，叔侄反目庙堂倾。

注释： 高洋勤政不久就腐败起来，做了九年皇帝后去世，活了三十一岁。他的儿子高殷即位不到一年便被叔叔高演杀害。高演在位两年后去世，把皇位传给了九弟高湛。高湛在三年后杀了高演的儿子高百年，高湛就是武成帝。又是三年后，高湛将皇位传给儿子高纬，自己当太上皇，他想用这种办法教会儿子怎么做皇帝而免得被别人篡位。北齐因为皇室内部骨肉相残，政治腐败，国势一天天削弱。

宿铁刀

高欢激战宇文泰，綦母怀文献宝刀。

新艺灌钢生利刃，寒光削铁领风骚。

注释： 在东、西魏大战邙山的时候，匈奴人綦母怀文向东魏丞相高欢献了一把削铁如泥的宝刀，名叫宿铁刀。宿铁刀实际是一种钢刀，用新技术灌钢法铸成。宿铁刀的出现说明北朝时期的冶炼技术有了新的发展。

北周建立

权臣去世宇文泰，废魏儿侄走马基。

骨肉相撕三难后，明主续写北周诗。

注释： 公元556年，西魏权臣宇文泰去世。第二年，他的第三个儿子宇文觉赶走西魏皇帝，建立了周朝，历史上叫作北周，但是朝政大权落到了宇文泰的侄子宇文护手里。宇文护先后立了两个皇帝，又都把他们杀了。到第四年，他把宇文

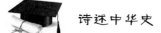

泰的另一个儿子宇文邕推上皇位，就是周武帝。周武帝不甘心做傀儡，于公元572年除掉了宇文护这个"太上皇"，亲自掌握了政权。

周武帝灭佛

兴周代魏传新帝，图治励精求太康。

迷幻僧尼横世道，夺财寺庙遍城乡。

天灾人孽生非异，吏怨民嚣起祸殃。

武帝灭佛声势动，兵丁日壮国当强。

注释： 在周武帝除掉宇文护的第二年，关中大旱，老百姓只有挖野菜充饥，社会动荡不安。周武帝明白，若不进行改革，不仅国家统一无望，就是自己的皇位也难保。于是他下令释放奴婢和杂户为平民，制定了《刑书要制》，用重刑来约束骄横的地方豪强。他还决心消灭佛教，加强中央集权。

从北魏以来，北方佛教盛行。光北周境内就有佛寺一万多所，僧尼二百多万人。这些人不劳而获，成了社会的寄生虫。周武帝接受了还俗和尚卫元嵩的建议，在做了一系列舆论准备过后，于公元574年开始灭佛。他下令设立通道观，存道教灭佛教；他下令没收关、陇、梁、益、荆、襄等州僧侣地主的土地和寺院财产，充作军费；他下令销毁铜佛像和铜钟、铜磬等，用来铸钱和造武器；他把近百万的僧侣和受寺院剥削的僧祇户编为均田户，叫他们开荒种地，发展生产，将其中的壮丁编入军队；他召集僧徒五百人灭佛像。

这些措施在一定程度上缓和了国内矛盾，为以后消灭北齐、统一中原创造了条件。

周武帝灭齐

周皇锋锐劲，后主懒庸时。

六路西军起，分兵败卒糜。

晋阳生死战，邺地溃亡期。

冷目观横扫，轻松灭腐师。

注释： 公元575年七月，周武帝亲自率领六路大军向北齐进攻。这时北齐政治腐败，内部矛盾重重，齐后主高纬昏庸到了极点。当北周攻下了北齐的三十多座城池以后，周武帝生病，北周只有退兵，北齐暂时躲过一劫。

第二年冬天，周武帝命令隋国公杨坚带兵拿下晋州（今山西省临汾市），通过一系列激战后拿下晋阳（今山西省太原市），齐后主退回邺城。周武帝追到邺城，齐后主把皇位传给八岁的儿子，自己往南逃走，准备投奔陈朝，结果在青州被周军俘虏。中国的北部得到重新统一。

陈朝内讧

南陈身本弱，内讧雪加霜。
宣帝言承假，其儿脑胆狂。
叔陵挑反叛，老四冒强梁。
后主虽名正，荒淫至国亡。

注释： 陈霸先在位三年即去世，因他的儿子大多数在他死前去世，皇位便传给了侄子陈蒨，是为陈文帝。陈文帝在位七年，政治比较清明，他临死的时候，因担心儿子伯宗柔弱，而准备将皇位传给早有野心的二弟陈顼。陈顼假意推辞，表示愿像周公辅佐成王那样辅佐伯宗。伯宗即位以后，陈顼马上抛弃诺言，独揽大权，一年后干脆抢过皇位，自己做了皇帝，是为陈宣帝。陈宣帝在位十四年，死后发生了激烈的争夺皇位的内讧。

陈宣帝的儿子当中，除了长子陈叔宝已经被立为太子，是皇位的当然继承者外，二儿子叔陵、四儿子叔坚都有政治野心。陈宣帝刚死，叔陵即砍伤叔宝想夺取皇位，遭到叔坚反击，叔陵战败被杀，一场争夺皇位的内讧才平息下来。公元583年，陈叔宝登上皇位，他就是陈后主。陈后主是历史上有名的昏君，他在位期间，陈朝一天不如一天。

杨坚建隋

杨坚乃外戚，辅帝建朝功。
眼界宽兼远，心胸阔且雄。
皇冠脚顺踢，国政口随风。
建隋金陵扫，神州再现同。

注释： 公元581年，北周的隋国公杨坚取代周静帝，自己当上了皇帝，改国号为隋，是为隋文帝。杨坚是北周的大贵族，他的女儿是周宣帝的皇后，周静帝即位时才八岁，不会理政，大权就由杨坚掌握。杨坚很会为人处事，很快就壮大了势力，不久就把小皇帝请下台，自己坐了江山。公元589年，隋文帝派兵南下灭了陈朝，从西晋灭亡后分裂了二百七十年的局面宣告结束。

隋 朝

隋朝

分久必合出隋朝，文帝雄才国势张。
中央三省加六部，州县两级辖地方。
稳健机制开先河，畅贯千年成大纲。
扩充均田丰农户，倡导手工促贾商。
物阜年丰国库盈，感召威势震四方。
国力催动工程起，修饰长安兴洛阳。
千里运河通南北，助推物流茂城乡。
可恨炀帝败霸业，烽烟四起助反王。
恶贯满盈气数尽，一命呜呼殒萧墙。
相较秦朝何其似，短命教训不可忘。

注释： 隋朝从公元 581 年至 618 年，存在时间虽只有短短的三十多年，但却是一个承前启后的朝代，后世的许多封建制度都是从隋朝开始的。隋朝在中央确定了三省六部制，在地方实行州县两级制，创立了科举制度，制定了比较简单的法律，中央集权的政治制度确立下来，对后世有重大影响。

隋文帝杨坚推行均田制，减轻赋税徭役，使经济得到恢复，粮食连年丰收。纺织、造船等手工业发展较快，营建洛阳和开凿大运河等宏大工程既说明国力充裕，也说明当时的工程技术已相当发达。赵州桥的修建和长安、洛阳的宫殿建筑均体现了高超的工艺成就。

隋炀帝穷奢极欲，挥霍浪费，使国库空虚，对人民的剥削加重，导致了隋末农民大起义的爆发和隋朝的灭亡。

隋文帝

百载烽烟迷雾朦，隋朝建立起清风。
江山一统太平出，行政顺和世事通。
省部分权延后世，开科取士引学童。
文皇史册多勋业，后者铭心盖世功。

注释： 隋文帝知道自己这个皇帝得来太容易，生怕人心不服，因此处处留心民意，采取了一系列顺应民心的做法，收到了很好的效果。隋文帝既了解前朝历史，也明白人心向背，因此他能制定出一套承前启后的政策措施，比如三省六部制、科举制等，一直影响到以后的几代封建王朝。隋文帝厉行节俭，发展生产，经济增长迅速，官仓里的粮食直到隋朝灭亡二十年后还没用完。百密一疏的是忽略了对次子杨广的考察，使得隋朝仅传两代就消亡了。

节俭治国

躬身节俭敦朝事，抚恤黎民慎锁枷。
惩治贪官廉吏出，清明文帝后人夸。

注释： 隋文帝是以节俭著称的皇帝，有一次他配止痢药，宫中居然找不到一两胡粉；有一次他想找一条织成的衣领，宫中也没有；他的车马用具坏了，派人去修理，不许做新的；有一年关中闹饥荒，老百姓吃糠拌豆粉，他责备自己没有管理好国家，下令饥荒期间不吃酒肉。一个封建皇帝，这样的行为实在难能可贵。

严格治家

民间温热家风寒，太子靡奢落桂冠。
杨俊轻薄难饶过，疏忽二子肉心剜。

注释： 隋文帝对几个儿子的要求很严。三儿子杨俊居功自傲，生活奢侈，不把法律放在眼里，隋文帝罢了他的官职并囚禁起来直到杨俊病死也未得到宽恕。太子杨勇生活越来越奢侈，隋文帝废了杨勇，并把杨勇手下的大臣训斥了一顿。唯独被二子杨广欺骗，最终酿成大祸。看来，严格治家还真是一门学问。

突厥兴起

突厥兴起草原行，鬼使神差扰乱兵。
前任安绥凶恶性，隋文一气乱麻生。

注释： 正当隋文帝忙着巩固政权的时候，突然传来突厥沙钵略可汗入侵的警报。突厥当时共有四个可汗：沙钵略、阿波、达头和贪汗，其中势力最大的是沙钵略。过去，齐、周两个王朝争着讨好突厥，以中原的大量财物相送，可他们还是掠夺边境，杀害人民。隋文帝即位以后，除了正常的往来，不再送礼物给突厥，沙钵略非常不满。沙钵略的妻子千金公主是被隋朝灭亡的北周赵王招的女儿，她经常怂恿沙钵略为娘家报仇。当隋朝的一个地方官高宝宁起兵叛乱的时候，沙钵略便与高宝宁合谋，出动四十万大军骚扰隋朝北部边境。

降服沙钵略

双雕一箭长孙晟，稳定突厥舌似刀。
瓦解孤分沙钵略，拖拉控制众嚣豪。
远交近迫效绩显，扶弱抑强谋略高。
四部臣服边地靖，隋朝应势克骄獒。

注释： 长孙晟是个突厥通，他的"一箭双雕"的故事在突厥传为美谈。他向隋文帝上书，分析了突厥几个可汗之间的关系，主张远交近攻，联弱攻强，沙钵略势必左右分兵防守，相互猜疑，我们等待时机，就可以将他们一举歼灭。长孙晟一边讲，一边随手画出突厥的山川道路，各部形势，他解说详细，分析透辟，隋

文帝赞叹不已。

隋文帝采纳了长孙晟的谋略，派遣使者联络达头，沙钵略听说后，连忙派出军队戒备达头。隋文帝又派长孙晟去联络沙钵略的弟弟处罗侯，让处罗侯与隋朝联合进攻沙钵略。沙钵略与达头、处罗侯之间互相猜忌，矛盾尖锐。公元583年，沙钵略和阿波可汗分兵八路进攻隋朝，阿波被隋朝打败，长孙晟说服阿波依附隋朝，和隋朝结盟和好。沙钵略攻打阿波住地，杀了阿波的母亲，阿波向达头求救，贪汗一贯和阿波友好，也出兵援助阿波，四个可汗打得不可开交。突厥从此分裂为东西两部分。

隋文帝专攻沙钵略，沙钵略屡次被隋军打败，不得不向隋朝称臣。

良相高颎

隋朝良相称高颎，创下终生汗马功。
力助杨坚平叛逆，护呵直吏止歪风。
推恭才干尽心力，遏制元勋捏梦虫。
不峙徽光多勉进，忠诚国事智身穷。

注释： 在隋文帝杨坚建立隋朝的过程中，出力最多的要数第一任宰相高颎。高颎精明能干，懂得军事，北周末年杨坚当了宰相，就把高颎请来，帮助他夺取帝位。当相州总管尉迟炯起兵反对杨坚时，只有高颎挺身而出，镇压了尉迟炯。隋朝建立后，隋文帝任命高颎为尚书左仆射兼左卫大将军。高颎善于团结各种各样的人，他劝南下平陈的大将军贺若弼接受文帝的任命；他为因接受贿赂要被严惩的将军史万岁求情，让史在攻打突厥的战争中屡建奇功；隋朝许多文武大臣都是他推荐的。高颎虽然立有大功，但他从不居功自傲。对皇亲国戚、元老大臣的错误高颎从不迁就。他为隋朝的长治久安竭尽心力。

高颎之死

一身正气遭人妒，震主之功古训多。
文帝忘恩施锁杠，隋炀毒手送悲歌。

注释： 功高震主，高颎还是受到了隋文帝的猜疑。公元 599 年，隋文帝和皇后独孤氏要废掉太子杨勇，改立晋王杨广为太子，遭到高颎的反对，隋文帝很不高兴，独孤氏更是恨透了高颎，他们决心除掉高颎。不久，凉州总管王世积犯罪被杀，有人诬告高颎和王世积来往密切，还接受过王世积送的名马。隋文帝抓住这个把柄，立即罢了高颎的官。很多文武大臣替高颎说情，隋文帝十分恼火，下令把高颎逮捕下狱。杨广得势后，立即将高颎处死。

虎父犬子

开疆拓土龙蛟父，犬仔一窝孽障嚚。

太子奢骄爵速罢，三儿作歹命先夭。

贪婪暴劣出杨广，误国伤民塑恶朝。

训教乏方终有报，王朝速朽气先凋。

注释： 一代枭雄杨坚，开疆拓土，统一华夏，建章设制，昭示未来，堪称千古一帝。可惜虎父犬子，连自己都死于儿子之手，令后人扼腕痛惜。

杨广弑父

巧语花言增宠信，阴谋毒计害亲兄。

捏得一把先王毙，夺取皇冠恶浪生。

注释： 隋文帝有五个儿子，其中二儿子杨广最能干。在南下灭陈和北上抵御突厥的过程中，他都立了大功，并笼络了一批人才。为了替代太子杨勇的地位，杨广手段用尽。杨广知道隋文帝喜欢简朴，他便用心在隋文帝眼前摆出一派简朴样，获取隋文帝的欢心；杨广知道皇后恨杨勇，便在皇后面前百依百顺；杨广知道隋文帝最信任杨素，便想方设法结交杨素，让杨素为其出谋划策；杨广收买太子的亲信姬威上表诬告太子，终于让隋文帝下了废太子的决心，立杨广为太子。

公元 604 年，隋文帝得了重病，杨广原形毕露，先是害死隋文帝，继而杀了杨勇，于这年七月登上皇位，是为隋炀帝。杨广为了争夺皇位弑父杀兄，其心肠之毒，世间少有。

隋炀帝

风流倜傥生杨广，虎虎雄心胜始皇。
剑指辽东烽火起，鞭挞高丽势张狂。
赶驱民力挑新河，摇动楼船梦远航。
暴政引得骚乱动，江都宫里一宵亡。

注释： 隋炀帝好大喜功，穷奢极侈，登上帝位后大兴土木，无论是营建东都洛阳还是开凿大运河，都是劳民伤财的举动。更有三征高丽之战，其规模之大，时间之长，耗费之多，都是空前的。这些举全国之力的行为，将国人推入水深火热的境地，人民忍无可忍，只有铤而走险，走上揭竿起义之路。隋炀帝便在这条路上走向死亡。

营建东都

隋炀下令建东都，汇集人间万品殊。
为使龙躯天乐在，民夫骨血几多枯。

注释： 公元605年，隋炀帝大兴土木，营建东都洛阳。这项工程非常浩大，每月征调二百多万个民夫，从江南运送奇材异石，很多民夫被活活累死。隋炀帝下令在洛阳的西郊建一个大花园，叫作"西苑"，周长达二百多里，苑内有海，海中修造三个仙岛，岛上修建亭台楼阁，十分壮观。海的北面有龙鳞渠，渠水曲折流入海内。沿着水渠修建了十六个院，每院有一个妃子主管。院内建筑十分华丽，四季如春。西苑饲养着各种珍禽异兽，供皇帝观赏、打猎。夜里，隋炀帝经常带着宫女到西苑游玩，一边奏乐，一边喝酒赏月。

大运河

隋炀驱动九州众，背磨肩挑凿运河。
南地清流逐北水，洛阳画舫载娇娥。
当时苛政兴民怨，后代引吭唱颂歌。
史册标签功与过，重生今日泛清波。

注释： 西苑工程刚刚结束，隋炀帝又征调一百多万民夫，开始挖掘大运河。首先开凿通济渠，该渠西起洛阳的西苑，东到淮河边的山阳（今江苏淮安），沟通洛水、黄河、淮河，然后接上春秋时期夫差开凿的邗沟，通向长江。接着，大运河又向南北两头延伸，向北开凿永济渠，直到涿郡。在长江以南开凿江南河，从京口到余杭（今杭州）。用了不到六年时间，一条长四五千里，沟通海河、黄河、淮河、长江、钱塘江五条大河的大运河便全部挖成。

大运河便利了南北交通，促进了南北经济文化交流，有利于国家的统一。运河两岸出现了许多繁华的城市。但开凿运河使用了大量人力物力，增加了人民的负担。

下江都

隋炀迷幻江南好，拨动楼船走梦都。
一过旌旗灾难至，终遭惩谴路归无。

注释： 运河还没修完，隋炀帝已派人造好了许多大船。公元605年秋天，隋炀帝带着大批随从，乘船到江都游玩。隋炀帝坐的船叫龙舟，长二百尺，分四层，装饰华丽，挽船的殿脚达一千零八十人。随行的皇后、嫔妃、官员、僧尼等分乘几千艘华丽的大船，纤夫达八万多人。船队船头接船尾，延绵二百多里。两岸还有骑兵护送，旌旗蔽日，热闹非凡。隋炀帝在船上纵情作乐，沿途五百里内的百姓都要供奉食品，很多人因之倾家荡产。

隋炀帝在江都住了四个月，然后从陆路回洛阳，又是一场劳民伤财的浩劫。以后，隋炀帝又两次巡游江都，每巡游一次，老百姓就遭殃一次。

赵州桥

石桥随意写春秋，尽显英姿跨赵州。

路面平缓添疾走，拱门大小顺江流。

远观虹彩映天际，近看群龙戏水游。

世代难忘工匠巧，留存人类一丰丘。

注释： 隋朝工匠李春设计建造的赵州桥至今安然无恙。此桥造型优美，结构坚固，全长50.82米，桥面宽9.6米，大石拱的跨度37.37米，是当时世界上跨度最大的石拱桥。这座桥最大的特点是拱桥两端的上方各有两个小拱，小拱的设置不但节约了石料，减少了桥身的重量，而且在发大水的时候可以从小拱排水，减轻了洪水对桥身的冲击。在选择桥基、保护桥拱、加固桥身方面，李春采用了许多科学、巧妙的方法。

赵州桥雄伟壮丽，艺术价值很高。桥的两侧栏杆装饰漂亮，整个桥身轮廓清晰，线条柔和，历代诗人写下了许多赞美的诗篇。赵州桥是世界现存的最古老的石拱桥。

观风行殿

天工巧夺宇文恺，动土兴师建洛阳。

为适隋炀居起便，观风行殿走疆场。

注释： 负责营建东都洛阳的人叫宇文恺。观风行殿是宇文恺为隋炀帝设计的活动宫殿。该殿上层可容纳几百个卫士，下面有巨大的轮子，转动自如。它可以开到前线，成为一个坚固的营垒，也可以住人，成为一座活动的房屋。

征高丽

我梦江南好，征辽亦偶然。

暴君异想起，万众噩魂缠。

高丽哭声动，九州人命悬。

三征皆败北，大地起烽烟。

注释： 从公元611年到614年，隋炀帝接连三次发动了侵略高丽（今朝鲜）的战争。这又给全国人民带来了一场大灾难，一次征兵就达三百多万人，还征调民工在山东东莱、海口造船三百艘。工匠们不分昼夜站在水里干活，腰以下的身体腐烂生蛆，被折磨死的人占十分之三四。隋炀帝还征调民工运粮，因路途遥远，耗费很大，劳民伤财。三次战争都以失败告终，损失惨重，终于引发了大规模的农民起义。

义军蠭起

长白知事郎，首举荡隋枪。

歌起揭辽战，挥旗引反王。

北南兴窦杜，翟让闹山岗。

天下烟尘动，兵锋向洛阳。

注释： 公元611年，王薄首先在山东长白山起义，活跃在齐郡、济北郡一带。王薄自称"知事郎"，他作了一首《无向辽东浪死歌》号召起义。隋炀帝调集大军进行镇压，更加激起了广大农民的愤怒。不久，各地起义军汇合成三支强大的队伍，一支是由窦建德领导的河北起义军，另一支是由翟让领导的瓦岗军，还有一支是由杜伏威领导的江淮起义军。其中瓦岗军力量最强大。

瓦岗军

中原闹瓦岗，翟遇李相帮。
扼道牵南北，兵锋向洛阳。
掀翻狂放将，开启大粮仓。
行使魏公令，檄文讨暴炀。

注释： 瓦岗军的首领翟让是韦城（今河南省滑县）人，从监狱逃离后举起义旗，上了瓦岗寨。李密加入后，瓦岗军的势力迅速扩张，政治目标也日渐清晰。公元616年，瓦岗军直逼隋军要塞荥阳，隋炀帝命令猛将张须陀领兵驰援，结果被瓦岗军打得大败。第二年春天，瓦岗军攻下隋朝设在洛阳附近最大的粮仓洛口仓，把粮食分给老百姓，至此瓦岗军发展到几十万人。翟让将瓦岗军的领导权让给李密，李密称魏公，行军元帅。瓦岗军发布讨炀帝檄文，列举了隋炀帝的十大罪状，指出："磬南山之竹，书罪无穷；决东海之波，流恶难尽。"瓦岗军建立政权以后，南北起义军纷纷响应，李密成了中原起义军的领袖。

杨广身亡

决波恶无尽，磬竹罪难书。
义勇檄文出，隋炀残命孤。
宇文刀剑至，暴帝泪睛糊。
衣带封喉紧，昏君一命呜。

注释： 在起义军的猛烈打击下，隋朝的统治土崩瓦解，众叛亲离，许多地方官起兵反隋。公元618年三月，右屯卫将军宇文化及发动兵变，冲进江都宫，绞死了隋炀帝。宇文化及自称大丞相，立秦王杨浩为皇帝，隋朝名存实亡。

瓦岗败亡

双龙呈恶斗，李密卷狂风。

摆起鸿门宴，刀劈翟老雄。

招安行险径，路尽跪唐公。

铁腕难饶过，农军义战终。

注释： 在农民起义军节节胜利的时候，瓦岗军内部发生了分裂。一派以翟让为首，主要是瓦岗军的旧部成员；一派以李密为首，主要是隋朝降将。两派之间发生了尖锐的矛盾。公元617年十一月，李密设宴击杀翟让，瓦岗军开始走上败亡之路。

睿目李世民

摇摇欲坠隋朝落，李氏踌躇顾忌多。

耿介铿锵激反语，唐公决断起刀戈。

注释： 唐国公李渊有四个儿子：李建成、李世民、李玄霸、李元吉。其中李世民最有政治眼光，他分析了当时的形势，认为隋朝的统治不会长久，只有趁天下大乱的机会夺取政权，才能保住家族的地位和利益。当时李渊作为隋朝的太原留守，内受隋炀帝亲信的监视，外有突厥势力的挤压，有惶惶不可终日之感。李世民想方设法说动李渊起兵，举起了反隋的大旗。

太原起兵

除却隋朝双耳目，唐公阔步向长安。

摧枯一路西都落，李氏昂头顶帝冠。

注释： 为了起兵反隋，李世民事先做了很多准备工作。他从监狱偷偷放出了给他出谋划策的刘文静，然后施出招兵买马妙计集结队伍，再用计除掉监视李渊的隋炀帝心腹，最后逼使李渊起兵。这时瓦岗军已包围了东都洛阳，关东一带的隋军主力已被农民起义军击溃，起义军已攻占了长安城外的许多据点。李渊乘机领兵向长安进发，打败隋朝大将宋老生，攻进了长安城。李渊下令开仓济贫，废除了隋朝的苛刑峻法，深得百姓拥护，只几个月时间队伍就发展到二十万人。

隋亡唐兴

民劳财匮刀兵起，凸显中原翟李军。
叛众喧嚣豪气涌，烽烟遍地白阳曛。
李渊成事倚公子，炀帝丧头恨宇文。
大乱英雄呈倍出，长安飘起大唐云。

注释： 宇文化及杀死隋炀帝之后，率领隋朝的残兵败将十多万人北上，想要打回东都。已经在东都称帝的越王杨侗招降李密，许诺只要李密解东都之围，打退宇文化及，就封他为太尉，执掌文武大权。正怕陷入腹背受敌险境的李密高兴万分，于是投降杨侗集团，下令从东都撤兵，去替杨侗打宇文化及。宇文化及连吃败仗，后来被窦建德领导的起义军消灭。

李密正准备向杨侗请功，东都却发生了政变，王世充掌了权。王世充曾多次被瓦岗军打败，因此恨透了瓦岗军，李密入朝执政的美梦破灭。公元618年九月，王世充带兵攻打李密，李密战败，投降李渊，不久被李渊杀害，轰轰烈烈的瓦岗军起义最终失败。

李渊攻进长安以后，立隋炀帝的孙子十三岁的代王杨侑做皇帝，是为隋恭帝，尊隋炀帝为太上皇（当时隋炀帝还没死），自己做了大丞相。隋炀帝被宇文化及绞死后，李渊废掉隋恭帝，自己当上了皇帝，建立唐朝，他就是唐高祖。隋朝由此灭亡。

唐　朝

唐朝

泱泱大国出盛唐，贞观开元铸辉煌。

承继隋朝立大统，三省六部固中央。

治理地方靠州县，科举选才育栋梁。

均田相配租庸调，农耕兴旺百姓忙。

手工商业写繁盛，唐都长安亮瑞祥。

四邻朝贺天可汗，鉴真玄奘涉远方。

李杜诗歌艳苑囿，韩柳信手写华章。

绘画书法显手艺，医学历法助势强。

正当安享天朝乐，一声鼙鼓动渔阳。

安史兴起天下乱，重见尸骨抛淮黄。

皇帝蒙头走蜀道，铁骨铿锵战豺狼。

二颜粉身抽底火，郭李催马效疆场。

八年终平倾国难，又起藩镇霸北方。

朝中宦官揽大权，勾心朋党杀横枪。

摇摇欲坠百年过，黄巢起义定存亡。

朱温一刀割唐脉，五代十国旋风狂。

注释： 唐朝起于公元 618 年，止于 907 年，系中国古代最强盛的一个朝代。唐朝完善了起于隋朝的三省六部制和科举制，推行均田制和租庸调制，在强化中央集权统治的同时，农业、手工业和商业也有了前所未有的发展。唐朝的民族关系比较融洽，中外经济文化交流频繁。在文化方面，唐诗具有很高的成就，散文、绘画对后世的影响很大。唐朝的科技成就在历史上也有一定的地位。

安史之乱是唐朝由盛及衰的转折点，此后出现的藩镇割据、宦官专权、朋党之争成为剪不断、理还乱的麻烦。907 年，唐末农民起义军叛将朱温叛唐建梁，中国历史进入五代时期。

兄弟之争

自古皇家多诡诈，君臣不认弟兄情。
李渊难断家中事，伯仲争锋血染缨。

注释： 在李唐争夺天下的过程中，唐高祖李渊的次子李世民功劳最大，周围又聚集了大批文臣武将，权倾朝野。可太子李建成也有不小的势力和合法的身份，与李世民势均力敌。老皇帝李渊偏向太子，家庭矛盾日益尖锐，终于酿成兄弟残杀的惨祸。

玄武门之变

响箭硝烟平地起，门惊玄武动刀兵。
手撕骨肉兄丧命，脚踹王基父让行。
李氏萧墙生血案，太宗青史留英名。
人间只认黄金印，哪顾宫廷伯仲情。

注释： 公元 626 年 6 月的一天，李世民发动玄武门之变，杀死太子李建成及其支持者李元吉，夺得政权。不久老皇帝李渊让位，李世民登基成为唐太宗。

兵犯长安

始建唐朝足未稳，可汗颉利犯长安。
太宗立马渭河岸，霸气宏声解国难。

注释： 唐太宗即位不久，东突厥的颉利可汗率领大军进犯唐朝，先头部队来到离长安只有四十里的渭水便桥北岸。唐太宗带领六个骑兵飞奔渭水河边，以气势压倒对方。唐朝大军接踵而至，迫使颉利可汗与唐太宗议和，一场危机化解。

计破突厥

誓扫强胡大练兵，伺机李靖北边征。
突汗慑魄降幡挂，颉利图喘歹意生。
将计太宗出特使，夜奔铁骑破枭营。
顽凶化解中原定，父子释嫌国境宁。

注释： 怎样处理北方少数民族的关系一直是中央政权的棘手问题。唐太宗将对少数民族首领的安抚建立在武力降服的基础之上，他训练了一支勇猛善战的军队，于公元629年任命李靖为大将领兵北伐，首先迫使突利可汗投降，然后突袭颉利可汗大营，大获全胜，活捉颉利可汗，东突厥灭亡，唐朝的北部边境获得安宁。李氏父子关系也因此得以缓和。

水舟之缘

太宗深谙民心重，后辈敦期世代贤。
水载舟行亦可覆，天人托付玺印传。

注释： 唐太宗在安定了北部边境以后，便集中精力治理朝政。他从隋朝灭亡的悲剧中吸取教训，将爱护百姓作为治国的基础，"水能载舟亦能覆舟"的名言传为千古佳话。

太宗纳谏

偏听则暗众心明，纳谏良言有魏征。
洛地停工玄素语，家奴遇拒寿公情。
史官纪事求实录，县吏真诚利土耕。
三镜人生宜正面，皇苑不愁夏冬清。

注释： 魏征告诉唐太宗"兼听则明，偏听则暗"；张玄素劝谏修复洛阳宫；太宗鼓励各级官吏直言且不偏袒身边的人。李世民系开明君主，虽然也有被魏征惹怒的烦恼，但该君终究明白"以铜为镜可以正衣冠，以史为镜可以知兴替，以人为镜可以知得失"的道理，因此才有"贞观之治"。

凌烟阁画像

太宗取士斟才干，不辨历资疏与亲。
尉迟忠心出叛阵，马周能耐起贫民。
秦王府第言谆教，画阁凌烟表重臣。
揽就人间贤士至，协和贞观九州春。

注释： 唐太宗既善于纳谏，也善于用人。尉迟敬德系隋朝降将，得以重用；马周是"山东布衣"，官至中书令。相反，亲戚部下若没有才干也不能任用。唐太宗为表彰有过杰出贡献的人物，将长孙无忌、杜如晦、魏征、房玄龄、尉迟敬德等二十四名功臣的画像挂在凌烟阁，经常观赏，以示对功臣的赞赏和纪念。

均田与租庸调

君王晓事知人本，倡导耕织重下民。
实惠均田千里动，平和租调万心淳。
瞬间荒地生粮米，顷刻廪仓充布银。
国富家足天意顺，山河再现万花春。

注释： 唐太宗推广和完善了起于隋朝的均田制，又推行租庸调制，在一定程度上满足了农民对土地的要求。加之减轻赋税和徭役，唐朝的经济便迅速发展起来。

府兵制

民户抽丁称府兵，农耕训练两兼行。
远征近役通劳作，减负国家四野宁。

注释：唐太宗推行府兵制，寓兵于农。即士兵从农民中征召，把部分军需品转嫁到农民身上以减轻国家的军费负担。由于兵将不能长期相守，也防止了有野心的将领拥兵割据的可能。

贞观之治

权掌手心胸气正，太宗青史有英名。
将息体脉亏皇后，逆听忠言出魏征。
上下同施创业劲，野朝一片颂扬声。
安邦治国树标旗，盛世尤须堂庙清。

注释：由于采取了一系列有力的措施，唐太宗在位的二十多年间政治相对清明，经济长足发展，国内一派繁荣景象，边境以外的一些部落纷纷归附，各国商旅往来络绎不绝，中国成为世界上最富强的国家。因唐太宗的年号叫贞观，史学家将唐太宗统治时期的清明景象称为"贞观之治"。

尉迟敬德

尉迟家族生敬德，扶隋叛李本疑臣。
感恩圣主宽怀意，皇帝廷前一镇神。

注释：尉迟敬德系隋朝降将，周围又有人叛唐，但唐太宗始终信任他。君臣相互信任，换来一腔忠肝义胆，后人将尉迟敬德的画像贴在门上作为门神。

魏征

魏征本出敌家门，一袒太宗海纳襟。
刚正直言皇上叹，镜明保守赤诚心。

注释：魏征出身贫寒却学得一身本事，他本是李建成的部下，后被李世民感化，一

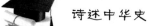

生勤勤恳恳为李世民服务。魏征是著名的铮臣，他处处为国家利益着想，对皇帝的批评毫不客气，有时甚至让唐太宗恼羞成怒，下不了台，但最终是皇帝认错并认真纠正错误。魏征去世，唐太宗悲伤不已，感叹从此失去了一面镜子。

长孙皇后

深宫诡诈前廷乱，唯有长孙起赞声。
慰藉夫君温暖意，婉言直达帼巾情。

注释： 即使权力至高无上的皇帝也离不开一位贤内助，长孙皇后就是唐太宗的贤内助。有一次，唐太宗怒气冲冲回到后宫，口里自言自语："总有一天我要杀死这个乡下佬。"长孙皇后轻言细语问道："谁又惹你生气了？"太宗回答："魏征这老儿今天当着群臣羞辱我。"长孙皇后竟兴奋起来："因为你是明君，才有魏征这样的直臣，我该恭贺你呀！"唐太宗方才转怒为喜。唐太宗成为一代明君，少不了长孙皇后的扶助。

忍小愤而存大信

高祖宣称废酷刑，太宗失误起嚣声。
依法戴胄纠君错，小愤忍而大信存。

注释： 唐太宗下诏鼓励大臣们举荐人才，可有人弄虚作假。唐太宗很生气，命令弄虚作假的人赶快自首，如不主动自首，查出来要判处死刑。而这是一时气话，根据高祖李渊时的法律罪不至死。大理寺卿戴胄根据法律将弄虚作假的判了流刑（流放，充军），唐太宗知道后很生气，戴胄解释说，按法律办事，就要能忍小愤而存大信（忍耐个人一时的愤怒而保存国家的信誉）。太宗方才转怒为喜。

唐律

太宗刻意兴唐律，内容周详慎紧宽。
古代刑法一鉴本，中华籍典显宏观。

注释： 唐太宗下令由长孙无忌、房玄龄等人修订法律。公元 637 年，新的法律修订完成，这就是有名的《唐律》。《唐律》分十二篇五百条，内容周详，简明，是我国古代重要的法学遗产。

科举取士

唐承隋制兴科举，择选优才肃世风。

人世蠢飞书读热，考场舞动墨文功。

苦寒练就心勤动，道义催成事必躬。

仰脸太宗声笑琅：英才尽在彀栏中。

注释： 中国的科举制开始于隋朝，完善于唐朝。唐朝考试的科目很多，其中以进士科最为耀眼。科举制有利于国家选拔人才，也鼓励了读书人刻苦读书积累知识的风气，为寒门弟子出人头地开辟了一条道路。因此唐太宗望着新科进士队伍，也不无得意地说："天下英雄尽入吾彀中矣！"

松赞干布

吐蕃君王称赞普，英威干布系传人。

仰钦唐域文风劲，欲愿婿翁藏汉亲。

题出太宗难众使，从容禄相胜多轮。

诚心赢就天朝意，礼送文成雪域巡。

注释： 吐蕃是藏族的祖先。年轻的松赞干布做了吐蕃的赞普（首领）后，建立了强大的奴隶制政权。松赞干布羡慕唐朝的强盛和富裕，三次派使臣到唐朝求婚，第三次求婚的使臣是大相（相当于宰相）禄东赞。禄东赞非常聪明，在"五难婚使"的考试中胜出，唐太宗终于答应将文成公主嫁给松赞干布。

文成公主

远嫁文成吐蕃王，中原文化走雪乡。
诗书医佛诸籍至，织造粮蔬技术张。
藏地书生河渭走，汉邦学士逻些忙。
红装吟唱帼巾调，千古流传好女郎。

注释： 文成公主是唐朝皇族的女儿，她聪明、美丽，读书很多，富有才华。唐太宗为她准备了丰富的嫁妆，于公元 641 年派礼部尚书、江夏王李道宗护送她入藏。文成公主入藏时，带去了许多经书、诗书、佛经、佛像和有关医药、生产、工艺等方面的书籍，还带去了大量的粮食、蔬菜种子和生产工具。文成公主教藏族人推行历法、纺织刺绣和使用水磨等，对吐蕃生产和文化的发展起了很大的促进作用。

玄奘取经

后辈皆知三藏苦，取经印度走西方。
探足险隘终生路，苦渡沙洲疑无疆。
尽力融通佛海语，慧聪震撼异天王。
挂牵故土辞留意，驮载珍籍归故乡。

注释：《西游记》系神话小说，而玄奘取经却是真实的故事。玄奘姓陈名祎，洛州缑氏人，玄奘是他出家后的法号。玄奘发现国内的佛经资料残缺不全，决心到佛教的发源地天竺去学习佛经。公元 627 年秋天玄奘从长安出发，路上涉沙漠，越高山，走了整整一年才到达天竺。玄奘刻苦学习天竺语言，认真钻研佛经，取得良好效果。公元 645 年，玄奘带着六百五十多部佛经书籍，经由西域回到长安。玄奘夜以继日地翻译佛经，留下了珍贵的佛教文化。

大唐西域记

玄奘殚精译佛经，兼修游记述西行。
描绘地域风光画，畅写沿途万国情。

注释： 玄奘在翻译佛经之余，又和辩机和尚共同编写了介绍异域风土人情的书籍《大唐西域记》。该书记载了包括今天我国新疆以及阿富汗、巴基斯坦、印度、孟加拉、尼泊尔、斯里兰卡等一百多个国家和地区的地理情况、名胜古迹和城市风光等，是研究这些地区历史、地理的重要资料。该书后被译为多国文字，成为一部世界名著。

唐高宗

懦弱无能辈，高宗枉霸基。
出谋依宰相，断事靠嫔姬。
武曌出头日，双皇并列时。
怏怏一病体，垂首受人欺。

注释： 公元649年唐太宗去世，他的儿子李治即位，是为唐高宗。唐高宗没有政治才能，下面奏事，自己不会判断，要由宰相提出意见后方才处理。由于其昏庸和懦弱，大权逐渐落到皇后武则天手里。

武后登基

今古女强人，首推武则天。
横心掩劣迹，诤口夺君权。
兴废顺通道，刚柔去瘴烟。
经营多载苦，终得执皇鞭。

注释： 武则天十四岁时被唐太宗封为"才人"（妃子），唐太宗死后被送到感业寺做尼姑，几年后唐高宗将其召回宫封为"昭仪"（妃子）。为得到宠信，武则天先巴结王皇后，得到高宗的信任后便加害于王皇后，自己做了皇后。武则天聪明能干，一当上皇后便参与朝政，打击曾反对过她的人。几年后高宗患病不能临朝，便委托武则天处理朝政。当时大臣们把唐高宗和武则天并称"二圣"，实权则完全掌握在武则天手中。高宗去世后，中宗、睿宗相继即位。公元690年，六十七岁的武则天废黜唐睿宗，改国号为周，自称"神武皇帝"。经过三十六年的苦心经营，武则天终于正式登上皇位，成为中国历史上唯一的女皇帝。

农妇皇帝
则天称帝前，已有女皇生。
寄号文佳帝，先名陈硕真。
归心广治教，集众大兴兵。
乘势攻州县，东南一度横。

注释： 其实在武则天称帝前，中国就有一位普通农妇自称"皇帝"了，这位农妇名叫陈硕真。因为忍受不了豪强地主的剥削和压迫，陈硕真以宣传宗教为名，在睦州一带发动农民反抗朝廷。公元653年，陈硕真宣布起义，自称文佳皇帝。起义最终失败，其"皇帝"尊号也没有得到历史的承认。

讨武曌檄
兴兵徐敬业，讨武亮檄章。
恰有高才现，挥笔骆宾王。
嗤声连案牍，咒语尽铿锵。
引得则天叹，悲惜落魄荒。

注释： 在武则天废黜中宗册立睿宗时，一些元老重臣对这种情况非常不满，徐敬业等人打着拥护中宗的旗号，在扬州起兵反对武则天。当时著名的文学家骆宾王为其写了檄文《讨武曌檄》，檄文历数武则天的条条罪行，文笔犀利，传遍天下。武则天听人给她念读这篇文章时并不生气，反而为这样的人才不在她身边而感到可惜。由此可见武则天对人才的重视。

武则天选才

乱世女豪杰，求才殷且真。
开科功效动，学士手脚伸。
严厉限亲属，公平对大臣。
无须偏见在，华夏一能人。

注释： 武则天很重视发掘人才，他鼓励地方官推举人才，并允许自荐，一旦发觉所举荐或自荐的确属人才，立即重用。武则天改革了科举制度，开创"殿试"和武举。她任用人才不拘一格，在她当政时期人才济济，像李昭德、苏良嗣、狄仁杰、姚崇都是武则天选拔出来的贤相。武则天当政时期，中国的经济文化持续发展。

请君入瓮

武后惊凶叛，催兴告状风。
便宜心狭鬼，残害迷茫公。
恶贯周来吏，蛇蝎针尾虫。
入瓮君请便，发聩又清聋。

注释： 武则天对唐朝宗室和元老重臣总是不放心，于是兴起了告密之风。酷吏周兴、来俊臣就是利用告密当上了大官。酷吏横行引起了人们的极大不满，武则天即想通过杀几个酷吏来缓和一下矛盾，于是周兴便成了试刀之人，来俊臣用"请君入瓮"计制服了周兴。武则天任用酷吏，制造了许多冤假错案，也危及到了她的统治。

中宗复位

政变轰隆张柬之，择期武后体衰时。

虽然复就中宗位，接踵危机未可知。

注释： 公元705年，武则天亲手提拔的大臣张柬之趁她生病之机发动政变，杀了她的亲信张易之、张昌宗兄弟，拥立唐中宗复位。就在这一年，八十二岁的武则天病逝。

韦后乱政

凶嚣韦后野心嘶，朝政横行丧母仪。

鬻爵卖官除异己，中宗受毒死临期。

注释： 唐中宗复位后，为报答曾经患难与共的韦皇后，一切按韦后的旨意办事。唐中宗比唐高宗更昏庸，韦后又远没有武则天的才干，朝政日趋混乱。韦皇后和安乐公主母女合谋毒死了唐中宗，准备自己登基当皇帝。

睿宗复位

两宗中睿弟兄情，武后铁拳定废兴。

兵变隆基清女祸，弃君复位泪双凝。

注释： 韦后万万没想到，被她陷害罢了官的李隆基（唐睿宗的第三个儿子）领兵闯入宫中，杀了韦皇后和安乐公主，用武力清洗了韦氏和武氏集团，恢复了唐睿宗的帝位。

玄宗登基

强儿弱父隆基在，兵变成时国运昌。

缓步登基承帝位，诗书赫赫有明皇。

注释： 睿宗复位两年后，于公元712年将皇位传给了李隆基，历史上赫赫有名的唐玄宗开始书写鼎盛时期的唐朝历史。

贤相姚崇

救时宰相乃姚崇，辅助隆基不世功。
戒令多篇安帝座，殷勤数载获亨通。
难因权贵废王道，藐视神佛少害虫。
引得良臣鱼贯至，开元兴盛世方隆。

注释： 姚崇在睿宗时任过兵部尚书，因为得罪了太平公主被贬到同州作刺史。玄宗请他出任宰相之职，姚崇提出十件大事，若皇上遵行方才上任。这十件大事是：以仁义为先；十年之内不对外用兵；宦官不能干预朝政；皇亲国戚不能担任要职；官员犯法与庶民同罪；取消租税以外的额外摊派；禁止营造佛寺；对臣下以礼相待；虚心纳谏；严禁外戚干预政事。在玄宗完全同意后，姚崇方接受任命。

姚崇任劳任怨，功勋卓著，为开元盛世的出现立下汗马功劳，被称为"救时宰相"。

开元盛世

几代英皇奠帝基，开元盛世显雄姿。
唱哼百姓田园乐，描绘官家随意诗。
万国恭趋多使臣，疆域辽阔走捷师。
长安一派升平调，酒影丛中杰士痴。

注释： 唐朝从贞观初年到开元末年，经过一百多年的建设，出现了前所未有的繁荣景象，达到全盛时期。杜甫有诗："忆昔开元全盛日，小邑犹藏万家室。稻米流脂粟米白，公私仓廪俱丰实。"算是真实写照。

唐诗

一代诗风拥圣人，神州播出万园春。
留得瑰宝儿孙享，华夏长滋教化身。

注释： 国家的强盛促进了文化的发达。唐朝重视诗歌，将诗纳入科举考试的范畴，因此有了中华文化的绚丽成就——唐诗。

唐初四杰

王杨卢骆真才俊，导引诗潮百代行。
后世多添风冷语，难识凿道启宗情。

注释： 杜甫有诗曰："王杨卢骆当时体，轻薄为文哂未休。尔曹身与名俱灭，不废江河万古流。"似对被称为"唐初四杰"的王勃、杨炯、卢照邻、骆宾王有轻薄之意。其实唐初四杰带动了整个唐朝文化的兴盛，称得上功勋卓著。

诗仙李白

仰啸长空嫌气短，俯观世事眼双清。
酒杯动处文锋劲，利剑飞时豪迈生。

注释： 诗仙李白，唐诗的巅峰人物，行得端正，活得潇洒，一千多年来一直受人景仰。

诗圣杜甫

满腹经纶受鬼欺，一腔热血为民痴。
沛颠铸就悲催史，寒苦雕成万代诗。

注释： 诗圣杜甫，一生颠沛流离，阅尽人间疾苦，留下闪亮史诗，和李白并称"李杜"。杜甫的诗歌格律严谨，内涵丰富，是后人学诗的楷模。

晚唐诗人白居易

躬贤下士品行高，图治励精胆气豪。

一手诗文童叟爱，经纶满腹化骚臊。

注释： 高官厚禄的白居易念念不忘民情，他的诗风格质朴，老幼皆宜，实属难能可贵。白居易又是忧国忧民的清官，其人格也为后世敬仰。

边塞壮歌

春风不度玉门关，胡地飞雪拥恶山。

边塞诗人挥橡笔，兵营遥寄冷枪颜。

注释： 唐朝的边塞诗是一大特色，反映了壮士出征和边关景色的壮美，显示了大国的赫赫军威和昂然向上的勃勃朝气。其代表人物有王昌龄、王之涣、岑参、高适等。

药王

唐代良医思邈在，官邀婉拒走僻乡。

针灸扎处急危缓，导管通时恶疾藏。

防疫身心多讲究，修成要旨写金方。

出民水火人褒颂，后世尊称药大王。

注释： 孙思邈是一位学识渊博的医生，隋文帝、唐太宗、唐高宗先后请他到朝廷做官，都被他一一回绝，而是留在民间为百姓治病。孙思邈治好了许多疑难杂症，提出了以预防为主的健身主张，针灸技术尤为高明。孙思邈一边治病，一边总结行医的经验，编成《千金要方》和《千金翼方》两本医书，记载了六千五百多个药方，被后人尊称为"药王"。

大衍历

隐士刚风僧一行，应招奉旨进京城。
环球子午开端事，人世自钟最早鸣。
古册虔心经验考，名家遍访大功成。
殚精竭虑悲夭逝，留与后生敬业情。

注释： 一行和尚是唐朝著名的天文学家。他本名张遂，因不愿意与权臣武三思同流合污而出家当了和尚，法名一行。一行对天文、历法饶有兴趣，成了当时全国知名的学者。唐玄宗即位后下诏让一行到长安编制新历法，一行欣然领命。一行和天文仪器制造家梁令瓒共同制造了观测天象的黄道游仪，用以测量日、月在轨道上的运行情况。他主持了世界上第一次测量子午线长度的工作，制作了世界上最早的自动计时器水力运行浑天仪，到公元727年编成了《大衍历》，成为当时通行的历法。

遣唐使

唐朝繁盛自生光，日本钦恭涉远洋。
遣使长安连续走，谦卑仿效自身强。

注释： 遣唐使即日本派往唐朝的使节。从公元630年到公元894年，日本派出遣唐使共十四次，每次都在一百人以上，最多一次达到六百五十人。随遣唐使来到唐朝的还有许多日本留学生，他们进入唐朝的最高学府国子监深造，有的在中国居住二十年以上，有的留在唐朝做官。遣唐使留下了中日友好的一段佳话。

鉴真东渡

受请虔心渡海东，传宣佛教带唐风。

六经涉险披狂浪，十载加时乃毕功。

上下官民泣泪颂，唐招提寺礼仪隆。

医经艺术同跟进，留取口碑感日中。

注释： 鉴真俗姓淳于，虔信佛教，十四岁即出家当了和尚，法号鉴真。因学识渊博，品德高尚，鉴真在四十五岁时即成为名扬四方的高僧。受日本政府和佛界的邀请，鉴真决定到日本传教。可命途多舛，鉴真用了十二年时间，六次东渡方得成功。公元754年，鉴真一行到达日本首都奈良，受到热情接待，日本天皇、皇后、皇太子依次登坛受戒。鉴真在天皇赐给他的一块土地上修建了唐招提寺，成为日本最有影响的寺院。鉴真还带去了医学、绣像、书帖等日本需要的知识和文化，对日本影响很大。鉴真在日本度过了十个春秋，死后葬于唐招提寺。

名都长安

繁荣带动京城盛，缩影唐朝看长安。

南北东西伸直道，宫皇郭坊绘棋盘。

宛回阁榭欣山水，醉卧文豪靠画杆。

异域风情兴闹市，地天奇趣一睛观。

注释： 唐都长安是当时国际上有名的大都市，从隋朝到唐朝先后用了一百多年时间方得建成。唐代的长安城南北长十五里，东西宽十八里，最北部正中是宫城，系皇帝和后妃、太子居住的地方。宫城的南边是皇城，系朝廷官员办公的地方。皇城的南边叫京城，系居住区和商业区。城里有东西大街十四条，南北大街十一条，朱雀大街纵贯南北，把长安城分成东西对称的两部分。纵横笔直的大道将城市划分成一个个方块，称为"坊"，每个"坊"有自己的名称。城内楼阁参差，风光秀丽。当时的长安既是行政中心，也是商业中心和文化中心。

口蜜腹剑

唐朝恶相李林甫，司马笔端有判言。
媚事身周迎上宠，雍塞谏路树横奸。
排抑胜己居尊位，谋逐勋臣扩势权。
一人祸殃朝政乱，昏荒天宝替开元。

注释： 唐玄宗在开元年间尚能励精图治，于是有了开元盛世。到了天宝年间便贪图享乐，为奸臣上位提供了方便。唐玄宗任用的奸臣中，有三人罪恶昭彰，他们是李林甫、杨国忠、安禄山。李林甫做宰相十九年，朝廷乌烟瘴气，唐朝由盛转衰。北宋司马光在《资治通鉴》中将李林甫的奸恶概括为四个方面：一、媚事左右，迎合上意，以固其宠；二、杜绝言路，掩蔽聪明，以成其奸；三、妒贤嫉能，排抑胜己，以保其位；四、屡起大狱，诛逐贵臣，以张其势。

贵妃受宠

玄宗媚色夺儿媳，从此玉环变贵妃。
鸡犬升天杨氏起，盛唐由此暗光辉。

注释： 玄宗晚年特别贪恋女色，在他宠爱的妃子武惠妃死后，便将儿子寿王的妃子杨玉环霸占过来，封为贵妃。一人得道，鸡犬升天，杨贵妃全家受到恩宠，一个个成了显贵人物。正如白居易在《长恨歌》里所说："姊妹弟兄皆列土，可怜光彩生门户。遂令天下父母心，不重生男重生女。"杨贵妃的堂兄杨国忠当上宰相后，朝政更加混乱，终于酿成安史大祸。

安史之乱

玄宗迷恋芙蓉醉，无视渔阳虎啸声。
滚滚铁流逆乱至，匆匆瘦马帝王行。

江山半壁撕胡手，盛世百年向鬼倾。
幸有勤王师渐猛，唐宫得以喘残生。

注释： 安史之乱是安禄山和史思明等人发动的叛乱战争。安禄山系混血胡人，他善于溜须拍马，阿谀奉承，得到唐玄宗的信任，当上了平卢、范阳、河东三镇节度使，兵权在握，后更被唐玄宗封为东平郡王。以后更发展到安禄山可随便出入后宫和杨贵妃鬼混，唐玄宗也不以为然。唐玄宗的纵容培养了安禄山的野心，经过精心准备，安禄山于公元755年十一月一日以讨伐杨国忠为名，伙同部将史思明等在范阳举兵反叛，向长安进军，安史之乱爆发。叛军很快攻占洛阳，安禄山在此自称"大燕皇帝"，建立了割据政权。

颜杲卿讨贼

好个常山颜太守，铁心讨逆气吞虹。
轻收李叛留军灭，感化郡州敌后通。
直面强顽拼死守，从容命断为国忠。
嗤声怒视千刀剐，热血喷天史册雄。

注释： 安史之乱不得人心，很快就激起了占领区军民的反抗，最早挺身而出的是颜杲卿和颜真卿兄弟。颜杲卿当时任常山太守，安禄山南下后，颜杲卿在后方发起反正运动，黄河以北的二十四个郡中有十七个郡反正。安禄山派军攻打常山，双方激战六昼夜后常山沦陷，颜杲卿被俘，被安禄山判处剐刑，死时六十五岁。

颜真卿备战

敌忾同仇兄弟起，平原显露好真卿。
先知叛逆贼心在，重垒深沟待恶兵。

注释： 颜真卿是颜杲卿的堂弟，中国著名书法家，时任平原太守。对于安禄山的野心，颜真卿早有防范，安史之乱发生后，颜真卿招募勇士一万多人，竖起了

讨伐大旗。颜真卿于七十六岁时被另一个割据头子李希烈杀害。

郭李起兵

北西郭李向东征，击败骄兵史叛明。
收复常山多郡县，洛阳安逆胆肝惊。

注释： 郭子仪、李光弼是唐朝大将，长期在北方和西北镇守边境。安史之乱爆发后，唐朝朝廷任命郭子仪为朔方节度使，李光弼为河东节度。颜杲卿被擒，常山失守后，郭子仪和李光弼率领军队进攻河北，当地群众自发组织起来，支持郭、李，多次打败安禄山留守后方的大将史思明，收复了常山等十多个郡。

潼关失守

枭雄百战哥舒老，带病挥师守隘关。
只怪昏庸皇上令，难防兵溃陷长安。

注释： 潼关系长安东部要塞，为抵御安禄山的进攻，唐玄宗命令久经沙场的老将哥舒翰领兵镇守潼关并向安禄山占据的洛阳发起进攻。哥舒翰知道自己带领的是一帮乌合之众，战斗力很弱，于是采取闭关紧守的战略，以观时变。唐玄宗听信杨国忠谗言，催促哥舒翰向安禄山进攻，结果兵败关破，哥舒翰被俘，长安危急。

马嵬驿哗变

拜谒宫门上早朝，方知皇帝已西逃。
惶惶恐似丧家犬，瑟瑟饥犹饿鬼嗷。
奸相少顷砍头报，贵妃泪视断喉绦。
昏庸废帝溜川走，丢弃黎民变豕羔。

注释： 白居易《长恨歌》有云："翠华摇摇行复止，西出都门百余里。六军不发无奈何，宛转蛾眉马前死。"安禄山攻破潼关，长安危急。杨国忠怂恿唐玄宗偷偷逃出皇宫，向成都方向逃去。三天后走到一个叫马嵬驿的地方，跟随唐玄宗的兵士哗变了，他们杀了杨国忠及杨氏姐妹数人，并绞死了杨贵妃。玄宗将大权交给太子李亨，自己带着一帮随从到了成都。

贵妃叹

一代红颜仙女貌，可怜无过伴君王。
萧墙祸起当披罪，马嵬坡头犯血光。

注释： 白居易的观点，唐玄宗和杨贵妃是真爱，对于安史之乱和杨国忠的胡作非为，杨贵妃何罪之有？但红颜祸水，为皇帝顶罪的责任还是落到了杨贵妃头上，由此导演了一幕人间悲剧。

肃宗即位

玄宗落难成都走，太子奔西进朔方。
承受危难登帝位，兴兵主政抗枭王。

注释： 太子李亨和玄宗分手后，领着随从兵卒往西北逃到朔方，主持军事。朔方镇的留守官员劝他当皇帝，公元756年七月，李亨在灵武即位，是为唐肃宗，尊玄宗为太上皇。

东南保卫战

东南叛贼向淮江，目视中华粮米仓。
鲁炅鏖兵拼要塞，张巡浴血保睢阳。
心惊九月寡鏖众，胆破万千人灭蝗。
兵尽粮绝城乃陷，丰碑铭刻汗青扬。

注释： 安禄山打过黄河后，向西攻占洛阳，当上了"大燕皇帝"。另一部分叛

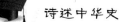

军向东向南进攻，想要占领江淮地区和江汉地区。这两个地区物产丰富，占领了这些地区，不仅可以切断唐朝的经济来源，还能解决叛军的军需问题。安禄山派了几路大军，多次猛攻通往江汉地区的南阳和通往江淮地区的睢阳。唐将鲁炅在南阳坚守了一年，南阳失守后退守襄阳，挡住了叛军前进的道路。将领张巡和许远为了保卫睢阳，浴血苦战，阻挡了叛军通往江淮之路。

安史内乱

叛首称皇霸洛阳，荒淫残暴丧心狂。

唐师压境多骚乱，逆贼衰兵少药方。

安史双出子父屠，臣君亦现下高伤。

蛮凶阵脚终归败，内乱加催恶魔亡。

注释： 享乐腐化使安禄山的身体越来越坏，脾气也越来越暴躁。安禄山的大儿子安庆绪不受待见，于是先下手为强，于公元757年正月的一个晚上杀了安禄山，登上皇帝位。唐军发动反攻收复了长安，进军洛阳，安庆绪退守邺城。六十万唐军包围邺城，安庆绪向驻守范阳的史思明求救。史思明带十三万大军解救邺城，时逢大风骤起，沙尘漫天，唐军退走，史思明来到邺城脚下。安庆绪到史思明营帐准备歃血为盟，被史思明捕杀。史思明兼并了安庆绪的部下后回到范阳。公元761年，史思明带兵攻占洛阳，史思明的大儿子史朝义与父亲有隙，在鹿桥驿绞死了史思明，自己当上了"大燕皇帝"。但内讧还在继续，叛军的势力也在内讧中削弱。

郭子仪

组建安唐主力军，披肝护驾向东征。

师挥河北沉沦地，剑指长安作乱兵。

智勇双全马上走，心胸开阔义中争。

支撑社稷栋梁材，忍辱兴邦感后生。

注释： 唐肃宗在灵武即位以后，朔方节度使郭子仪带领五万人马到了灵武，唐朝才有了一支基本的平叛队伍。在平叛过程中，郭子仪领兵东征西讨，最终平定叛军。平定安史之乱，郭子仪当记首功。

李光弼

贼军压境抒胸志，顿释前嫌境界开。

力扫河东安史溃，风摧敌阵虎师来。

能征惯战敌酋乱，足智多谋众贼呆。

调度神奇服左右，兵书闪亮一雄才。

注释： 李光弼和郭子仪冰释前嫌以后，带兵轻松驰入平叛战场。李光弼堪称战场奇才，多次用计打败叛军，在平叛战争中立下赫赫战功。

平定安史乱

洛地刀削安禄山，鹿桥绞毙史思明。

凶杀自造叛军乱，郭李连捷失地行。

马帅兵锋顽固阵，敌酋败走范阳城。

亲离众叛自缢尽，骚乱八年终久平。

注释： 公元762年，镇西节度使马璘挥兵收复洛阳，史朝义带领残兵败将退回范阳。唐军穷追不舍，逼使史朝义在一个叫温泉栅的树林中上吊自杀，闹了八年的安史之乱最终平定。

郭公联回纥

戴过子仪亡事公，临危受命顶狂风。

单骑说退回纥众，并驾摧折吐蕃弓。

注释： 青藏高原的吐蕃政权趁唐政府平定安史之乱无暇西顾之机，联合回纥等少数民族政权向唐都长安发动进攻。唐代宗（唐肃宗已去世）任命他的大儿子李

适为关内元帅，任命赋闲在家、已六十九岁的老将郭子仪为副元帅，领兵到咸阳抵御。郭子仪利用他在回纥人中的声望，单骑赴回纥兵营，说服回纥兵和唐军一起击退吐蕃兵的进攻，救回了被吐蕃俘虏的唐朝百姓，取得了很大的胜利。

四镇之乱

安史叛军初剪除，四藩之乱再发生。

德宗避难长安失，数载鏖兵贼乃平。

注释： 安史之乱平定后，唐朝朝廷为了一时安定，将河朔广大地区分给安禄山、史思明的旧将，这些受封者一下子由叛军将领变成了唐朝的节度使。这些人占地为王，残杀百姓，不把朝廷放在眼里。到唐德宗时期，朱滔、田悦、王武俊和李纳等四个藩将联合起兵，反叛朝廷，史称"四镇之乱"。接着，淮宁节度使李希烈也加入了叛乱队伍，朱滔的哥哥朱泚占据长安称帝，唐德宗逃到汉中。通过四年平叛战争，这场叛乱才被平定。

段秀实痛击朱泚

段氏清廉系诤臣，朱泚叛首媚睛频。

飞击笏板叱声起，不愧顶天立地人。

注释： 朱泚为了当皇帝，想拉德高望重的段秀实入伙。段秀实怒斥朱泚，并用象牙笏猛击朱泚的头。朱泚狼狈逃走，段秀实被杀害，时年六十五岁。

颜真卿殉难

大师书法有真卿，刚正终生劲步行。

抵抗叛军扼要塞，入朝从政享清名。

只身险走风涛地，沥胆披肝怒目横。

可叹八旬忠烈汉，抛头国难血睛瞠。

注释: 安史之乱平定后,颜真卿在朝廷做了一段时间有名无实的官。公元782年,李希烈参加藩镇叛乱,唐德宗听信奸佞之言,派颜真卿带着他的旨意去见李希烈。李希烈对颜真卿软硬兼施,希望颜真卿为他服务。颜真卿义正词严维护朝廷利益,反对叛乱行为,最后被李希烈杀害,死时已是七十六岁的老人。

昏君德宗

奉尊白起压元勋,重用奸佞远诤臣。
宦者掌军纳进奉,骤兴宫市榨平民。

注释: 唐玄宗之后是肃宗、代宗、德宗三代昏君,其中尤以德宗昏得厉害。德宗听信妄人之言,供奉白起以贬低当代的功臣;他听信奸佞,排斥忠良;他指派宦官统率禁军,开宦官执掌兵权的先例;他兴起"宫市",公开敛财,白居易在《卖炭翁》中描述的情景就是"宫市"掠夺。

永贞革新

二王司马众,掀起改革风。
百姓负担减,官家财力充。
边藩遭限制,宦者势权空。
惹起贪庸恨,苦心不见功。

注释: 唐德宗去世后,唐顺宗即位。顺宗希望有所作为,可惜身体欠佳,中风失语。他倚重亲近侍从王伾、王叔文二人,让他们出主意并管理国家大事。朝臣中的柳宗元、刘禹锡、韦执谊、韩泰、韩晔、陈谏、凌准、程异等八人也参加议事,形成革新派,被称为"二王八司马"。革新派推出了减轻百姓负担、遏制藩镇割据和宦官专权、惩治贪官污吏等措施。这些措施对百姓有利却损害了官僚们的利益,遭到守旧官僚和宦官的激烈反对。顺宗被迫退位后,即位的唐宪宗废除革新运动,打击改革派,实行了短短一百四十六天的"永贞革新"宣告失败。

古文运动

时文多骈体，辞艳内容空。
韩愈呼声起，重吹远代风。
清新古体现，平易藻词雄。
鼎力宗元柳，齐担绝世聪。

注释： 唐朝时所说的古文即汉朝及汉朝以前的散文，而将汉朝以后的文章称为近体文。近体文即骈体文，辞藻华丽而格式呆板，不便于表达文章的内容。韩愈大力提倡古文运动，得到柳宗元的鼎力支持，他们两人和北宋的欧阳修、苏洵、苏轼、苏辙、王安石、曾巩并称散文"唐宋八大家"。

韩愈

官风钦正骨，辞论塑丰山。
谏语书胸臆，直词犯圣颜。
悲歌向戍地，贬谪吟蓝关。
栋梁心酸汉，后人泪眼潸。

注释： 韩愈为人品行端正，敢讲真话，虽二十五岁就开始当官，可正直的品行为官场所不容，因此几次遭贬，有一次还差点丢掉了性命。"一封朝奏九重天，夕贬潮阳路八千"就是写被贬时的情景。他在担任袁州刺史期间废除了卖身为奴的制度，吸纳了很多晚辈到门下求学，这对推行古文运动起了很大的作用。

柳宗元

慧智早登堂，革新折劲钢。
柳州承谪士，圣手写华章。
勤政治民疾，长歌抚善良。
丰碑身影在，百世见书香。

注释：柳宗元和韩愈是好朋友。"永贞革新"失败后，柳宗元被贬为永州司马，后死于柳州刺史任上。柳宗元为官清廉，在做地方官时革除了许多弊政，减轻了人民的负担。他一生写了很多高水平的文章和诗歌，《捕蛇者说》《童区寄传》《永州八记》更是流传千古的佳作。

李愬雪夜取蔡州

藩镇雄踞长肿瘤，淮西吴氏最堪忧。
宪宗定夺倚裴度，李愬挥师下蔡州。
组建刀枪凶猛阵，构思奇巧破枭谋。
风雪助阵成功业，权势凶嚣黯自收。

注释：藩镇割据是唐朝后期的一大祸患。淮西节度使吴少诚、吴少阳和吴元济相继以蔡州为老巢，盘踞淮河上游地区三十多年，朝廷管不了，成为国中之国。公元816年，唐宪宗任命李愬为唐、随、邓三州节度使，组织军队，从南面讨伐吴元济。李愬先是安定军心民心，继而设奇谋夜袭蔡州。在主战宰相裴度的统一指挥下，李愬率九千人的队伍雪夜奇袭成功，活捉吴元济，淮西割据结束。其他藩镇见此，不得不有所收敛，唐朝又出现了统一的局面。

宦官专权

宦官揽事起玄宗，残冷权贪势阵汹。
天子遭挟臣下恐，唐朝病体一毒痈。

注释：宦官是腐朽势力的代表。唐朝初年宦官不多，也没多大权力。唐玄宗开始用最亲信的宦官处理政事，唐肃宗时宦官进一步掌握了军权。宦官结党营私，残害忠良，把朝廷搞得乌烟瘴气。他们依靠武力，可以随意任免将相，废立皇帝；他们"挟天子以令诸侯"，假借皇帝旨意干坏事而官员不得不服从；他们四处搜刮民脂民膏，过着穷奢极侈的生活。朝廷很多官员与宦官沆瀣一气，致使朝政一片

混乱。

朋党之争
朝中臣吏意邪生，结派拉帮闹党争。
牛李施功拼狠劲，喧嚣上下唉声鸣。

注释： 朋党之争亦是唐朝后期的结症之一，其中牛李党争最为典型。牛党为首的是牛僧孺，李党为首的是李德裕。他们互相倾轧，争权夺势，让皇帝头痛，故有唐文宗"去河北贼易，去朝中朋党难"的哀叹。

甘露之变
文宗积虑去阉官，郑李相随助胆肝。
可恨膨私昏设陷，凶灾灭顶自承瘅。

注释： 唐文宗决心除掉宦官势力，因朝中大官多与宦官有瓜葛，于是任用级别较低的郑注和李训来干除掉宦官势力的大事。在除掉大宦官王守澄后，郑注和李训准备进一步将宦官一网打尽。因为李训嫉妒郑注，破坏了统一行动计划，他想利用皇帝和宦官观赏甘露的时候单独动手，结果被宦官势力识破，李训、郑注及手下数千人被杀。

书法
羲之龙凤走人先，唐帝助推喷涌泉。
竖直横平楷写劲，颜筋柳骨世相传。
张公怀氏草书旺，心力神功脑手诠。
韵笔大师功自苦，精勤助业乃箴言。

注释： 书法是中华民族特有的一门艺术。东晋的王羲之、王献之父子把这门艺术推向了前所未有的高峰。唐太宗李世民酷爱书法艺术，贞观年间即出了一大批书法家。到唐代后期，颜真卿、怀素和柳公权等人又把书法艺术推向了新的高峰。颜真卿擅长楷书和行书，他的楷书被称为"颜体"，和后起的柳公权被后人称为"颜筋柳骨"。张旭和怀素则以狂草著称，他们二人练字的故事被后人传为美谈。

阎立本

大师立本唐初劲，故事描成壁上人。
皇帝张姿挥个性，凌烟画阁写功臣。
太宗步辇身安稳，吐蕃使臣媚眼亲。
景物鲜活飞纸上，笔神录就治风春。

注释： 唐代的绘画成就很高，阎立本和吴道子是其代表。阎立本是唐太宗时代的画家，尤其擅长画人物，《凌烟阁画像》《步辇图》《历代帝王图》是其代表作。

吴道子

吴带当风名气扬，山川人物两相当。
蛟龙走壁鳞甲动，仕女挥衣媚眼张。
藏肚嘉陵泼写意，咏诗水墨寄吴裟。
超凡技艺笔生圣，后世传承闻画香。

注释： 吴道子画人物，衣带飘飘欲飞，因此有"吴带当风"一说。吴道子擅长画山水，开创了水墨山水画的传统画法，被后世称为"画圣"。

诗人王维也是一位著名的画家。还有很多画家虽然无名却留下了千古不朽的杰作，比如敦煌壁画的作者就不知其人。

王仙芝起义

难受天灾人祸苦，仙芝聚众起长垣。
只因官瘾多勾诱，难以代民写誓言。

注释： 中国历史上的农民起义次数之多、规模之大世所罕见，王仙芝、黄巢领导的唐末农民大起义就是其中的一次。官逼民反是起义的根本原因，而自然灾害则往往成为导火线。公元874年，濮州私盐贩子王仙芝率领几千农民在长垣起义，队伍迅速发展到几万人。王仙芝自称"天补均平大将军"，采用流动作战的方式，从山东南部打到河南西部，再打到湖北东部。因几次想向官府投降，王仙芝和重要伙伴黄巢发生分裂，最后被官军打败，王仙芝被杀。

黄巢起义

黄巢胜过笨仙芝，组建农军百万师。
为进长安奔四野，铺排阵势摆王姿。
贪馋宫殿画中影，忽略残唐扑反时。
末日兵摧狼虎谷，留得教训后人嘻。

注释： 王仙芝起义爆发后，冤句人黄巢率领几千农民在曹州起兵响应。王仙芝败死后，黄巢带领部队转战江西、浙江、福建，占领广州。黄巢以"天补均平大将军"的名义发布檄文，指责朝廷的罪恶，然后领兵从广州出发，经湖南、湖北、江西、安徽、浙江等地，队伍发展到六十万人。然后渡过淮河，攻下东都洛阳，继而攻下潼关，进入长安，唐僖宗逃亡四川。公元881年一月，黄巢在长安称帝，建"大齐"政权。由于没有稳固的根据地，百万大军屯集长安造成食品严重短缺，内部分化出现，朱温投降唐朝。官军逐渐加紧了对长安的围攻，黄巢不得不于883年退出长安，最后兵败山东泰山狼虎谷，黄巢自杀，起义失败。

诛杀宦官

唐末宦官权势嚣，囚监皇上动杀招。
宰崔设计除奸患，朱氏带兵进宫朝。
脚踩凤翔囊难帝，通诛阉党起狂飙。
玄宗种下百年患，遇上乱刀恶自消。

注释： 宦官这一毒瘤在唐朝末年得到根除。唐僖宗死后，宦官立僖宗的弟弟李晔做皇帝，是为昭宗。昭宗想摆脱宦官的控制，双方展开了一场争斗。公元900年，昭宗和宰相崔胤在宣武节度使朱全忠（即农民起义军叛将朱温）支持下，除掉了两个骄横跋扈的宦官。这一来宦官害怕了，统领禁军的刘季述、王仲先，枢密使王彦范、薛齐偓四个大宦官暗地里商量要废黜唐昭宗。他们利用昭宗酒后误杀人的机会将其囚禁，剥夺了宰相崔胤的实权。崔胤联合朱全忠除掉了刘季述等四个大宦官，杀死刘的余党二十多人，但宦官势力还没有解除。宦官韩全海联络凤翔节度使李茂贞企图控制皇帝，崔胤联合朱全忠占领长安，再攻破凤翔，将宦官和与韩全海有牵连的人杀个精光，只留下三十个幼童和体弱的人打扫皇宫。危害唐朝一百多年的宦官专权的局面最终结束。

朱崔之争

崔胤权臣起野心，双强对峙遇朱温。
文官难应全忠患，头断屠刀束手擒。

注释： 宦官势力被消灭后，崔胤和朱全忠之间的争斗随即展开。崔、朱都是野心家，都想控制皇帝独揽大权。崔胤最终不是朱全忠的对手，结果被满门抄斩。

唐朝灭亡

末代君王兴禅让，朱温为帝自称梁。
唐朝廿代兴衰世，叛将挥刀一命亡。

注释： 朱全忠除掉崔胤后，于公元904年迫使唐昭宗将都城从长安迁到洛阳。走到半路，朱全忠将昭宗身边的几个官员和二百多侍从人员全部杀死。朱全忠要登上皇帝宝座，必须除掉唐昭宗，他将这一任务交给亲信大将蒋玄晖，自己到驻地大梁等候消息。这年八月的一天晚上，蒋玄晖带领一百多个军士闯入内宫将昭宗杀死。第二天，蒋玄晖立辉王李祚为皇太子，让李祚改名李柷。三天后，李柷在昭宗灵柩前即皇帝位，是为唐昭宣帝。朱全忠从大梁来到洛阳，将唐昭宗的九个儿子和三十多个大臣全部杀死。为了阻止唐朝旧臣和地方势力的反抗，朱全忠用"传禅"的办法，迫使昭宣帝让位。公元 907 年四月的一天，朱全忠穿上龙袍，正式即位称帝，下令改国号为梁，自己改名朱晃，是为梁太祖，历时二百七十九年的唐朝宣告灭亡。朱晃将唐昭宣帝贬为济阴王，第二年派人用毒酒将其杀害，上谥号为唐哀帝。

五代十国

五代十国

两朝叛臣朱全忠，灭唐建梁自称雄。
唐晋汉周轮流至，烽火连天见兵戎。
中原先后经五代，昙花一现行匆匆。
割据势力遍南北，史称十国各用功。
经济文化南胜北，两蜀南唐犹见丰。
雕版印刷初出现，战场已见火药隆。
待至后周世宗出，励精图治现彩虹。
黄袍加身赵匡胤，天地再现九州同。

注释： 朱温灭唐建立了梁朝，史称后梁。全国陷入分裂局面，中原地区相继出现后唐、后晋、后汉、后周，与后梁合称五代。五代从公元907年至公元960年。中原以外的地方先后出现了十个小国，它们是：江淮地区的吴和南唐，浙江一带的吴越，四川的前蜀和后蜀，广东一带的南汉，湖南一带的楚，福建的闽，湖北江陵地区的南平，山西的北汉。

中原五代统治地区因战争频繁，经济遭到破坏，人民生活痛苦。十国中的南唐、吴越、前蜀、后蜀因远离战火，相对安定，经济有所发展，中国的经济重心南移。火药用于战争从这时开始。

五代十国后期的周世宗改革促进了统一条件的形成，最终由赵匡胤建立的北宋完成了统一大业。

朱全忠登基

清除异己疏通道，踢走昭宣自霸堂。
叛将勾心终遂意，唐朝结束续朱梁。

注释： 两朝叛将朱全忠虽然建立了后梁，但政权并不稳固，一开始就遇上了劲敌李克用，十六年后被李克用的儿子李存勖所灭。

势不两立

独眼沙陀李克用，咬牙切齿恨全忠。
临终一箭传儿辈，誓灭天敌无上功。

注释： 李克用是北方少数民族沙陀人，本姓朱邪，李是唐朝皇帝赐给他的姓。因为镇压黄巢起义有功，唐僖宗任命他为河东节度使，拥兵占据着黄河以东（今山西省）大片地区。李克用和朱全忠有旧仇，坚决不承认后梁政权，随即发兵攻打朱全忠。李克用临死时拿出三支箭给儿子李存勖，其中一支讨伐刘仁恭（割据幽州的藩镇），一支击败契丹（北方一个少数民族），还有一支消灭朱全忠。李存勖哭着从父亲手里接过箭，立誓实现父亲的遗愿。

后唐建立

儿承父业李存勖，北进东伐建霸基。
击溃朱梁兴后唐，中原统一亮雄师。

注释： 李克用死了以后，李存勖继承了父亲的职位。为了给父亲报仇，为了争夺天下，他把军队训练得非常精锐。李存勖发兵攻破幽州，活捉了刘仁恭、刘守光父子；他大破南进的契丹军队，将其赶回了北边；他跟梁太祖的儿子梁末帝朱瑱打了十来年仗，最后灭了后梁，建国号为唐，史称后唐，他就是唐庄宗。李存勖当了皇帝以后，迅速腐化起来，他只当了四年皇帝，就在一次兵变中被杀了。

首耻石敬瑭

首耻污华石敬瑭，舐足耶律跪儿皇。
幽云数地沦胡手，后患无穷破塞防。

注释： 石敬瑭本来是李克用和李存勖手下的一员大将，他野心很大，对节度使这样的官职不满足。面临被削去官职与爵位的当口，他向契丹求救。契丹国王耶律德光觉得这是南进中原的大好时机，非常爽快地答应了石敬瑭的请求。石敬瑭喜出望外，称比自己小十一岁的耶律德光为"父皇帝"，自己称"儿皇帝"，并割让幽、云十六州给契丹，每年还得向契丹进贡很多物品，换取契丹支持石敬瑭当上了后晋皇帝。割让幽、云十六州，为后来的汉人政权留下了无穷后患。

后汉建立

奇丑误邦难服众，中原反尘干云霄。
河东节度刘知远，建立新基替旧朝。

注释： 石敬瑭死后，后晋出帝石重贵拒绝再向契丹称臣，两国关系恶化。当契丹军队攻进后晋都城开封时，后晋的河东节度使、沙陀人刘知远在太原称帝，后建都开封，后汉建立。后汉只存在了五年，于公元950年被大将郭威所取代。

后周建立

弱汉五年即落败，郭威接手誓兴周。
精神振作图宏愿，再现中原盛世流。

注释： 郭威灭亡后汉，建立后周，都城开封，他就是周太祖。周太祖是汉族人，出身贫苦家庭，知道民间疾苦。他当了皇帝以后，能够保持节俭生活，虚心纳谏，留心搜罗人才，奖励生产，废除苛捐杂税，社会生产得到发展。

周世宗改革

豪气通身周世宗，改革立志刮雄风。

心怀百姓节餐饭，限制僧尼少蠹虫。

割据消除拓后土，分明赏罚树军功。

只惜早逝哀阳短，遗愿还得后辈从。

注释： 公元954年，周太祖郭威死去，养子郭荣（本姓柴）继位，是为周世宗。周世宗精明强干，很有志气，发誓要有一番作为。他曾经说，希望做皇帝三十年，用十年时间开拓疆土，用十年时间让老百姓休养生息，用十年时间让天下太平。为达此目的，周世宗实行了一系列改革。他留心农事，随时想着给百姓减轻痛苦；他限制佛教活动，减少寺庙，下令将铜佛像销毁用于铸钱；他立法严峻，革除多年弊端，并在军事上开辟了统一全国的道路。周世宗是一个有作为的皇帝，不幸英年早逝，宏愿难成。

高平之战

英武世宗初即位，辽营北汉大发兵。

存亡绝续死生战，跃马扬鞭御驾征。

布阵中规迎险敌，临危进击破强横。

高平恶斗决分晓，统一蓝图日渐清。

注释： 周世宗初即位，北汉主刘崇（后汉高祖刘知远的弟弟）勾结辽军（公元947年契丹国王耶律德光改国号为辽）大举入侵，北汉兵三万人，辽国骑兵一万多人，合力向潞州进攻。这是生死存亡的战争，周世宗决定亲自出征。因周世宗从来未打过仗，大臣们纷纷劝阻，连圆滑透顶的宰相冯道也坚决反对周世宗御驾亲征。周世宗用实际行动证明他不但能指挥战争，而且能身先士卒，最终打败汉辽联军，取得了高平之战的胜利。

长乐老

四朝宰相名冯道，大运亨通诀窍多。

得意宣称长乐老，为官之路耐琢磨。

注释： 冯道是五代时期一个很特殊的人物。他在五代的四个朝代中都当了大官，不晓得有亡国的痛苦，只知道有侍奉新主子的乐趣，是官场罕见的不倒翁。他给自己取了个别号叫"长乐老"。

海龙王

钱镠立政称吴越，父嘱遵听致国强。

留意权谋设警枕，严苛士卫重疆防。

工程拒浪江堤外，水利促成米谷仓。

营建杭州多苦役，参差毁誉海龙王。

注释： 当中原的梁、唐、晋、汉、周改朝换代的时候，在南方和北方也相继建立了十个国家。这些国家立国的君主，都是唐朝末年割据一方的藩镇或镇守一方的将军，其中多半是中原人。他们都知道一些立国的方法，对唐末的腐败政治进行了一些改革，因此老百姓的境遇多少有些改善。有的国家战乱较少，人们能够安心生产，其中吴越国更显出繁荣景象。

吴越的立国者钱镠因镇压黄巢起义立了功，梁太祖封他为吴越王。吴越拥有现在浙江全省、江苏南部和福建北部一些地方，钱镠时刻警惕南唐的进攻，注重发展军事力量，又修建了钱塘江海堤和海塘，兴修了若干水利工程，农业得到发展。人们送钱镠一个外号——"海龙王"，称赞他在兴修水利方面的贡献。

南唐后主

江淮富国有南唐，李煜含悲写国殇。
治政无方成败主，填词锐敏铸辉煌。
文辞华美袒胸臆，情感凄伤诉愧凉。
做个诗人真绝代，可怜薄命作君王。

注释： 南唐是五代十国时期李昪在江南建立的王朝，定都江宁（今南京），享国三十八年，是十国中版图最大的国家。南唐后主李煜在文学上造诣很高，他的词对宋朝影响很大。但他不善于理政，因此成了亡国之君，所以后人慨叹：做个才子真绝代，可怜薄命做君王。

吴国

淮南吴太祖，割据霸扬州。
四主年轮满，南唐一把收。

注释： 十国中的吴国为杨行密所建，起于公元902年，公元937年被南唐所灭。

前蜀

王家一勇夫，割据立成都。
得意方双世，后唐捏稚雏。

注释： 前蜀由王建于公元907年建立，都成都。公元925年为后唐李存勖所灭。

后蜀

窃国孟知祥，成都称大王。
蜀中双代事，图治见安康。

注释： 后蜀为孟知祥于公元 934 年所建，都成都，公元 966 年为北宋所灭。

南汉

岭南霸广州，不畏马兵忧。

刘陟传人弱，王权被宋收。

注释： 南汉建都广州，拥有今广东和广西南部地区。公元 971 年为北宋所灭。

楚

长沙立政权，创业马殷艰。

无奈萧墙乱，南唐露笑颜。

注释： 楚国系历史上唯一以湖南为中心建立的政权，以潭州（今长沙）为首都，由马殷于公元 907 年建立，公元 951 年被南唐所灭。

闽

立闽王审知，继位动刀时。

弟弑兄身死，南唐见势欺。

注释： 公元 909 年，王审知被后梁封为闽王。933 年王审知次子王延均称帝，都长乐府（今福州），公元 945 年为南唐所灭。

南平

高氏建南平，荆州乃帝城。

周边行靖略，国弱细心行。

注释： 南平系十国中面积最小的国家，由高季兴于公元 924 年建立，都荆州，公

诗述中华史

元963年为北宋所灭。

北汉

后汉留余烬，晋阳建政权。

倚辽敌北宋，拼力亦潸然。

注释： 北汉是十国中最后一个政权。公元951年，后汉高祖刘知远的弟弟刘崇在晋阳（今太原）称帝，结交辽国与中原政权对抗，公元979年被宋太宗赵光义所灭。北汉是十国中唯一的北方政权。

北 宋

北宋

本是殿前都检点，黄袍加身为帝王。
拱手杯酒释兵权，轻武崇文铁券扬。
消除割据成大统，匡胤集权坐中央。
弊端迭出累失据，边境告急生祸殃。
岁输银帛抚辽夏，国民负重敌势狂。
好在书香文化盛，盖世奇才成栋梁。
程朱理学开心路，文豪躬身敬欧阳。
词峰跃起东坡美，史书称鉴司马光。
帝王更替传九代，奸佞渐显控朝纲。
内忧外患蜂拥至，顾此失彼何仓皇。
等待金兵烟尘起，黄河失守陷汴梁。
徽钦二帝成俘虏，中华奇耻痛肝肠。

注释： 赵匡胤发动陈桥兵变，黄袍加身，建立北宋。北宋开始于公元960年，结束于公元1127年，历经九位帝王。北宋加强了中央集权统治，军权、政权、财权均集中于皇帝一人之手。北宋时，科举制度更加完善，同时冗官冗吏充斥各部门，行政效率低下。经济上，农业生产有所发展，纺织业和造船业发展很快，商业出现前所未有的繁荣。科学文化上，毕昇发明了活字印刷术，罗盘针开始用于航海，沈括的《梦溪笔谈》具有很高的学术价值；哲学、文学进入巅峰状态。该时期民族关系复杂，辽、西夏、金和北宋之间经常处于紧张状态，北宋最终为金所灭。

陈桥兵变

七岁君王执政难，拥兵检点造波澜。
陈桥策动当权事，身裹黄袍上帝坛。

注释： 周世宗在位的时候，先后统一了关中地区、淮河流域，北伐契丹收复了一些地方，打下了统一的基础。公元 959 年周世宗去世，他七岁的儿子柴宗训即位。担任殿前都检点的赵匡胤见皇帝年幼无能，于是策动部下在陈桥发动兵变，将黄袍加在自己身上，"迫使"自己当了皇帝，柴宗训被迫退位。赵匡胤将国号定为"宋"，史称"北宋"。赵匡胤即为宋太祖，都城汴京（开封）。

杯酒释兵权

太祖陈桥套帝袍，常疑背后有贼刀。
酒杯一举兵权握，揉顺臣民技忒高。

注释： 宋太祖赵匡胤一件黄袍加身就当上了皇帝，原因在于他手中掌握着兵权。他怕这样的闹剧重演，于是好言规劝手下的武官交出兵权，交换条件是给这些官员高官厚禄，从而换得了君臣间的相安无事。历史上将这次和平收权的行动称为"杯酒释兵权"。皇帝收回了兵权，有效防止了朝中叛乱和藩镇割据的局面，但因为"兵无常帅，帅无常师"、"将不识兵，兵不识将"，军队的战斗力减弱。

平定南方

太祖为难建宋时，多方树敌尽杀机。
帷幄北御平南策，所向兵锋尽靡师。
荡涤荆湘克险地，横刀建邺祛残枝。
泉漳垂首沿边定，后顾之忧再定期。

注释： 北宋建立时，各地的割据势力依然存在。北方有契丹建立的辽国和盘踞太原的北汉，南方有南唐、吴越、后蜀、南汉、南平等国。在湖南和泉州等地，也还有人拥兵自立。宋太祖制定了先南后北的方针，先后平定了南平、后蜀、南汉、南唐、吴越等小国，历时十年。宋太祖在完成国家统一的过程中作出了重要贡献。

北宋之憾

北宋尽收十国权，幽云遗憾痛千年。
几多征战仓皇退，失守疆防心胆悬。

注释： 公元979年，宋太宗赵光义亲率大军征讨北汉，北汉战败投降。至此，五代十国分裂的局面最后结束。遗憾的是被"儿皇帝"石敬瑭出卖的幽云十六州还在辽国手上，怎样收回这些国土，成了北宋的一块心病。

耶律阿保机

游牧辽河出契丹，虔习华夏脑心宽。
忽出耶律豪杰士，废止联盟盼帝冠。
内乱平息张霸气，汉臣得势扫余残。
踌躇满志登皇位，搅动中原卷巨澜。

注释： 公元四世纪时，辽河上游出现了一个少数民族，称为契丹。通过几个世纪的发展，契丹族逐渐强大起来。公元916年，契丹首领耶律阿保机在临潢府（今内蒙古巴林左旗附近）称帝，一个新的国家在北方诞生。

耶律倍

契丹太子耶律倍，崇尚中原求小安。
失宠流亡唐后地，改称李姓入朝官。

注释：公元 926 年，耶律阿保机去世，掌握军政大权的皇后和太子耶律倍发生了矛盾。耶律倍向往汉族文明，放弃了和弟弟耶律德光争夺王位的权利而到了后唐，受到热情接待，并得到官职。耶律倍改名李赞华，在中原居住下来。

耶律德光

伯仲争锋利德光，登基帝位势权张。
南拼掠夺汉民地，力挺儿皇石敬瑭。
拥汴进兵平后晋，称辽谋霸势疯狂。
华人四处抗声起，回路仓皇一命亡。

注释：耶律德光坐上皇位后，不断侵扰汉族地区，掠夺财富和奴隶。公元 936 年，石敬瑭向耶律德光称"儿皇帝"，耶律德光得到了幽云十六州，华北平原完全控制在契丹手中。公元 947 年，耶律德光攻打不顺从他的石重贵（石敬瑭之子），拿下开封，灭了后晋。这一年，耶律德光改国号为辽，他就是辽太宗。辽军在中原四处掠夺，给百姓带来了很大灾难，各族人民奋起反抗，辽太宗在中原站不住脚，只好后撤，在退兵路上病死。

辽圣宗改革

隆绪称皇五十秋，英姿立国并刚柔。
鼎新革故人心聚，虎视中原拔首筹。

注释：辽太宗死后，皇族内部经历了三十多年争权夺位的激烈斗争。公元 982 年，耶律隆绪做了皇帝，他就是辽圣宗。辽圣宗在位五十年，他受汉族文化影响很深，在汉族官员的帮助下，进行了一系列改革。他将皇室的奴隶变成部民，提高了奴隶的地位；他下令奴隶主不能随意杀害犯罪的奴隶；他在经济上实行赋税制，推行"二税法"。这些措施促进了辽国经济的发展，推动辽国进入了封建制时代。

宋灭北汉

御驾亲征宋太宗，辽军败北试兵锋。
自知力量悬殊在，北汉开门服大龙。

注释： 公元 979 年，宋太宗赵光义亲率大军讨伐北汉。北汉向辽国求救，辽国
派出大军援助。两军在白马岭（今山西省盂县东北）大战，宋军大败辽军，大将
耶律敌烈被打死。辽军一败，北汉失去靠山，宋军很快包围了北汉首都太原。北
汉国王刘继元抵挡不住，出城投降，北汉灭亡。

高梁河之战

太宗御驾势赳赳，欲取幽云十六州。
始战岐沟获胜绩，再攻梁地犯忧愁。
兵卒连战疲乏甚，腹背难敌锐气收。
一路南逃得保命，宋兵软肋始蒙羞。

注释： 北汉平定，宋太宗想趁机攻打辽国，夺回幽云十六州。因为辽国缺乏准备，一
开始宋军取得一些胜利，收复了岐沟关和涿州，很快打到幽州城南。因为长途行
军加连日作战，宋军疲惫不堪，战斗力严重减弱。辽国组织十万大军援助幽州，双
方在高梁河展开激战，宋军大败，宋太宗带领残兵败将一路南逃，先前收复的一
些地方随之丢失。

杨无敌

北汉名臣杨令公，归依赵宋建勋功。
突袭雁险获全胜，进击幽州刮劲风。
脚手缚束躬稗吏，脑心泣血报精忠。
孤军死战陈家谷，悲壮敌庭显斗雄。

注释： 杨家将最早的统帅叫杨业，又名继业，原是北汉大将，北汉被宋朝平定以后，他做了北宋的将军。杨业在抗辽斗争中英勇善战，人们称他叫"杨无敌"。公元980年三月，辽国出动十万大军侵犯雁门关，杨业带领几百名骑兵从辽军背后发起突袭，吓得辽军四处逃散。公元986年，北宋利用辽国小皇帝即位的机会，分兵三路攻打辽国，意在收复幽云十六州。潘美、杨业一路英勇作战，收复了寰、朔、应、云四个州，不料作为主力的东路军却打了败仗，宋太宗急忙下令退兵。因潘美嫉妒杨业的才能，逼迫杨业孤军奋战。杨业身负重伤被俘，绝食三天后壮烈殉国。

杨家将

史上杨家非干臣，后人臆想假成真。
从来国难思良将，祈盼英雄减众呻。

注释： 杨业有七个儿子，除杨延玉牺牲外，其余六个儿子都得到了官职。其中杨延朗（后改名杨延昭）最有名，他镇守边关二十多年，多次打败辽军的侵扰，保卫了北宋的边境。杨延昭的儿子杨文广曾在西北抵抗过西夏，后来在河北一带做地方官。杨延昭、杨文广父子都提出过收复幽云十六州的方案，可惜均未被采纳。杨家将祖孙三代英勇抗辽的事迹非常感人，在中国民间广为流传。

澶州之战

南军进击稍停顿，北国风烟卷地来。
劝退佞臣危语在，忠刚寇准怒言开。
真宗御驾渡黄水，宋主澶州摆擂台。
捷报难服骨软派，协约一纸百年灾。

注释： 宋朝两次攻打辽国失败以后，不敢再主动出击。宋军的进攻一停，辽国的进攻就开始了。公元1004年，辽国调动二十万大军，打到靠近黄河的澶州，威胁着宋朝的都城汴京。这年十一月，宋真宗在宰相寇准的劝说下，亲自率领大军，从汴京出发来到韦城（今河南省滑县东南）。守卫澶州的宋军听说皇帝御驾亲征，士气高涨，打退了辽国大军的进攻，打死了辽国大将萧挞览，辽军锐气受挫。

可宋真宗没有抗敌的决心，只是因为有寇准等主战派的强烈要求，才不得已而渡过黄河，进入澶州。皇帝的到来极大地鼓舞了宋军的士气，很快取得战场的主动。可宋真宗实在无意进取，在战争形势有利的情况下开始和辽国议和。

澶渊之盟

戏说女将破天门，辽宋笔签城下盟。
贡品连年向北走，挖心割肉换安宁。

注释： 公元 1005 年初，宋辽双方签订和约，规定北宋每年给辽白银十万两，绢二十万匹。因为这次和约在澶州签订，所以叫作"澶渊之盟"。公元 1042 年，辽兴宗又扬言要发兵南下，宋仁宗又赶快派人去谈判，答应每年再增加银十万两，绢十万匹，又一次向辽国屈辱求和。

均贫富

蜀地农民苦难多，青城奋起王小波。
震聋纲领均贫富，万众同声起义歌。

注释： 公元 993 年，四川爆发了王小波、李顺领导的农民起义。王小波是青城县人，靠贩卖茶叶为生。他为人正直，有勇有谋，在群众中威信很高。因为反对政府将茶叶收购专卖，王小波聚集了一百多个破产的茶农，在青城起义。他对大家说："吾疾贫富不均，今为汝均之。"在我国历史上，王小波第一次提出了"均贫富"的口号，得到农民的热烈拥护，附近各地农民纷纷赶来参加起义军。

大蜀雄军

小波中箭痛牺牲，李顺接旗再苦征。

大地雄师帜彩艳，成都立政利权行。

农民解救得实惠，北宋反扑露恶狞。

帝旅威逼难抵御，头颅掉处万民惊。

注释： 王小波带领起义军打下青城，接着向眉州彭山县进军，队伍发展到一万多人。在进攻江源县的战斗中，王小波中箭牺牲，起义军推举他的妻弟李顺做首领。公元994年，起义军攻下成都，李顺在成都建立政权，号称"大蜀"，他自己称"大蜀王"，起义军称"大蜀雄军"。这时，起义军发展到几十万人，占领了北起剑门，南到巫峡的广大地区。宋朝政府派王继恩带领大军进入四川，攻下成都，起义军三万余人战死，李顺在战斗中牺牲，起义失败。

党项族

党项历年西北居，宋辽间隙找宽余。

生存夹缝多奸诈，步步兴升奠霸基。

注释： 宋朝时候，我国西北地区出现了一个封建割据政权，叫作西夏。西夏为党项族所建，它也是北宋的一个强敌。

党项族是羌族的一支，原来住在青海和四川西北部。党项族各部中以平夏部最强大，唐朝末年，平夏部首领拓跋思恭曾帮助唐朝镇压过黄巢起义，被唐朝统治者赐姓李，逐渐形成一股割据势力。宋太祖企图吞并这股势力，命令党项贵族迁到汴京居住。党项族首领李继迁为躲避迫害，逃到党项族聚居地斥泽（今内蒙古自治区鄂托克旗东北），积蓄力量，准备起事。当宋军征讨时，李继迁投降辽国，被封为夏国王，力量逐渐强大起来。李继迁的儿子李德明即位后，同时向宋、辽称臣，宋、辽均封他为西平王。

西夏建立

党项元昊赐姓李，安平内乱勇称王。

模规设定中原制，大夏兴邦一度狂。

注释： 公元1031年，李元昊继承了李德明的职位。李元昊武艺高强，精通汉文，熟悉宋朝法律、兵书，他决心按照汉族的封建制度建立国家。公元1038年，李元昊自称皇帝，国号大夏，定都兴庆府（即兴州），他就是夏景宗。这个地方政权控制了现在的甘肃、宁夏、青海和陕西、内蒙古的部分地区，因为它在宋朝的西北，历史上称为西夏。

好水川之战

幼帝元昊震宋朝，仁宗讨伐路迢迢。

临川好水双遭遇，扎阵六盘两怒潮。

大夏施行鸽子计，宋军迷幻溃途遥。

连连败绩多无奈，拱手议和战事消。

注释： 元昊称帝建国，宋朝政府十分震惊。宋仁宗派夏竦、韩琦和范仲淹等人到西北，准备出兵攻打西夏。元昊带兵攻打延州（今延安），守将范雍指挥失措，元昊攻下延州，杀死宋军一万多人。公元1041年，元昊又带领大军南侵，向渭州（今甘肃省平梁）进犯，逼近威远城（今平凉北），韩琦急忙调当地守军二千多人，又招募士兵八千人，组成一万人的队伍，派大将任福带领出击。元昊假装西逃，任福奋力猛追，一直追到六盘山下的好水川。此时元昊已集结了十万大军，埋伏在好水川口，他派人把一百多只鸽子分开装在一些泥做的盒子里，放在宋军进兵的道路两旁。任福不知是计，打开盒子，一百多只鸽子飞了出来，在宋军头顶盘旋。这时，西夏伏兵一齐冲杀出来，他们根据鸽子盘旋的位置，向宋军发动了猛烈进攻。宋军大败，任福战死沙场。宋仁宗听到战败的消息，非常气愤，韩琦、范仲淹被降职。

宋夏和议

宋军战阵太窝囊，应付元昊满地忙。
一纸和约平腹患，资财万贯稳心惶。

注释： 宋朝连遭败绩，只好向西夏妥协，要求议和。元昊连年发动战争，财政困难，国内土地荒芜，灾荒严重，也不得不同意与宋朝议和。1044 年十二月，双方达成和议，宋朝答应了李元昊称王的要求，封他为夏国王，西夏名义上仍对宋称臣。宋朝每年"赐给"西夏绢十三万匹，银五万两，茶二万斤。逢年过节和元昊生日，宋朝另外再赐银二万两，银器二千两，绢二万匹，衣着二千件，茶一万斤。双方恢复贸易往来。宋朝用这种"赏赐"的方法，换得了一时安宁。

文治天下

太皇遗下丹书券，免罪读书言事人。
自此文潮涌大地，因之宋代世多绅。

注释： 宋朝既定文治天下的国策，武装力量削弱，因此在对辽、西夏的战争中屡屡失利。但宋朝的文化却因此达到了古代中国的最高峰。宋太祖因为"杯酒释兵权"而采取优待官员和读书人的政策，他留下丹书铁券，规定不杀四品以上官员和上书言事人。由此观之，北宋的政治比较清明。

先天下之忧而忧

文学大匠仲淹公，一世心恒朴简风。
镇守边关嚣敌惧，推行新政隘关通。
皆因触动贵权益，降职持身正气雄。
留取清廉多敬佩，乐忧先后可开聋。

注释： 宋朝派到延州一带抗击西夏的范仲淹是北宋有作为的政治家和文学家。范仲淹系吴县（今苏州）人，两岁时失去父亲，家境贫寒，但从小就有志气，奋发读书，不但学到了很多知识，而且养成了严肃认真和勤劳简朴的作风。后来考中进士，开始做官，他了解民间疾苦，决心为国家和百姓做一番事业。朝廷派范仲淹到延州指挥作战，他采取了一系列措施加强防务力量，使元昊不敢侵犯延州。公元1043年，范仲淹被调回京城，担任参知政事，他向宋仁宗提出了十项改革方案，宋仁宗采纳了这些建议，史称"庆历新政"。因为新政触犯了权贵的利益，范仲淹遭到保守官僚的反对，庆历新政在推行了一年多以后失败，范仲淹被降职，贬出京城做了地方官，六十四岁时去世。

范仲淹一生简朴，对有困难的人慷慨相助，他死了以后，很多人怀念他。范仲淹的文学成就很高，一篇《岳阳楼记》流传千古，感动了很多人，其"先天下之忧而忧，后天下之乐而乐"的情怀一直受人称赞。

铁面包公

无私铁面赞包公，案理精深为国忠。
骨肉难求宽限事，达官莫乞路权通。
五疏扳倒贵妃患，七奏弹劾王氏凶。
职守金刚立榜样，强筋顽毅对民躬。

注释： 包拯是我国历史上有名的清官，庐州合肥人，二十八岁中进士，开始官场生涯。包拯以判案准确、铁面无私著称。他在庐州府做官时，一些亲戚以为有了靠山，乘机胡作非为，他的一个堂舅父贪赃枉法，被人告到包公那里，堂舅父挨了一顿板子，从此没有亲戚敢犯法。后到京城做官，面对皇亲国戚、权贵大臣无法无天的行为，包公敢和皇帝宋仁宗当面争吵，敢七告大官僚王逵，迫使宋仁宗免去了王逵的官职。包公自己处处奉公守法，清廉自守，一尘不染。他生活简朴，虽然做了大官，衣服、用具、饮食还和贫时一样。此外，包公还在政治上提出了不少积极主张。后人敬仰这位刚正不阿的能人，称之为"包青天"。

顶尖文化人

宋代文坛起飓风，弄文舞墨造英雄。

哲学大腕周程氏，史界椽笔司马翁。

更有散文多壮士，兼居词苑几豪公。

书法绘画皆绝唱，华夏风流一览中。

注释：北宋的文化成就极高，而又多出于宋神宗时代。在哲学方面，出了大师周敦颐和他的弟子程颢、程颐；在史学方面，出了史学大家司马光；文学方面的成就更大，欧阳修及其门生弟子将散文、诗词推上了顶峰。同时，书法、绘画也有很高的成就。

宋代哲学

宋代哲学境界高，人伦天理尽心操。

程朱写下立身训，化解疑难字似刀。

注释：宋代哲学的主流，是儒家哲学的特殊形式。因理学家主要讨论的内容为义理、性命之学，故称为理学。理学是融儒、道、佛三家为一体的思想体系。北宋时期的石介、胡瑗、孙复被称为理学三先生，但理学的实际的开创者为北宋五子，即邵雍、周敦颐、张载、程颢、程颐，周敦颐为宋代理学的开山鼻祖。

文豪欧阳修

达者欧阳卧醉亭，高足环坐五豪星。

家家巨椽通天地，文采千年永溢馨。

注释：欧阳修是宋代的文坛大师，他小时家里很穷，读不起书，就由母亲用荻草秆在地上写字，留下了"画荻教子"的美谈。年轻时的欧阳修为学习韩愈的散文，痴迷到废寝忘食的地步。欧阳修善于向别人请教，他在总结自己的写作经验时说："写文章要有三多，即看得多，做得多，还要同别人商量多。"欧阳修写作态度非常认真，写好一篇文章就贴在墙上，随时加以修改。到了晚年，他还把以前写的文章拿出来认真修改，说是怕后生取笑。他一生积累了大量著作，除诗文集《欧阳文忠集》一百五十多卷外，还编写了两部历史著作。欧阳修是宋代文坛领袖，唐宋八大家中的苏洵、苏轼、苏辙和王安石、曾巩都是他的门生。

美哉宋词

词坛宋代走蛟龙，写尽山河世俗踪。
华夏文明镶瑰宝，唐诗媲美耸双峰。

注释：宋词又称长短句，是有别于唐诗的一种文学体裁。词起源于南北朝，发展于唐代，在宋时达到顶峰。宋词分为豪放派和婉约派，豪放派代表是苏轼、辛弃疾，婉约派代表是柳永、李清照。宋词文学成就很高，和唐诗比肩成为中国文学史上的瑰宝。

苏轼写赤壁

贬斥黄州赤壁游，东坡文采傲江流。
后前两赋惊天下，东去大江盖九州。

注释：苏轼被贬黄州（今湖北黄冈市），两游赤壁，写下了千古名篇前、后《赤壁赋》，又写成《念奴娇·赤壁怀古》词，为后世留下了脍炙人口的篇章。

唐宋八大家

古文唐宋竖高峰，韩柳二君系祖宗。
仰视欧阳弟子众，横生才气一家溶。
苏宅父子三蛟首，曾巩安石两巨龙。
弥漫神州清凉气，千年古国铸洪钟。

注释： "唐宋八大家"指唐宋时期的八位散文大师。他们是唐代的韩愈、柳宗元，宋代的欧阳修、苏洵、苏轼、苏辙、王安石、曾巩。

司马光和《资治通鉴》

司马少年善砸缸，老成泼墨势如江。

书开通鉴资文治，亦化顽愚亦助邦。

注释： 司马光砸缸的故事家喻户晓，司马光编写《资治通鉴》的事也尽人皆知。司马光发现中国缺少一部叙事全面的通史，于是自己动手编写。当他将最初写成的《通志》（从战国到秦末的历史）呈给宋英宗时，英宗很满意，下令设置书局，作为编写机构，还叫司马光自己挑选编写人员，准许他借阅官府藏书。司马光邀集了当时著名的史学家刘攽、刘恕、范祖禹做助手，共同编写通史。后来，宋神宗将书名定为《资治通鉴》，意即"帮助统治的一面镜子"。

《资治通鉴》的编写历时十九年，耗费了司马光的毕生精力。该书上起韩、赵、魏三家分晋，下至五代后周灭亡，记载了从公元前403年到公元959年共一千三百六十二年的历史，按照年代编成二百九十四卷。这部三百多万字的史书内容丰富，取材广泛，叙事清楚，详略适中，文笔简练生动，是一部很有参考价值的历史巨著。

王安石变法

内忧外患神宗急，重任安石挽厄机。

一套新法惊地咒，连篇举措动天诗。

业功显现风波起，阻力强刚毁语驰。

自古披荆多草运，含悲教训后人思。

注释： 北宋中期，社会矛盾尖锐起来，宋神宗任用王安石主持变法，希望通过变法富国强兵。王安石以"天变不足畏，人言不足恤，祖宗之法不足守"的胆量推行了一系列法令，主要内容包括青苗法、免役法、农田水利法、方天均税法、保甲法。新法的推行，收到了显著的效果，但遭到保守势力的强烈反对，宋神宗也犹豫起来，王安石被迫两次辞职，从此再没有出来做官。宋神宗死后，高太后执政，反对变法的司马光上台，新法废除。

梦溪笔谈

中华科普一杆标，沈括终身沥血浇。
寄语梦溪书万象，拉开笔谈列千条。
几多世界首兴事，更有神州尔后谣。
时见开篇多引证，难得学海冒文枭。

注释：《梦溪笔谈》是宋朝沈括所著的一部科学著作，因为他的住处叫梦溪园，故书名为《梦溪笔谈》。该书共三十卷，内容包括天文、历法、数学、物理、化学、生物、地理、地质、医学、历史、考古、文学、音乐和绘画等许多方面，范围非常广泛。在诸多学科中，沈括都有深刻的研究和独到的见解。这部书是我国科学技术史上一份珍贵的遗产，也是世界科学技术史上一部杰出的著作，外国科学家称赞《梦溪笔谈》是"中国科学史上的坐标"。

指南针

中华骄子指南针，沈括笔谈载细音。
最早观察磁角事，梦溪实验具初心。

注释： 指南针是我国古代一项伟大的发明。沈括对指南针的使用作了多种实验，并且把实验的方法记载在《梦溪笔谈》中，成为研究我国古代指南针的珍贵资料。在试验中，沈括发现指南针所指的方向不是正南而是略微偏东，这种现象，在物理学中叫作偏磁角，这是世界上最早发现偏磁角的记录，比欧洲哥伦布的发现早了四百多年。

活字印刷术

北宋布衣出毕昇，发明活字印工兴。
梦溪沈括多详述，华夏科学一盏灯。

注释：《梦溪笔谈》中有关于毕昇发明活字印刷的记录。毕昇是北宋时候劳动人民中的一位，生卒年限已无法查考，只知道他的主要活动是在庆历年间。在活字印刷未出现以前，人们印书采用雕版印刷，雕版印刷耗工量大，进度慢，雕刻一本书需要很长一段时间，书的价格很贵。毕昇经过刻苦研究和多次实验，终于发明了活字印刷术。

毕昇用胶泥刻字，把字用火烧硬。排字的时候，先在铁板上铺一层松脂、蜡和纸灰，然后再放上一个铁框子，把要印的活字一个个排进去，满一铁框就是一版，再用火烤。等松脂、蜡融化了，用平板将字面压平。等到冷却凝固以后，铁框中的活字平整而坚固，成为一页图书，上墨印刷就能成书。印书时，一般都准备两块铁板，一版印刷，另一版排字，两块铁板交替使用，印起来很快。印完以后，把铁板放在火上烘一烘，松脂和蜡就融化了，用手一拨，活字就会脱落下来，再把这些活字按韵分类，留待下一次使用。

活字印刷术是印刷史上一项重大的革命，如果不是沈括记录，我们可能连毕昇的名字都不知道。

清明上河图

宋朝画院多精品，最显清明上河图。
一纸风光汴水意，万人形态市民娱。
行人攘攘倚街走，车船熙熙顺道凫。
写尽京城千百态，读观吟叹美哉乎！

注释：宋代的绘画，题材内容相当广泛，除人物画、山水画、花鸟画以外，还出现了很多前所未有的描写城乡生活的社会风俗画，其中以张择端的《清明上河图》最为优秀，也最为有名。

《清明上河图》高 24.8 厘米，长 528 厘米，整个画面描绘了清明时节汴京的繁华景象。北宋时候的汴京，不仅是当时的政治中心，也是一座繁华的商业城市。城市中有许多热闹的街市，街市上开着各种店铺，营业的时间很长，甚至出现了夜市。逢年过节，城中更加热闹。为了突出清明时节汴京的繁华情景，这幅画着重描绘了汴京水陆运输和市面繁忙的景象。

该画艺术水平很高，充分显示了张择端娴熟的绘画技巧和高度的概括能力。

六贼乱政

帝王腐朽宋徽宗，乱政六贼撞破钟。
淫逸骄奢官府溃，民潮骤起势汹汹。

注释： 宋神宗死后，即位的是宋哲宗。宋哲宗没有儿子，他死后皇位由他的弟弟宋神宗的儿子赵佶继承，就是宋徽宗。宋徽宗是个荒淫腐朽的皇帝，他有六个非常宠幸的大臣，即蔡京、王黼、童贯、梁师成、李彦和朱勔。其中蔡京和王黼做过宰相，童贯、梁师成和李彦是宋徽宗身边的太监，朱勔是专门帮宋徽宗搜罗花石的官员。老百姓非常痛恨这几个贪官，骂他们是"六贼"。"六贼"当道，北宋的政治越来越腐败。

奸臣蔡京

政客投机出蔡京，巴结童贯道中行。
奢靡媚尽君王意，宰相高居上下横。

注释： 蔡京是个投机政客。王安石变法时，他赞同变法；保守派上台，他马上反对变法。宋徽宗喜欢写字作画，常常派宦官童贯到杭州去搜罗字画，这时被贬到杭州的蔡京拼命巴结童贯，童贯一回京城，就向宋徽宗推荐蔡京。宋徽宗把蔡京召回京城，第二年就提升他为宰相。蔡京一上台即狠毒打击保守派，提出"丰亨豫大"（丰盛、亨通、安乐、阔气）的口号以满足宋徽宗穷奢极欲的生活，北宋历年积蓄的财富很快挥霍殆尽。他打着新法的旗号，残酷剥削人民，大收雇役

钱。他每年过生日，各地官员都要供奉大宗礼物，叫作"生辰纲"。他贪污勒索来的金银财宝堆积如山。宋徽宗用这样的人做宰相，统治越来越黑暗。

花石纲

朱勔巧置花石纲，皇宫迎进奉君王。

异珍奇木京城走，百姓东南顶祸殃。

注释： 朱勔是个投机商人，他看到蔡京、童贯等人权势很大，就设法巴结他们。当他知道宋徽宗玩字画、古董已经玩腻了，就找些奇花异石来讨宋徽宗的欢心。宋徽宗果然高兴，立刻命令他在苏州设立一个专门搜罗花石的机构——苏杭应奉局。东南一带的人民吃尽了朱勔的苦头，只要看中哪家的一花一石，朱勔便带领差役闯进门来，用黄纸一盖，就成了他的东西。朱勔把搜罗来的花石树木用船队运往汴京，叫作"花石纲"。有些花石太大，要拆掉沿途的水门、桥梁；有时河道不便通行就走海路，民夫葬身大海连尸骨都找不到。朱勔残害东南人民达二十年之久，他的父子弟侄都做了大官。朱勔敲诈勒索，无恶不作，受害的百姓不知其数。

方腊起义

徽宗昏愦帝，气坏浙江农。

方腊义旗举，黎民拱手从。

兵集千万众，脚过六州同。

只怪心经缺，身亡舛命凶。

注释： 官逼民反。公元1120年，在江南一带爆发了方腊领导的农民起义。起义一开始，就有一千多农民参加，几天之内发展到几万人。方腊建立了政权，年号"永乐"，他自称"圣公"。当地官府大为震惊，两浙都监蔡遵带领五千官兵前来镇压，被打得大败。起义军乘胜攻下了青溪县城，并在短短三个月内就占领了睦州、歙州、婺州等六州五十二县，队伍很快发展到近百万人，震动了整个江南。宋徽宗派童贯带领十五万大军前往镇压，起义军最终失败，方腊被俘，后在汴京就义。

逼上梁山

奸臣害诤良，苦逼上梁山。

宋氏发军令，绿林惩恶官。

乘风乡县走，御马水云间。

兵败海州地，余残举手还。

注释： 北宋初年，黄河决口，梁山附近形成了一个方圆几百里的大湖泊，附近的农民在这里捕鱼捞虾、采集蒲苇过日子。官府看到这里有利可图，于是在公元1111年把梁山泊收归国有，规定农民到湖中捕鱼采蒲必须交税，官府每年在这里收税十多万贯，即使荒年也不减免。农民交不起繁重的赋税，纷纷起来造反。当时梁山起义头目有三十六个，由宋江领导。宋江起义军活动在山东、河北一带，他们打官府，杀地主，让朝廷震动。公元1121年二月，宋徽宗命令海州（今江苏连云港市）知府张叔夜镇压和招降宋江起义军，宋江战败投降。真实的宋江起义没有《水浒传》描写的那么精彩。

阿骨打建金

靺鞨生东北，随之号女真。

忍吞辽国气，奋力自强身。

俊杰阿骨打，兴师起暴尘。

定都设帝位，形势日翻新。

注释： 在北宋王朝一天天衰落下去的时候，我国东北的女真族则逐渐强大起来。女真族生活在黑龙江、松花江流域和长白山一带，隋唐时期称为"靺鞨"，其中的黑水靺鞨后来改称女真。公元十世纪，女真族受辽国的剥削和压迫，辽国把实力较强的一部分女真人迁到辽河流域，编入辽国户籍，称为"熟女真"，仍留在原地没有编入辽国户籍的称为"生女真"。

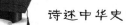

生女真有个比较大的部落叫完颜部，到十一世纪中期，完颜部酋长完颜乌古乃制造了弓箭器械，兵力逐渐强盛起来，引得附近一些部落纷纷归附。到十一世纪末，完颜部统一了黑龙江和乌苏里江流域广大地区。公元1113年，乌古乃的孙子完颜阿骨打做了酋长，第二年出兵攻打辽国。阿骨打的军队只有二千五百人，但战斗力很强，打败了辽国军队，占领了宁江州（今吉林省扶余市东南）。辽天祚帝派十万大军进攻生女真，阿骨打带领三千七百人迎战，又大败辽军，进而占领了辽河以东的大片土地。

公元1115年，阿骨打自称皇帝，国号"金"，定都会宁（今黑龙江省阿城县南白城子），他就是金太祖。这年九月，阿骨打攻占了辽国的重镇黄龙府（今吉林省农安县），辽天祚帝亲率十万人马进攻金兵，又被打得大败，辽国完全失去了抵御金国的力量。

海上之盟

宋金海上盟，伐寇大兴兵。

不辨虎狼患，必沉万恶坑。

注释： 金军连续打败辽国的消息传到宋朝，宋徽宗决定乘机出兵收复幽云十六州。有人向宋徽宗建议联合金国攻打辽国，宋徽宗接受了这个建议，通过几轮谈判，和金国签订了"海上之盟"。这个盟约除了规定宋、金同时出兵攻辽和规定了各自攻打的地区外，还规定宋朝把每年给辽国的银、绢转交给金国。

宋辽之战

北宋征辽国，双攻败北归。

凭般渣豆旅，岂可抗金威？

注释： 公元1122年，金国按照盟约出兵攻打辽国，一路势如破竹。宋徽宗命令童贯做统帅，蔡京的儿子蔡攸为副统帅，出兵攻辽，结果两次大败而归，宋朝再不敢说攻辽的事。

金灭辽

金兵卷地征，辽如雪山崩。
一扫残余尽，宋朝险象升。

注释： 公元1123年，金兵打下燕京。宋徽宗派赵良嗣到燕京，向金太祖索取燕云诸州。金太祖把燕京和涿、易、檀、顺、景、蓟六州归还宋朝，宋朝答应每年送给金国银二十万两，绢三十万匹，另外又增加"燕京代税钱"（代收人民的赋税钱）一百万贯。宋朝名义上收复了燕京和六个州，实际得到的是七座空城。这年八月，阿骨打病死，他的弟弟吴乞买即位，是为金太宗。金太宗继续攻打辽国的残余势力，公元1125年春，金军俘虏天祚帝，辽国灭亡。

金兵南下

金兵两路向南攻，吓趴床前骨软宗。
太子仓皇登帝位，京城寂寂等丧钟。

注释： 1125年十月，金兵分东西两路大举南侵。西路军由宗翰率领进攻太原，东路军由宗望率领进攻燕京。西路军遭到太原守军的坚决抵抗，东路军一到燕京守将郭药师就宣布投降。这一路金军在郭药师引导下，长驱南下，向汴京进军。这次金兵南侵，宋徽宗事前毫无警惕和准备，他怕得要命，昏倒在床前，醒来伸手要过纸笔，写下退位诏书，将皇位传给儿子赵桓，自己称"太上皇"。赵桓是为宋钦宗，和他父亲一样也是个软骨头。

李刚抗战

逃风弥漫闹惊惶，主战铿锵出李刚。
激愤群情城乃固，金兵退却免生殃。

注释： 1126年一月，金兵到达黄河北岸，宋徽宗、蔡京、童贯等人自知民愤极大，罪责难逃，借口"烧香"，慌慌张张逃到南方去了。宋钦宗和宰相白时中、李邦彦也想丢掉京城南逃。以李刚为首的少数爱国将领坚决主张守城抗战，宋钦宗乃命令李刚领兵守城。宋钦宗几次想南逃都被李刚劝住，李刚率领三军，仅用三天时间即将守城设施准备到位。金兵打到汴京城下，李刚组织力量奋力抵抗，有效瓦解了金兵的攻势。金兵见宋军已有防备，便主动求和。这正合宋钦宗的心意，他不顾李刚反对，派人和金兵签署协议，答应了金兵的条件。因为发生了姚平仲偷袭金兵的事，宗望派使臣来质问，宋钦宗连忙派使臣去金营解释，下令罢免李刚，向金军谢罪。

太学风潮
罢免李刚涌怒潮，太学义愤举陈东。
当头国难匹夫起，胁迫皇权诏耿忠。

注释： 罢免李刚的消息一传开，群情激愤。陈东带领几百名太学生到宣德门上书，请求罢免李邦彦，恢复李刚的官职。汴京的军民自动赶来声援，很快聚集了几万人。在威胁不成的情况下，宋钦宗只得下令恢复李刚的职务，命令他兼任京城四壁防御使，人群这才欢呼散去。这件事被称为"太学风潮"。

李刚立即布置防务，下令重赏杀敌立功的人，京城守军士气高涨。金军看到宋朝加强了防备，形势对自己不利，只得下令退兵。

靖康之耻
黄河难守汴京门，二帝徽钦被恶擒。
蛮野金兵华夏辱，靖康奇耻岁寒心。

注释： 金兵退去以后，宋徽宗又回到了汴京，父子皇帝以为从此平安无事，仍旧和从前一样，过着奢侈荒淫的生活，不作任何防御准备。李刚看到这种情形，非常担忧，他几次上书朝廷，要求加强军备，防止金兵再次南犯。朝中投降派当权，不但不理睬李刚的意见，反而处处排挤他，李刚被迫离开京城。

公元1126年八月，金太宗再次出动大军侵略南宋。这时，各地宋军又自动赶来保卫京城，但投降派一味求和，命令这些军队停止前进。金兵渡过黄河以后，左副元帅宗翰派使臣到宋朝，提出以黄河划界，宋钦宗百依百顺，并叫河北、河东（今山西省）军民开城降金。金兵来到汴京，宋钦宗非常惊慌，他居然相信巫师作法可以打退敌人，结果给金兵进城提供了方便。金兵扣留了宋钦宗和宋徽宗，将宋朝国库和汴京抢劫一空，于1127年春天把宋徽宗、宋钦宗、太后、皇后、妃子、公主、驸马及宋朝的亲王、大臣、各种手工业匠人等三千多人，押送到金国当奴隶。北宋王朝就这样灭亡了。

这次事变发生在北宋靖康年间，史称"靖康之变"。

平心静气忆宋朝

文官执政和风在，太祖方针天地伦。
铁券丹书龙虎剑，安民告示导前神。
珍惜科举官场仕，不斩上书言事人。
至高文峰无比处，珠玑多少掩灰尘。

注释： 北宋重视文治，因此有宋太祖遗留的丹书铁券称"不杀四品以上官员和上书言事人"。北宋是对官员和读书人最好的朝代，正因为如此，北宋文化兴盛。但说北宋不重视军事实在有失偏颇，北方的辽和西北的西夏虎视眈眈，再蠢的统治者也不会冒着亡国的危险而不管军事吧！北宋军队的战斗力弱，其原因在于它的治军方略。宋太祖赵匡胤总怕部下像他一样黄袍加身夺取帝位，于是制定了一套相互牵制的军事管理制度，结果造成冗官冗兵现象。决策缓慢，行动拖沓，往往错失战机。总的说来，北宋对中华民族的贡献还是巨大的。

南 宋

南宋

北宋留下靖康耻，黄河南北起干戈。
群臣拥立高宗出，寄托希望守山河。
自此中华有南宋，对峙双方是非多。
高宗本是投降派，重用奸臣扬逆波。
岳飞父子泣血泪，临安暖风护娇娥。
勉强维持百余年，历史重唱北风歌。
宋金两立亦交往，民间万象势婆娑。
农业手工同发展，科技文化成果多。
忽闻北地马蹄动，蒙古铁骑化恶魔。
荡平华夏万里地，且看后世奈之何。

注释：南宋开始于公元1127年，结束于公元1279年，为北宋王室赵构所建，被认为是宋朝的继续。赵构和他的父、兄一样是投降派，为了达到他的目的，不惜违背祖训，杀了上书言事人陈东、欧阳彻，后又杀了岳飞。南宋奸臣当道，政治黑暗，社会动荡不安。好在大量北人南迁，促进了南方经济的发展，使中国的南方正式超过北方，长江流域成了中国的经济重心。南宋文化成就很高，辛弃疾和陆游的诗词在中国文学史上占有重要地位，朱熹完善理学，是中国哲学、思想史上的大事。

赵构登基

金兵北地卷残云，赵构亲王得众迎。

顺应群臣登帝位，高宗依趣向南行。

注释： 赵构是宋徽宗的第九个儿子，在王室中地位不高，因此躲过了靖康一劫。鉴于他是宋王室留存下来的唯一王储，成了天然的皇位继承人。公元 1127 年五月初一，赵构在南京应天府（今河南商丘）即位做了皇帝，改年号为建炎，赵构就是宋高宗，他重建的宋朝历史上称为南宋。

李纲为相

惊魂未定宋高宗，起用李纲掩怨锋。

稳定人心施号令，金兵畏惧敛残凶。

注释： 宋高宗刚即位的时候，由于大敌当前，人心未定，他为了坐稳皇帝的宝座，不得不作出抗金的姿态，起用抗战派中声望最高的李刚做丞相，并且由李刚推荐，派宗泽做东京留守兼开封知府，领兵进驻汴京。同时，他又任用了一批投降派官员掌握朝中大权，与李刚抗衡。宋高宗对金军怕得要死，他的主旨是效法东晋司马睿在南方建立一偏安朝廷，苟且度日，因此对李刚天天要求抗金感到心烦意乱，李刚做了七十五天宰相即被免职，投降派完全把控了朝政大权。

违背祖训

罢免李纲民愤起，陈欧愤激再呈书。

高宗一怒开杀戒，太祖堪怜用意初。

注释： 大学生陈东、进士欧阳彻等替李刚打抱不平，他们上书给宋高宗说：皇帝应当分清是非，辨明黑白，李刚这样的忠臣不应当罢免，黄潜善、汪伯彦（黄当时任宰相，汪为同知枢密院事，执掌军权）那样的奸臣不应当重用。宋高宗恼羞成怒，竟然下令杀了陈东和欧阳彻，废了不杀上书言事人的祖训。

宗泽三呼

宗泽老将性节刚，死抗金兵气势昂。

主政开封平匪患，收编义勇效疆场。

诤言力谏存胸志，夙愿难酬起背疮。

遗憾三呼悲命尽，高宗顽硬误忠良。

注释： 宗泽进驻汴京时，当地的形势还很紧张，金兵主力虽然已经北撤，但留在黄河沿岸的部队还不少。当时汴京残破不堪，匪盗盛行，社会秩序混乱。宗泽大刀阔斧整顿秩序，修整城防，又积极收编河北一带的抗金义军，很快将汴京的秩序和防务恢复起来。金兵多次向汴京进犯，都被宗泽击溃，金兵闻风丧胆，他们害怕宗泽，背地里都叫他"宗爷爷"。

可宋高宗并不重视宗泽的战功，对宗泽请他回汴京的建议一直没有采纳。宗泽特地派自己的儿子宗颖去求见宋高宗，高宗根本不接见。宗泽见自己的二十多次上书都白费了，不禁忧愤成疾，背上生了碗口大的疔疮，不断地化脓溃烂。公元1130年的一天，正当金军南下发动攻势的紧张时刻，七十岁的老将宗泽连喊三声："过河！过河！过河！"然后含悲去世。

大齐政权

济南知府名刘豫，杀害忠良自跪金。

拼凑政权称大齐，甘当傀儡做凶禽。

注释： 宋高宗不听李刚、宗泽的劝告，放弃黄淮地区南逃，黄河南北人心惶惶。一些利欲熏心的无耻之徒，想趁国家多难、形势混乱的时机大捞一把，求得自己的大富大贵。他们想以金军为靠山，建立傀儡政权，过过做皇帝的瘾。山东的刘豫就是这种人的代表。

刘豫本是南宋的济南知府，为贪图富贵，竟不顾国家民族的利益，杀害济南守将关胜，偷偷投降金军，乞求金军支持他做皇帝，金军统帅答应了他的要求。刘豫于公元1130年九月在大名府粉墨登场，即位当皇帝，定国号为大齐。

八字军

抵御金兵民众起，太行显现义忠军。

势催王岳乘威进，喜煞李宗满腹欣。

北虏闻之肝胆丧，南廷因此恐惊分。

东西战阵双开辟，抗战多时建血勋。

注释： 在南宋政府不断对金妥协时，黄河南北的广大群众则自发组织起来，开展了轰轰烈烈的抗金斗争。在许多支抗金义军中，太行山区的八字军是最有名的一支。

八字军的领导人叫王彦。为了表示抗金的决心，他们在脸上刺了"赤心报国，誓杀金贼"八个字，因此叫"八字军"。开始，八字军支持宗泽抗战，后在太行山坚持战斗，牵制了大量金兵，使得金兵不能大举南下。后受防守川陕一带的大将张浚的推荐，王彦带领一万多人进入川陕，配合张浚作战。自此，八字军分别在东、西两个战场抗金。

高宗议和

扶宋民心呼抗战，高宗怯懦向南奔。

几多使者金廷走，屈腿卑躬哪像君？

注释： 以八字军为首的义军奋起抗金，说明中原地区民心可用，只要宋高宗真能运用他们的力量，就能恢复中原，报仇雪耻。可是目光短浅的宋高宗不顾人民的利益，派人去跟金人议和，他自己则逃到南方享乐去了。

金兵南侵

高宗低估金兵狠，吞并九州乃动因。

三路追逃波上走，靖康旧戏险披身。

注释：金国统治者听到宋高宗逃到扬州的消息，急忙分兵三路大举向南进攻，一路势如破竹。宋高宗接到军报，吓得魂不附体，赶快渡江逃到镇江，再逃到杭州。金兵在扬州大肆抢劫后，自动北撤。宋高宗接二连三派出使节，拿着他的亲笔信求和。可哀求无用，金兵再次南下，宋高宗一路狂奔，经杭州、越州（今绍兴）、明州（今宁波）、定海，再坐船漂到温州海面才停下来。金兵一路抢劫后自动北撤。这样的穷追猛打，是宋高宗没想到的。

大战黄天荡

金兵北撤势汹汹，路遇枭雄韩世忠。
夫妇英威军鼓动，兀术求败议和空。
八千子弟多强汉，十万精卒尽蠕虫。
可恨汉奸通邪道，敌师逃遁鬼魂匆。

注释：南宋将领韩世忠得知金兀术的十万大军将北返的消息后，设计将金兵引进黄天荡，将出口堵死，决心将金兵困死在这里。决战时刻到了，韩世忠的夫人梁红玉催动战鼓，韩世忠带领将士奋勇冲杀，将金兵打得大败。金兵正在焦头烂额之际，得到宋军叛徒的指引，从一条小道逃脱。这一仗，韩世忠用八千人围困十万金兵达四十八天之久，取得了一次难得的胜利。黄天荡之战大大鼓舞了南宋军民的斗志。

和尚原保卫战

金帅蓄谋进陕川，张军师溃富平前。
吴璘兄弟施奇巧，和尚原中藏计禅。
切断草粮攻恶阵，搭弓硬箭射凶顽。
伏兵四起摧枯朽，一仗秦川得保全。

注释：金兀术逃出黄天荡以后，到建康抢劫三天北返，路上又遇到岳飞军队的猛烈打击，这让金兀术认识到灭亡南宋非一朝一夕之事，得做长期谋划。他向金国皇帝建议，先拿下陕西，进入四川，然后向东逐地争夺，方可灭掉南宋。金国皇帝同意了他的意见，就在当年九月派宗辅带兵入陕，指挥娄室的西路军，又让正在北上途中的金兀术直接赶到陕西，同宗辅、娄室汇合，开辟陕西战场，打通入川通道。

这时在陕西的南宋军队有张浚的五路兵马共三十万人，他们决定在富平与金军决战，金兀术在富平大败宋军。宋军将领吴玠、吴璘兄弟领兵赶到和尚原卡住金军入川通道，和金军展开三天决死战斗，歼灭金兵数万人。金兀术受伤狼狈逃窜，他制定的先攻陕川、对南宋实行大包抄的战略计划被彻底粉碎。

钟相杨幺起义

朝廷上下昏烟重，农户艰难常见欺。

大楚钟相振臂起，富贫贵贱等均时。

杨幺接替前贤事，劲旅轻舟水上驰。

调动抗金精锐至，雄师败落义旗靡。

注释： 南宋朝廷对金兵一味妥协退让，而对自己的老百姓却进行残酷的剥削压迫，人民忍无可忍，终于爆发了钟相在洞庭湖领导的农民起义。起义军提出了"均贫富，等贵贱"的口号，建立了"大楚"政权。钟相父子牺牲后，杨幺继续领导起义军战斗，朝廷命令右相张浚亲临督战，又命令岳飞率领精锐部队前来清剿，起义最终失败。

秦桧

金邦遣返跪降奴，怂恿高宗做恶夫。

干尽崇奸诬国事，中华史上一凶徒。

注释： 金国大将金兀术被韩世忠、岳飞打败后，又在和尚原被打得狼狈逃窜。从此，金国统治者改变策略，决定用议和代替攻战，通过谈判获得战场上得不到的东西。要达此目的,他们需要在南宋政府内扶植投降派,以便里应外合,实现和议。这时,秦桧进入了他们的视野。秦桧是三年前汴京城破时被金兵掠走的北宋进士,他到北方后投降了金国,在金兵南侵时出了不少坏主意。金国统治者将其释放,以便给他们做内应。秦桧隐瞒了真相,编了一套谎话,骗过了南宋君臣。

秦桧被引荐给宋高宗,呈上用高宗名义写就的向金国求和的国书,高宗看了非常高兴,任命秦桧为礼部尚书,并且立即派人把秦桧草拟的国书送到金国求和。宋高宗不断给秦桧加官晋爵,三个月后,秦桧就从礼部尚书晋升为参知政事(副宰相),半年后又提升秦桧为宰相兼知枢密院事,南宋军政大权全部落到秦桧手里。

绍兴和议

高宗秦桧味相投,和议倾心余事丢。

一纸躬书屈辱现,留存史册永蒙羞。

注释:公元 1139 年正月,秦桧代表宋高宗拜受金国的诏书,正式接受了金国提出的和议条件:宋高宗向金国称臣;金国把中原、陕西等地赐给宋朝,宋朝每年向金国交纳贡银二十五万两,绢二十五万匹;金国答应归还宋徽宗和皇后的棺材(这时徽宗和皇后已死)。

由于金国内部两派的斗争,主战派得势,金兵又一次南下挑起战争,和议被搁置了两年,直到 1141 年战事停了下来,和议才正式签订,但是作了一些改动。在领土方面,双方决定东以淮河、西以陕西的大散关为界,南宋又把唐、邓二州和商、秦二州的一半割给金国,其他条件照旧。历史上称这次和议为"绍兴和议"。

胡铨直言

胡铨应试违君意,论道兴衰放忌言。

及至金廷催跪表,力呈皇上斩降幡。

笔锋如剑春潮奋,语快似刀狂浪掀。

受尽流离颠沛苦,昭雪终至洗沉冤。

注释： 南宋朝廷里的抗战派反对绍兴和议，上书给宋高宗，要求放弃求和的错误做法，赶快重整军备，坚决抗战，并要求罢免秦桧和其他赞成和议的人。上书的人中以胡铨的言辞最为激烈。

　　胡铨是枢密院编修官，他从参加科举考试起就敢于直言。胡铨出任编修官的时候，正是金国派使臣来诏谕江南的时候。金国皇帝要求宋高宗跪拜受诏，称臣纳贡，南宋朝廷里的抗战派一致表示反对。胡铨给宋高宗上了一份言辞十分激烈的奏章，要求杀秦桧等人以谢天下，向金国兴师问罪。胡铨的奏章得到很多朝臣和人民群众的拥护，但秦桧利用手中的职权下令撤销胡铨的官职，罚做苦工，直到宋孝宗即位后才把胡铨接回来，给他恢复了名誉。

精忠报国

精忠报国母慈针，刺绣背身记腹心。

热血勉儿趋战阵，当钦一字胜千金。

注释： 宋高宗接受了屈辱性的和议条件，向金国称臣纳贡。可是金国并没有信守他们自己提出来的和议条件，于公元1140年五月由金兀术带兵，分四路再次南侵，不到一个月工夫，全部占领了中原、陕西等地，进一步威胁淮河以南地区。金兵又一次南侵激怒了南宋朝廷里的抗战派，打得金兵损兵折将，大败而归，其中功绩最突出的是岳飞。

　　岳飞字鹏举，相州汤阴人，出身于农民家庭。其父早逝，母亲深明大义，经常教育儿子要精忠报国，据说她在儿子的背上刺了"精忠报国"四个大字。岳飞拜周侗为老师，学得一身好武艺。北宋末年金兵大举进攻的时候，岳飞正好二十岁，为了保家卫国，他参军入伍，开始了抗金斗争。宋高宗即位后，岳飞跟随王彦的"八字军"渡过黄河，收复新乡。在进军到太行山时，岳飞在战斗中生擒金将拓跋耶乌，枪刺黑风大王，从此威震金军。

岳家军

忠心一颗浑身劲，练就金刚胜战军。
冻死不拆民众屋，饥寒决绝打劫心。
驻防弥散民钦意，陷阵扑杀敌断筋。
奴骑闻之丧胆肺，虎贲铁旅建功勋。

注释： 岳飞英勇善战，又有谋略，所以常常能够出奇制胜。他十分重视掌握敌情，力求做到知己知彼，因此岳飞领导的岳家军逐渐成了抗金的主力队伍。岳飞非常注意部队的训练，治军赏罚分明，他自己能与士兵同甘共苦，以身作则。岳家军纪律严明，部队所到之处秋毫无犯，做到"冻死不拆屋，饿死不掳掠"。老百姓深受感动，自发地用酒肉慰劳岳家军，送稻草给他们打地铺，运送给养，给岳家军带路，随时报道敌人的情况。内有严格管理，外有百姓支持，岳家军成了抗金战场上的一支铁军，连金兵也禁不住哀叹："撼山易，撼岳家军难。"

郾城大战

金朝四路攻南宋，岳旅挥戈北向行。
两翼分师边侧起，中军砥砺剑锋争。
掀翻拐子连环马，杀退兀术铁甲兵。
统帅豪言激将士，黄龙直捣再求缨。

注释： 1140 年，金军背弃和约，再次南侵，岳飞被派到河南作战。金兀术自认为手中有两张"王牌"，一定能取胜。这两张"王牌"就是三千多名"铁浮图"（铁甲兵）和一万五千多骑"拐子马"（两翼包抄的精锐骑兵）。岳飞和金兀术在郾城展开决战，金兀术指挥"铁浮图"和"拐子马"以排山倒海之势冲杀过来，岳飞用钩镰枪和麻扎刀应战。岳飞营中的岳云和杨再兴冲入敌阵如入无人之境。战斗从下午一直进行到天黑，金军损失了几万人马，大败而逃。过了七八天，金兀术又拼凑了十二万兵马再次发动进攻，岳家军人人奋勇当先，先锋杨再兴壮烈殉国，张宪、岳云领兵奋勇冲杀，歼灭大批敌军。岳家军乘胜抵达离汴京只有四十五里的朱仙镇，岳飞豪情满怀："直捣黄龙，与诸君痛饮。"

岳飞遇害

抗战投降水火暌，朝廷不敬阵中申。

奸佞搪塞莫须有，害死殊功一品臣。

注释： 岳飞抗金的主张和行为不但让金国统治者不能容忍，也让秦桧等人如卧针毡，金兀术要秦桧想法害死岳飞。秦桧利用宋高宗怕"迎回二圣"的心理，联合起来陷害岳飞。秦桧的爪牙万俟卨伎俩用尽也定不了岳飞的罪，最后以"莫须有"的罪名于1141年十二月二十九日晚将岳飞、岳云父子及义子张宪害死于风波亭。岳飞死时才三十九岁。

岳飞平反

高宗悔意修陵墓，后继昭雪枉罪申。

万众悲呼岳武穆，西湖洒泪祭忠魂。

注释： 公元1155年，秦桧病死。不久，金兵又大举南侵，宋高宗迫于舆论压力，想恢复岳飞的名誉，遭到继任宰相万俟卨的反对。直到万俟卨罢相以后，太学生程宏图上书替岳飞申冤，宋高宗才下诏书，给岳飞在西湖边上修了坟墓。到宋孝宗时，岳飞的冤狱得到彻底昭雪，完全恢复了名誉，并且被追赠"武穆"的封号。从此，人们称岳飞为"岳武穆王"。

岳飞叹（一）

精忠报国良臣意，奋力勤王北虏惊。

自古功高疑震主，三窟未尽狗先烹。

注释： 明朝时候，有人用生铁铸了秦桧、秦的妻子王氏、万俟卨、张俊四个奸贼的跪像，让他们跪在岳飞墓前向岳飞请罪。几百年来，凡是去瞻仰岳飞墓的游人，均对岳飞无限崇敬，对奸贼同声唾骂。精忠报国的英雄流芳百世，陷害忠良的奸贼遗臭万年。

岳飞叹（二）

注目黄龙征战激，国情漠视只兴兵。

多重犯上君颜怒，可叹人间一愚生。

注释： 人们心里明白，岳飞系正一品大员，凭秦桧、万俟卨之流还没那能耐判岳飞死刑，宋高宗才是害死岳飞的元凶。那么，宋高宗为什么要置岳飞于死地？就凭岳飞说过"迎二圣回京"一句话也不至于就要岳飞去死。到底是什么原因？从"功高震主"四字里可能会得到一些启示。

通志

郑氏终生求苦读，博观世事万言书。

写成通志开心界，后代阅翻尽自如。

注释： 郑樵是南宋初年人，喜欢读书，他用三十多年时间，借阅抄写了很多书籍，在书本知识和亲身体验的基础上，完成了八十四种、一千多卷著作。其中最有名的是《通志》这本历史巨著。《通志》共二百卷，内容包括远古到五代的纪传，主要记载历代皇帝和大臣的事迹。此外，该书还记载有氏族、六书、七音、天文、地理、都邑、器服、音乐、刑法、艺文、金石、昆虫草木等内容。后面这些，每一种叫作一"略"，共有二十略，把自然界的一切和人类社会中一些重要问题都包括进来了，有许多系郑樵独创。该书查找方便，具有一定的史料价值。

刚直陈之茂

殿试针锋讥老桧，担当主考不徇私。
陆游才子成魁首，纨绔秦埙落众嘻。

注释： 秦桧杀害了岳飞，对金国屈膝投降，激起了一些正直的官员和广大民众的不满和愤恨。只因为他受到宋高宗的宠信，官高势大，人们敢怒而不敢言。当然也有敢于公开反对秦桧的，不徇私情的陈之茂就是其中的一个。

陈之茂考进士在朝廷上对策的时候，当着秦桧的面，斥责秦桧苟且偷安、卖国求荣，阐述了反对妥协投降的道理，因此得罪了秦桧。秦桧要将他除名，经主考官张九成再三保举，宋高宗才赐陈之茂"同进士出身"，派他到休宁县去做县尉。后来因为陈之茂政绩卓著，逐步得到提升，有一年做了进士考试的主考官。恰巧这一年秦桧的孙子秦埙也要参加考试，秦桧给陈之茂做工作，希望他的孙子能点状元。这年的考生中出了个陆游，文章比秦埙好得多，结果陈之茂按真才实学将陆游取为状元，秦埙取了第二名。秦桧暴跳如雷，但陈之茂不为所动，写信鼓励陆游准备第二年礼部主持的复式。陆游在复试中再夺状元。秦桧将怨气发泄在陆游身上，陆游为避难逃离临安。秦埙在殿试时表现失措，宋高宗将其定为第三名。在奸臣当道时，陈之茂不徇私情，按规矩办事，实在难能可贵。

海陵王改革

金国海陵王，集权理政纲。
燕京新址定，旧贵特权亡。
文化倡融合，农工促上扬。
一呼千众应，日见北方强。

注释： 公元 1149 年，海陵王完颜亮刺杀了堂兄金熙宗，夺得帝位。海陵王是个

有才干、想干一番大事业的人，他曾在金兀术军中担任过要职，学到了一套行军打仗的本领。他夺得帝位后，想把政权全都集中到自己手里，然后灭亡南宋，统一中国。为了达到集权的目的，海陵王大杀反对他的女真贵族，接着改革政治制度，任用了一批汉人和契丹人担任政府中的官吏。他努力学习汉族文化，废除了女真贵族议事制度，规定中央政府只设尚书省和枢密院，协助皇帝掌管国家政务和军事。通过这些措施，海陵王把军政大权抓到了自己手里。

定都燕京

海陵胆气生，迈步踩风行。
说服众权贵，迁都看旺城。
全局显大气，细处露晶莹。
奠定京燕盛，龙居助帝情。

注释：为了灭亡南宋，统一中国，海陵王决定把金国的都城从偏僻的上京会宁府（今黑龙江省哈尔滨市阿城区南）迁到燕京（今北京）。海陵王派人到燕京去扩大旧城，营建宫殿，有人按照阴阳五行绘制了规划图，遭到否决。海陵王任命尚书右丞张浩负责燕京的营建工程，限令三年为期，宫殿修成后就正式迁都。公元1153年，新城竣工，海陵王正式宣布迁都燕京，并把燕京定为中都，把开封府定为南京。迁都燕京后，海陵王继续进行改革，下令东北的女真人迁到今天的河北、河南一带居住。从此，女真人和汉人杂居，双方经济文化的交流更加频繁。燕京（北京）从此成为中国京城的不二选择。

采石大战

海陵起大兵，再次向南征。
跃马长江近，挥豪霸气倾。
忠刚虞允文，智勇胆边生。
击溃喧嚣众，宋廷去恐惊。

注释： 海陵王迁都燕京以后，又做了几年准备，于公元1161年调集四十万大军，分兵四路向南进军，旨在灭亡南宋。海陵王亲自率领主力部队，由河南、安徽一线南下。这时南宋的秦桧和万俟禼已先后死去，抗战派势力有所抬头，宋高宗任命正在病中的老将刘锜任淮东路总指挥，王权任淮西路总指挥，领兵抵抗南下的金兵。淮西路总指挥王权是个怕死鬼，淮东路总指挥刘锜病重不能上任。宋高宗一方面派知枢密院事叶义问到建康督师，中书舍人虞允文参谋军事，一方面偷偷叫人准备船只，战败时好从海上逃跑。新任宋军主将叶义问也是怕死鬼，硬着头皮留在建康。

就在这十分危急的时候，参谋军事虞允文赶到了和州南岸的采石。虞允文属于坚定的主战派，到前线后，他立即整编军队，鼓舞士气，周密布置防务，做好了迎战的准备。虞允文的军队只有一万八千人，金兵比他多好几倍，力量悬殊。但开战以后，虞允文用灵活的战术在长江上两次大败金兵。海陵王逼使军队在三天内打过长江，违者一律斩首。被逼急的将士发动政变将海陵王杀死，然后和宋军议和。

采石之战以宋胜金败告终，南宋朝廷的偏安局面得以继续维持。

耕织图

楼寿耕织绘，农家显靓姿。
心勤出稻米，桑绿吐蚕丝。
北地渡江日，薄田肥土时。
天生人气顺，朴俭不当移。

注释： 楼寿做过南宋于潜县令，他十分关心民间疾苦，曾经不辞辛劳，到处私行访察了解人民的生产生活情况。由于长期生活在民众之中，他对农村男耕女织的情况非常熟悉，他根据自己掌握的第一手资料，绘制了一张张耕田图和纺织图，组合起来就是一套系统的《耕织图》。他还在每张图上题一首诗，抒发自己的感想。楼寿绘制这套《耕织图》的目的，是为了说明农民生产的辛苦，教育人们要爱惜农民的劳动成果，做到节衣缩食，不要奢侈浪费。

手工业

巧手海航船，精心景镇瓷。
深研出细纸，印制垫根基。

注释： 南宋的手工业相当发达。造船业已经能造航海用的大海船，江西的景德镇已经发展成为一个制瓷手工业生产中心，造纸业和印刷业也很发达。这时的南方经济已经超过了北方。

纸币

待到商兴日，流通有应求。
发行生纸币，会子世间游。

注释： 北宋时，生产不断发展，为了适应贸易的需要，开始出现了世界上最早的纸币，叫作"交子"或"钱引"，相当于现在流通的钞票。南宋时，由朝廷的户部大量印刷纸币，叫作"会子"。由于发行过多，曾引起通货膨胀。

李清照

愁雨凄风一倩人，笔锋写透世间尘。
悲惜红袖窗前影，不见男儿马上身。

注释： 南宋时候有两位著名的女作家，一位叫李清照，一位叫朱淑真。她们俩都擅长填词，诗和文也写得很好。李清照的作品《漱玉词》，朱淑真的作品《断肠词》，都保存到今天，是我国文学花园中的两朵奇葩。

李清照出身书香门第，受家庭熏陶，年轻时就很有文学修养。十八岁嫁给赵明诚后，夫妻感情很好，但赵明诚长期在外做官，夫妻长期分离，李清照就用词的形式给丈夫写信，情真意切。后来赵明诚病死建康，金兵又占领了李清照的家乡山东，她只有南逃，这更增加了她的痛苦。李清照的词，前期多离愁别怨，后期多凄苦悲凉，充满了时代气息，读之其味无穷。

朱淑真

道是有情却无情，清风柳絮不扬春。

摧心写尽断肠意，醒眼一宵望落辰。

注释： 朱淑真是钱塘人，她年轻时就学会了写诗填词和绘画。朱淑真一生的遭遇很悲惨，本来她有一个理想的情人，可封建时代的婚姻由父母包办，她不得已而嫁给了一个商人。商人只知做生意赚钱，与朱淑真的情趣格格不入。朱淑真痛苦极了，只有在丈夫外出时关起门来填词以诉衷情，因此她的词集叫作《断肠词》。她的诗也很好，其中有一些同情劳动人民、抨击统治者贪图享乐的作品，很有现实意义。

陆游

平生起落望烟尘，唯有才情诗伴身。

心在天山飞箭处，身竭沧地后人魂。

注释： 陆游系爱国主义诗人，一生写过一万多首诗词，是真正的高产作家。因为生逢乱世，又值奸臣当道，他在政治上很不得志，参加科考受到秦桧打压，做官被三次免职。但他总能在断断续续的为官途中尽量为国家着想，为老百姓做事，留下了很多动人的事迹。陆游还是一名武士，曾独自刺杀过一只猛虎。

陆游在政治上不得志，但他的诗词却给后人留下了丰富的遗产。他的诗可分为两大类，一类是歌唱田园生活的，一类是抒发爱国情怀的。陆游想要为国立功的愿望一直无法实现，悲愤交加，直至八十五岁高龄处于弥留之际，还忘不了留下有名的《示儿》诗："死去元知万事空，但悲不见九州同。王师北定中原日，家祭无忘告乃翁。"后人读之，无不潸然泪下。

辛弃疾

并提苏辛乃大家，中原北望泪睛斜。
朝廷只怨降心重，含忿英雄看落花。

注释： 在南宋词人中，辛弃疾的成就最大，与北宋的苏轼并称为"苏辛"。辛弃疾是坚定抗金的爱国志士，他二十一岁那年，金海陵王大举南下想灭亡南宋，辛弃疾在家乡山东组织起两千多名群众抗金，投奔农民领袖耿京领导的抗金义军。遇到和尚义端窃取义军大印并带领一些人逃跑，辛弃疾骑乘快马追上义端，取下头颅带给耿京。叛徒张安国杀害了耿京，带领队伍投降了金军。辛弃疾带领一支轻骑队闯入金营，捉住了张安国，一路快马加鞭来到建康，将叛徒交给了南宋朝廷。因为南宋是投降派掌权，辛弃疾的抱负不能实现，还经常受到排挤打击，他只有哀叹"却将万字平戎策，换得东家种树书"，将一生抱负付诸诗词。

辛弃疾首先是一名战士，然后才是诗人。他的词始终贯穿着爱国主义精神，展现着战斗场面。因为郁郁不得志，他的词涂抹着一种特有的悲壮主义色彩。

暖风之都

南宋杭州建帝城，人间天上管弦声。
暖风易使游心醉，忘却靖康不了情。

注释： "山外青山楼外楼，西湖歌舞几时休。暖风熏得游人醉，直把杭州作汴州。"南宋诗人林升对以宋高宗为首的投降派只知寻求享乐，不顾国家安危的行为进行了辛辣的讽刺。

朱熹

遍览博闻集大成，新兴理义导来人。
三纲五常存天意，集注四书叙圣伦。
白鹿书香育弟子，朱翁墨迹拂烟尘。
中华文苑一魁首，后世遵循塑自身。

注释： 宋高宗在公元1163年将皇位让给了养子赵昚，自己做太上皇。赵昚即位，是为宋孝宗。孝宗时期，信州（今江西上饶）北边的鹅湖寺里发生了一场影响后世的大辩论。参加辩论的一方是朱熹，另一方是陆九渊和哥哥陆九龄。朱熹和陆九渊都是唯心主义者，他们辩论的角度不同，因此场面激烈。

朱熹理论的中心是"理"，他认为"理"在一切事物产生以前就已经存在，并且存在于一切事物之中，世间一切事物都是遵循着"理"在运行、变化。在人和人的关系上，朱熹主张维护封建等级制度，他发挥了汉代董仲舒的"三纲五常说"，认为这些都是"天理"，主张"存天理，灭人欲"。朱熹完善了"程朱理学"。

朱熹的官场生涯不顺，他的学说曾一度被称为"伪学"，当恢复名誉时他已经去世。朱熹生前注解的《大学》《中庸》《论语》《孟子》这四部书得到广泛传播，和《诗经》《尚书》《礼记》《易经》《春秋》等五部经典相提并论，合起来叫作"四书五经"，被定为读书人的必读课本。朱熹的牌位也被送进了孔庙。朱熹是我国封建社会后期影响最大的一位思想家，也是一位杰出的教育家。

陆九渊

扯开论坛辩朱熹，创立心学塑己知。
论出主观强个性，呼伸道义克偏私。
观识对撞巨篇出，学术繁荣众望期。
后世阳明跟进紧，哲家自树一幡旗。

注释： 陆九渊跟朱熹的不同点是：朱熹认为"理"是在一切事物之先就客观存在的，这种说法哲学上叫作客观唯心主义；陆九渊认为"理"存在于人们的心里，人的主观意志能体现"理"，这种说法哲学上叫作主观唯心主义。朱熹认为，一个人要想懂得道理，就要"泛观博览而后归之约"，即为了求学问，什么书都要看，都要读，只有这样才能在博的基础上归结到精深的道理上来。陆九渊则认为要"先发明人之本心而后使之博览"，即应当先唤起人的道德之心，然后才能让他去读很多书。陆九渊创立的"心学"经明代的王阳明阐释发挥也成为一门显学。

小尧舜

创立小康金世宗，美名尧舜坦怀胸。

论资排辈陈规除，选才开科桎梏松。

节俭兴国限腐靡，促推生产抚耕农。

清明政治天心顺，北地难得一巨龙。

注释： 金国的海陵王被杀之前，在东京辽阳府发生了一场政变，完颜雍即位称帝，是为金世宗。完颜雍也是阿骨打的孙子，长得体格魁伟，为人沉静明达，善于骑马射箭。金世宗即位后，改元大定，表示从此以后要使金国安定下来。海陵王在采石前线被杀的消息传到辽阳府，金世宗决定与宋议和。他下令撤回南下的军队，并派人与南宋划定了两国的疆界，集中力量建设自己的国家。

金世宗认为建设国家首先需要人才，所以必须进行用人制度的改革。他强调要打破资历让有才能的人出来做官，他打破科举取士的人数限定，规定只要文章写得好就应当录取，多多益善，人数不限。通过用人制度的改革，金世宗选拔到了许多有学问懂建设的人才，使金国在政治、经济、文化等方面都迅速发展起来。金世宗提倡节俭，他在位二十九年，从没有刮起过奢靡之风。

因为重视人才和厉行节约，金世宗时期出现了政治清明、社会稳定、国家兴旺发达的景象。历史上把这二十九年称为金国的"小康之世"，而金世宗本人也获得了"小尧舜"的美称。

金朝文冠

金朝文冠数元郎，情意辞章盖北乡。

忍受蒙人踏践苦，编修野史有余芳。

注释： 金世宗节俭治国，使金国出现了生产发展、社会安定的局面，在此基础上，金国的文化也发展起来，出现了许多有名的文学家，如蔡珪、党怀英、冯延登、王若虚、赵秉文等，最有名的当数被称为"金朝文冠"的元好问。

元好问从小跟随继父生活，四处奔波，增长了见识。元好问二十多岁时，继父去世，蒙古人打进金国，占领了元好问的家乡，他只好避难到河南，过着更不安定的生活。元好问后来考中进士，做过国史院编修官和县令，这时他的诗已是家喻户晓。元好问的诗词反映了当时的社会现实，写出了民间疾苦和国家危难。公元1234年，金国被蒙古灭亡，这年元好问四十五岁，他先是被蒙古人扣留，后辗转回到家乡，从此隐居，拒绝在蒙古政权做官。

元好问在自己家里修了一座野史亭，他在那里写了两部自称为"野史"的书，一部叫《壬辰杂编》，专记金国一百二十年的历史；一部叫《中州集》，是金国诗人的总集。

红袄军

山东举义杨安子，振臂形成红袄军。
起落抗金多取胜，惜输蒙古马蹄贲。

注释： 金章宗末年，社会矛盾日益尖锐。金章宗过后是完颜永济即位，大规模的农民起义在山东、陕西等地爆发了。起义军中最有名的是杨安儿、李全、刘二姐、彭义斌为首领的红袄军。

金章宗末年杨安儿曾发动过一次起义，因寡不敌众而投降。后再次发动起义，和李全、刘二姐的红袄军配合作战。金宣宗即位后，一面向蒙古求和，把都城从燕京迁到开封；一面派大将仆散安贞镇压红袄军。杨安儿于1214年宣布称王，后遭到仆散安贞的打击，杨安儿落海牺牲。杨安儿有个妹妹叫杨妙真，外号"四娘子"，她和李全合作，领导红袄军继续战斗。李全后投降蒙古军，红袄军另外几支队伍仍继续战斗。刘二姐牺牲后，她领导的红袄军由霍仪、彭义斌分头率领。霍仪牺牲后，彭义斌率领红袄军抗蒙，受到河北、山东广大人民群众的拥护，但毕竟难敌蒙古铁骑，在和蒙古军的血战中牺牲，红袄军起义最后失败。

金哀宗改革

末代哀宗袒苦胸，倾心改制拔毒痈。
只惜朝政多衰败，朽木岂能返劲松？

注释： 金宣宗死后，金哀宗完颜守绪即位。金哀宗是个比较有作为的皇帝，他即位以后，任用抗蒙有功的将帅，停止侵宋的战争，跟西夏讲和，准备集中兵力抵御蒙古军的南下。接着，金哀宗驱逐奸臣，任用贤能，进行了一些改革。他把供皇帝射猎的一大片围场划分成许多小块土地交给农民去开垦，惩办依仗权势胡作非为的官僚和贵族，拒绝下面的官员给他送东西，下诏允许百姓提意见。这些改革措施起了一定的作用，但已抵挡不住蒙古铁蹄的践踏。

蒙古灭金

无敌铁骑草原来，几处京都门洞开。
蒙宋联军横扫至，哀宗悬吊满城灾。

注释： 公元1229年，蒙古的窝阔台汗率领蒙古军主力南下侵金，经过三年多的战斗，蒙古军夺取了金国的大部分土地，兵临开封城下。金哀宗向蒙古求和，但和议一直定不下来。金哀宗只好从开封出逃，先逃到归德，后来又逃到蔡州。金哀宗逃走后，开封城里人心惶惶，奉命留守开封西面的元帅崔立等举兵造反，然后投降蒙古。

蒙古不断袭击金国，南宋大为高兴。南宋朝廷赶快派人去跟蒙古联络，双方达成协议，决定一南一北夹攻金国，把金国灭亡后，黄河以南归南宋，黄河以北归蒙古，金哀宗所在的蔡州为宋蒙两军的会师点。金哀宗听到宋蒙联盟的消息后，赶紧派人向南宋求和，他在信中晓以利害，讲明唇亡齿寒的道理，可被南宋一口拒绝。

公元1234年正月，蔡州已被宋蒙联军包围三个月，金哀宗知道大势已去，将皇位传给东面元帅承麟，然后上吊自杀。承麟带着将士和宋蒙联军展开巷战，全部壮烈牺牲，经历了一百二十年的金国终于灭亡。

张元素治病

泰斗刘完素，寒凉称大师。
自身生绝症，急事缺良医。
忽闯民间客，随抛旧日私。
张公伸妙手，后世有嘉词。

注释： 宋金并存期间，南宋的名医多被吸收到朝廷的太医局里工作，他们研究出来的方剂叫作"局方"，常常被制成丸、散、膏、丹等成药在药铺里出售，他们直接给民间病人看病的机会不多。而金国的名医大多留在民间，为广大人民群众治病，像名医刘完素、张从正、李杲、张元素等人，在中国医药发展史上占有重要地位。其中张元素给刘完素看病的故事一时传为美谈。

刘完素在北方久负盛名，他总结出了一套治疗热病的方法，即用寒凉药退烧，常常能做到药到病除，妙手回春，人们称他为"寒凉派"的医学大师。可"医不治己"，刘完素自己得了伤寒病，用自己的药方却不见效。张元素系自学成才，没有经过名师指点，但也有妙手回春的能力。他听到刘完素得病的消息，于是登门探病。因他们两人医派不同，观点很不一致，互相有些瞧不起。但张元素用实际行动证明他给刘完素的诊断方法和药方是正确的，张元素很快治好了刘完素的病，让刘完素心悦诚服。

史弥远弄权

权臣史弥远，朝政弄玄乎。
排斥前皇子，另择本室奴。
官员多木偶，假冒掌王符。
龙座谁能定，众人看歹夫。

注释： 宋宁宗赵扩的韩皇后有个叔父叫韩侂胄，他靠着侄女的帮助斗倒了宗室

大臣赵汝愚，控制了朝政大权。韩皇后死后，宋宁宗又立了一个杨皇后。杨皇后不愿意韩侂胄继续掌权，她支持礼部尚书史弥远等人，设下计谋，把韩侂胄杀了。史弥远在杀死韩侂胄，取得了宰相的地位以后，一心想专权，他看到宋宁宗没有儿子，养子又和宁宗有矛盾，所以想给宋宁宗再找一个养子，以便宋宁宗死后由这个养子继承皇位，自己独揽大权。

史弥远一步步实施他的计划。他找了一个叫赵与莒的孩子做沂亲王的养子，改名叫赵贵诚。沂亲王跟宋宁宗的血统最接近，他原先认领的养子贵和已经过继给宋宁宗，改名赵竑，被立为太子。贵诚就算是赵竑的弟弟，因为史弥远不喜欢赵竑，准备把赵贵诚也过继给宋宁宗，以便取代赵竑做皇太子。公元 1224 年八月的一天，宋宁宗生了病，不几天就死了。史弥远迫使杨皇后同意让已经改名叫赵昀的赵贵诚为皇位继承人，将其扶植上台，是为宋理宗。赵竑则被史弥远迫害致死。史弥远独揽大权。

贾似道专权

本系小流氓，倚亲奉上皇。
权臣倾帝位，朝政乱纲常。
国事耳边话，半闲自享堂。
元军蜂拥至，命断宋朝亡。

注释： 宋理宗即位后不久，蒙古灭亡了金国，立即着手攻打南宋。公元 1258 年，蒙古大汗蒙哥发动三路大军南下攻宋。南宋自食其果，走上了和北宋相同的道路。南宋从高宗时起就有一些专权祸国的奸臣，像黄潜善、汪伯彦、秦桧、万俟卨、史弥远等人。到了宋理宗和宋度宗的时候，奸臣贾似道终于断送了南宋的天下。

贾似道年轻时是个好吃懒做的二流子，后来因为他的姐姐选进宫里做了宋理宗的贵妃而发迹，三十多岁时即掌握了朝廷的军政大权。宋理宗死后，太子（亦是养子）赵禥即位做了皇帝，是为宋度宗。宋度宗认为自己能做皇帝全靠贾似道的支持，对贾似道毕恭毕敬。贾似道要挟宋度宗拜他为太师，封为魏国公。过了一年，贾似道嫌自己的权力还不够大，又以辞职相威胁，迫使宋度宗把军国大事全都托付给他，规定他三天上一次朝，平时可在家里处理公事，又用国库的钱为贾似道在西湖的葛岭修了一座"半闲堂"。

贾似道在朝廷为所欲为，忠臣被排挤，奸臣阿姨奉承，为了自己吃喝玩乐，连蒙古军大举进攻的消息也对皇帝封锁，宋度宗在忧愤中死去，他的儿子赵㬎即位，就是宋恭宗。贾似道因为隐匿军情、贻误国家大事而被杀，可是南宋灭亡的局面已经不可挽回了。

大祸来临

香风正漫帝都城，北地忽闻虎狼声。
蒙古铁蹄尘暴起，生灵涂炭水山倾。

注释： 南宋自食其果，在联合蒙古灭掉金国后，蒙古对南宋的进攻就开始了。蒙古人比女真人更残暴，对所征服地区实行人口灭绝政策，屠城是司空见惯的事。南宋大难临头。

余玠治蜀

蒙古铁军进四川，屠城荡野断人烟。
请缨余玠入蜀地，筑寨丰山解倒悬。
八柱沿江渐次立，坚清壁野火胸燃。
钓鱼城下伟功建，南宋牵延若许年。

注释： 蒙古攻打南宋取大包围态势，四川成为首攻之地，准备在占领四川后沿长江而下夺取临安。怎样守住四川？余玠自告奋勇担任四川的防守任务，他利用四川多平顶山的特殊地形，采用"移城于山"战略，在长江和嘉陵江沿线建立了若干山寨，形成了有名的"蜀中八柱"，用坚壁清野的方式等待蒙古军到来。

历史拐弯

移民进寨依余玠，屹立合川垂钓城。

上帝之鞭中炮石，铁蹄缓步掩狰狞。

注释： 公元1259年，蒙古大汗蒙哥亲率大军进入四川，沿嘉陵江而下，在合川钓鱼城遇到顽强阻击。王坚指挥军民利用筑城于山的有利条件和蒙哥大军对抗，蒙古骑兵在大山面前失去了优势。被称为"上帝之鞭"的蒙哥中炮石而死，蒙古被迫撤军。

钓鱼城之战成了历史的拐弯处，为争夺汗位，已进入西亚、欧洲的蒙古军统帅纷纷回撤。

元朝建立

帝室宗亲忽必烈，强夺汗位继蒙哥。

迁都南下元朝起，扫视环球扬大波。

注释： 蒙哥死后，当时正在围攻鄂州（今湖北武汉）的蒙哥之弟忽必烈急忙收兵回到北方，通过激烈争夺获取了汗位。公元1271年，忽必烈把都城迁到燕京（后改称大都），建国号为元，他就是元朝的开国皇帝元世祖。忽必烈先后击败了蒙古贵族中的反对派，巩固了在北方的统治地位，然后继续派兵南下，准备最后灭亡南宋。

襄樊恶战

襄樊五载惊心战，南宋军民义涌天。

刀矢难敌回回炮，中华自此陷凶渊。

注释： 元军围困汉水上游的襄阳、樊城达五年之久，驻守郢州的宋将李庭芝打造了一百多艘轻快战船，招募了张顺、张贵为首的民兵三千人，乘船去援救襄樊。张顺、张贵英勇战斗，寡不敌众，最后壮烈牺牲。蒙古军用"回回炮"轰破樊城，襄阳的守将投降了元军。襄樊战斗结束。

扬州之战

李姜二将守扬州，坚拒招降抗恶酋。
糠秕牛皮能果腹，昂扬就义不低头。

注释： 李庭芝原先驻守郢州，襄樊失守之后，他被派去守扬州，姜才作他的副将。元相伯颜在进攻临安的同时，多次派人到扬州招降，被李庭芝、姜才坚决拒绝。元军攻破临安以后，强迫谢太后和宋恭帝命令李庭芝和姜才开城投降，再次被坚决拒绝。谢太后和宋恭帝被元军押送北上，元军又让谢太后命令李庭芝和姜才投降，李庭芝一箭射死元军派来的使者，然后带着队伍出城袭击元军，想要夺回谢太后和宋恭帝，经过激烈战斗，没有成功，只好退回扬州城里。元军将扬州团团围困，昼夜拼命攻城。由于扬州被围困了很久，城里的粮食吃光了，李庭芝和姜才叫士兵把牛皮煮烂了拌着糠秕充饥，仍然不肯投降。他们跟士兵同甘共苦，防守十分严密，元军一时无法攻进城去。宋端宗赵昰在福州称帝后，派人来叫李庭芝和姜才带兵南下，去保卫福州。当他们走到泰州时被元军包围，不久泰州被攻破，李庭芝、姜才被俘，英勇牺牲。

文天祥

天祥本是状元郎，募卒急趋为助王。
脱走狼窝多狼劲，激鏖粤赣奋疆场。
兵衰南岭壮囚气，悲愤伶仃哭大洋。
义胆忠肝人敬佩，立节华夏世张扬。

注释： 襄樊失陷，南宋朝廷十分震惊。不久，宋度宗病死，年仅四岁的宋恭宗即位。元朝乘机派出二十万大军，由左丞相伯颜统领，分兵两路，攻打南宋首都临安。元军迫近临安时，宋恭宗的祖母太皇太后（即谢太后）立即下诏，命令各地起兵勤王。可是只有文天祥、张世杰等少数几个人应诏前往。

文天祥是状元出身的文人，当时在赣州担任知州，他接到勤王的诏书，立即变卖家产，招募一万多勇士，星夜赶往临安。谢太后要文天祥到元营议和,被元军扣留。公元 1276 年三月，伯颜带兵进入临安，俘虏了谢太后、恭帝及百官，押送北方，南宋王朝名存实亡。文天祥在押送途中逃脱，赶到福州。这时新立的皇帝宋端宗赵昰同意文天祥的意见，让文天祥进入江西。元军听说文天祥到了江西，于是派大军一路追赶。文天祥一路退到循州（今广东省龙川县），进驻树林稠密的南岭。公元 1278 年，赵昰病死，陆秀夫、张世杰又拥立八岁的赵昺做皇帝，退守厓山（今广东省新会县南海中）。文天祥带领部队在广东潮阳一带阻击元军。不久，南宋叛臣张弘范率领元军赶到潮阳，在五坡岭将文天祥包围。文天祥不幸被俘。

正气歌

文公豪气动山河，抗击招降百样多。

写就平生立世愿，来人齐颂正气歌。

注释： 张弘范将文天祥押到船上，劝他投降，遭到严词拒绝。面对浩渺的零丁洋海面，文天祥悲愤万分，提笔写下了《过零丁洋》这首千古传诵的诗篇。文天祥被押到大都，关在一间很小的牢房里。元世祖忽必烈屡次派人来劝降，都被拒绝。在阴暗潮湿的牢房里，文天祥挥笔写下了一首五言长诗《正气歌》，表达了自己反抗元朝统治的思想感情，决心保持民族气节，绝不投降。文天祥在大都狱中度过了四年岁月，始终坚贞不屈。公元 1283 年被元朝杀害，年仅四十七岁。文天祥的浩然正气，一直为后人敬仰。

陆秀夫

以死勤王陆秀夫，风颠流浪护朝符。

辛勤运转危难事，赴海尽忠为义呼。

注释： 陆秀夫是进士出身的文人，早年曾在李庭芝手下任过职。临安城破之前，赵昰、赵昺逃到温州，陆秀夫也赶到温州，跟张世杰等人一起护卫着赵昰、赵昺到了福州，组织了南宋流亡小朝廷，并且担任了重要职务。这个流亡小朝廷虽然地盘狭小，兵马也不多，可是陆秀夫还是严格地遵照封建王朝的规矩，每天按时上朝，协助皇帝处理各种政治事务。他虽是个文人，但是对行军打仗也有一定的经验，是个能文能武的大臣。

张世杰

战地成功张世杰，小卒百炼变将军。
勤王一路搏涛海，大浪悲歌后辈听。

注释： 张世杰原来是北方金国统治地区的人，年轻的时候因为触犯了金国的法律，投奔宋朝，当了一名小兵。由于他作战勇敢，屡建战功，升为将军。元军攻下襄樊的时候，张世杰奉命带着五千人守卫鄂州。他用铁链封锁长江，准备好炮火和机弩，抗击来犯的元军，使元军无法沿着长江前进。后来元相伯颜设下计谋，才把鄂州攻破。困居临安的谢太后和宋恭帝发出勤王的号召，张世杰急忙带着队伍，经过江西赶到临安。他见右丞相陈宜中正跟元军议和，临安前途危急，就带兵到了定海，在那里招兵买马，聚集力量，准备战斗。

厓山决战

饮卤绝甘战鼓鸣，哀卒余勇血中争。
乌合难耐铁甲旅，饿殍怎敌壮实兵。
亘古遗风弩马尽，万千浮体海潮惊。
后人仰望长天叹，时过厓山华夏倾。

注释： 赵昺即位做了皇帝以后，任命陆秀夫为左丞相，张世杰为枢密副使。不久，元军从江西南下到了广东，张世杰和陆秀夫护卫着赵昺奔往厓山。陆秀夫负责派人到海南岛征集粮草，组织民工修筑防御工事，还利用闲暇时间教年仅八岁的小皇帝读书。张世杰负责招兵买马，训练军队。他们准备在厓山一带建立根据地，等待时机，恢复宋朝。

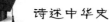

元将张弘范率领军队到达厓山附近，派兵封锁海口，切断了宋军砍柴、汲水的道路。宋军吃水发生了困难，每天吃干粮，口渴难忍，只好舀些海水解渴。海水又咸又苦，喝了之后上吐下泻，许多人病倒了。张世杰率领部分士兵想夺回海口，没能达到目的。公元 1279 年二月，张弘范趁宋军疲惫不堪的时机猛攻厓山，张世杰战败以后，便和陆秀夫等赶快保护着小皇帝和母亲杨太妃等乘船撤退。陆秀夫和小皇帝坐一条船，张世杰和杨太妃坐另一条船。当元军派船来追赶时，宋军的船队被冲散了。陆秀夫不愿意被元军活捉，含着眼泪，背起小皇帝跳进茫茫大海。张世杰远远望见这一情景，不禁号啕大哭，突然海上起了风浪，船被打沉，张世杰和杨太妃淹死在汹涌澎湃的大海中。

厓山海面，漂浮着十多万具宋军尸体，苍天为之落泪。

南宋悲亡。厓山之后无华夏。

绝食殉国

傲骨铮铮谢枋得，坚推蒙古买身情。
强行北上绝食路，以死忠贞华夏魂。

注释： 南宋灭亡以后，南方的反元斗争并没有停止，留下了许多可歌可泣的事迹。在这些人的事迹中，最感人的是谢枋得绝食殉国的义举。

谢枋得二十多岁参加科举考试，在试卷上义正词严地指责贾似道的奸邪，结果被罚做苦工，直到宋恭宗即位以后才被赦，做了信州知州。元军大举进攻南宋时，谢枋得逃往山中。元朝统治者在消灭了南宋主要抵抗力量后，开始改变政策，收买人心。谢枋得两次被举荐出来做官，都被他拒绝。元朝派到福建担任参政的魏天佑想用胁迫手段逼谢枋得出山，以便向元朝皇帝请功，于是绑架了谢枋得，派人押送到大都去。

谢枋得以死抗争，从出发北上那天起，就开始绝食。可二十多天居然没有死，他决定改变主意，每天吃少量的蔬菜水果维持生命，以便能够活着到大都，见见被元军俘虏的谢太后和恭宗，然后再死。到了大都后，谢枋得身体非常虚弱，终于病倒了，元政府把他安置在悯忠寺休息。悯忠寺是纪念历代忠臣义士的寺院，谢枋得被感动，于是又开始绝食，五天后殉国，时年六十四岁。

元 朝

元朝

宋金对峙鹤蚌争，北方草原蒙古兴。
成吉思汗统六部，万马奔腾向西征。
回首摧枯灭金夏，兵锋南指宋熄灯。
民定四等分类治，汉南似奴受欺凌。
文明散落蛮霸盛，铁蹄至处反意生。
黔首含恨务生计，农工质起数量增。
悲愤自有怨声出，元曲优雅腹溶冰。
高压终到反弹时，且看韩郭亮红巾。

注释： 蒙古建国于 1206 年，六十五年后定国号为元，元朝的起止时间为公元 1271 年至 1368 年。元朝实行中央集权的封建统治，分全国为十个行省，西藏直属朝廷的宣政院管理。全国的人被分为四等，即蒙古人、色目人、汉人、南人，四等人的政治地位不同，逐级下降，民族矛盾十分尖锐。

蒙古族原先过的是游牧生活，元朝统一全国后，积极鼓励农业生产，大力兴修水利，推广棉花种植。棉纺织业发展很快，出了著名的纺织专家黄道婆。商业十分繁荣，与世界各国建立了广泛的贸易联系。意大利著名旅行家来中国游历，中国的旅行家也到过东南亚、南亚、阿拉伯和非洲东岸。元朝文化在天文、历法上有重大成就，郭守敬是杰出的天文学家和水利专家。文学以杂剧和散曲最著名，关汉卿是最有成就的剧作家。

尖锐的民族矛盾引起了大规模的农民起义，元朝最后被朱元璋建立的明朝灭亡。

成吉思汗

蒙古钢刀铁木真，流离颠沛少年行。

多酬河水班朱泥，屡克周边不顺兵。

成吉思汗尊号起，草原一统野豪生。

政纲文字颁行后，劲旅无敌世上横。

注释： 唐朝时候，在我国东北黑龙江上游额尔古纳河和呼伦湖一带，居住着一个以游牧为主的少数民族，叫室韦蒙兀。室韦蒙兀于唐末开始向西迁移，在蒙古高原的肯特山一带定居下来，形成了蒙古部。到公元12世纪时，蒙古高原上分布着上百个蒙古部落，他们互相攻伐，战乱不止。

公元1162年，蒙古乞颜部酋长也速该的妻子生了一个男孩，取名铁木真。铁木真的童年和青年时代是在战争中度过的，严酷的环境锻炼了铁木真的意志和身体，也学到了征战和管理的本领。到1204年，铁木真完成了蒙古各部的统一。1206年，全蒙古的奴隶主们在鄂嫩河畔举行大聚会，一致推举四十四岁的铁木真为全蒙古的大汗，建九游白旗，上"成吉思"（蒙古语"强大"的意思）尊号。蒙古的历史由此进入一个新阶段。

成吉思汗统一了全蒙古以后，建立了第一个蒙古政权——蒙古国。他在军事、行政、法律、文化等各方面开创了一套新的制度，蒙古国迅速强大起来。

灭西辽

成吉思汗入新疆，击败宿敌大扩张。

弱国投降畏吾尔，西辽毁灭野心狂。

注释： 成吉思汗建立蒙古国后便开始对外扩张。公元1218年，成吉思汗派哲别率两万人进攻西辽，刚篡夺西辽汗位的古出鲁克仓皇逃走，哲别一直追到今新疆喀什附近，杀了古出鲁克，蒙古军队占领了西辽。

灭花剌子模

花剌子模称大国，看轻蒙古戮商臣。
铁军转眼狂风至，毁地屠城中亚沦。

注释： 西辽灭亡以后，蒙古就和中亚大国花剌子模相邻了。公元 1218 年，由四百多名回教商人组成的蒙古商队，受成吉思汗的委托，用五百匹骆驼运载着金银、皮毛、纺织品等到西方经商。当他们走到花剌子模边境的讹答剌城（今哈萨克斯坦境内）的时候，守将把他们当成间谍，全都给杀了。成吉思汗得到这个消息后，立即派使臣去交涉，要求交出凶手，花剌子模国王不但拒绝要求，反而又把使臣杀了。成吉思汗大为震惊，不饮不食，向老天祈祷三天三夜，然后发起对花剌子模的战争。

公元 1219 年秋天，成吉思汗亲率二十万大军进攻花剌子模，花剌子模依仗自己有四十万军队和充裕的财富，不把蒙古军队放在眼里。通过一系列战斗，蒙古军队占领了花剌子模全境，并对其展开了大屠杀，灭了中亚大国花剌子模。公元 1225 年，蒙古军队回到本土。这是蒙古军队的第一次西征。

灭西夏

成吉思汗向南征，铁骑奔腾西夏惊。
大战灵州时势定，蒙军至处少敌兵。

注释： 成吉思汗在西征的同时，又向南攻打金国。蒙古人长期受金国的残暴统治，现在有了反击的能力，这口气得出。攻打金国先打西夏，因为西夏是金国的帮凶。公元 1226 年，即蒙古结束西征的第二年，成吉思汗亲率十万大军征西夏，一路势如破竹，向西夏都城中兴府（今宁夏银川市）进逼。通过灵州一战，西夏的精兵被歼灭。1227 年，西夏王投降。

成吉思汗之死

一世风霜铁木真，横行马背塑军神。
终因恶病催人老，六盘山中殒斗辰。

注释： 西夏投降以后，成吉思汗也因天气酷热、年老体衰而染上了斑疹伤寒。在向儿孙们交代遗嘱之后，成吉思汗于公元1227年秋天在清水县西江（今甘肃省清水县境内）去世，享年六十六岁。

金帐汗国

蒙古南伐灭弱金，拔都起伍再西征。
欧洲忽破平安土，金帐幡旗应运生。

注释： 公元1234年，蒙古灭金。公元1235年，蒙古发动第二次西征。成吉思汗的长孙拔都率领各房长子、长孙和蒙古军队，占领了斡罗思（俄罗斯），侵入今天的波兰、匈牙利和奥地利，震动了整个欧洲。后来拔都在他占领的地方建立了钦察汗国，也叫金帐汗国，首都莫斯科。

伊利汗国

蒙古兵锋再向西，波斯一片泪凄凄。
青年战魔旭烈兀，伊利扬幡响马蹄。

注释： 公元1252年，蒙古人发动了第三次西征。成吉思汗的孙子旭烈兀带领蒙古军队占领了整个中亚和西亚，建立了伊利汗国。

成吉思汗和他的继承者在四十一年（公元1219年到1260年）时间内，先后发动了三次西征，最后建立了横跨欧亚的"大蒙古国"。在大蒙古国内，有两个汗国——钦察汗国和伊利汗国就是通过西征的扩张建立起来的。蒙古西征给被征服的各国人民带来了巨大灾难，但也打通了欧亚之间的交通，促进了东西方经济文化的交流。

治天下匠

治理国家需巧匠，耶律楚材有担当。
两汗受辅卅年利，朝野亨通数十昌。
制定法规平乱世，倡兴儒教扫愚盲。
发挥睿智开蒙顿，理顺天纲辅地常。

注释：蒙古人来到中原地区，面临的是一个完全陌生的环境，怎样管理这些地区成了现实问题。这时，成吉思汗遇到了一个能给他排忧解难的人物——耶律楚材。成吉思汗称他为"治天下匠"。

耶律楚材是个精通汉族文化的契丹人，系辽国开国皇帝耶律阿保机的九世孙。他从小博览群书，天文、地理、数学、历法、医学，三教九流，无不精通。公元 1215 年成吉思汗攻下中都，听说耶律楚材很有才能，就下令召见他，让他在自己身边做事。后来，耶律楚材跟随成吉思汗西征，因为他会星象占卜，预言常常应验，成吉思汗对他更加器重，他对儿子窝阔台说：这个人是老天赐给我家的，以后国家大事要交给他去治理。"成吉思汗去世以后，窝阔台重用耶律楚材，在改变蒙古国的统治方式上发挥了更大作用。

耶律楚材理顺了蒙古人的上下尊卑关系，建立了中央集权的政治制度，制止了蒙古人的屠城政策，制定了蒙古法律和赋税制度，限制了蒙古传统的分封制，并用孔孟之道作为治国的准则。耶律楚材不愧为"治天下匠"，为蒙古国的发展作出了重要贡献。

耶律楚材辅佐成吉思汗和窝阔台治理国家近三十年，于公元 1244 年去世。

元朝建立

汗位传承三代后，蒙哥倒毙钓鱼城。
弟兄夺位刀兵起，天地助推智者鸣。
任用贤能局势定，仿模汉律旧习更。
风浪挺身忽必烈，立政开元大步行。

注释：窝阔台做了十二年大汗后在公元 1241 年去世，由皇后乃马贞氏执政，后来她的儿子贵由做了两年多大汗。贵由死后，窝阔台的幼弟拖雷的儿子蒙哥称大汗。蒙哥做大汗以后，派弟弟忽必烈主管整个北方地区的军事、行政事务，让忽必烈有机会结识了一大批有学问的汉族知识分子。1259 年，当蒙哥在合川钓鱼城被打死时，忽必烈正在向鄂州推进，他安顿了鄂州战事，派军队去迎接蒙哥的灵车，抢先把大汗的宝玺接过来，然后急速赶到他的根据地开平，召集支持他的诸王贵族开会，宣布即位。当时要和忽必烈抢夺汗位的是他的幼弟阿里不哥，混战四年后阿里不哥失败，忽必烈于公元 1271 年把蒙古国改为"大元"，他就是元世祖。第二年把燕京改为大都，正式定为元朝的首都。

李璮叛乱

李家父子臭名熏，乘乱山东起叛军。
势寡力单趋败落，引得蒙汉起冰纹。

注释：在蒙古进攻金国的时候，北方一批拥有武装的大地主看到金国已经没有希望，便倒戈向蒙古投降。蒙古统治者对这批地主武装采取拉拢的态度，封他们的官职，让他们在自己的地盘上称王称霸。李璮就是这样的地主武装头目。

李璮是山东红袄军首领李全的养子，李全在进攻南宋时死亡，李璮继承了他的职位。李璮是个野心家，他想利用蒙古和南宋的矛盾从中捞取好处，企图在更大范围内称王称霸。还在蒙哥做大汗的时候，李璮常常用假报军功等办法骗取军饷、兵器、粮食等，蒙古要调他的兵，他就以要进攻南宋为由予以拒绝。忽必烈夺取政权以后，为了稳住李璮，便加封他为江淮大都督。

当忽必烈进攻阿里不哥时，李璮认为忽必烈没有力量兼顾两头，于是在 1262 年占领山东益都，正式发动叛乱。由于李全、李璮父子在山东的名声太坏，起兵反叛后无人响应，被蒙古左丞相史天泽领兵打败，李璮被史天泽杀死。这件事深深刺激了忽必烈，加深了蒙古统治者对汉人的猜忌。

理财权臣

多方敛财阿合马，仗势专权害诤良。

王著潜心消魔患，强贼背后有刀枪。

注释： 元世祖忽必烈在位时战事不断，开支很大，收支失衡，急需有个得力的理财大臣。于是，一个善于搜刮民脂民膏的理财专家阿合马得到了重用。

阿合马是花剌子模国的商人，早先投靠忽必烈的岳父陈那颜，陈那颜的女儿当了皇后以后，阿合马作为侍从进入了皇宫。他摸透了忽必烈的心思，向忽必烈献策，提出了增加国库收入的计划，忽必烈很高兴，任命他为诸路都转运使，一手掌握了国家的财政大权。阿合马接连干了两件漂亮事儿，一是在均川（今河南省禹县）、徐州兴办炼铁业，每年换官粮四万石；二是在太原禁止私盐，又增加了一笔收入。这两件事办成让忽必烈大为高兴，提升他为中书平章政事。阿合马继续用各种办法在全国各地增加赋税，开办各种官营矿场、作坊，控制国内外贸易，对许多商品实行官买官卖，国库收入大幅度增加，忽必烈对他更加信任。

可阿合马又是奸商贪官，他卖官鬻爵，大肆敛财，专横跋扈，残害忠良，激起了朝廷内外的公愤。山东益州驻军中一个叫王著的千户用计杀掉了阿合马，忽必烈了解真相后也大呼"该杀"，这一大害才得以清除。

分类而治

蒙族色目居高位，可叹汉南压底层。

分治元朝开恶例，英杰自此套缰绳。

注释： 元朝统治者把人分为四个等级，蒙古人地位最高，其次是色目人（指最早被蒙古人征服并帮助蒙古人征服全国的我国西北地区及其以西的各族人），汉人和南人地位低下，是受压迫的民族。所谓汉人，大体是指淮河以北原来金国统治下的各族人民和早先被蒙古征服的四川、云南的各族人民。所谓南人，就是原来南宋统治下以汉族为主的各族人民。

矛盾深沉

人分四等元朝计，汉庶南奴徒见欺。

严管社甲沉底众，几削官路奋高枝。

迎神赛会多遭禁，灯盏菜刀亦受羁。

世事不平终见报，狂涛自有起飚时。

注释：忽必烈建立元朝以后，制定了这样一些制度：中央和地方官，正职一律由蒙古人担任，副职才允许汉人、南人担任；各种军队的数量和驻防情况对汉人、南人完全保密；地方上各路、府、州、县都设有只许蒙古人、色目人担任的达鲁花赤（蒙古语"镇戍者"的意思），负责对所在地方的官吏和军民进行监督，拥有地方上的实权；科举考试规定蒙古人、色目人和汉人、南人分两榜录取，南人不能得到前三名；蒙古人殴打汉人，汉人不得还手，蒙古人打死汉人，只罚凶手出征，给死者家属一些"烧埋银"；蒙古人犯罪由蒙古人断罪处罚，汉人官吏不得受理案件；汉人、南人打死人除判死刑外，还要付五十两"烧埋银"；严禁汉人、南人拥有武器、马匹；不许汉人打猎、练武、集会，其他如迎神赛会、唱戏说书、祭神夜行，都不允许，就连黑夜点灯也被禁止；在南方农村建立社甲制度，以二十人为一甲，由北方人任甲主。

如此民族歧视政策，必然造成尖锐的民族矛盾。

国师八思巴

藏地圣童八思巴，留归蒙古颂袈裟。

真情感悟忽必烈，任职国师放异葩。

注释：唐朝后期，藏族领袖松赞干布建立的吐蕃政权瓦解，西藏陷入分裂状态。喇嘛教中的萨迦派曾试图统一西藏，没有成功。公元 1239 年，蒙古大汗窝阔台的次子阔端驻扎凉州，派兵进攻西藏。藏民们惊恐万分，萨班代表藏民来到凉州，和阔端谈判，还给阔端治好了病。阔端对喇嘛教产生了好感，经过谈判，西藏归附蒙古。

公元1251年，蒙哥派忽必烈和兀良哈台进攻南宋，忽必烈取道西藏向云南进发。他的军队入藏后击败了反抗的封建主，西藏完全向蒙古国臣服。萨班的侄儿八思巴（藏语"圣童"的意思）到六盘山拜见忽必烈，忽必烈很喜欢八思巴，把他留在身边。八思巴经常给忽必烈讲佛法，忽必烈居然正式接受了佛教，成了佛教徒。公元1260年，忽必烈当了大汗不久，封八思巴为"国师"。

西藏归附

蒙军绕道下云南，藏地归依成美谈。

政教难分成一体，中华又见版图延。

注释： 1264年，忽必烈设立了专门管理全国佛教事务和西藏地方军政事务的机构——总制院，让年轻的八思巴掌管。以后设置的西藏地方管理机构也属八思巴领导。八思巴既是西藏的宗教领袖，也是行政首脑，"政教合一"的新政体在西藏出现了。

赛典赤治滇（一）

圣裔后代赛典赤，惯战能征效帝王。

负重平章安抚慰，运筹行省固边疆。

怀柔官吏讲和睦，兵指乱军慎误伤。

善政赢得声望起，复兴滇地立纲常。

注释： 赛典赤是伊斯兰教创始人穆罕默德的后代，成吉思汗兴起时，年仅十几岁的赛典赤率领部众归附了蒙古，跟随成吉思汗东征西伐，立了战功。由于他作战勇敢，办事能干，从成吉思汗到忽必烈五个大汗任期内，都受到信用。在忽必烈统治时期，他还一度担任平章政事。

蒙古统一云南之后，政局一直没有稳定下来。忽必烈决定在云南建立行省，由赛典赤去担任平章政事，规定云南的一切政事都由赛典赤决定。为了把这个任务完成好，赛典赤事先对云南进行了全面了解。公元1274年，赛典赤来到云南，他走访当地父老，了解风土人情，安定民心，做好各级长官和土官的工作，然后筹建行省。一些不服气的地方官吏偷偷来到大都向忽必烈告状，忽必烈下令将这些人套上枷锁押回云南交赛典赤处理，赛典赤原谅了他们，让其心悦诚服。纳西族奴隶主发动叛乱，赛典赤不许军队杀人，以诚心感动了叛乱者，各地少数民族酋长纷纷归附，政局很快稳定下来。

赛典赤治滇（二）

欲固边防求盛产，平章政事力扛肩。

推行务农屯田事，治理滇池和顺年。

技艺良优丰僻寨，衣食富庶露娇妍。

兴学立庙礼仪至，父子治滇业斐然。

注释： 政局稳定下来以后，赛典赤着手恢复和发展生产。他首先开展屯田，组织军队和老百姓从事农业生产，当年就获得了好收成。其次是治理滇池，花了三年时间组织数以千计的民工疏通了出入滇池的河道，让其发挥灌溉作用。赛典赤在云南推广先进的耕作技术，将内地的耕作方法和生产工具传播到云南，并教当地人栽桑养蚕，收到了很好的效果。手工业也随之发展起来，金、银、铁矿得到开采，手工制品得到发展。赛典赤非常注意把中原文化传播到云南去，他开办学校，兴建孔庙，提倡礼仪，改变旧俗，让当地的风俗文化和内地靠拢。

赛典赤在云南一共统治了六年。他死后，儿子接替他为平章，继续推行赛典赤的方针政策，他们父子为云南的发展作出了积极贡献。

关汉卿

民间陋巷飘元曲，奋笔汉卿肺腑言。

悲事悯人谭记儿，感天动地窦娥冤。

笔锋吐露黎民苦，舞台翻吟罪孽源。

不畏强权说硬话，文苑辟创屈呻轩。

注释： 元曲和唐诗、宋词、明清小说同为我国文学宝库中的瑰宝。关汉卿是元朝最杰出的杂剧家，他一生创作了六十三个杂剧，现在保存完好的有十二个剧本。关汉卿的代表作是《窦娥冤》，另外如《鲁斋郎》《望江亭》《蝴蝶梦》等也有很大影响。元朝著名的剧作家还有王实甫（《西厢记》的作者）、白朴（《墙头马上》的作者）、马致远（《汉宫秋》的作者）、郑光祖（《倩女离魂》的作者）等。后人把关、马、白、郑并称为"元曲四大家"。

黄道婆

家暴不堪黄氏女，搭船避难到崖州。
黎族习授棉工业，乌镇回归绝技流。
捍纺织弹精艺传，带巾裤被感观优。
松江自此贾商盛，传诵口碑一旺丘。

注释： 年轻的黄道婆不堪忍受夫家的虐待，逃离家乡搭船来到海南岛。海南岛的黎族人掌握着高超的棉织技术，黄道婆和黎族姐妹共同生活，共同劳动，虚心向她们学习。她在海南岛生活了大约三十年，将黎族同胞精湛的纺织技术完全学到了手。因思念家乡，黄道婆搭乘一艘商船，回到了乌泥泾镇。这时她大约五十岁了。

黄道婆改进了黎族人的纺织工具，请工匠制作了一整套擀、弹、纺、织的工具，将自己掌握的纺织技术传授给乡亲们。她使用的提花机已经能织出美丽的花布，她教人们错纱、配色、综线、挈花等技术，所织成的被、褥、带、手巾等，上面都有折枝、团凤、棋局、图案等花饰，十分鲜艳美观。她传授技术织成的"乌泥泾被"闻名全国，远销各地。

黄道婆先进的纺织技术被越来越多的人掌握，乌泥泾镇所在的松江地区逐渐成为棉纺织中心，赢得"衣被天下"的声誉。黄道婆为我国古代纺织业的发展作出了杰出贡献。

授时历

秉性慧聪郭守敬，痴心学问苦辛功。
精研仪器测观准，寥廓平台数据丰。
苦逼推出新历法，居先领跑赛格公。
时间准确传天下，世界倾心刮目崇。

注释： 元朝初年使用的历法是《大明历》，因为使用时间已有七百多年，误差很大。郭守敬对天文历法有特殊爱好，被元世祖忽必烈委派编制新历法。郭守敬认为，历法要精确，必须经过实地测验，而要进行测验，必须有精密的仪表。因此他自己动手改造和创制了许多天文仪器。有了先进的仪器，郭守敬组织人在全国范围内开展实测活动。忽必烈批准了他的计划，经过认真研究，决定东起朝鲜半岛，西到河西走廊，北从西伯利亚，南达南中国海，设立二十七个观测点，派出十四个历官，分路出发，开展实测。郭守敬先到上都，然后南下来到广州，他亲自到最南边的南海进行测量。接着，郭守敬等人在大都东城墙脚下，修建了一座新的司天台，安放他精心制造的各种最新式的天文仪器，日夜进行天体观测。

1281 年，郭守敬等人经过多年辛勤劳动所编制的新历法问世，元世祖将这部历法定名为《授时历》。《授时历》是一部非常科学的新历法，计算出一年为 365.2425 日，它比地球绕太阳一周的实际时间只差 26 秒。这样精确的数字在世界上还是第一次，现在使用的格利哥里历也是采用这一数据，但比《授时历》晚了整整三百年。

马可·波罗

马可波罗中国行，周游四海趣横生。
天书一部欧洲走，发聩传奇世界惊。

注释： 元朝时，有很多外国人到过中国，最有名的是意大利人马可·波罗。马可·波罗出生在意大利威尼斯的一个商人家庭，1275 年随父亲、叔叔来到元朝，忽必烈封他们为荣誉侍从。聪明的马可·波罗很快学会了蒙古语和其他东方语言，由于他办事能干、细心、认真，忽必烈对他很信任。马可·波罗除了在大都担任职务外，还经常奉忽必烈的命令去巡视各省或出使外国。马可·波罗的叔叔和父亲在中国生活了十七年，很想回国，忽必烈让他们父子三人陪同远嫁的公主回去，然后再来中国。公元1292年，马可·波罗父子三人带着大队人马乘船从福建泉州出发西行，经过两年半时间把远嫁的公主送到了伊利汗国，同行的两千多人只剩下了十八个。公元1295年底，他们回到家乡威尼斯，当时威尼斯正和热那亚打仗，马可·波罗参加了威尼斯舰队，结果当了俘虏。他在狱中认识了作家鲁斯蒂谦，鲁斯蒂谦将马可·波罗的见闻记下来，于是有了《马可·波罗游记》。

马可·波罗游记

狱中录下波罗叙，游记形成震世人。
沿路风光书里述，各地见闻一方春。
周边邻国文存纸，蒙古诸王手拯尘。
难见奇闻传宇内，西方侧眼向东巡。

注释：《马可·波罗游记》被称为"世界一大奇书"，全书分为四部分。第一部分描写马可·波罗来中国时所经过的一些国家和地区的情况；第二部分讲元朝前期的政治、经济，记载了中国丰富的物产和许多城市繁荣昌盛的情况；第三部分介绍中国邻近的一些国家和地区的情况；第四部分讲成吉思汗之后蒙古诸王之间的战争和俄罗斯的情况。书中对北京、西安、济南、开封、襄阳、镇江、常州、苏州、杭州、福州、泉州等城市情况的记载非常真实，对各地的风土人情、丰富的物产以及城市建筑等都写得很详细。

马可·波罗是把中国介绍给西方的第一个外国人。他通过《游记》把中国的养蚕、丝绸、造纸、纸币、印刷、烧煤以及城市建筑、市政管理、文学艺术等介绍给世界各国。起初，西方人对《游记》的真实性表示怀疑，后来逐渐被事实证实，西方人对中国的向往越来越强烈。据说后来的哥伦布发现新大陆就是受《马可·波罗游记》的影响而完成的。

真腊风土记

开展外交真腊走，名臣出使有达观。

书成眼见耳闻记，才晓吴哥地域宽。

注释： 公元 1296 年，元朝成宗皇帝派使团到真腊（今柬埔寨），周达观是使团成员之一。周达观在真腊住了一年多，回国后根据自己的亲身经历和见闻，写成著名的《真腊风土记》一书。该书不到一万字，但是它为当时中国人了解柬埔寨、促进中柬友好关系的发展起了很大作用，也为我们今天研究柬埔寨古代历史提供了宝贵的资料。

岛夷志略

游走倾心汪大渊，重洋两涉走涛巅。

岛夷描绘成方志，中华才见境外天。

注释： 汪大渊是元朝旅行家，元顺帝至正年间，年轻的汪大渊在公元 1330 年和 1337 年先后两次随着商船远涉重洋，经过现在日本的琉球、东南亚各国、南亚次大陆沿岸各国、阿拉伯半岛，到达非洲的东海岸，回国后把他的所见所闻，写成了一部叫《岛夷志略》的书。汪大渊在这本书里一共记载了几十个国家和地区的地理位置、风俗习惯、物产气候等等，为以后的航海和对外贸易提供了丰富的经验，六十多年后郑和下西洋所走的路线就和汪大渊的路线大致相同。

清官王祯

十年两地做乡官，一意痴心田地间。

把手操劳传体验，修桥补路只当闲。

蔑轻腐败劝农吏，吟叹辛勤民户艰。

提笔著书兼祛旧，为黎俯首世称贤。

注释： 王祯从小的志向是做个好官、清官。后来他做了十年地方官，实现了他的愿望。王祯明白"国家以人民为根本，人民以衣食为根本，衣食以农桑为根本"的道理，他放下县太爷的架子，下到田里教农民种田，效果良好。他生活简朴，把节省下来的钱用来开办学校，修筑道路，贫苦的老百姓生了病免费供应医药。他非常同情劳动人民，抵制贪官。正因为他了解农民的疾苦，又肯下功夫研究农业技术，所以才能写出一部不朽的农学著作——《农书》。

农书

王桢奋笔写农书，细述民经描谷蔬。
技术推新添器谱，堪称业界一仓储。

注释： 王祯的《农书》分三大部分：第一部分是《农桑通诀》，系一部农业总论，阐述农业生产的基本原理；第二部分是《百谷谱》，专门叙述各种农作物、蔬菜、瓜果、竹木等的种植栽培法；第三部分是《农器图谱》，刊载了306幅各种农具、农业器械、灌溉工具、运输工具、纺织机具图，每幅图后面有文字说明。这部书在我国古代农学史上占有重要地位。

王祯还是一位杰出的机械设计师和印刷技术的革新家。他恢复了已经失传的"水排"，创制了木活字，为冶炼和印刷技术的革新作出了贡献。

赵孟頫

元朝字画起先师，宋室皇孙谨自知。
世祖惜才求重器，乡官恳请救民饥。
千钧笔力乃书圣，纸透墨功赛劲狮。
华夏儒林称俊杰，真功传世助稀奇。

注释： 在元朝一百多年的历史里，出现了许多著名的画家、书法家，其中最有成就的是赵孟頫。赵孟頫是宋太祖赵匡胤的第十一代孙，南宋灭亡后，他知道自己在政治上不可能有什么前途，于是发愤读书，钻研书画，结果成就很高，名气很大。他在绘画上开创了元朝一代的新风气，后来的元四家——黄公望、倪瓒、吴镇、王蒙以及其他画家，都以他为祖师爷。他在书法上，篆书、隶书、楷书、行书、草书，样样精通，扬名天下。他是中国古代最有成就的书画家之一。

因其才能和名气，后来被元世祖忽必烈提拔使用，进了官场，先做地方官，后到京城做了地位很高但没有实权的翰林学士承旨。

王冕

自绘荷花成大家，谦辞元室忆中华。
安贫九里梅花第，背靠斜阳看旧笆。

注释： 王冕是元朝末年的画家，从小家里很穷，没钱读书，就到学堂窗外偷听。后家里挤出钱来为他买书，他刻苦学习，学问看长。一次雨后的绮丽风光让他爱上了画荷花，三个月后已能画得活灵活现。后来又爱上了画梅和竹。王冕年轻时很有抱负，他研究过兵法，练过剑术，常常自比诸葛亮，想干一番惊天动地的事业。因为几次科考未中，想干一番事业的理想成了泡影，他烧掉了自己的文章，从此变得放荡不羁。后来回到家乡浙江诸暨县，隐居九里山，以种田卖画为生。他尤其善于画梅，有《梅谱》一书传世。

王冕一生都过着贫穷困苦的生活。公元1359年，农民军部队占领绍兴，朱元璋知道王冕很有学问，请他出山当了谋士，可没多久就病死了。

南坡之变

皇宫内乱寻常事，夺位争权史见多。
仇寇阴谋惊反叛，英宗一命殒南坡。

注释： 元世祖忽必烈去世后，元朝皇室内部争权夺位的斗争激烈起来。公元1320年，有作为的元英宗登上皇位，他任命功臣木华黎的后代拜住做左丞相。英宗和拜住推行新政，大规模地起用汉族官僚和知识分子，克服机构臃肿、人浮于事的状况，淘汰了一批官僚，实行"助役法"，制定和推行《大元通制》。这些新政对腐朽势力是一种打击，引起保守的蒙古贵族的不满，双方矛盾尖锐起来。又因为追查"铁木迭儿案件"不彻底留下后患，公元1323年八月五日，英宗离开上都避暑地回大都，晚上在南坡店过夜，仇人铁失带人冲进大帐，拜住和英宗先后被砍死。史称该事件为"南坡之变"。

铁失一伙刺杀了英宗和拜住之后，拥立晋王也孙铁木儿为帝，就是泰定帝。泰定帝即位后先对拥立他的人加官晋爵，一个多月后即将铁失一伙全部处死。

两都之争

接位英宗泰定帝，青年丧命惹纷争。
两都数月呈鏖战，获胜文皇南向行。

注释： 泰定帝也孙铁木儿借铁失等发动"南坡之变"的机会得到了帝位，又迅速处死铁失一伙，因而赢得了站在英宗一边的大臣、官僚们的拥护，帝位巩固了。可泰定帝只当了五年皇帝，三十六岁时病死于上都。权臣倒剌沙见太子年幼无知，就迟迟不让他即位，引起文武大臣的不满，留守京师大都的燕铁木儿乘机发难。燕铁木儿迎接武宗的儿子怀王图帖睦尔到大都做皇帝，是为文宗。上都方面听到燕铁木儿发动政变的消息，倒剌沙让年仅九岁的皇太子登上皇位，又派军队进攻大都，被燕铁木儿打败。文宗要把皇位让给哥哥，而哥哥在回京的路上突然死亡，文宗又恢复了帝位。这件事史称"天历之变"。

皇族为争夺帝位各自使尽手段，元朝经如此反复折腾，迅速衰落。

脱脱改革

脱脱力断凶残局，大义消亲破厚冰。
乱政支撑拼更化，昏庸渐扫促阳升。
开科取士狱冤淡，赋税松轻学业兴。
只叹身瘟难负重，元朝败落朽山崩。

注释： 文宗图帖睦尔做了五年皇帝后病死，临死前想起害死哥哥的情景，非常内疚，于是下诏让哥哥明宗的儿子当皇帝。明宗有两个儿子，先是七岁的小儿子当皇帝，可这小皇帝只当了四十三天就病死了，由十三岁的妥懽帖睦尔即位，他就是元朝的末代皇帝元顺帝。

元顺帝登基后，伯颜掌握朝中大权。伯颜权势极大，目中无人，任用奸臣，滥杀无辜，他的侄儿脱脱忍无可忍，将伯颜赶下台。脱脱掌权后，开始大刀阔斧地进行改革，历史上称为"脱脱更化"。脱脱改革的主要内容有：恢复科举制度（系伯颜废除）；平反昭雪；减轻剥削，放宽政策；主持编写宋、辽、金史。

脱脱是元朝后期有作为的政治家，在四年多时间的改革中取得了不少的成绩。不久因病辞职。过了四年，当他再做宰相的时候，元朝已经病入膏肓，无可救药了。

明教萌动

暴掠元朝国运朦，中华失却顺阳风。
神州各路风雷动，明教忽生拔地雄。

注释： 公元1351年初夏，黄河两岸到处流传着一首民谣："石人一只眼，挑动黄河天下反。"这是明教（亦称白莲教）为发动农民起义而做的舆论准备。元顺帝时，社会矛盾十分尖锐，加上黄河决堤，给山东、河南带来了极大灾难。黄河泛滥又冲毁了山东地方的盐场，官府收入大受影响，朝廷不得不于1351年四月强迫汴梁、大名等十三路地方的十五万民工开始疏通河道。

这时，明教首领韩山童和他的徒弟刘福通认为起义的时机已到，于是编了民谣，并暗地里凿了一个独眼石人，在石人背上刻了"莫道石人一只眼，此物一出天下反"十四个字，埋在即将要开河的地底下。四月底的一天，民工们果然在黄陵冈（今河南兰考县东北）附近的河道底下挖出了一个独眼石人，大家惊诧不已，消息顿时在民工中传开了。于是黄河南北人人都知道挖出了独眼石人，"挑动黄河天下反"就要应验了。

元末大造反

山童一举义旗扬，顺帝方知透背凉。

铁骑威风今不再，都城欲坠甚仓皇。

注释： 五月初，韩山童召集三千名头上包着红布的教徒在颍州颍上县白鹿庄开会，准备誓师起义。殊不知这时白鹿庄已被官军包围，县官带领兵马杀了进来，韩山童措手不及，当场牺牲。在刘福通领导下，三千教徒奋起反抗，死伤严重，剩下的杀出重围，转移到刘福通的家乡颍州。刘福通在这里继续组织起义队伍，力量增强以后，决定立即发动起义。五月三日，刘福通率领起义军出其不意地一举攻下颍州城，震动全国的元末农民大起义终于爆发了。因为起义军头上包着红布，人们叫它红巾军。因为刘福通活动区域在北方，史称北方红巾军。元顺帝急派六千名阿速军（元朝的王牌军）和河南汉军一起前往镇压，被刘福通打得大败，红巾军很快发展到十万多人。

彭徐起义

治病起莹玉，刮吹传教风。

声呼人影动，遍野顶巾红。

国号定天元，寿辉成地雄。

南方声势震，北望应福通。

注释： 北方的红巾军发动起义后，长江流域的红巾军也开始举行起义，领袖是彭和尚。彭和尚叫彭莹玉，袁州（今江西宜春）人，因能用泉水给老百姓治病，袁州人把他当成活神仙。彭莹玉由佛教徒改信明教，准备发动起义。公元1338年，袁州起义爆发，彭莹玉率领五千人占领了袁州城。在遭到官军镇压后，彭莹玉来到淮西，继续发动群众。经过十三年的努力，他的徒弟布满了淮河和长江中游一带。刘福通起义的消息传来，彭莹玉立即通知各地教徒起义，队伍很快发展到百万之众。

接着，徐寿辉在蕲州（今湖北蕲春）起兵取得成功。起义军攻占蕲水，并以此为都城，拥立徐寿辉为皇帝，国号"天元"。彭莹玉从江淮赶到蕲水，愿意听从天元政权指挥，带兵出征。彭莹玉的红巾军很快占领江西，一路势如破竹攻占杭州。元军各路兵马进行反扑，彭莹玉退出杭州，后在瑞州（今江西高安）牺牲。南方红巾军遭受挫折。

刘福通北伐

中原兴大宋，执政乃福通。
启动北伐旅，推开数路攻。
兵逼元帝近，权落汴梁空。
苦解八方剿，力孤出路穷。

注释： 刘福通在颍州起义后，很快遭到地主武装的打击。从公元 1355 年开始，刘福通改变策略，用稳扎稳打的办法，打退了敌人的袭剿。这年二月，刘福通把在砀山避难的韩山童的儿子韩林儿接到亳州，正式建立了政权，国号宋，年号龙凤，韩林儿被拥立为皇帝，称谓"小明王"。宋政权建立以后，改变了北方红巾军群龙无首的状态，北方各地的红巾军和南方的朱元璋部、赵均用部都归宋政权指挥。

公元 1357 年夏天，刘福通派出三路大军同时北伐，对元朝京城大都形成包围，试图一举推翻元朝。但西路军和中路军相继失败，只有毛贵率领的东路军战绩辉煌，他们在攻占山东后转为北伐，队伍打到离北京只有一百多里的柳林（今北京通州）。由于毛贵孤军深入，队伍被元军打败，毛贵退守济南。在三路北伐的同时，刘福通攻下汴梁，把它定为都城。随着三路北伐的失败，元军对汴梁形成包围，刘福通冲破重围，保护韩林儿逃到安丰（今安徽寿县）。

公元 1363 年二月，投降元朝的原江浙起义军首领张士诚进攻安丰，刘福通一面向朱元璋求救，一面坚持抵抗。朱元璋率领大军赶来救援时，城已被攻破，刘福通牺牲，小明王被朱元璋救出安置在滁州，宋政权名存实亡。

张士诚降元
泰州张士诚，乘乱大兴兵。
反复作降将，元璋一手烹。

注释： 在元末农民起义军中，除了主力红巾军外，还有一些既不信仰明教、也不用红巾包头的起义队伍，他们之中数张士诚和方国珍势力最大。张士诚是泰州白驹场（今江苏东台）人，以运盐为职业，也贩卖私盐。刘福通起义后，张士诚在白驹场起义，公元1353年三月攻下泰州，队伍发展到一万多人。1354年正月，张士诚在高邮建立政权，名叫大周，自称诚王。张士诚很快占领苏北，切断运河，元顺帝派脱脱带领大军镇压，因脱脱中途被免职而造成元军混乱，张士诚取得意外胜利，然后挥师南下，占领平江城（今江苏苏州）。这时的张士诚日渐堕落，又受到朱元璋的挤压，于公元1357年八月投降元朝。元朝封他为太尉。

朱元璋崛起
元璋叫花郎，崛起渐生光。
智勇逞强势，应天做大王。

注释： 朱元璋出生于濠州钟离县，十七岁成了孤儿，靠吃草根树皮度日。后到皇觉寺当了和尚。公元1352年二月，濠州人郭子兴扯旗造反，朱元璋投奔了郭子兴。朱元璋英勇善战，屡建奇功，得到郭子兴的赏识，把义女马氏嫁给了他。公元1353年夏天，朱元璋回家乡招兵买马，少年时代的伙伴徐达及后来投奔的常遇春、邓愈、胡大海等成为骨干力量。第二年，朱元璋吸收了定远的一支地主武装，队伍发展到两三万人。朱元璋队伍里还吸收了一批读书人，为其出谋划策。

公元1355年郭子兴病死，朱元璋成了郭军的主帅。1356年，朱元璋攻下集庆（今南京），将集庆改为应天府，作为自己的基地。

朱刘献策

遍布招贤榜，谦恭学问人。

朱升三献策，刘氏解屈伸。

立政根基稳，攻伐对象真。

终完天下事，和尚也成神。

注释： 朱元璋之所以能在群雄争锋中节节胜利，与他注重人才分不开。攻占集庆居然重要，但东边的张士诚和西边的陈友谅一直威胁着他。怎样生存发展进而夺取天下，是朱元璋一直在考虑的问题。公元1358年冬天攻下徽州后得到谋士朱升，朱升建议朱元璋"高筑墙，广积粮，缓称王"，朱元璋心领神会。1360年春天，大将胡大海推荐浙江著名的"四先生"刘基、宋濂、张溢、叶琛到应天，朱元璋特地建造"礼贤馆"让他们住下，经常向他们请教军政大计。刘基建议朱元璋先打陈友谅，再灭张士诚，然后出兵中原，天下可定。后来朱元璋削平群雄、统一全国，就是按这个路子走的。

朱元璋利用宋政权这棵大树保护自己，壮大自己，然后砍掉这棵大树。公元1366年，朱元璋害死小明王韩林儿，完全走上独立之路。

鄱阳湖水战

双方百万众，激战大阳湖。

装备输级次，兵差更特殊。

天襄明智者，地灭蠢昏夫。

友谅嚣烟过，南旗尽为朱。

注释： 陈友谅较之朱元璋，兵多粮足。在进攻应天失败后，陈友谅又挑起了鄱阳湖大战。陈友谅造了几百艘大舰，于公元1363年四月亲率六十万水陆大军，首先围攻洪都。洪都守将朱文正坚守八十五天，朱元璋带领二十万水军到达湖口。陈友谅撤走包围洪都的军队，进入鄱阳湖。当时无论兵力还是武器，陈友谅都占优势。但朱元璋的军队上下一心，士气旺盛。

七月二十一日，两军在鄱阳湖边的康郎山相遇，朱元璋差点被陈友谅的猛将张定边捉住。第二天继续会战，朱元璋用火攻烧毁陈友谅的大船，陈友谅大败。然后又是两天激战，陈友谅不得不退却。朱元璋卡住陈友谅的退路，让陈友谅自投罗网。八月二十七日，陈友谅冒死突围，被流箭射穿眼睛，当场死亡，陈友谅的六十万大军全军覆没。

鄱阳湖大战是中国古代最大的一次水战，朱元璋以少胜多，消灭了强劲对手，取得了战场上的优势。

朱元璋北伐

北地军阀乱，南方局势平。
元璋施号令，悍将起精兵。
席卷残云散，风吹落叶惊。
仓皇元帝走，天下响明笙。

注释： 正当朱元璋在南方取得节节胜利的时候，在大都城里的元顺帝依然过着荒淫无耻、醉生梦死的生活。元朝统治集团内部矛盾重重，乱成一片。在北方军阀混战时，朱元璋顺利地腾出手来消灭了陈友谅、张士诚两股割据势力。公元1367年十月，朱元璋任命徐达为征虏大将军，常遇春为副将军，率领二十五万主力军开始北伐，同时分出部分兵力继续南征，消灭了浙江的方国珍、福建的陈有定及湖广地区的割据势力。

公元1368年，朱元璋在应天称帝，明朝正式建立。北伐军一路势如破竹，很快打到大都附近。元顺帝率领三宫后妃、皇太子、皇太子妃和文武百官一百多人从健德门北逃。八月初三，徐达带领明朝军队进入大都，统治中国九十七年的元朝被推翻了。

事成明太祖

乞丐牧童和尚路，天襄草莽显元璋。

诸侯扫尽驱鞑虏，孽土重开华夏光。

注释： 韩山童起事时，在群众聚集的广场上竖着一面大旗，上面绣着"虎贲三千，直捣幽燕之地；龙飞九五，重开大宋之天"的大字。这一愿望被朱元璋实现了。朱元璋的成功很不容易，从郭子兴手下的一名小军官做起，一步步走向胜利，经历了多少刀光剑影、血雨腥风。但他成功了，完成了驱逐鞑虏的任务，重新恢复了汉人政权，在推动历史车轮前进的征途中功不可没。

朱元璋为什么成功了？历史经验值得总结。

元朝灭亡

一代天骄蒙古起，亚欧横扫大元生。

终因水火难平事，顺帝丢盎原野行。

注释： 蒙古人横扫亚欧，建立了大元帝国，这对蒙古人来说，确属扬眉吐气、嘶啸山河的畅快。但尖锐的矛盾注定蒙古人建立的政权难以持久，在明朝军队的沉重打击下，元朝终于走上了败亡之路。

明 朝

明朝

洪武登基不自信，总觉背后有暗枪。

诛杀功臣如麻倒，制造冤狱生误伤。

重用太监置特务，官民心惊胆惶惶。

及至成祖方有动，抚育上下见祥光。

农业发展手工旺，三保太监下西洋。

编撰大典称永乐，汇集文化列总纲。

太湖流域工商盛，资本萌芽国见昌。

草原铁骑人犹在，也先发兵啸叫狂。

英宗受盅起御驾，师丧土木当囚郎。

阴差阳错弄复辟，风浪洗刷心渐良。

怎奈后代不争气，亡国路上看苍茫。

满洲兴起施重压，闯王举旗搅后方。

内忧外患双剑逼，崇祯煤山一命亡。

朱氏统治至此尽，文化留存后世扬。

注释： 明朝从公元1368年至1644年，是中国封建专制主义中央集权高度发展的一个朝代。明朝皇帝集权的办法是废丞相，六部直接对皇帝负责；设内阁，协助皇帝处理日常事务；加强监察机关，设置特务机构，侦缉官民隐私。宦官专权现象突出，政治腐败成为明朝灭亡的重要原因。

明朝前期重视农业生产，手工业发展亦很迅速，资本主义萌芽出现。明朝的文化成就突出，李时珍的《本草纲目》、宋应星的《天工开物》及政府主持修订的《永乐大典》是文化成就的代表，明代小说亦有很大影响。

明朝末年，土地高度集中，阶级矛盾十分尖锐，从陕北爆发的农民大起义最

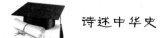

终推翻了历时二百多年的明王朝。

明朝建立

洪武元璋羞乞丐，应天即位唱铿锵。

回归唐汉文明路，历史重开华夏光。

注释： 公元1368年一月四日，出身红巾军首领的朱元璋在应天称帝，国号大明，建元洪武。朱元璋就是明太祖，又叫洪武皇帝。

营建京城

沈富请缨筑帝城，盘龙踞虎一方新。

留得信义惊朝野，刻记精工感后人。

注释： 在明朝建立以前，朱元璋已决计将应天城建成固若金汤、富丽堂皇的京城，应天富翁沈富主动承担了一半的筑城任务。沈富既有经济头脑也有政治头脑，他在规定的时间内把京城修筑得天衣无缝，和官府督造的部分形成鲜明对比。

经过数十万人几年的辛勤劳动，巍峨的南京城以崭新的面貌耸立在钟山西麓、长江之滨。它东接紫金山，西踞石头城，南阻秦淮河，北带玄武湖，周长六十七里，成为当时世界上第一大城。

太祖专政

太祖深知食乃天，栽谷种树事当先。

监察官吏锦衣动，海内恩威暴铁鞭。

注释： 明太祖朱元璋出身贫寒，对下层百姓具有同情心，而对贪官则心狠手辣，不留情面。朱元璋重视农业生产，制定黄册和鱼鳞图册，将全国土地记录在案，便于抑制兼并和征收赋税。他亲自带领官员参加劳动，在紫金山麓种植油桐树和棕树，用于官府造船。对于官员的活动，朱元璋派出特务进行监视，对违法乱纪者严惩不贷。朱元璋将大权集于自己一人之手，将中国的封建专制统治推向极致。

皮场庙

太祖终生恨腐官，衙门左侧草皮盘。
权倚罚朽惊心庙，营治野朝用意难。

注释： 朱元璋让各府、州、县和卫所在衙门的左边修一座小庙，里面供土地神；在官衙大堂公座的左边，悬挂着一个人皮楦满草的袋子，叫"皮草囊"。哪个官员犯了法，就在土地庙里扒掉官员的皮，做成皮草囊以警示下任官员。因此土地庙又叫"皮场庙"。朱元璋对贪官处罚严厉，据说贪污六十两银子就要"扒皮实草"。

郭桓案

郭桓枉坐尚书位，膨胀私心陷囹圄。
太祖声嘶惊四野，贪官头落见荤腥。
严法引得人心慑，世俗因之河岭青。
古训留传今日议，政通是否必严刑？

注释： 郭桓系户部尚书，在负责征收赋税的岗位上大肆贪污，所贪污的粮食几乎和全国秋粮实征总数相等。这个案子使明太祖大为震怒，在审案中又发现该案与整个六部上下大小官员几乎都有关系。震怒之余，朱元璋吐出一个"杀"字，将有关官员及地方富户几万人一次杀掉，形成了震惊朝野的"郭桓案"。

凤阳花鼓

太祖移民苦难行，流离颠沛怨言生。
情倚花鼓宣心愤，今世亦留旧日情。

注释： 在朱元璋当皇帝的时候，他的老家凤阳流传着这样的花鼓词："说凤阳，道凤阳，凤阳原是好地方。自从出了朱皇帝，十年倒有九年荒。"这是咋回事儿？

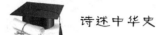

原来，朱元璋觉得应天作都城比较偏南，决定以开封为北京，以老家凤阳为西京。因为多年战乱，凤阳地方人烟稀少，土地荒芜，朱元璋就从人烟稠密的太湖流域迁来若干富户，让他们在凤阳定居。这些人突然从富人变成了穷人，自然心情郁结，于是就有了发牢骚式的花鼓词。凤阳花鼓一直流传至今。

太祖文字狱

滥杀无辜字有罪，望文生义狱冤兴。
徐达妻子终难悟，杭地儒学讳议僧。
殊拆歹朱身首异，扉非同调肉筋崩。
难觅幸免存张氏，只叹仓颉被辱凌。

注释： 有人说朱元璋"雄猜好杀"，意思是说他最能猜忌，好杀人。他老是猜忌别人在诽谤他，所以一句平常的话，都会引起他的多心。好多被他冤杀的人，至死也不知道自己犯了什么罪。明太祖的疑心、猜忌和忌讳发展到了病态的地步，凭着手中掌握的生死予夺大权，以诗词文章为由滥杀无辜，实在是他的一大劣迹。

杖责茹太素

一片忠心茹太素，冗长奏折枉遭笞。
意赅言简宜提倡，皇上辛劳自我知。

注释： 明太祖最讨厌空话连篇的冗长奏章，有一次，他叫臣民对朝廷政策和皇帝过失提意见，有个叫茹太素的官员认认真真写了一万七千字，提了五条意见。朱元璋嫌奏章太长，下令对茹太素杖打二十大板。后来发现茹太素所提的五条意见有四条可行，又表彰了茹太素，同时要求奏章要言简意赅，不说空话。

道同之冤

道同正派伤权贵，恶徒先施蝎尾针。

性急突发诛杀令，君王难补悔亏心。

注释： 道同是个刚正不阿的小官员，在他做番禺知县时，敢于得罪永嘉侯朱亮祖而处置几个怙恶不悛的土豪。朱亮祖恶人先告状，诬告道同蔑视功臣，心怀不轨。明太祖信以为真，认定道同蔑视功臣是大逆不道，没加考虑就下了一道"杀无赦"的诏令。但当他看了道同的奏章后方知冤枉，赶忙下达赦免道同的诏令，可惜为时已晚，道同已含冤而死。

刘基之死

太祖登基赖众臣，居功至伟有伯温。

深知君究难安处，示弱元勋慎嘴贫。

无奈奸佞诡异肺，怎防暗箭歹心人。

军师误入惟庸局，毒药攻摧病废身。

注释： 明太祖是淮河流域的人，跟随他打天下的功臣也多为这一带的人。明朝建立以后，因为地理和亲缘关系，这些人逐渐形成了以左丞相李善长为首的淮西集团。其他官员感受到排挤和压抑，经常和淮西集团发生矛盾和冲突，这些非淮西人又逐渐形成一个集团，他们的领袖是刘基。刘基为人正派且有谋略，他从不与淮西集团发生正面冲突，但淮西集团还是处处排挤他甚至陷害他。这时的左丞相是胡惟庸，他在诬告不成以后居然下毒，将刘基毒死了。

胡党之狱

明初权相有惟庸，突遇击杀变瘪痈。

十载之隔重启酵，达官三万犯国凶。

注释： 洪武十三年正月，左丞相胡惟庸以谋反罪被明太祖处以磔刑（分裂尸体

的刑法），全家被抄斩。从此明太祖废除了丞相制度。事隔十年之后，该案子有了新的发展，有人揭发胡惟庸曾私通日本和元朝残余势力，请他们出兵搞政变，说得玄乎其玄。这时的明太祖已到了晚年，疑心更重，别人说什么他就信什么，结果形成大狱，史称"胡党之狱"，许多元勋宿将被牵连进去，其中包括一公、十四侯和三个将军，共死了三万多人。

蓝玉案

大将嚣豪蓝玉在，龙颜冒犯祸烧身。
诛杀同案万余毙，顷刻一朝无老臣。

注释： 蓝玉系赳赳武夫，性情鲁莽，因立有大功而居功自傲，甚至当面顶撞皇帝。洪武二十六年，有人告发蓝玉谋反，明太祖一听就信，于是蓝玉被磔死并夷灭三族。这次又杀了一公二伯十三侯及数十名能征惯战的将领和高级文官，被杀者一说是一万五千多人，一说两万人。

胡、蓝两次大狱，将跟随明太祖出生入死的元老功臣杀戮殆尽。

功臣之难

洪武天皇一独夫，人头如草任心屠。
死生伙伴试刀鬼，足手功臣灭户诛。
终老王侯孤汉在，戴枷官吏案公衙。
为安朱氏皇权稳，哪管他身命有无。

注释： 朱元璋大杀功臣，只有一人幸免，那就是开国元勋信国公汤和。汤和与朱元璋同村，是一块儿长大的牛倌。他非常了解朱元璋，大功告成后急流勇退，及早交出兵权告老还乡，才得到了一个好下场。

朱元璋大杀功臣，并不是这些功臣如何十恶不赦，而是为了给子孙上台执政扫清道路。

大脚皇后

难得贤惠马皇后，相伴夫君尽妾身。
为理文书求苦读，力安后盾付艰辛。
暖温鲁暴欣皇帝，细诉枕风救众臣。
只恨无常招引早，皇威失却一良人。

注释： 马皇后是朱元璋的结发妻子，外号马大脚。马皇后聪明机敏，很有才干，为人淳朴，心地善良，对明太祖的生平事业，起了很大作用。当朱元璋作为郭子兴的部下时，为平息郭子兴对朱元璋的不满，马皇后极力从中斡旋，多次化险为夷；为了减轻朱元璋的负担，她努力学习文化，帮丈夫整理、保管文件，提醒丈夫该做的事儿；朱元璋领兵外出作战，她便组织人力，安顿后方，让朱元璋无后顾之忧；朱元璋当上皇帝后，她多次规劝丈夫体恤下属，不要责难无罪之人。正因为有马皇后的鼎力相助，才有了明朝初年的稳定和发展。可惜英年早逝，要不，或许会减少朱元璋晚年滥杀功臣的劣行。

靖难之役

宫廷殒命先皇帝，王室争权血怨生。
朱棣掀翻侄子座，四年征战大功成。

注释： 朱元璋做了三十年皇帝，于公元1398年去世，由皇太孙朱允炆继承皇位（皇太子朱标已于六年前去世），是为建文帝。建文帝登基后的一个重要任务是从各位叔叔手里收回军事大权以防止藩王割据，这便与诸王发生了尖锐矛盾。诸王中以燕王朱棣权势最大，也是建文帝削藩的主要对象。1399年七月，削除燕王爵位的诏令公布，燕王立即打出"靖难"的旗号在北平誓师南征，从此叔侄兵戎相见，内战四年，史称"靖难之役"。

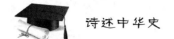

定都北京

强权朱棣夺皇位，定座北京亮帝光。

大略雄才清宇内，安平四海势能张。

注释： 公元 1402 年，朱棣领兵打进南京城，朱允炆下落不明，朱棣在一班文武大臣的拥戴下登上天子宝座，他就是明太宗。因为年号永乐，他又被称为永乐皇帝。嘉靖年间谥号"成祖"，后人又称他为明成祖。

明成祖登基的第二年把他的根据地北平改为北京，开始作迁都准备。1421 年，明成祖正式迁都北京。

成祖治国

朱棣登基非正道，明朝自此瑞祥伸。

怀柔部下清罚赏，劝令王储与众亲。

俭朴衣食伸破袖，广开言路奖直臣。

励精图治功能显，永乐安康史册新。

注释： 明成祖朱棣是个很有作为的皇帝。对于那些同他和衷共济的功臣，他采用了完全不同于他父亲的做法，只要他选中的人，他就相信不疑，而真正犯了法的功臣也不一味姑息。明成祖讨厌阿谀奉承，主张皇储到各地体察民情。对于遭战争破坏的地区，他主张减免赋税。他注意让百姓休养生息，反对铺张浪费。他注重和朝臣交流沟通，主张畅所欲言。他重视选拔人才，鼓励臣下敢说话，说真话。通过明成祖的励精图治，永乐年间的文治武功均大见成效。

永乐大典

朱棣集才修大典，是书皆入总其成。

纳归两万双千卷，别类分门富后生。

注释： 1403 年，明成祖集中了将近三千人，修了一部二万二千多卷的类书《永乐大典》。这部大型类书把经史子集、百家之书,以及天文、地理、阴阳、医卜、僧道、技艺等各类言说,按字、句、篇名、书名分韵收录,其中包括很多元代以前的珍贵文献。

白英献策

宋礼担沉治运河,艰关南旺闷烦多。
叟翁白氏良谋献,刃解难题畅碧波。

注释: 明朝统一全国后,南北运输问题成了严重问题。作为南北交通大动脉的运河因年久失修已失去了运输功能,迅速疏通运河恢复水上交通成了迫在眉睫的大事。公元 1411 年,明成祖下令让工部尚书宋礼负责调集山东、直隶、徐州民工十六万多人疏浚会通河(从徐州北的茶城到临清一段)。当宋礼为南旺地势高问题难以解决而愁眉不展时,一位六十多岁的名叫白英的老人献上"南旺导汶"策,顺利解决了问题。

运河疏通

白英导汶解朦瞳,一举多得起顺风。
劲发千帆南北走,再生财路运河通。

注释: 由于白英的"南旺导汶"策非常切合实际,疏浚会通河的工程只用了四个月的时间就完成了,大运河中最关键的也是最艰巨的一段水流畅通了。后来朝廷又派平江伯陈瑄治理了南河,使大运河全线贯通。大运河加强了南北经济的交流,减轻了人民转运官粮的痛苦。运河沿岸出现了一批工商业城市,促进了明代社会经济的发展。

三宝太监

郑和乳幼日三宝,自小深宫作宦官。
伶俐聪明成祖宠,担当重任起波澜。

注释: 明成祖准备派遣大船队下西洋,郑和成了领队的不二人选。郑和本姓马,小名三宝,云南昆阳(今云南普宁县)人。公元1381年,明朝军队打下云南,把刚十岁的三宝掳进军中,后送给燕王朱棣,于是三宝就成了燕王府的一个小宦官。三宝在"靖难之役"中立有战功,明成祖晋升他为内官监太监(宦官中最高的官职)。过去说"马不能登殿",明成祖亲自写了一个大大的"郑"字赐给三宝,让他以郑为姓,从此三宝就叫郑和了。

郑和下西洋

成祖当知协万邦,领衔三宝下西洋。

亚非七走朦胧地,赞美丝绸颂太皇。

注释: 公元1405年六月十五日,苏州府浏家港人山人海,锣鼓喧天,鞭炮齐鸣。郑和告别了欢送的官员和黎民百姓,带领由二百零八艘大船和二万七千八百多人组成的船队向西洋进发。郑和船队的主要任务是联络亚非各国和发展海外贸易,亦说有耀兵异域之嫌。从公元1405年到1433年,郑和七次率船队远航,先后访问了亚洲和非洲的三十多个国家,最远到达非洲东岸赤道以南的肯尼亚,这是世界航海史上的伟大壮举。二十八年的航海活动,耗尽了郑和的心血,公元1433年三月,郑和在最后一次航海的归途中病故。

黄教

喇嘛宗喀巴,誓抹藏山瑕。

慧腹生黄教,高原亮丽葩。

行为有范例,释义吐精华。

成祖加封至,两族共一家。

注释: 在明成祖派郑和第三次出使西洋的时候,我国青藏高原上兴起了一个新的教派——黄教。黄教的创始人叫宗喀巴。黄教主张广泛而深入地研究经典,认真实践、修行,既注重钻研经典的"显宗",也注重学习咒语的"密宗",先学显宗，后学密宗，按部就班，严格先后顺序，僧人必须严守戒律和修行的准则。黄教得到明朝政府的承认，后传到蒙古、满洲的很多地方。

奴儿干都司

宦官亦失哈，十走奴儿干。
远地都司设，东疆百姓安。
星棋卫与所，驿道远兼宽。
驾驭龙江顺，情温北地寒。

注释： 通过明太祖、明成祖两代君王的努力，明朝击败了控制东北的元朝残余势力，统一了东北地区。为了对辽阔的东北地区进行有效管辖，明政府在东北设置了一百多个卫所。有的卫所离辽东都司所在地辽阳有五六千里之遥，由辽阳都司管辖有所不便。明成祖接受了奴儿干地方首领的奏折，决定在奴儿干设置比卫所高一级的机构都指挥使司。

永乐七年闰四月，钦差内官亦失哈率领前去赴任的官员康旺等几百名官兵来到奴儿干，在元代征东元帅府的旧址上建立了都指挥使司。奴儿干都司的治所在黑龙江下游东岸的特林地方，所辖区域西面至现在内蒙古自治区兀良哈和鞑靼相连，东面包括库页岛及其沿海岛屿，北面到外兴安岭，南面与辽东都司及朝鲜为邻。由于明朝政府规定每两年官员调换一次，士兵也要换防，作为明朝中央政府的代表亦失哈，就多次到奴儿干都司巡视，并且主持官员和士兵的调换程序。亦失哈一生十次巡游奴儿干，为东北地区的有效管理作出了杰出贡献。

永宁寺

明代永宁寺，龙江面向东。
留存碑两座，见证治辖功。

注释： 亦失哈在第三次巡游奴儿干都司时，于黑龙江边的山崖上修建了永宁寺，在寺的西面悬崖上立了一座石碑，以后又立一碑，记载奴儿干都司管辖东北地区的

情况，成为明朝有效管理奴儿干地区的历史见证。

苏禄王

苏禄示邦谊，德州葬老王。

至今依傍在，和顺显吉昌。

注释： 郑和下西洋后，统治菲律宾群岛的苏禄国三个国王来中国访问，一行三百多人于公元 1417 年八月一日到达北京。他们在北京游览访问达二十七天之久，当他们离开北京，沿运河南下准备回国时，苏禄东王急病发作，于九月十三日病逝，葬于德州北郊。苏禄东王的长子回国继承王位，东王妃子葛木宁和二子、三子等十余人留下守墓。这些人及他们的后代便留居中国，成了中国公民。

唐赛儿

妇妖唐赛儿，传教续人缘。

义旅山东起，撕开咆哮天。

注释： 永乐年间，在山东莒州、即墨、寿光等地出现了唐赛儿创立的教会。当政府派兵来镇压这股所谓的"邪教"时，唐赛儿当机立断，在山东益都发动起义。这种局部起义很快被镇压下去，但"妖妇"唐赛儿的故事却长期在山东流传。

清官况钟

昆曲十五贯，世上广流传。

况氏担知府，苏州赞圣贤。

横心除狡吏，竭力畅朝捐。

勤政人和在，呕心系好官。

注释： 公元1424年八月，明成祖在征伐瓦剌的途中病逝，他的儿子朱高炽继位，是为明仁宗。第二年五月，明仁宗也死了，他的长子朱瞻基登上了皇位，是为明宣宗。宣宗宣德年间，苏州地方出了一位有名的清官，他叫况钟。

况钟是江西靖安县人，年幼时家境贫寒，无法参加科举走仕途之道。年轻时在县衙当了九年书吏（管文案的小吏），因办事认真、很有心计得到知县举荐，到礼部做了一名小官。宣德五年（公元1430年），明宣宗认为很多知府不称职，决定派一些能吏到几个主要的府去任职。况钟被多位朝官保举到全国问题最多的苏州任知府。为了加重况钟的权力，明宣宗专门给了他一道"玺书"，允许他有权自行处理相关事宜。

况钟到苏州后首先整顿吏治，严惩贪官；继而减免田租，发展生产。他抵制京城下来采办丝织品和花木禽鸟的"钦差"；他除暴安良，保护百姓。因为政绩突出，九年任满后朝廷要给他加官晋爵，但苏州百姓极力挽留，况钟便继续留在苏州任上，皇帝特赐其食二品俸禄。因积劳成疾，况钟在五十九岁时死于任上。《十五贯》就是反映况钟的戏曲。

铲平王

仁宣治世短，福建吏贪狂。

茂七称杰士，人间号铲王。

剑锋惊地主，膊臂抗官枪。

只叹心身溃，终归义旅殇。

注释： 明代仁宗和宣宗两朝被史家誉为"仁宣之治"。明宣宗死后，他的儿子朱祁镇即位，是为明英宗，明朝开始走下坡路。福建的地方长官宋新是花了不少银子贿赂宦官王振才得到官职的，因此一上任就大肆勒索，要把花去的钱加倍拿回来。这就苦了福建的老百姓，于是爆发了邓茂七起义。邓茂七自称"铲平王"，一时闹得轰轰烈烈，但毕竟范围小，势力弱，最终失败。

太监之恶

汪直刘瑾魏忠贤，宦吏喧嚣揽大权。

惊惧百官皇上乐，根基摇动祖龙愚。

注释： 但凡宦官专权的时代，就是最黑暗的时代。东汉后期如此，唐朝中后期如此，明朝更是如此。

土木堡之变

英宗起动远征军，土木沦身白日曛。

举世精英成泥土，狼圈笼里锁王君。

注释： 公元1449年七月，蒙古族瓦剌部首领也先带兵大举进攻明朝边境，宦官王振想建立奇功巩固自己的地位，便劝明英宗御驾亲征。明英宗对王振言听计从，他不顾众大臣的劝阻，又不做准备工作，第三天便带着仓促组织起来的五十万大军出发了。皇帝和宦官都不懂军事，结果在土木堡（今河北省怀来县境内）被也先打得大败，全军覆没，王振被愤怒的护卫将军樊忠杀死，明英宗则当了俘虏。此事件在历史上被称为"土木堡之变"。

北京保卫战

盖地精兵顷刻尽，蒙古铁骑动天来。

京城混乱恐慌起，于帅沉着局面开。

九洞披坚严守序，三军磨砺阵前才。

知难夷伍回师走，免却当年宋帝灾。

注释： 土木堡大败的消息传到北京，上下一片惊慌。兵部侍郎于谦砥柱中流，稳定了局面，并主持了惊心动魄的北京保卫战。当时北京城里的军队已不足十万，且都是明英宗挑剩下的老弱病残，战斗力很弱。这时郕王朱祁钰上台做了皇帝，是为景泰帝。景泰帝升任于谦为兵部尚书，并根据于谦的建议，诏宣府、辽东、山东、河南、陕西等处巡抚带兵入援京都。

为了"内固京师，外筹边镇"，于谦一边命令各边关加强防务，一面奏请景泰皇帝批准，敕令工部从速修缮器甲、战具，同时派兵坚守京城九门，把靠城的居民迁入城内，选拔几名能干的文臣做巡抚，提升能战的石亨、杨洪做将帅。而他自己也以军国大事为己任，立下军令状："不见成效，甘受处罚。"景泰帝给了于谦最大的信任，命令各营将士一律听从于谦指挥，并给了于谦先斩后奏的权利。

北京军民严阵以待。公元1449年十月，也先带领大军挟持明英宗南下，一路势不可挡，十日到达北京城下，大战的序幕拉开。于谦亲临战阵，指挥若定，经过几场大战，打败也先的进攻，迫使其退兵。明军一路掩杀，也先大败而归。北京保卫战取得了胜利。

夺门之变

景泰身危卧榻时，奸佞一伙动心机。
徐石导演夺门变，复辟英宗再展眉。

注释： 明英宗在瓦剌过了一年游牧生活后被明朝接回，过上了"太上皇"的悠闲生活。1457年正月，景泰帝得了重病，由于王位继承人问题没有解决，这就为英宗复辟提供了机会。朝中的野心家太监曹吉祥、武清侯石亨、都督张𫐐和都御史徐有贞勾结起来，将明英宗重新推上皇位，复辟成功。病重的景泰帝随之死亡。明英宗复辟事件史称"夺门之变"。

于谦之冤

秉性忠直为重臣，京城保卫历艰辛。
中坚难抗奸佞计，一曲悲歌首异身。

注释： 策划"夺门之变"的野心家们爬上高官显位之后，首先想到的就是排除异己，陷害忠良，于谦和王文成了主要打击对象。欲加之罪何患无辞，这帮奸佞以"迎立外藩"的罪名将于、王判处凌迟。只因一个叫薛瑄的正直官员的极力辩护，才

将凌迟改为斩刑。于谦、王文慷慨就义，家被抄没，成年男子发往边疆永远充军。于谦、王文被杀，受牵连的达数十人之多。得势者又搞了个"奸党录"在全国公布，朝廷中正直官员几乎全被陷害。

石曹之乱

石亨曹氏复皇功，徐有二君卡位中。
事遂当得皇上宠，权高各自气焰雄。
勾心互斗鬼殃恶，数败俱伤犬马疯。
死蹦难逃凶叛败，天心可治害人虫。

注释： "夺门之变"后，石亨、曹吉祥等人又相互展开争斗。曹吉祥对石亨封公、掌握军政大权及子弟五十余人受到封赏十分不满，经常在皇帝面前说石亨的坏话。石亨自以为功高盖世，也不示弱，有机会就向明英宗揭曹吉祥的短处。而徐有贞认为主意和办法都是他出的，论功应数第一，可石亨、曹吉祥压根儿就没把他放在眼里，所以徐有贞一有机会就在皇帝面前攻击石、曹二人。三人都有短处，一阵互斗后徐有贞首先倒霉，被下狱发配边疆。然后是石亨、曹吉祥先后叛乱均被击败，得到处死的下场。

经过这些事件，明英宗终于知道了朝政的好坏，也采取了一些有效措施。

多面英宗

英宗一贯是非多，复辟诛功万众讥。
历世风波心渐静，残年始悟可为歌。

注释： 明英宗先是受太监蛊惑，于是有了贻笑后人的土木堡之变。在做了一年俘虏后回国当上太上皇，本以为就此了结余生，哪知遇上几个野心家制造夺门之变，让他重新登上皇位。重新当上皇帝后斩杀忠良，再添新恶。但通过徐有贞、石亨、曹吉祥事件终于有所醒悟，明英宗还不算至昏之君。

厂卫制

太祖初置衣锦卫，东西二厂应时生。

如鹰特务倾朝野，宦令横行鸟兽惊。

注释： 公元 1464 年英宗去世，他的儿子朱见深即位，是为明宪宗。明宪宗设置"西厂"，由太监汪直掌管，明朝又多了一个特务机构。明朝在明太祖时就有了特务机构"锦衣卫"，作为侍从皇帝的军事机构，兼管侦查、逮捕和审讯等事。明成祖又设立东厂，这是一个缉捕叛逆的特务机关，起初直接受明成祖指挥，后统辖权移到宦官手里，有事可直接向皇帝报告，权力在锦衣卫之上。明宪宗时设立西厂，用太监汪直为提督，其权力又超过东厂，活动范围自京师遍及各地。明朝的锦衣卫、东厂、西厂合称"厂卫制"。

连中三元

登科上榜几多难，亦有三元为大官。

商辂平心生草野，人杰一路挎金鞍。

威襄诤吏显忠义，鄙斥奸雄抗帝銮。

勇退激流得善老，胸无杂念地天宽。

注释： 古代科举考试有严格的程式。朝廷规定每三年在各省首府举行乡试，被录取的称为"举人"。每次乡试的第二年，举人要到京城参加礼部举行的考试，叫"会试"，考中的人还要参加由皇帝亲自主持、在皇宫大殿里举行的考试，叫"殿试"。会试这一年也叫"大比之年"。考取乡试第一名叫"解元"，会试第一名叫"会员"，殿试第一名叫状元。谁要在三次考试中都得了第一名，那就叫"连中三元"。

连中三元难度极大，明朝二百多年间有一人得到了这种殊荣，他叫商辂。商辂一生勤奋，聪明好学，虽然在科考中也有挫折但不气馁，终于得到了连中三元的殊荣。商辂官至内阁大臣，在任时支持于谦，反对汪直，为官清廉，终年七十三岁。

浪荡天子

浪荡天皇明武宗，娇生八虎野朝凶。
起居豹室奇心动，演武宫廷火焰冲。
自扮国公飘四野，强拘民女似狂蜂。
魔王混世难长久，岁过三旬撞地钟。

注释： 公元 1487 年，刚过四十岁的明宪宗死了，他的儿子朱祐樘即位，是为明孝宗。明孝宗活到三十六岁死了，长子朱厚照登上了皇帝的宝座，他就是历史上有名的浪荡天子明武宗。

明武宗骄纵宦官，刘瑾、谷大用、张永等八人胡作非为，被众人称为"八虎"。"八虎"为武宗导演宫中闹剧，将皇宫搞得乌烟瘴气。武宗在皇城大兴土木，营造"豹房"，在那里吃喝玩乐，全不把朝廷政务放在心上。一班托孤大臣痛心疾首，要求皇帝除掉"八虎"，结果"八虎"得势，一班老臣被打发归乡，明武宗更加肆无忌惮。明武宗在宫里住厌了，穿上便服到边关重镇宣府玩乐，一待就是大半年。有一次去大同，沿途抢劫妇女，装满了数十马车，闹得一路鸡犬不宁。明武宗觉得光是皇帝名号还不够味儿，便给自己加上"镇国公朱寿"头衔，虚授官职俸禄取乐。他在北方玩腻了又到南方，大臣们纷纷劝阻，结果被杖毙十一人。他以御驾亲征叛匪的名义到南京游玩大半年，回京后搞了威武隆重的凯旋场面。骄奢淫逸使这位浪荡天子在三十一岁时暴病身亡。

刘六杨虎起义

武宗浪荡起纠纷，刘氏杨公举义兵。
征战中原南北地，嚣嚣权宦胆心惊。
官军醒悟狂蜂至，战旗翻飞脱兔行。
只怨根基无觅处，江河渐落怒潮声。

注释： 浪荡天子明武宗把全国搞得乌烟瘴气，老百姓活不下去，只有揭竿起义。当时农民起义几乎遍及全国各地，其中规模较大的有四川的蓝廷瑞、方四，江西的王浩八、罗光权、何积欣，河北的刘六、齐彦名、赵风子。最使朝廷震动的是畿辅地区的刘六、杨虎起义。刘、杨农民军驰骋于河北东南部和山东大部地区，攻下十多个州县。在官军大力围剿时，起义军兵分两路，驰骋于河南、山东、湖北、江苏一带。终因没有根据地，义军在受到重创时找不到立足之地而失败。

道教皇帝

嘉靖天皇迷道教，君王锐意盼长生。
邵陶方士参朝政，仙术世宗当厉兵。
各地玲珑观庙起，皇宫骤变火烟坑。
民间负重黎民苦，大好江山日渐倾。

注释： 浪荡天子明武宗死后，因为没有儿子，皇位便由明武宗的叔伯弟弟、十五岁的朱厚熜继承。朱厚熜把年号改为嘉靖，因此被称为嘉靖皇帝，他死后被称为世宗。

在嘉靖初期，明世宗重用了一些有才能的大臣，进行了一番改革。因为这位天子迷上了道教，朝廷大事渐渐被抛于脑后。这样一来，想有一番作为的正直官员渐渐遭到排斥，那些以歪门邪道讨好朱厚熜的人渐渐得势。一些装神弄鬼的道士也成为朝廷要员，道士邵元节和陶仲文甚至位列公、孤，势压满朝文武。因为明世宗专心致志信道，深居密殿，二十多年不上朝，朝政先后由当权的宰相把持，其中严嵩是当权时间最长的一个。皇帝信道，天下道观便沾光，为了修建朝天宫和泰山、武当山等地的道庙就花了国库数十万两银子。因为宫中日夜香烟弥漫，经常引起火灾，为重建宫廷，花费的钱财难以估量。国库亏空，政府只好向人民大肆摊派，社会矛盾日趋尖锐。

青词宰相

酷爱青词嘉靖迷，严嵩借此竖阶梯。
长时干政成奸相，切齿来人踩入泥。

注释： 青词是斋醮时祷告神灵的表文。明世宗迷信道教，朝臣们便争相迎合皇帝的心理，在写青词上下功夫。严嵩就是因为写得一手好青词而爬上宰相宝座，成为权势倾天的人物的。严嵩善于溜须拍马，得到世宗的赏识，他的青词被皇帝立为样本，而官运也一路亨通，在宰相位子上居然一待就是二十多年。严嵩父子专横跋扈，无法无天，其子严世蕃终于在公元 1562 年被抓，严嵩也被罢了官。严世蕃私逃回家，仍然怙恶不悛，扬言报复，终于惹恼皇帝，下旨将严世蕃砍头抄家，从他家里抄出的金子和各种纯金器皿共两万二千多两，各种银器和银钱二百多万两，其他珠宝、名贵字画难以计数。严嵩被扫地出门，死于祖坟附近的茅舍里。

戚继光抗倭

倭寇势张狂，喧嚣犯海疆。
生灵多毙屠，财物亦遭殃。
猛地吼声起，少顷正气扬。
继光横扫至，送尔退东洋。

注释： 倭寇系日本海盗集团，从明朝初期开始，就在我国沿海地带走私、抢劫、杀掠，嘉靖年间危害更烈。多亏有一支御倭劲旅戚家军，同爱国将领俞大猷、谭纶等领导的军队协同作战，才肃清了倭寇。戚家军即抗倭名将戚继光组织领导的军队。戚继光出身武将家庭，家教严格，使他练就了一身好武艺和养成了诚心为民的好品质。十七岁时父亲去世，戚继光袭职做了登州卫指挥佥事，开始介入抗倭事宜。1553 年夏天，明朝政府擢升戚继光为署都指挥佥事，负责山东三营二十五卫所的海岸防务，这对年仅二十五岁的戚继光来说压力很大。因为军队散漫，工事失修，根本没法和倭寇作战。戚继光整顿军纪，训练士兵，有了一支抗倭的部队。1555 年秋天，明朝政府把戚继光调到倭患严重的浙江，戚继光排除各种阻力，训练出一支六千人的"戚家军"，靠着这支军队，在俞大猷、谭纶等人的支持下，通过六年努力，基本肃清了浙江的倭寇。接着带兵进入福建，击溃福建沿海的倭寇。通过多年苦战，东南沿海的倭患解除。

海瑞

朝纲腐败政昏庸，一缕清风颂海公。
屈下自知人世苦，为官不起侈奢风。
严词抗压居清正，冒死上疏进帝宫。
可叹吏场忠耿在，青天留誉宇寰中。

注释： "家贫出孝子，国难见忠臣。"在乌烟瘴气的嘉靖年间，居然出了个备棺上疏的海瑞。

海瑞，回族人，出生于海南琼山，四岁时死了父亲，母亲节衣缩食供其上学。海瑞在乡试时考中举人，被派到南平当教谕（县学校长），因不对上司下跪，得了"笔架博士"外号。在做淳安知县时，他整顿吏治，发展生产，抵制权贵的勒索，深得地方百姓的信任。后来海瑞被调到北京，担任户部主事，当看到皇帝整天求神斋醮，不上朝理政，大臣们一味迎合，民间疾苦无人过问时，他痛心疾首，决定犯颜直谏。

海瑞写好奏折，安排好后事，然后备好棺材，呈上疏稿。明世宗看着历数他错误的上疏，又听说海瑞已下了被处死的决心，反而平静下来，开始了对自己的反思。海瑞备棺上疏的事振聋发聩，百姓称他为"海青天"。

三娘子

蒙族美女三娘子，几代为妻顺义王。
维护边商佳话在，民间使者赞声扬。

注释： 明世宗死后，他的儿子朱载垕继位，是为明穆宗。明穆宗隆庆年间，在漠南蒙古西部，出了个聪明而美丽的女子——三娘子。当时，明朝和蒙古的民族矛盾深沉，汉蒙交换物品的马市遭到破坏，严重影响了两族人民的生活。三娘子深明大义，尽力做恢复和发展边境马市贸易的工作。因为她系三代顺义王的妻子，在汉蒙两族中拥有崇高的威望，因此工作成效显著，为两族人民的友好交往作出了很大的贡献。

张居正改革

洁身廉吏张居正，细腻心机善兑调。
维系朝纲担首辅，循开幼帝戒奢骄。
知人善任襄皇事，去冗裁员减幕僚。
一条鞭法新意创，效益卓著稳明朝。

注释： 明穆宗朱载垕只坐了六年江山，于三十六岁时去世，要说有什么可圈可点的长处，那就是提拔重用了海瑞和张居正。

明神宗朱翊钧十岁登基，由内阁大臣高拱、张居正等辅政。在高拱失势后，作为首辅大臣的张居正努力协调各方关系，严格要求小皇帝，任用有才能的人做官，稳定了局势，然后开始改革。张居正改革的主要内容有：整顿吏治，清除贪官庸吏，将有才能的人提拔任用；裁减冗官冗员，严格奖惩制度，强调号令统一；推行"一条鞭法"。

推行"一条鞭法"是张居正改革的主要内容。即是把各种赋税合并为一，按地亩征收银两。张居正在公元1578年下令清丈土地，经过三年努力，查出隐占土地二百多万顷，增加了国家的财政收入，也减轻了人民的负担。

通过张居正改革，社会矛盾得到缓和，官吏风纪有所改变，国库收入增加，商品经济得到迅速发展。1582年张居正去世，一些对他怀恨在心的人群起攻击，明神宗撤销了赠给张居正的谥号，削去了他所有的官职，并被抄家，长子自杀，次子充军，老母亲受罪，直到明朝最后两个皇帝时才得以平反。

斗税监

皇帝贪财设税监，虎狼当道下民怜。
王葛怒起临苏动，反抗嚣声空史前。

注释： 张居正死后，没人管束的明神宗开始为所欲为。明神宗贪爱财宝，为了弄到金银财宝，他在全国设立矿监、税使，派出去的宦官打着"钦差"的旗号胡作非为。矿监和税使把全国闹得鸡犬不宁，满朝文武纷纷上书劝谏，可皇帝置若罔闻，照样我行我素。统治集团的搜刮掠夺引起了社会各阶层的愤恨，反矿监税使的浪潮在全国风起云涌，其中以临清王朝佐和苏州葛成领导的活动规模最大。

援朝抗日

丰臣秀吉野心雄，坐政东瀛北上攻。
日本大军双逼近，朝鲜政府计筹穷。
明廷求应救援急，倭寇两伤贼计空。
歼灭敌兵搏至胜，中朝同忾建奇功。

注释： 公元1586年，日本部将丰臣秀吉攫取了政权，成为日本的实际统治者。为了转移各地方势力同自己的矛盾，也为了掠夺财富和建立一个包括朝鲜、中国在内的大帝国，丰臣秀吉于1592年发动了侵略朝鲜的战争。日军在朝鲜南部的釜山登陆，然后分兵三路北上，五月三日占领朝鲜首都王京（首尔），接着占领开城、平壤，朝鲜的半壁江山沦于敌手。日军在陆上进展顺利，在海上却连吃败仗，朝鲜水军在李舜臣的率领下取得两次大捷，迫使日本陆军不敢贸然北犯。

朝鲜李朝国王李昖向明朝求救。明朝军队分两批进入朝鲜，连战连捷，收复平壤、开城，在王京形成对峙局面。一段时间后日军放弃王京退守釜山。1594年中、日达成和议。过了三年，日本撕毁和议，再次发动了侵略朝鲜的战争。明朝再次派出大军援朝，和朝鲜军队并肩作战，取得了这场反侵略战争的最后胜利。

"妖人"李贽

李贽为官两袖风，求真务本宦途穷。
批驳孔孟宣真伪，评判前儒辨虎虫。
传统掀翻迫害众，古稀为赭骨身雄。
洪声求死妖人愿，自刭剃刀一命终。

注释： 公元1602年，朝廷从通州抓来一位七十五岁高龄的"妖人"李贽。其实李贽不是"妖人",而是反对道学（即程朱理学）的思想家。李贽通过他的著作《焚书》和《藏书》从历史上清算道学，他称赞被骂作"暴君"的秦始皇是"千古一帝"；认为寡妇卓文君私奔司马相如是勇敢果断，大胆追求自己的幸福；相反，他认为宋朝道学家陈颐、朱熹只会说假话骗人。李贽在狱中照旧读书作诗，不向统治者屈服，决心以死抗争。他写下诗句"我今不死更何待，愿早一命归黄泉"之后，借剃头的机会用剃刀结束了自己的生命。

李贽一生反道学，反封建礼教，受尽诬陷，最后以死控诉了统治者的迫害。

女真兴起

黑水白山起女真，哪甘屈就作人臣。

努尔哈赤开声吼，山海边关刮雾尘。

注释： 明朝初年，明政府把女真族分为建州、海西、野人三大部。建州女真出了个杰出人物努尔哈赤。公元 1583 年，建州女真头目尼堪外兰唆使明朝军队杀死了努尔哈赤的祖父和父亲，为了给祖父、父亲报仇，二十五岁的努尔哈赤用祖、父留下的十三副铠甲，率领不满百人的队伍进攻尼堪外兰，一举攻克图伦城。此后，努尔哈赤的队伍不断扩大，东征西讨，用五年时间统一了建州女真各部。前后经过三十三年的艰苦奋斗，努尔哈赤统一了南起鸭绿江，北到黑龙江，东达大海，西到明朝边境的广大地区。公元 1616 年，努尔哈赤建立后金国，他自称金国汗，年号天命。

萨尔浒之战

天命八旗卷地来，明军多路展伸开。

努尔哈赤筹谋定，萨浒山头显帅才。

三战五天争大胜，百千四队下尘埃。

满清开国根基战，陡引中华无限灾。

注释： 建国以后，努尔哈赤觉得自己羽翼已丰满，不愿再受明朝的统治，并决定征讨明朝。1618 年，努尔哈赤攻占抚顺，明朝政府大为震惊，决定全力镇压。明朝政府派曾经当过辽东巡抚的杨镐为总指挥，派身经百战的名将李如柏、杜松、刘綎等几员大将领兵十万奔赴辽东，又征调朝鲜兵一万和呼伦部的叶赫兵二千助战，同时向全国征派"辽饷"。将领虽然有名，可迟迟不愿赴任，且武器残破不堪。公元 1619 年二月，杨镐在沈阳誓师，总兵官马林、山海关总兵杜松、辽东总兵李如柏和总兵刘綎分别率领北、西、南、东四路军队，向赫图阿拉前进。

努尔哈赤采用"任你几路来，我只一路去"的作战方案，集中六万多兵力，首先对付从抚顺来的西路军。杜松带领的西路军于三月一日同后金军队在萨尔浒相遇，结果明军大败，杜松被杀死。接着，努尔哈赤挥师北上，大败马林的北路军，然后集中兵力歼灭刘綎的东路军，俘虏前来助战的朝鲜军元帅姜弘立。杨镐听说三路军被歼，急令李如柏撤兵。努尔哈赤在五天内三战全胜。

魏忠贤专权

无赖流氓进宦林，后宫寻路始逢春。
皇威宠幸登权位，豹虎作伥害众臣。
借口东林清洗狠，横行奸宄世风沦。
生祠铺地难延命，靠背坍塌火灭身。

注释： 明神宗在位四十八年，活到五十八岁时死了，他的儿子朱常洛即位，是为明光宗。光宗即位只有个把月就死了，皇位由朱常洛的长子朱由校继承，是为明熹宗。这时的明朝腐朽衰败，熹宗又是个十几岁的孩子，于是大权落到大宦官魏忠贤手里。

魏忠贤本是吃喝嫖赌的无赖，二十多岁时为躲债自己阉割当了宦官。他凭着自己的小聪明迎合人意，钻营献媚，不几年就活动到皇长孙朱由校的母亲宫里去当"典膳"（即伙食管理员）。魏忠贤把赌注押在朱由校身上，朱由校当了皇帝，魏忠贤受到宠信，排除了当道太监，自己当上了司礼监的秉笔太监。魏忠贤攫取要职以后，一方面尽量讨取小皇帝的欢心，另一方面在宫廷安插亲信，在外迫害异己。很多朝臣对魏忠贤不满，均被他一一除掉。魏忠贤用高压手段建立起独裁统治，使天下官民敢怒而不敢言。一时坏人当道，阿谀谄媚之风越刮越猛，魏忠贤被称为九千岁，或者九千九百九十九岁。各地争先恐后为魏忠贤建立生祠，就是皇帝活着的时候也不能享受这样的待遇。

明熹宗做了七年皇帝便死了，他的弟弟朱由检即位，年号崇祯，就是明朝最后一个皇帝明思宗。崇祯皇帝早就痛恨魏忠贤一伙，即位不久就下令逮捕并处死了魏忠贤的大批同伙，把他本人发配出京，魏忠贤在半道上自杀。

姑苏五人墓

苏州直耿有周昌，惹怒魏阉诤命丧。
颜马五人身挺劲，捐躯保土厉声扬。

注释： 在苏州的虎丘山上，有一座五人墓，墓里埋葬着苏州市民颜佩韦、马杰、沈扬、杨念如、周文元五个人。此五人是为保护清官周顺昌、反对宦官魏忠贤而英勇献身的，因此苏州人民把他们当作顶天立地的英雄来赞美，世代传送他们的事迹。

民抄董宦

松江地痞董其昌，父子凶行惹众狂。
府第砸烧伸下意，强权自古怕文盲。

注释： 明熹宗天启年间，松江府华亭县有个官宦人家，户主叫董其昌，人们都叫他"董宦"。董其昌中过进士，当过翰林院的编修和光宗朱常洛的讲官，后升为南京礼部尚书。此人很聪明，从小就有才华，只是人品太次，爱财如命，后横行乡里，激起公愤，当地百姓数万人围攻董府并烧了他的房子。这场群众同乡绅恶霸的斗争当地叫"民抄董宦"。

冤雄袁崇焕

身怀治国安邦计，肚掌勤王保土灯。
只恨崇祯昏瞎眼，千刀一剐斩雄鹰。

注释： 萨尔浒大战后，努尔哈赤又乘胜攻克了开原、铁岭、沈阳和辽东首府辽阳等地，辽河以东的七十多座城池都被后金占领，明朝京城一片混乱。此时，一位年近四十的兵部官员单枪匹马来到山海关外，考察形势，提出了抗金战略。此人叫袁崇焕。考察归来，他胸有成竹地向朝廷报告："只要给我兵马和军饷钱粮，我就能担负起防卫辽东的大任。"朝廷越级提拔袁崇焕监军关外。袁崇焕坚守宁远城（今辽宁兴城），公元1626年正月，努尔哈赤率军直抵宁远城下，发起进攻，袁崇焕临危不惧，镇静指挥，打退了后金军队的进攻，努尔哈赤受伤，明军取得了宁远大捷。努尔哈赤死后，皇太极即位，很快发起进攻。袁崇焕指挥明军在锦州、宁远再次取得"宁锦大捷"。

皇太极用反间计陷害袁崇焕，生性多疑的崇祯帝下令逮捕袁崇焕，并处以磔刑，兄弟妻子被流放三千里之外。直到南明政权建立以后，袁崇焕的冤案才得到昭雪。皇太极的反间计，在清军入关后才真相大白。

本草纲目

明朝医圣李时珍，国粹继承历苦辛。
博览群书丰脑臆，通观大地觅伏沧。
研探本草书纲目，概就药学导雾津。
留下百科生命卷，遗传世界奉真神。

注释： 明朝李时珍的《本草纲目》是一部驰名中外的药物学巨著。该书共一百九十万字，记载的药物共一千九百三十二种，其中三百七十四种是李时珍增补的新药。每种药都详细地记载了产地、形状、颜色、气味、功用、采集方法、制作过程，以及主治何病等等，还附录了他自己搜集整理的一万一千多个药方，配上一千一百六十幅插图，成为一部图文并茂，具有空前水平的大药典。这部书的成就不仅对医学，而且在生物学和化学方面都有一定的贡献，尤其是对自然环境和遗传影响所引起的生物发展变化等等，都有许多真知灼见。所以创立生物进化论的英国科学家达尔文在他的著作中，也引用了《本草纲目》一书中的论述。

四梦

戏剧大师汤显祖，流传四梦诉衷情。
牡丹亭里杜丽娘，邯郸记中纤弱生。
钗紫南柯轻富贵，于梦小玉起哀声。
官场丑恶舞台现，个性张扬后世鸣。

注释： 汤显祖不畏权贵，连张居正的拉拢也敢拒绝。他做了几年官后回到家乡，专心致志编写剧本。他说："我写剧本，都是出于我要表达的情，因情成梦，因梦成戏。"所以，他的剧作都称为"梦"：《牡丹亭还魂记》又叫《牡丹亭梦》；《邯郸记》又叫《邯郸梦》；《南柯记》又叫《南柯梦》。《牡丹亭》《紫钗记》《邯郸记》和《南柯记》合称《临川四梦》，又叫《玉茗堂四梦》。临川是汤显祖的籍贯，玉茗堂是他的书斋。

农政全书

多通学者徐光启，农政全书细述之。
前辈功绩珍垫底，自身考究再生熙。
栽培殖垦宣精要，育种治虫讲战机。
留下农法殷后世，轻轻细语自为师。

注释： 明代学者徐光启学识渊博，官至礼部尚书、文渊阁大学士，但他的兴趣爱好则在自然科学方面。他和第一批来我国的耶稣会传教士利玛窦是朋友，于是他又接受了不少西方的科学知识，丰富了他的学识。徐光启一生著述很多，最有名的是《农政全书》。这部书共五十多万字，分作六十卷，十二大类，从垦田、种植、农事、水利、农器制造、树艺、牧养，一直讲到除虫、荒政，系农业方面的百科全书。

三言

市井文博冯梦龙，辑成吟世散言诗。

民间百态书中跃，人口脍炙颂丽词。

注释： 《三言》是《喻世明言》《警世通言》《醒世恒言》的合称，系明代学者冯梦龙的短篇小说集，对当时和后世均有很大影响。

徐霞客

奇人千古徐霞客，情热一生抱岭川。

南走闽浙双广地，西临云贵陕蜀渊。

只身艰险觅真考，废寝挥笔写巨篇。

谬误纠偏描景物，留存游记后生前。

注释： 在中国古代科学技术史上，明代后期是个群星灿烂的时代，除了李时珍、徐光启，还出现了一位用毕生精力考察研究祖国山川的地理学家，他叫徐霞客。

徐霞客志在考察祖国的山川，纠正历来的谬传。为此他先游了离家不远的太湖；接着北上拜孔庙，登泰山，进北京；然后南下浙江，西进安徽、江西。母亲去世后，他没了后顾之忧，用了十三年时间再游北京，进山西，第三次游福建，第五次访浙江，并南下广东，经湖南、广西、贵州，抵达西南边境。

徐霞客的游览实际是探险，为了弄清一些记载模糊的地方，他不惜冒着生命危险实地考察。每天考察归来便秉笔疾书，留下当天的见闻。徐霞客通过实地考察，纠正了不少谬误，比如纠正了长江源头是岷江的说法，证实长江源头在金沙江。徐霞客的行为世所少见，被后人称为"千古奇人"。

天工开物

学术大师宋应星，天工开物助英名。
世间百业多详述，并茂图文寄感情。
精湛才华展现尽，真知含量世人惊。
环球文库添珍宝，寰宇人间起赞声。

注释： 和徐霞客同时代的还有一位科学家，他叫宋应星。他的《天工开物》一书问世，使其名声大振。《天工开物》是世界上第一部有关农业和手工业生产的百科全书，该书共分十八卷，门类很多，有栽培、养蚕、纺织、染色、颜料、粮食加工、制糖、酿酒、榨油、烧瓷、造纸、采矿、冶铸、锤炼，以及兵器和舟车制造等等，几乎涉及所有的农工业部门的生产技术和生产过程。书中记载了当时我国比较先进的技术和工艺，比如在冶炼方面，出现了炼铁联合作业及灌钢、炼锌、泥型铸釜、失蜡铸造等方法，不少工艺至今还在使用。宋应星不是一般地记述生产过程，他在调查研究的基础上，还提出了不少自己的见解。

明代小说

罗翁崇尚三结义，施氏褒扬上反山。
鬼怪西游登大殿，中华文库又斑斓。

注释： 前面提到冯梦龙的小说《三言》，那是短篇小说。明代更有名的是三部长篇小说，它们是罗贯中的《三国演义》、施耐庵的《水浒传》和吴承恩的《西游记》。明代小说和唐诗、宋词、元曲同为中国文学宝库中的瑰宝。

画师陈老莲

明代大师陈老莲，人物版画技当先。
留得水浒英雄谱，遥寄情思藐特权。

注释： 陈老莲名叫洪绶，字章侯，因为幼名叫莲子，中年以后号为老莲。陈老莲从小就喜欢画画，青年时生活困苦，到杭州后开始画水浒人物像。当时《水浒传》是禁书，画水浒人物得担很大的风险。陈老莲敢于冲破世俗观念，担着风险，勇敢地为水浒人物画像。根据史料记载和遗留下来的作品得知，陈老莲至少画过四种水浒图像，其中《水浒图卷》画的是从宋江到徐宁共四十人。陈老莲创作水浒人物非常认真，画法严谨，人物的姿态神情雄奇刚秀，凛凛有生气。陈老莲还画水浒人物酒牌，在人物画像旁有判词，判词表现了作者对水浒英雄的敬仰，寄托了他追求真理和光明的意愿，实在难能可贵。

崇祯禁烟

为避燕京遭恶吃，崇祯下令禁抽烟。

该条圣旨荒唐事，臆想咋安落日天？

注释： 这里所说的崇祯禁烟不是后来林则徐禁毁的鸦片，而是现在还广为吸食的烟草。中国古代不产烟草，此系明朝后期从菲律宾、澳门、朝鲜等地传进来的美洲植物。当时人们认为抽烟有益也有害，众说纷纭。崇祯皇帝曾先后下达三道命令禁烟，不过他下令禁烟不是因为抽烟有害健康，而是听人说"烟"和北京的简称"燕"同音，"吃燕"可不是好事，这不是要造反吗？崇祯皇帝一听有理，方才下令禁烟。皇太极也禁烟，不过他禁烟是为了节省开支。一个因政治原因禁烟，一个因经济原因禁烟，但都没有取得预期的效果。

反王四起

陕北饥荒起闯王，挥师万众拥迎祥。

黄幡举处风雷动，上下朱家写国殇。

注释： 崇祯皇帝本有心振兴明朝，但他接手的是一个烂透了的摊子，他本人又生性多疑，用人不专，难以构成运转正常的统治机构。加之明朝后期自然灾害频

繁,从明神宗万历到明思宗崇祯的七十二年间,有六十八年遭灾。自然灾害以陕北最为严重,灾民死伤枕藉,而官府又置灾荒于不顾,照样催收赋税。人们活不下去,只有铤而走险。首先起来杀官上山的人叫王二,王二一起事,起义很快形成燎原之势,据说大的起义有十三家,最有号召力的一个是继承高迎祥的李自成,一个是张献忠。

闯王李自成

中途接过闯王旗,一路影从百万师。

直捣京都拥帝位,心痴累卵未先知。

注释: 李自成是陕西米脂县人,早年当过驿卒和守边的士兵。因为所在部队发生兵变,李自成组织了一支队伍,参加了农民起义军。他先在王左挂和不沾泥的起义军干了一段时间,后加入闯王高迎祥的队伍,当了一名闯将。高迎祥牺牲后,李自成继任为闯王。在潼关战役中,李自成的队伍被官军打败,他带领数十骑人马隐避于商雒山。在集聚了一支队伍后,李自成突然兵出河南,发布"均田免粮"的口号,各地农民纷纷响应,几十天内队伍就发展到几十万人。起义军攻占洛阳,杀了福王朱常洵,全国震动。公元1644年正月,李自成以西安为西京,建立"大顺"政权。继而直捣京师。

魔王张献忠

杀戮凶枭八大王,天府剿尽闹洪荒。

昔称尔等义军首,良善何能不感伤。

注释: 张献忠出生于陕北延安府,从小聪明倔强,当过边兵,明末加入了农民起义军行列,并很快将队伍训练成起义军中最强劲的一支,他被称为"八大王"。张献忠的队伍一直流动作战,进凤阳烧了明朝天子的祖坟,接着攻克庐州、安庆、和州、滁州,沿长江打到扬州附近。然后回师向西,从湖北进河南,入陕西。后吃了败仗,接受官府招抚,把大本营设在谷城。经过一年多的整训,张献忠于公元

1639 年杀出谷城，大败明朝大将左良玉，又破了明朝兵部尚书杨嗣昌的"十面张网"，迫使杨嗣昌自杀。张献忠进兵四川，在成都建立"大西"政权，后被清军射杀于四川西充县凤凰山。

张献忠为人凶狠残暴，四川人提起"八大王剿四川"就毛骨悚然。

急煞崇祯帝

清兵一喊承畴倒，忠恶逞凶灭嗣昌。

败落江山风雨动，内忧外患困君王。

注释： 崇祯皇帝不算是昏庸之辈，一心想励精图治，连李自成也说"君非甚暗"。但他的弱点也非常突出，疑心重重，刚愎自用，加之接过的是一个烂摊子，他实在是无能为力。关外的清军大兵压境，在洪承畴降清以后，已没有抵御清军的力量。内部农民起义军风起云涌，被寄予厚望的杨嗣昌自杀后，崇祯再也找不到对付农民军的人选。内忧外患将崇祯皇帝朱由检逼上了绝路。

明朝灭亡

大顺农军破帝师，崇祯一挂树南枝。

朱家持控多年业，留与藩邦写拙诗。

注释： 李自成建立大顺政权后，立即挥师北上，直捣北京。1644 年二月，李自成占领太原，然后分兵两路，一路由骁将刘方亮率领出故关直奔真定（今河北正定），切断明军南逃的退路；自己亲率主力从北面入居庸关直逼北京。三月十八日，李自成猛攻北京，崇祯帝绝望至极，杀死亲眷后在万岁山（今景山）的一棵海棠树上上吊自杀。由朱元璋开创的经历了二百七十六年的明王朝灭亡。

恶臣吴三桂

恶徒奸凶吴老叛，冲冠一怒为红颜。

追杀义勇斩根尽，狠毒心胸慑宇寰。

注释： 李自成进入北京后忙着筹备登基大典，忽略了明朝驻守山海关的总兵吴三桂。吴三桂本准备归附李自成，但听说父亲被追赃助饷，又听说爱妾陈圆圆被李自成的大将刘宗敏霸占，于是"冲冠一怒"，打开山海关迎接清军入关，并大败李自成的大顺军，迫使李自成在登基做皇帝没有几天后就退出了北京。吴三桂配合清军对农民军一路追杀，一直打到云南。

清 朝

清朝

女真贵族建清朝，九州再现草木凋。

幸得康乾出明主，江河飘飞中华谣。

天下太平出盛世，政通南北龙旗飘。

拓土开疆大国起，经济文化竞妖娆。

红楼一梦猛然破，英伦炮舰推狂潮。

鸦片战争落败绩，南京协约辱天条。

西方殖民强跟进，东土顽疾日渐昭。

丧权辱国成常态，赔款割地屈折腰。

国难当头怒潮起，精英黎民各出招。

洋务变法开药方，太平义和动兵刀。

人力难挽大厦颓，皇冠落地顺流漂。

辛亥革命倒旧制，民主共和立路标。

注释：明朝被农民军推翻后，东北满洲人建立的清朝入关统治了全国。从全国范围讲，清朝应该从公元 1644 年至 1911 年，人们习惯上又把这二百多年分为两段：1644 年至 1840 年是清朝盛世；1840 年至 1911 年为清朝衰世，划入近代史范围。清朝是以满族为主满汉地主联合专政的皇朝，为了维护满族地主的利益，清朝推行中央集权的政治制度，大兴文字狱，严厉镇压汉族人民的反抗。在经济方面，自从雍正朝推行"摊丁入亩"政策以来，隐瞒人口的现象消失了，中国人口数字暴涨，农业和手工业发展起来。清朝对开发边疆的工作做得比较成功，奠定了中国版图的基本范围，也出现了"康乾盛世"。

公元 1840 年，英帝国的坚船利炮轰开了中国的大门，中国逐渐进入半殖民地半封建社会。为了救亡图存，中国社会各阶层都在想方设法，因此有了下层群众的太平天国起义和义和团运动，有了知识分子的戊戌变法和官僚地主的洋务运动。最后是资产阶级的民主革命推翻了清王朝。

清朝的文化成就可圈可点，小说《红楼梦》是其代表。

1911 年，辛亥革命逼使清帝退位，清王朝结束。

说明：从近代史部分开始，年、月、日时间使用公历，以便于同世界史接轨。

清军入关

努尔哈赤后金起，打造锐精建八旗。
连续逼煞明末帝，强熬奋起太极师。
闯王上位时间短，满孽窥关肚腹饥。
华夏再沦奴役苦，拔簪结辫事蛮夷。

注释： 公元 1644 年，清朝皇帝皇太极去世，皇太极六岁的儿子福临即位，年号顺治，大权落到多尔衮手里。多尔衮有勇有谋，深知将来要夺取内地，得和汉族人打交道，采取了一些迎合汉人心理的措施，得到了汉人官僚的支持。当多尔衮得到吴三桂准备降清的消息，喜出望外，马上答应出兵支持吴三桂，并告诉他降清可以封王。李自成农民军和吴三桂决战失利后，匆匆退出北京。两天后，清军浩浩荡荡开到了北京城下，北京城里的明朝文武官员连忙出城迎接，多尔衮安慰了明朝官员，又为崇祯帝发丧，一时赢得了北京及附近汉人的好感。多尔衮排除阻力，于这年十月将小皇帝从盛京接到了北京，宣布北京为首都。从此，清朝从偏安东北的小朝廷成为统治全国的大清帝国。

多尔衮专权

兼收智勇多尔衮，摄政幼皇世上横。
关内掉阖平四海，安邦治国速兴清。

注释： 多尔衮是后金的开创者努尔哈赤的第十四个儿子。努尔哈赤一共有十五个儿子，他临终的时候，指定他最疼爱和器重的十四子多尔衮作继承人。可那时的多尔衮才十五岁，年纪太小，八子皇太极依仗自己的实力夺得了继承权。皇太极死后，多尔衮正值年富力强，手中又有努尔哈赤的精锐部队正白旗和镶白旗，具备了接替皇太极当皇帝的条件。但受中原文化影响的满族人多主张父死子继，想立皇太极的儿子当皇帝。多尔衮很聪明，为避免内部发生冲突，放弃了自己当皇帝的想法，在皇太极的儿子中挑出一个只有六岁的福临为皇帝，自己掌握大权。

多尔衮被封为"叔父摄政王"。满洲人有兄长死后嫂嫂嫁给小叔的习俗，顺治皇帝的母亲为讨好多尔衮，也按这个习俗嫁给了多尔衮，于是多尔衮又被封为"皇父摄政王"。多尔衮大权独揽，国家大事多不和别人商量，有时就在家里独自裁决，连皇帝的玉玺都被他搬到了家里。多尔衮鼓励满族贵族在北京周围圈地，主张"投充"（强迫汉族百姓投靠到满族贵族门下），又颁布"逃人法"（逃亡和窝藏逃亡者要重罚），引起汉人的强烈不满，矛盾激化。

顺治亲政

福临六岁懵登基，顺治纪年显帝姿。
等到权叔摄政满，摘冠傀儡写君诗。

注释： 大权在握的多尔衮独断专行，逐渐长大的顺治皇帝越来越不满。1650年，多尔衮病死，十四岁的顺治皇帝开始亲政。第二年，顺治皇帝下令没收多尔衮的财产，免去他的爵位，把依附他的王公贵族全部贬职、革职或者处死。随后，顺治皇帝又将多尔衮掌管的正白旗收归自己名下。从此，正黄旗、镶黄旗、正白旗由皇帝自己管辖，称为上三旗。清朝的皇权也由此加强。

南明政权

北京陷落崇祯去，朱氏福王霸一方。
可叹为君才智短，惊弓难保伴仓皇。

注释： 李自成和清军先后占领北京的消息传到南方，引起很大的震动，明朝的陪都南京自然成了政治中心。在这里的文武官员们商议拥立新皇帝，不久，他们宣布由明神宗万历皇帝的孙子福王朱由崧即位做皇帝。这个小朝廷拥有淮河下游和长江以南的广大地区，掌握着五十万大军，实力还是相当雄厚的。可是，他们一心要"报君父之仇"，不但不设法抵御清军，还对清军入关杀"贼"表示感谢。清军已经南下，福王政权还在闹内讧。而福王又是一个只知吃喝玩乐的昏君，这样的政权安能不败？

史可法抗清

名传宇内将军史，镇守扬州抗满兵。
惜护士卒甘苦共，深窥敌阵目横瞪。
血飞难耐城防破，头断如归冥路行。
只怪南明昏愦辈，自消御敌一精英。

注释： 1645 年四月，清军攻到离扬州城只有三十里的地方。正在外地抵御闹内讧势力的扬州守将史可法得到消息，心急如焚，他连亲兵都来不及带，只率领几个仆人，骑上快马，连夜赶回了扬州。史可法为人正直，作风廉洁，率兵打仗总是身先士卒。鉴于史可法的威信，多尔衮一再写信劝他降清，都遭到严词拒绝。史可法赶回扬州，马上派人四处调兵，可是各镇将领都拥兵观望，只有总兵刘肇基率领两千人来到扬州救援。史可法见兵力太弱，只有紧闭城门，准备守城。清军统帅多铎很敬重史可法的为人，几次写信劝他投降，史可法连看都不看一眼。多铎见劝降无效，下令用大炮轰城，城内军民伤亡很大。刘肇基建议掘开淮河水淹清军，史可法怕殃及百姓没有同意。到了第七天，扬州城被攻破，将士们跟清军短兵相接，全部壮烈牺牲。史可法被俘，多铎又劝其投降，照样被史可法严词拒绝，最后从容就义。清军疯狂屠城，扬州几十万人被杀，这就是有名的"扬州十日"。

史可法死后，福王政权失去了唯一一个有能力、有威望的大臣，清军迅速打到南京，福王政权灭亡。此后，南方各地又出现了江浙地区的鲁王政权、福建地区的唐王政权、云贵地区的桂王政权等，历史上把这些政权（包括福王政权）统称为"南明"。南明在汉族人民中有一定的号召力，但都抵挡不住清军，不久相继灭亡。

护发运动

清军颁布剃发令，突起东南反暴声。

血洗江阴万头尽，三屠嘉定现空城。

注释： 清朝下令汉人剃发，遭到汉人反对。在江阴，人们提出了"头可断，发不可剃"的口号，全城人组织起来和清军搏斗，多次打退清军的进攻。据说攻打江阴的清军先后达到二十四万之多，围城八十二天，阵亡七万五千人。清军攻破江阴后疯狂屠城，三天杀死十七万二千多人，只有五十三人幸免，江阴变成了一座空城。在江阴东南方的嘉定也发生了反剃发斗争，清军对嘉定先后进行了三次大屠杀，被称为"嘉定三屠"。与此同时，江南的常州、无锡、宜兴、嘉兴、绍兴等地也发生了激烈的反剃发斗争，这些斗争都遭到了清军的血腥镇压，繁华的江南，到处呈现出断壁残垣、荒凉破败的景象。

少年英杰夏完淳

义军勇士少年龙，血气完淳节铸峰。

反语讽讥洪老叛，高歌赴死叹从容。

注释： 为抗清斗争而牺牲的无数义士中，年仅十七岁的少年英雄夏完淳的事迹尤为感人。夏完淳是松江华亭人，和父亲、岳父、老师一起参加了当地的抗清斗争，失败后被俘。当时在南京主持军务的清朝官员是洪承畴，洪承畴原是明朝的蓟辽总督，在松山大战中兵败被俘投降清朝，受到重用。洪承畴听说"神童"夏完淳被抓，命令马上带来，他要劝夏完淳降清。

夏完淳明知坐在大堂上的官员是洪承畴，却说洪承畴已为国捐躯，要以这样的英烈为榜样绝不投降，一阵嬉笑怒骂，弄得洪承畴无地自容。夏完淳在狱中坚

强不屈，写下了有名的《狱中上母书》《遗夫人书》和诗集《南冠草》，并鼓励一同关在狱中的岳父打起精神，反抗到底。1647年秋天，夏完淳和岳父等三十多人在南京同时被害，夏完淳昂首挺立，从容就义。

郑成功收复台湾

杰士豪族国姓爷，抗清辗转走边疆。
得知荷霸居仙岛，为觅根基进海乡。
壮志顶风穿巨浪，英雄冒矢断敌樯。
复收失地拥居所，后辈鞠躬忠义郎。

注释： 郑成功的父亲郑芝龙是南明唐王政权的主要支持者，唐王对郑成功赐姓"朱"，封招讨大将军。一年后清军攻入福建，郑芝龙投降了清朝，二十三岁的郑成功在厦门组织起一支抗清义师继续反清，但毕竟力量薄弱，难以抵抗清军的进攻，怎样立足成了郑成功面临的难题。这时，台湾人何斌求见。何斌向郑成功介绍了台湾的情况，劝郑成功领兵进台湾，驱逐已占领台湾三十多年的荷兰殖民主义者。正为寻找根据地发急的郑成功喜出望外，于公元1661年率领大军二万五千人，分乘几百艘战船出发，经澎湖列岛进攻台湾的荷兰殖民主义者。经过激烈战斗，战胜了船坚炮利的荷兰人，将其驱逐出境。

收复台湾是中国人民抗击殖民强盗的一次重大胜利。郑成功也因此成为受人颂扬的民族英雄。

李自成殒命九宫山

闯将英姿飘陕北，东征西讨铸枭雄。
大军捣破京师地，王座加冠老故宫。
难抗叛清兵啸啸，溃奔湖北马匆匆。
一朝殒命谈资在，自古揭竿过与功？

注释： 李自成撤出北京后，边打边退，经过山西、河南、陕西到达湖北，在通山县九宫山扎下大营。公元 1645 年夏季的一天，李自成带领二十几个随从，到山上察看地形并去玄帝庙烧香。正当他伏在地上卜问神鬼的时候，一伙乡勇偷偷袭来，李自成在棍棒下死去，时年三十九岁。

在中国历史上，打进京城的农民起义军领袖有的成功了，如刘邦、朱元璋；有的失败了，如黄巢、李自成。李自成为什么失败？郭沫若先生的《甲申三百年祭》可参考。

茅麓山战斗

天晃地摇茅麓山，双军恶战水林间。
闯王余部终成泥，长辫挥旗满贵闲。

注释： 李自成去世后，他的队伍分兵两路继续战斗，他们和南明政权联合起来共同对付清军。因为有这支队伍的抵抗，福建的南明唐王政权才得以维持一年多。唐王政权灭亡后，农民军又依附桂王政权，组成"夔东十三家"同清军长期对抗。公元 1662 年，南明的最后一个小朝廷桂王政权灭亡，清军便集中力量对付"夔东十三家"，他们组织了"三省会剿"，从四川、陕西、湖北派兵进攻农民军。

公元 1663 年春天，湖广总督张长庚率军进攻驻扎在九莲坪的李来亨义军，被李来亨用计打败，杀死杀伤一万多人，张长庚狼狈逃窜。在西面战场上，刘体纯、郝摇旗也打退了两路官军的进剿，清军的"三省会剿"失败。清军继续进剿，刘体纯、郝摇旗的队伍先后失败，李来亨率部坚守茅麓山，多次打败清军的进攻，但粮尽援绝，最后时刻终于到来。公元 1664 年八月，清军向茅麓山发动猛攻，李来亨指挥部队突围，双方展开全力拼杀，茅麓山上杀声震天，农民军英勇搏斗，清军官兵无不胆寒。在源源不断的援军支持下，清军终于攻破山寨，

李来亨一家壮烈牺牲，明末农民起义军的最后一支队伍消亡。

黄宗羲

民君主客逆传统，利弊兴衰启稚蒙。
思想清新称国父，两朝接续一学翁。

注释： 在清代，人们一提起读书做学问的事，文人学者们总是要说到明末清初的三个著名人物——黄宗羲、顾炎武、王夫之。大家称道他们的民族气节，更佩服他们在学术上超过一般人的高明见解，不约而同地称他们是"三先生"。

黄宗羲是浙江余姚人，他最突出的贡献是批判了封建君主专制，他大胆地直接批评皇帝专制造成了天下不安，使百姓遭殃，指出"天子之所是未必是，天子之所非未必非"，这在当时是非常大胆的批评。

顾炎武

一世抗清独立行，南北游走见识精。

留得学富五车在，铁志钢骨身后名。

注释： 顾炎武，江苏昆山人，学者都叫他亭林先生。顾炎武出身书香门第，是养母将他抚养成人，十四岁就考中秀才。他参加了明末有名的"复社"，开阔了眼界，开始关心国家大事。他参加明末清初的抗清斗争失败后，决心找出社会兴亡的规律，走上了深入社会调查研究之路。从四十五岁起，他南北奔波二十五年，作了详细的社会调查，写出了影响当代流传后世的不朽之作。

顾炎武的《肇域志》一百卷，专门论述地理形势和山川要塞；他的《天下郡国利病书》一百二十卷，二百万字，专门论述地方利弊和经济的发展；他的《日知录》，则是音韵学、考据学、训诂学、历史学、文学方面的得意之作。顾炎武是一个唯物主义思想家，认为宇宙是物质构成的，强调要从具体事物中探求真理，反对主观空想。

王夫之

唯物哲学集大成，天纲人欲两相行。

背清隐匿丰识见，名寄船山感后生。

注释： 王夫之是湖南衡阳人，曾积极组织抗清斗争，失败后到南明桂王的政权中任职。南明亡后更名隐居，潜心著述，晚年居衡阳之石船山，学者称"船山先生"。王夫之是我国古代唯物主义思想的最大继承者。他认为世界万物都在不停地运动着，社会、自然也要不断发展。这种辩证思想，使他的哲学成就大大超过了古人。

廉吏于成龙

家当变卖赴罗城，猴虎声中静务工。
六载终得荒野治，一朝离任泪惊风。
高低皆叹吏廉难，左右逢源政路通。
立树楷模皇上点，清官魁首后人崇。

注释： 公元 1661 年，广西罗城县来了一个山西的读书人做县令，他叫于成龙。得到任命后，四十五岁的于成龙变卖家产，凑足路费，来到荒凉破败的罗城。当时的罗城只有六户居民，县衙只有三间草房，办公的几案用石块垒成。他到罗城后，首先抚慰百姓，让逃走的百姓回家。每逢春季大忙季节，他都要走到田间，慰问劳苦，奖勤罚懒。几年后，罗城气象大为改观。他还走进山寨，和头人讲和，使民族纠葛得到缓解。他做官不带家眷，身边只有两三个苍头相随，既无官气，也无傲气，百姓都称他为"阿爷"。于成龙做官清廉正派，从不动用官银一分一文，几乎天天喝粥。六年后，他升任合州知州，离别时，百姓送出几百里，依依惜别。

于成龙廉洁奉公，勤于政事，声名传遍朝野。他的官阶也不断上升，先后担任武昌知府、福建按察使、福建布政使、直隶巡抚、两江总督，由一个穷书生升到朝廷封疆大吏。他一直不改初衷，始终不迁就官场习气。公元 1684 年，于成龙病死于两江总督任上，他的寝室，只有一个放衣物的旧竹笥，后堂只有几斗米、几罐咸豆豉，观者无不痛哭失声。于成龙死后，康熙皇帝把他作为清官的典范，称赞他是"古今第一廉吏"。

康熙即位

千年一帝有康熙，八岁登基泪目凄。
自幼胸藏平世志，逐层剥解迷昏题。

注释： 康熙是顺治皇帝的第三个儿子，名玄烨。他自幼聪明好学，立志做一个贤明的帝王。玄烨八岁那年，顺治皇帝病死，临死前，他指定玄烨做继承人。因为玄烨年龄太小，还不能料理国家大事，顺治皇帝又任命索尼、苏克萨哈、遏必隆、鳌拜四个人做辅政大臣。

除鳌拜

弱幼登基小帝王，专权顾命势嚣张。

蛮横鳌拜倾朝野，蓄志康熙扑劲狂。

忽听冲天童稚吼，少顷抢地脑心僵。

从今把住江山稳，斩棘力耕四野荒。

注释： 在康熙的四个辅政大臣中，鳌拜是最跋扈的，朝中的大小事情都是他说了算，他的亲信遍布朝廷上下。康熙十四岁亲政以后，决心除掉这个毒瘤。他按照满族习俗，选了一批满族子弟在他身边供差遣和充当贴身侍卫。这帮年轻人天天练拳摔跤，嘻嘻哈哈，鳌拜也不当成一回事儿。

鳌拜也想除掉康熙，双方开始斗智斗勇。康熙十六岁那年的一天，他趁鳌拜进宫奏事的机会，一个眼色过去，那帮小卫士一拥而上，将鳌拜掀翻在地，捆绑起来，交议政王和大臣审问。这些朝廷官员平时都恨鳌拜，一气列出了鳌拜的三十条罪状，一致要求将其处死。康熙念及鳌拜的功劳，判了终身监禁，他的死党被一网打尽。

除掉鳌拜，扫除了自己掌握朝政的一大障碍，从此，康熙一心一意治国，开始了他杰出的政治生涯。

平三藩

为酬降将设三藩，养痈为痛成巨奸。

立誓康熙消肿病，反王恶浪卷河山。

长鞭指处动军旗，颓剑锋消灭劣顽。

一举平得云广地，边陲风静顺心颜。

注释： 康熙皇帝除掉鳌拜以后，下一件大事就是削平"三藩"。"三藩"指当时驻守在云南、贵州的平西王吴三桂、驻守在福建的靖南王耿精忠和驻守在广东的平南王尚可喜。他们原来是明朝镇守辽东的边将，后来先后投降了清朝，充当引路人，领着清兵开进中原。他们攻打李自成、张献忠农民军，招降汉族地主，一路打到云南、贵州、广东、广西，起着开路先锋的作用。顺治皇帝封他们为王，给予优厚待遇。可是后来"藩"的势力越来越大，成了朝廷的威胁。"三藩"中以吴三桂的地位最高，力量最强。

公元 1673 年，康熙皇帝削藩，并派大臣到云南、福建、广东监督。吴三桂没想到皇帝动了真格，于是换上明朝孝服，打起"复明讨清"的旗号，统领人马向北进军。耿精忠和尚可喜的儿子起兵响应，一路顺风，只用了几个月的工夫就占领了南方六省。1678 年三月，吴三桂在衡阳称帝，国号"大周"。

康熙皇帝坚决平叛，用各个击破的策略降服耿精忠和尚可喜的儿子尚之信，然后全力对付吴三桂。当了不到五个月皇帝的吴三桂病死，其子后来自杀，长达八年之久的"三藩"叛乱被平息。平定"三藩"叛乱以后，清朝才在全国大部分地区建立了稳固的统治。

靳辅治河

康熙传令治三河，靳辅担当顺逆波。
只叹陈潢倾力助，换得受诬狱冤歌。

注释： 明末清初，兵荒马乱，黄河失修，洪水泛滥。康熙皇帝决定治理黄河，派精明强干的武英殿学士靳辅为河道总管。靳辅在幕宾陈潢支持下，不但治好了黄河，还治好了运河和淮河，康熙皇帝视察后感到很满意。可后来有人诬告靳辅和陈潢，靳辅被撤职，陈潢冤死狱中。后靳辅被平反恢复名誉，而死去的陈潢就没人为其平反昭雪了。

尼布楚条约

俄兵袭侵黑龙地，铁臂康熙正劣邦。

长袖挥兵雅克萨，和谈开启语音窗。

几轮拉锯成约定，多地线成竖界桩。

两国签约尼布楚，安平百载瘴烟降。

注释： 康熙年间，俄罗斯人开始向中国的东北地区扩张，他们侵入黑龙江流域，烧杀抢掠，无恶不作。东北是清朝的发祥地，历来受到清朝的重视，对于俄罗斯人的胡作非为，康熙帝决定反击，派兵攻克了雅克萨城。公元 1689 年八月，双方代表来到尼布楚城，开始边界谈判，九月七日晚举行签字仪式，《尼布楚条约》生效。条约规定中俄双方以格尔必齐河、额尔古纳河沿外兴安岭往东至海为界，以西以北为俄罗斯所有，以东以南为中国所有。

《尼布楚条约》是平等条约，此后一百五十年间，这段边界一直比较平静。

征讨噶尔丹

协助满人行霸道，北南蒙古建勋功。

漠西傲立轻清帝，酋首恃强起劲弓。

皇上亲征三战捷，尔丹众叛几经穷。

天山远近祥云起，牧地飘飞大国风。

注释： 元朝灭亡以后，成吉思汗的子孙退回塞外，驻扎在大沙漠南北，逐渐形成了漠北蒙古、漠南蒙古和漠西蒙古三大部。漠南蒙古最先臣服清朝，成为满人最可靠的同盟军。接着漠北蒙古也和清朝形成朝贡关系，只有漠西蒙古不肯合作。漠西蒙古分为杜尔伯特、土尔扈特、和硕特、准噶尔四部，其中准噶尔部最强大，它兼并了和硕特部和杜尔伯特部，把土尔扈特部排挤到俄国伏尔加河流域一带。

准噶尔部控制了阿尔泰山周围地区，又继续向东用兵，想占领漠北广大地区。漠北的喀尔喀蒙古抵挡不住准噶尔骑兵，只有向康熙皇帝求救。准噶尔部头领噶尔丹摆开阵势，要和康熙皇帝较量。康熙皇帝于公元 1690 年、1695 年、1697 年三次御驾亲征，终于消灭了噶尔丹势力，蒙古地区得以安定下来。

施琅攻台

施琅领旨进台湾，血战澎湖恶浪翻。
郑氏归降能审势，珍珠自此系中原。

注释： 郑成功到台湾后不久就去世了，他的儿子郑经率领郑氏部属，在台湾和福建沿海一带活动，仍然沿用明朝年号，坚持反清复明。郑经死后，诸将拥立郑克塽即位，台湾出现政治危机。1681 年，康熙皇帝任命施琅为福建水师提督，筹划攻台。1683 年六月，施琅率领水师出发，在澎湖与郑军恶战，打败郑军。郑克塽奉表投降，台湾顺利收复。康熙封施琅为靖海侯，郑克塽等降臣也得到清政府的妥善安置。

清政府设置台湾府，归福建省管辖。从此，台湾正式隶属中央政府，划进了清朝版图。

踹匠叫歇

手工作业号声隆，踹匠叫歇刮罢风。
力小难得成自救，待发蓄势可期功。

注释： 踹匠指纺织行业中负责踹布的人，即把染好的布用踹石滚压，让布变得又紧又薄。这是一项很笨重的活儿，踹工天天劳累也挣不到几个钱。康熙年间以苏州的踹工最多，约有两万人。他们在一起劳动，一起生活，是一帮很抱团的人。遇上布商压价或工头施暴，他们就罢工抗议，称为"叫歇"。苏州的踹工多次"叫歇"，却没有一次取得斗争的胜利，但斗争一直没有停止过。

雍正夺嫡

群儿争宠乱康熙，胜算允禛登帝基。

悬案留归街巷议，皇宫自古泄凶辞。

注释： 康熙皇帝最苦恼的事是儿子太多，以后由谁接班是个很费心思的事情。众位皇子钩心斗角，弄得康熙心神不宁，但最终没有解决好这个问题。康熙死后四太子允禛登上皇位，改名胤禛。因为胤禛曾被封为雍亲王，所以他的年号叫雍正。雍正夺嫡曾闹得沸沸扬扬，到底怎么回事一直是个谜。

摊丁入亩

古来均缴人头税，雍正推行按地征。

入亩摊丁农事旺，康乾盛世露峥嵘。

注释： 雍正在位十三年，继续按康熙皇帝的国策办事，在对外斗争、平定边境、发展经济等方面，都有很大成绩。公元 1723 年，刚即位不久的雍正即宣布推行"摊丁入亩"政策，让农民按土地多少缴纳钱和粮，简化了税收的手续，减轻了贫苦农民的负担。

乾隆登基

乾隆壮志登皇位，承继先王盛世延。

万里江山催绚丽，逍遥君主美名传。

注释： 公元 1736 年，雍正皇帝去世，他的儿子爱新觉罗·弘历登上皇位，是为乾隆帝。当时，清朝经过康熙、雍正两朝的恢复和发展，社会经济空前繁荣。全国耕地面积达到六百余万顷，人口达到三亿。城市里店铺林立，街市繁华，已经恢复到明代的水平。二十五岁的乾隆皇帝即位后，励精图治，很有作为。他觉得他的祖父康熙皇帝注重休养生息，可是政策过于宽松放纵，而他的父亲雍正皇帝整顿纲纪，排除异己，政策又过于严苛。他吸取了祖父、父亲的长处，摒弃了他们的短处，采取刚柔并济、张弛有度的方法，将清朝的繁盛推上了顶峰。

乾隆下江南

风流成性乾隆帝，六下江南似上仙。
千座豪舟龙水纤，万金珍品至奢筵。
官员奉旨叩天颂，民户恭捐舍命胭。
劳众伤财黎庶苦，空亏国库岂知怜？

注释： 当时国库充裕，乾隆皇帝有恃无恐，连年用兵。在取得了一些胜利以后，他十分得意，自诩为"十全武功""十全老人"。乾隆皇帝自以为在政治、军事上取得了了不起的成就，陶醉在一片赞扬声中。他本来就奢侈成性，这时候越发挥霍无度。他四处游山玩水，在位六十年，就六次游江南，四次谒祖陵，五次游五台山；到曲阜祭孔、到河南告诣嵩山的次数不可胜数，更不用说每年还要到承德狩猎。其中以下江南最为铺排奢华。

康乾盛世

乾雍康顺展雄风，屹立泱泱寰宇中。
四海安康家国足，邦邻礼贡各方通。

注释： 顺治皇帝入关后就开始励精图治，经过康熙、雍正两朝的持续发展，到乾隆时已是盛世。乾隆在位的六十年继续保持了旺盛的发展势头，所以后世常常把清朝前期政治比较清明、经济相对发达的局面称为顺康雍乾盛世，也叫康乾盛世。

清廷文字狱

清廷筑造奇葩狱，只怪书间门窍多。
若信挑拨词里话，血冤屈泪汇成河。

注释： 满清贵族统治全国以后，觉得自己是少数民族，无论是经济还是文化都比汉族落后，总担心汉族官僚地主和知识分子看不起他们。他们一方面努力学习汉族文化，另一方面又疑神疑鬼，对文人们写的诗词文章特别注意，只要从中找出一些似是而非的话，就说人家是影射朝廷。于是大兴冤狱，还把人家的老婆孩子、亲戚朋友都处以极刑。甚至刻书、卖书、买书和赠书画的人，都被牵连受刑。这类冤狱被人们称为"文字狱"。

清朝最早的文字狱出现在康熙朝，因有人刻印的《明史》中有指斥满族的字句而被杀七十多人。雍正朝的礼部侍郎查嗣庭主持科举考试，出了一道考八股的试题"维民所止"。"维民所止"本是《大学》上的一句话，却被认为是影射"雍正断头"而招来杀身之祸。又如诗集中有"清风不识字，何故乱翻书""夺朱非正色，异种也称王"（出自"咏牡丹诗"）等句子，都被认为是影射、咒骂清王朝而获罪。

清朝统治者大兴文字狱和毁书一样，均严重阻碍了进步思想的传播和科学文化的发展。

聊斋志异

一生失意蒲松氏，留下聊斋助话资。
笔透人间千百态，纸留世上不平诗。

注释： 蒲松龄是山东省淄川县（今山东淄博）的一位私塾先生，他的短篇小说集《聊斋志异》反映了社会现实生活，表现了作者的生活态度。他通过质问当权者、揭露科举制度、赞美狐狸鬼怪、歌颂男女爱情、赞扬普通人民的反抗精神等内容的描写，揭示了当时的社会矛盾，表达了普通民众的朴素愿望，成为我国民族文化的宝贵遗产。

红楼梦

曹公落魄写红楼，寄语宁荣映九州。
摘翠文山千士叹，留思哲海万人讴。

注释： 曹雪芹的《红楼梦》把中国的小说艺术推上了顶峰。《红楼梦》通过对贾府的兴衰和宝、黛爱情悲剧的描写，揭示了中国封建社会末期的社会乱象和人世百态，是后人了解封建社会的百科全书。《红楼梦》的内容包罗万象，任何人都能从中找到自己需要的内容。《红楼梦》的文学水平极高，是中华文化的宝典，因此在作为手抄本时就炙手可热，到现在仍然是研究中国文化的必不可少的宝贵资料。《红楼梦》在中国文学史上具有极高的价值。

另外，吴敬梓的《儒林外史》亦是流传至今的佳作。

四库全书

乾隆酷爱文人事，诏旨精编四库书。
虽憾毁封多忌册，留得器具助耕锄。

注释： 乾隆时期编写的《四库全书》是中国古代最大的一部丛书。该丛书把《永乐大典》中的零星材料一段一段抄出来，恢复了五百多部珍贵的文献，这些文献被称为《永乐大典》本。另外还有敕撰本（清朝建立后历代皇帝下令编写的图书）、内廷本（皇宫里明朝以来的藏书）、采进本（各省先后买进的图书）、私人进献本（私人进献的图书）。《四库全书》馆的官员把这些图书按唐玄宗分四个书库贮存经、史、子、集四类书的前例，进行分类整理，花了整整十年工夫才编成这部大丛书。该书收入各类书籍三千四百七十五部，共七万九千卷。

乾隆皇帝下令将不利于清朝的书籍一律销毁，很多珍贵资料因此消失。《四库全书》采用手抄本，先后抄成正本七份，底本一份，分别藏于各地的文渊阁等图书馆。

郑板桥

三绝郑燮诗书画，八怪扬州有大名。
不羡官场嚣闹事，行言自我慰平生。

注释： 公元1736年，一个叫郑燮的画家到山东范县当知县，引起了人们的热议。这郑燮又叫郑板桥。郑板桥的县令当得好，留下若干佳话，可得罪了一些达官贵人，被免官回家。从此郑板桥又在家乡做起了卖字画的生意，并在老家扬州地区形成了一个新画派，主要代表人物被称为"扬州八怪"。

土尔扈特

西迁蒙古异乡人，扎住伏河为贱民。

率众东归头领智，新疆落户始逢春。

注释： 土尔扈特是漠西蒙古的一支，受准噶尔部排挤到了俄罗斯的伏尔加河流域。当俄罗斯力量强大以后，便对土尔扈特施加压力，残酷剥削。土尔扈特不堪忍受俄罗斯的剥削压迫，他们在首领渥巴锡的带领下，毅然走上回归祖国的道路。他们战胜了俄罗斯军队的围追堵截，跨越茫茫大沙漠，吃尽千辛万苦，终于在公元1771年回到了故土。乾隆皇帝给予了热情接待，将他们安置在新疆的阿尔泰山和科布多等地，归伊犁将军管辖。

驻藏大臣

清军入境纷争息，派遣大臣辖藏区。

奇异掣签成定制，灵童控限少忧虞。

注释： 清朝初年，西藏一直处于动乱状态。雍正年间派遣两位驻藏大臣入藏，监管地方事务，可西藏仍然常常出现动乱。达赖和班禅是西藏的宗教领袖，乾隆皇帝认为，只有朝廷掌握了选择达赖和班禅的权力，才能削弱地方贵族的势力，有效地控制西藏。于是，他独出心裁，创立出一种奇特的"金奔巴掣签制"（藏语里称"瓶"为奔巴），在拉萨大昭寺里供奉一个金瓶，每逢达赖或者班禅圆寂，就把四个选好的灵童的名字写在象牙条签上，投入瓶中，瓶中还有一枚空白签。喇嘛诵经七天以后，由驻藏大臣当众抽签，抽出的灵童定为新的达赖或班禅。如果抽出的是空白签，就要另行物色转世灵童。从此，驻藏大臣的政治权力超过了达赖，达赖和班禅的亲属也不能再干预西藏的政治事务了。

马戛尔尼使华

英伦特使进中华，隔异东西行效差。

挥臂乾隆驱远客，憾失迟暮报春花。

注释： 公元 1792 年，英国派出了一个由贵族马戛尔尼伯爵为首的外交使团来到中国。当时英国已是西方最大的资本主义强国，马戛尔尼访华的目的，在于通过谈判得到一些实际利益。在参加了乾隆皇帝八十三岁生日庆典后，马戛尔尼开始和清政府谈判，提出了建立外交关系、开辟通商口岸、开设洋行、划一块地方归英国人居住、英国商品按中国税率征税等条件。这些殖民主义条件，清政府一条也没答应，马戛尔尼只好在搜集了一些经济情报后回国。

这次外交活动，英国没有得到他们想要的东西，中国也失去了一次与世界交流的机会。

白莲教起义

喧嚣嘉庆白莲教，王氏襄阳显智儿。

激战鄂川年代久，留得崖洞后人思。

注释： 公元 1796 年，即嘉庆皇帝即位的第一年，四川、湖北、陕西爆发了大规模的白莲教起义。白莲教本是元朝末年的宗教组织，它的武装力量是红巾军。明朝开国皇帝朱元璋本来是白莲教（又称明教）徒，可他当了皇帝后便禁止白莲教的活动。三百年后，在矛盾尖锐的农村又开始传播白莲教。白莲教起义首先爆发在湖北地区，当首领齐林被杀后，齐林的妻子王聪儿继承夫志在襄阳起义，然后攻入河南，再入陕西，进四川，南征北讨，声势越来越大。清朝政府调集重兵围剿白莲教，在湖北陨西将王聪儿部队包围，王聪儿未能突出重围，跳崖而死。起义军余部继续战斗，清政府用开凿崖洞坚壁清野的方法与白莲教周旋，白莲教战斗十年后被镇压下去。

白莲教起义导致清朝元气大伤，清朝全盛时期一去不返了。

和珅

跌倒和珅嘉庆饱，巨贪一代臭千年。

细思权宦兴亡路，后辈几人能了然。

注释： 和珅是乾隆皇帝的宠臣，几乎得到过当时全部最显赫的头衔。当然，和珅得逞，也与他聪明伶俐、善于理财有关。和珅掌握大权后，横行霸道，贪赃枉法，搜刮了数不清的资财。乾隆皇帝宠信和珅，嘉庆皇帝却恨透了他，在乾隆皇帝去世的第二天，嘉庆皇帝就逮捕了和珅，抄了他的家。和珅被抄的家产，仅浮财一项，就值二亿三千九百万两白银。和珅的财产，相当于清政府二十年的国库收入。

人们弄不明白的是，抄没的和珅资产哪去了？不言而喻，落到了嘉庆皇帝的私人腰包。所以老百姓风趣地说："和珅跌倒，嘉庆吃饱。"

禁门之变

皇宫正午起烟尘，天理教徒破禁门。

侥幸终归难续事，绵宁因此塑金身。

注释： 天理教徒约定于公元 1813 年闰八月十五日在北京发动起义，直接攻打皇宫。起义领导人是林清和李文成，他们决定林清在北京组织起义，李文成回河南滑县组织援军。因滑县方面走漏了消息，提前起义，没有力量支援北京。林清按计划发动起义，一举攻进了皇宫。这时嘉庆皇帝远在承德避暑山庄，几个住在皇宫里的皇太子不知发生了什么事，惊惶万状。二阿哥绵宁胆子稍大一点，他叫太监登上墙头察看实情，在大概弄清情况后，绵宁拿了一只鸟枪赶到养心殿，将爬上墙头的三个起义军战士击下城墙。这时大批清军赶到，消灭了这支起义军。皇子绵宁因表现出众被立为皇太子，他就是后来的道光皇帝。

龚自珍

齐喑万马究堪哀，雷吼定庵眼首开：
我劝天公重抖擞，不拘一格降人才。

注释： 清朝进入嘉庆、道光朝后，国势日渐衰落。一些关心国家命运的知识分子开始大声疾呼，要求政治改革，其代表人物叫龚自珍。龚自珍字定庵，浙江杭州人，自幼聪明，科举连连得中，二十多岁就到北京当了内阁中书，1829 年中进士。因为呼吁变革不得官僚集团待见，龚自珍做了二十多年京官一直得不到升迁。可在社会上他已是有名的文坛大师，和当时著名的学者和政治家林则徐、魏源是好朋友，他们彼此钦羡，互相鼓励。当林则徐到广州禁烟离开京城后，龚自珍也离开了官场，返回家乡。当他走到镇江时，那里正在举行迎神赛会，主持赛会的老道士听说龚自珍在场，立即恳求他写一篇祭文。龚自珍略加思索，提笔写下了一首让后世推崇的七言绝句：

"九州生气恃风雷，万马齐喑究可哀。我劝天公重抖擞，不拘一格降人才。"

大限来临

神州沉闷日，海外盛兴时。
肆掠拼资本，挥枪出霸夷。
伶仃添画面，铁舰挂英旗。
挑动鸦片战，抽刀戮睡狮。

注释： 当清政府和愚昧的中国人正在做着大国酣梦的时候，以英国为首的西方殖民主义已开始了大规模的殖民活动。英国人的大炮开始震醒沉睡的中国人。中国历史也从此进入近代史。

英雄林则徐

徐帅乃林公，狂涛屹立中。
开睛盯外辱，疲惫为君躬。
鸦片虎门尽，帅旗广府雄。
先行遭嫉恨，北上眼朦胧。

注释： 道光年间，以英国为首的西方殖民主义者不甘心对中国的贸易逆差，为改变这种状况，他们向中国大量输入鸦片。鸦片不但危害了中国人的身体，而且导致中国的白银大量外流。中国一些有识之士大声疾呼，要求政府采取果断措施禁绝鸦片。林则徐就是主张禁烟的代表人物，道光皇帝任命林则徐为钦差大臣到广州禁烟。当时中国仅开广州一地作为通商口岸，所以英国人的鸦片都集中在广州一带交易。林则徐到广州后采取果断措施，收缴洋人（主要是英国人）鸦片二百三十七万斤，在虎门滩头集中销毁。

英国为此发动了鸦片战争，清政府内部的妥协派趁机攻击林则徐，道光皇帝撤了林则徐的职，发配新疆充军。

如何看待林则徐的虎门销烟，从来存在争论。主流看法是销得有理，在外族入侵时，民族气节才是国魂。

鸦片战争

广粤硝烟起，羊城炮火隆。
英军风浪爽，中国溃兵熊。
虽有关葛勇，难敌利舰攻。
南京飘白幛，才晓腹中空。

注释： 对于英国要发动侵略战争这件事，林则徐有准备。所以当英国于 1840 年开始发动战争时，在林则徐掌管的广州没占到便宜。于是英军沿着海岸向北进攻，一直打到了天津白河口。道光帝以琦善代替林则徐到广州和英军交涉，英军一举攻陷虎门炮台。道光帝下令逮捕琦善，由奕山到广州主持战事。奕山也是软骨头，迅速丢掉广州。英军加强了攻势，命璞鼎查到中国主持战事。英军沿海岸北上，中国部分军队奋起反抗，在厦门、基隆、定海、镇海、吴淞、镇江等地发生激烈战斗，留下了很多可歌可泣的英雄事迹。当英军打到南京时，清政府宣布投降。

拿破仑说，别去惊醒中国这头沉睡的狮子，但英国的坚船利炮还是把中国惊醒了。

三元里抗英

政府屈服百姓扛，揭竿一百零三乡。
牛栏岗上英夷倒，赤手亦能夺快枪。

注释： 1841 年 5 月 29 日，一伙英军到广州北郊的三元里行凶作恶，遭到韦绍光为首的农民的反击。为对付英军的报复，三元里附近一百零三乡的农民、手工业者组织起来，主动出击，五千多人围攻英军占领的四方炮台，英军一千多人进行反扑，被三元里人民引到牛栏岗，一场大战下来，英军丢下了二百多具尸体和十多个俘虏，狼狈逃往四方炮台。广州附近四百多个乡的群众包围了四方炮台，英军只有向清政府求救。在广州知府余保纯和乡绅们的劝诱哄骗下，群众解除了四方炮台之围。

中英南京条约

泣泪壬寅记，天纲被倒颠。
南京签辱字，大国丧尊严。
割地江山缺，赔银圣库悫。
风烟屈患路，自此血风延。

注释： 弱国无外交，兵临城下的条约是屈辱的。1842 年 8 月签订的《中英南京条约》及其附件规定：中国割让香港岛给英国；中国开广州、厦门、福州、宁波、上

海为通商口岸；中国赔偿英国白银二千一百万两；税率由中英双方共同协定；英国获得领事裁判权和片面的最惠国待遇。接着，美国、法国也强迫清政府签订《望厦条约》和《黄埔条约》，中国开始沦为半殖民地半封建社会。从此，中国开始走上了一条漫漫泣血路。中国历史也随之进入丧权辱国的近代史。

上海租界

列强上海开租界，立国邦中长怪胎。

侵略根基日渐稳，民族灾难接跟来。

注释：《中英南京条约》签订后，上海成了通商口岸，这里优越的地理环境让西方殖民主义者垂涎。《南京条约》签订后的第二年，英国驻上海领事巴富尔向上海道台恭慕久索取一块土地专供他们居住与活动，于是签订了《上海土地章程》，英国在上海得到了二千八百二十亩土地，在这里建立了租界。从此，租界成了"国中之国"。法国、美国紧随其后，也在上海建立了租界。

金田起义

宣传上帝开宗教，演绎成功洪秀全。

天父发声挥巨手，万人口号震金田。

封王南北东西翼，点将后中左右前。

桂鄂赣湘云水动，大江千里巨帆悬。

注释：太平天国起义准备很充分。洪秀全创立拜上帝教吸引了大批民众，因此在金田揭竿后势如破竹，迅速占领南京，建立了自己的政权。太平天国首义诸王包括天王洪秀全、东王杨秀清、西王萧朝贵、南王冯云山、北王韦昌辉、翼王石达开，他们构成了太平天国的领导核心。太平天国创立中、左、右、前、后五军主将制，形成了战时行政机构。一切看似完备，但农民起义领袖不是饱读诗书的清朝能臣曾国藩的对手，最终落败。

定都天京

洪流滚滚动，一路向天京。

败卒拖旗走，饥民簇拥行。

翻修上帝屋，拥戾百团兵。

隔水喝蛮子，谁来与我争？

注释： 太平军在进军天京途中，气势若虹，清兵丢盔弃甲，溃不成军。定都天京后，天王洪秀全贪图享受，意志消退，太平天国迅速走上败亡路。

天朝田亩制度

天朝宣共产，制度有新篇。

圣库均钱物，官厅供吃穿。

雄雌分屋住，父子按军编。

一纸天方语，飘飘似雾烟。

注释：《天朝田亩制度》宣扬的"有田同耕，有饭同吃，有衣同穿，有钱同使，无处不均匀，无人不保暖"的太平天国蓝图，只不过是一纸幻想。相反，圣库的设置和拆散家庭的做法违反自然规律，加上天国诸王贪图享受,迅速走上腐败之路,太平天国的鼎盛时期迅速过去，衰败的日子瞬间到来。沉痛的教训，后人能记取多少？

天京悲剧

权欲恣生旺，戮杀血泪流。

秀清争万岁，韦恶剑封喉。

分裂翼王路，难得共济舟。

萧墙兄弟散，风雨鬼神愁。

注释：天京悲剧由三个环节构成：东王杨秀清逼天王封万岁；韦昌辉滥杀；石达开负气出走。太平天国由此迅速走上败亡路。悲剧为什么会上演？后人议论纷纷，莫衷一是。

狂澜兄弟

天国飘摇一命悬，英忠两柱拄长天。

狂澜力挽军旗舞，尽瘁鞠躬亮铁肩。

注释：天京悲剧发生后，太平天国首义诸王只剩下洪秀全一人。洪秀全沉迷宗教，贪图享受，已不能担当领导太平天国的重任。这时，英王陈玉成和忠王李秀成就成了太平天国的两根支柱。

天国败亡

天王迷教入歧途，劲敌剑锋力道殊。

贫苦终归识见短，神兵下界也难扶。

注释：曾国藩是太平天国的劲敌。1861 年，陈玉成牺牲。1862 年夏天，曾国藩派军大举进攻，天京被围。1864 年 6 月 1 日，洪秀全病逝，其子洪天贵福即位。7 月 19 日天京城破，洪天贵福脱逃，李秀成被俘，在写完《自述》后被曾国藩杀害。天京城破标志着太平天国起义失败，其余部到 1868 年被完全镇压。

小刀会

各地惊闻天国声，东南奋起应枭兵。

旗飘上海小刀会，搅动风云神鬼惊。

注释：太平天国时期，各地响应起义的很多，其中声势最大的是捻军和上海的小刀会。小刀会是民间反清秘密团体天地会的一个支派，公元 1853 年占领上海，并成立了自己的政权"大明国"，推举刘丽川为大元帅，攻占了上海周围很多地方，后在清政府和外国势力的联合进攻下失败。

捻军

天国友军起北乡，飞驰鲁豫助诸王。

布张口袋迎枭首，林沁飞扬一命丧。

注释： "捻"又叫"捻子"，是清朝嘉庆以来淮河流域一种民间秘密组织的名称。太平天国建都天京以后，捻子树起了不同颜色的旗帜，群起响应，成为捻军。捻军首领张乐行被太平天国封为征北主将和沃王。张乐行被僧格林沁杀害后，他的侄子张宗禹继续带领捻军与清军周旋。太平天国失败后，清军集中兵力加强了对捻军的镇压，僧格林沁的"王牌"骑兵是镇压捻军的主力。1865年5月，捻军布好口袋阵，专等僧格林沁到来。僧格林沁来到一个叫作郝胡同的小村庄时被捻军包围，兵败被杀。1868年8月，捻军在曾国藩、李鸿章、左宗棠的联合镇压下失败。

第二次鸦片战争

借口亚罗号，英法起事端。

联军烧御所，咸帝进皇棺。

土伴兵锋失，心伤士子寒。

灯昏邦势颓，烛影河山残。

注释： 公元1856年10月，英国借口"亚罗号事件"，法国借口"马神父事件"，对中国发动了第二次鸦片战争。英、法联军很快攻下广州城，俘虏两广总督叶名琛，然后北上，攻到天津城下，清政府与英、法、美、俄分别签订了丧权辱国的《天津条约》。条约除赔款外，清政府还答应外国公使进驻北京，增开南京、汉口、烟台、营口等十处口岸，允许外国人到内地经商、传教。

1859年6月，英、法以护送代表去北京交换条约为名，派两千军队到大沽口，和清军发生冲突。第二年春天，英、法联军两万多人攻占大沽、天津，向北京推进。咸

丰皇帝逃往热河，留下恭亲王奕䜣与英、法联军谈判。英、法联军打到北京，火烧圆明园，迫使清政府签订《北京条约》，中国丧失了更多主权。

无论第二次鸦片战争的起因如何，清政府的愚昧是显而易见的，当然结果也是让人痛心疾首的。

火烧圆明园

英法双盗贼，闯入御花园。
刮尽千年宝，烧光万重轩。
中华留恶恨，窃国起狂喧。
事后平心论，惊魂讨孽源。

注释：圆明园位于北京海淀以北二里的地方，包括圆明、万春、长春三园，康熙年间开始修建，雍正时进行了扩建，乾隆时不断修饰、扩建，圆明园成了"万园之园"，无论建筑的优美，还是五光十色的珍珠宝物的珍贵，圆明园都是当时世界上独一无二的。英、法联军闯进圆明园，先是疯狂抢劫，然后付之一炬，世界上最辉煌壮丽的建筑群从此消失，世界文明遭受了难以估量的损失。圆明园的乱石头讲述着悲怆的故事。

趁火打劫有沙俄

可痛清皇帝，烽烟内外忧。
沙俄跟踵至，水陆照单收。
失地风嘶泪，黎民脸挂羞。
北熊张血口，食胃大如牛。

注释：俄国的胃口比英、法大得多。它趁英、法发动第二次鸦片战争之机，派军队进入黑龙江，于1858年5月强迫清政府签订《中俄瑷珲条约》，把黑龙江以北、外兴安岭以南六十多万平方公里中国领土割让给俄国，并把乌苏里江以东的中国领土划为中、俄共管。以后又强迫清政府签订《中俄北京条约》，把乌苏里江以东的四十万平方公里领土也划归俄国。此后，俄国又强迫清政府签订一系列条约，将中国西北地区五十多万平方公里土地强行占领。

垂帘听政

阿娜西太后，一掌打翻天。
铁血拼顽朽，横心揽国权。
内忧玩股掌，外患靠蛮缠。
五十风云路，过功亦了然。

注释： 公元 1861 年 8 月，咸丰帝死于热河，由六岁的儿子载淳即位。咸丰任命载垣、端华、肃顺等八个大臣为"赞襄政务王大臣"，协助管理朝政。然而，事情并没有按咸丰皇帝的意愿发展，他死后不久，朝廷里发生政变，小皇帝的生母叶赫那拉氏（即慈禧太后）联合恭亲王奕䜣发动政变，逮捕和处理了八个顾命大臣，慈禧太后"垂帘听政"，改年号为"同治"（以前叫"祺祥"），从此，慈禧太后成为清朝的实际统治者。

一辈女流，能在沧海横流的混乱局势中取胜并实际掌握清朝政权近五十年，其能耐是不言而喻的。

曾国藩

国乱思良将，清朝有涤生。
正心扶道统，戎马治精兵。
注视环球动，强撑大厦倾。
声名蒙混沌，留与后人争。

注释： 清人章太炎对曾国藩的评价是"誉之则为圣相，谳之则为元凶"，新中国的陈伯达有小册子名曰《汉奸刽子手曾国藩》，将其列为近现代中国四大坏蛋之首。要认识真实的曾国藩，还是读读《曾国藩家书》为好。

左宗棠

季子自称高，湘涛助霸豪。
宽胸轻势利，正手握舟蒿。
伊犁放弓弩，强奴缩战刀。
铮铮风气骨，满府一枭獒。

注释： 一身傲骨的左宗棠（字季高）历来受人赞赏，即使对权倾朝野的湘军统帅曾国藩他也经常不放在眼里，而曾国藩对左宗棠却是恭维有加。迟暮之年，左宗棠终于认识了真正的曾国藩，有对联一副相赠："知人之明，谋国之忠，自愧不如元辅；同心若金，攻错若石，相期无负平生。"此对联可视为对曾、左二人的总结。

李鸿章

憋功平宇内，聚气助邦疆。
致力玩洋务，虔诚造北洋。
躬身斡外辱，泣血治心伤。
肱股清廷柱，摇头叹中堂。

注释： 弱国无外交，李鸿章曾为中国的外交极力斡旋。在和日本谈判《马关条约》时，以一记枪伤换得一亿两白银的损失；在八国联军入侵北京后，累死在签订《辛丑条约》的谈判桌上。这样一位能臣却是国人痛骂的对象，也是西方列强唯一尊重的近代中国人。怎样评价李鸿章，现实有了公论。

洋务运动

西方轰大炮，撼梦醒华人。

崛起欣洋派，恭迎外国神。

强军为主旨，辅政系延伸。

放眼观寰宇，神州显干臣。

注释： 西方的坚船利炮和科学技术惊醒了一部分中国人，于是有了"中学为体，西学为用"的洋务派。洋务派对近代中国社会的贡献是巨大的，他们才是一批真正开眼看世界的中国人。后人认为洋务运动最终失败了，其标志是北洋水师的覆灭，这种看法显然值得商榷，新军、大学和一批近代企业的兴起，难道不属于洋务运动的范畴吗？

天津教案

九州大地起洋堂，中外纷争各主张。

案起天津风怒号，曾公无奈苦奔忙。

注释： 1870 年，天津连续出现儿童失踪的事，后来发现与法国天主教堂有关。群众到天主教堂要求交出凶手，被传教士粗暴拒绝。群情激奋，教堂只有向清朝天津官府发号施令，命令清朝官员驱赶群众，甚至向清朝官员开枪。群众愤怒了，一阵拳打脚踢，打死了十九个洋人，并一火烧掉了天主教堂，同时救出了一百五十多个被拐骗的儿童。这就是著名的"天津教案"。

处理这一案件也成了曾国藩一生最棘手的事。为了平息事件，曾国藩只有各方讨好，在中国政府惩凶、赔款、道歉之后，案件平息。

黑旗军抗法

法兵侵越嚣张势，遇阻中华野地军。

两战皆捷敌退败，黑旗勇武宇寰闻。

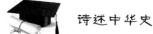

注释： 公元 1862 年，法国占领越南西贡地区，越南南方成了法国的殖民地。1873 年，法军进入越南北部，占领了河内、海阳、宁平、南定四省，并组织了一万五千人的伪军，企图灭亡越南。越南阮氏王朝只有向刘永福的黑旗军求救。

黑旗军是太平天国时期广西天地会起义的队伍，太平天国失败后逃到云南和越南交界的地区，组织生产，壮大队伍。他们接到阮氏王朝邀请后，立即奔赴前线，在河内大败法军。阮氏王朝害怕黑旗军的支持会带来法军的报复，于是和法国讲和，黑旗军退守越南北部。法国进入中国的通道未打通，于是在 1882 年再次挑起战争，越南政府再次邀请黑旗军参战。刘永福马上带兵南下，取得"纸桥之战"的胜利。

黑旗军在抗法战争中两战两胜，首领刘永福被阮氏王朝任命为三宣正提督，黑旗军继续驻守越南北部。

镇南关大捷

法军霸越南，欲取镇南关。
地火中华冒，龙旗天上翻。
飞身老将动，手起孽凶菅。
洋务功能显，强兵保远山。

注释： 纸桥大战以后，法国政府立即加派军队，向越南发动了新的进攻。因为中国是越南的保护国，法国一边同清政府谈判，一边加紧攻势，终于攻占了越南首都顺化。1883 年 8 月，越南被迫同法国签订条约，接受法国"保护"。接着，法军又向驻扎在越南的中国军队挑衅。中国军队是清政府根据阮氏王朝的请求派往越南的，现在法军直接向中国军队开火，中法战争揭开了序幕。

1884 年 8 月，清政府正式对法宣战。在此之前，中法已在台湾和福建马尾开战，双方一胜一负。1885 年 2 月，法军占领中越边境的镇南关（今友谊关），清军老将冯子材在做好了充分准备的情况下，和法军在镇南关展开激战，最后击溃法军，一路追击，将法军赶出越南北部地区。真是："闪闪龙旗天上翻，道咸以来无此捷。"

镇南关大捷被认为是中国近代史上对外战争中唯一的一次胜仗，取胜的原因被认为是洋务运动显示了威力。

甲午战火

风火起东洋，兴兵犯我疆。

城垣平壤破，巨浪海疆狂。

两国死生战，难为李鸿章。

马关一纸约，屈辱痛肝肠。

注释： 中国是朝鲜的保护国，日本侵略朝鲜，中国应朝鲜之邀予以保护，中日战争爆发。战争首先在朝鲜土地上展开，虽有左宝贵等英雄的壮烈举动，但挡不住大多数中国军人的败退，朝鲜很快落入日本之手。接着，大战在黄海海面进行，两国海军几乎拼尽全力，双方损失惨重。后中国战场的实际操纵者李鸿章一味主张保船，反而给了日军以可乘之机，中国北洋水师全军覆没。这场被称为"甲午中日战争"的大战以中国惨败，接受丧权辱国的《中日马关条约》而告终。

甲午战争中国败北，对李鸿章的打击最为沉重。日本举全国之力和中国决战，中国则只有占全国兵力约百分之二十的淮系部队（李鸿章嫡系）在认真作战，其他则多作壁上观，这样的政府焉能不败？

台湾保卫战

一纸条约宝岛沦，台湾南北起烟尘。

历时四月惊心战，领土最终属外人。

注释：《马关条约》规定：中国割让辽东半岛、台湾全岛及所属岛屿和澎湖列岛给日本；赔偿日本军费二万万两白银；开放沙市、重庆、苏州、杭州为商埠；允许日本商人在中国各通商口岸通行。后来出现"三国干涉还辽"，日本被迫放弃辽东半岛，但中国政府得付三千万两白银赎回。

将台湾割让给日本，台湾军民不答应。这时的台湾已经设省，刘铭传是第一任巡抚。日本决定武力霸占台湾，首先猛攻基隆，在付出了一千多人死亡的代价

后，日军占领基隆。台湾巡抚唐景崧逃回大陆，台湾军民推举刘永福为统帅组织抗击日军。台湾军民自发抗战四个多月，杀死日军无数，在弹尽援绝后，台湾被日本占领。（当时刘永福黑旗军已被清政府收编，驻守台湾。刘永福看到保守台湾无望，渡海退回厦门。）

兴中会

国势衰微何所治，兴中立会见识新。

驱逐鞑虏中华复，从此逸仙号贵人。

注释： 1894 年 11 月 24 日，在太平洋美国夏威夷州的首府檀香山，有二十多个中国人鉴于甲午战争中国惨败的现实，走上了反清救国之路。他们成立了中国第一个资产阶级革命团体——兴中会，领导者叫孙逸仙（即孙中山）。

戊戌变法

华夏瓜分闹，公车舞战刀。

康梁书绝唱，载帝握朱毫。

百日神州动，千规四海遨。

佛爷拍案起，小鬼泪滔滔。

注释： 1895 年，正在北京参加会试的举人康有为、梁启超带领一千三百多名举人上书光绪皇帝，要求拒签《马关条约》，被称为"公车上书"，揭开了戊戌变法的序幕。1898 年 6 月 11 日，光绪皇帝颁发命令，宣布变法。但变法遭到了拥有实权的慈禧太后的反对，法令推行一百零三天后，慈禧宣布废除新法，囚禁光绪帝，下令逮捕变法派人士，康有为、梁启超逃往日本，变法失败。戊戌变法又称"百日维新"。

公车上书的悲壮，百日维新的勤奋以及面对屠刀的镇静，显示了维新派知识分子的高风亮节。

戊戌六君子

变法充直干，平潭起飓风。

横刀趋国难，舍命傲苍穹。

立誓为人柱，终归叹鬼雄。

抛头菜市口，一抹地天红。

注释： 1898 年 9 月 28 日，清政府在北京菜市口斩杀维新派人士谭嗣同、林旭、杨深秀、刘光第、杨锐、康光仁。该六人慷慨就义，被称为"戊戌六君子"。

视死如归的谭嗣同说："各国变法无不以流血始，中国未闻有因变法而流血者，此国之所以不昌也！若变法一定要流血，那就从我谭嗣同开始。"他说到了也做到了，"有心讨贼，无力回天，死得其所，快哉快哉！"谭嗣同的绝命诗感召了多少后人。

谴责小说

官场腐败生民怨，谴世小说聚众声。

吴李刘公三巨匠，尖酸字句替刀兵。

注释： 在民族矛盾深重、思想日趋活跃的时候，中国出现了谴责小说，主要内容有李伯元的《官场现形记》和《文明小史》、吴研人的《二十年目睹之怪现状》和刘鹗的《老残游记》。谴责小说的共同特点是带有不同程度的救国救民的激情，对清朝腐朽的统治和黑暗的现实进行了揭露和抨击，有启发人们要求变革的作用。

状元实业家

自古状元慕显官，唯独张謇喜丝绵。

催兴厂矿丰财运，独立清廷顶岁寒。

注释： 在人们心目中，状元都追求高官厚禄。清朝末期有个例外，1894年的状元张謇却不愿意做官，而是回老家办实业。他受两江总督张之洞的委派，先在南通办棉纺厂，后又创办了通海垦牧公司、广生榨油公司、大兴面粉公司等企业，成为中国近代成绩较大的实业家之一。

我国近代民族工业从1873年陈启源办第一家缫丝工厂起，经过几十年的时间，有了一定发展。除了张謇办纺织工业外，还有如张之洞办的钢铁业、荣氏兄弟办的纺纱和面粉加工业、范旭东办的化学工业、卢作孚办的轮船运输业等都具有开创性的贡献。

义和团

一伙功夫汉，喧嚣义和团。
嘶声山水动，跺脚地天寒。
反帝掀风暴，扶清卷巨澜。
兵消遭暴戮，教训醒愚蛮。

注释： 有一段义和团的歌谣是这样说的："义和团，神助拳，可恨鬼子闹中原；不下雨，地发干，全是教会遮住天；兵法易，助学拳，要摈鬼子不费难；挖铁路，砍电杆，然后再毁大轮船。"武器落后的一群人要和持枪炮的八国联军对抗，焉能不败？

八国联军入侵中国

清廷民勇共称雄，围打洋堂显硬功。
八国联军枪炮至，蜂驱鸟散技当穷。

注释： 愚昧的义和团和昏庸的清政府搅和在一起便注定没好事儿。凭清政府的实力，对付一个日本只有签订《马关条约》的份儿，慈禧太后居然敢同时向八个强国宣战，除了自寻死路没有别的结果。义和团将"反清灭洋"口号改变为"扶清灭洋"，便将和清政府同时承担战争失败的后果。除了悲壮殉国，义和团没有其他后路。

1900 年 8 月 14 日，八国联军打进北京，1901 年 9 月 7 日，《辛丑条约》签字生效。《辛丑条约》规定：允许帝国主义各国在北京到山海关铁路沿线和驻京使馆驻兵，拆毁大沽炮台和京津之间的炮台，赔款四亿五千万两白银（加上利息共九亿八千多万两）。帝国主义进一步加强了对中国的控制。

黑龙江惨案

为占中华东北地，沙皇催动戮杀师。
黑龙江上红斑起，抢地呼天炮动时。

注释： 沙俄推行"黄色俄罗斯"计划，企图把中国的东北地区变成俄国的领土。俄罗斯军队首先驱逐黑龙江以北、乌苏里江以东的中国居民。1900 年 7 月，俄军制造了海兰泡血案，将五千多中国人杀死在黑龙江上。同时，俄军又将江东六十四屯的七千多中国人杀死在黑龙江上。在后来侵略中国东北的行动中，中国军队进行了顽强的抵抗，英、日等国也不愿意俄罗斯独占中国东北，沙俄的野心才未能得逞。

杨儒

杨儒出使卫邦权，铮骨铿锵辩口悬。
以命拼得约拒事，清白留取效先贤。

注释： 八国联军入侵中国期间，俄罗斯乘机出兵占领了中国东北的主要城市和交通干线，并强迫清朝的盛京将军增祺签订了《奉天交地暂且章程》，将中国东北占为己有。清政府没有承认这一条约，并罢了增祺的官。俄罗斯迫于压力，不得不和清政府签订《交收东三省条约》，撤出了俄国军队。

在争夺东北主权的斗争中，清朝驻俄公使杨儒不畏强暴，作出了贡献。杨儒顶住了沙俄政府的软硬兼施手段，坚决维护中国主权，拒不在丧权辱国的条约上签字，累死在全权公使任上。

孙中山

别名孙大炮，虎虎屹中山。
立誓驱鞑虏，铁心绣绚颜。
屡发穿帝箭，数闯戮胸关。
得遂终身愿，河山如愿还。

注释： 孙中山先生自幼口无遮拦，故有人戏称"孙大炮"。年轻时去见湖广总督张之洞，向门人持上名片，并留言"弟孙逸仙拜谒"，张之洞回上一帖："持三字帖，见一品官，儒生妄敢称兄弟"，意思是打发走人。哪知孙中山却回上一帖："读万卷书，行千里路，布衣亦能傲王侯。"与张之洞的帖子形成一副工整的对联，并受到张之洞的接待，从此小有名气，由此可见成大事者的气质和胸襟。

革命军中马前卒

邹稚畅书革命军，太炎作序助檄文。
一时苏报喧嚣案，托起死生两虎贲。

注释： 戊戌变法和义和团运动的失败，使很多人看清了改良和农民起义均不能挽救国家的危亡，中国需要一场革命，推翻清王朝的统治。轰动一时的"苏报案"就是这一思潮的反应。

十九岁的邹容写了《革命军》一书，章太炎为其作序，于1903年出版。《革命军》以新颖进步的思想，热情奔放的感情，生动流畅的语言，讲述了革命的道理，十分感人。当时设在租界里、跟章太炎有联系的《苏报》刊登了邹容的《革命军自序》和章太炎的《序革命军》，又连续发表了章士钊等人推荐《革命军》的文章，使《革命军》一书迅速传播。清政府勾结租界查封了《苏报》，并通过外国人的"额外公堂"判处邹容和章太炎三年和二年徒刑。邹容病死狱中。

陈天华

危机破解猛回头，告诫国人警世钟。

蹈海捐生绝命辞，满腔热血醒惊龙。

注释： 和邹容书写《革命军》的同时，青年陈天华发表了《猛回头》《警世钟》《狮子吼》等宣传资产阶级民主革命的作品，同样起到了振聋发聩的作用。面对留日中国学生人心不齐的现状和一些日本报纸的嘲笑，陈天华写下语重心长的"绝命辞"后在日本大森海湾投海自杀了。自杀不可取，但精神感动了若干人。

中国同盟会

中山日本见黄兴，荟萃精英促动能。

志士同盟成聚会，颠清建国起明灯。

注释： 1905年8月20日，以孙中山为首的资产阶级革命政党中国同盟会成立。中国同盟会以孙中山的"驱逐鞑虏，恢复中华，建立民国，平均地权"十六个字为纲领，选举孙中山为总理，黄兴负责日常事务，确定了各省同盟会的负责人，以《民报》作为机关报。从此，中国的资产阶级民主革命有了领导核心。

三民主义

革命提纲十六字，三民主义是核心。

中山举臂峰即现，四海飘飞壮志吟。

注释： 孙中山在《民报发刊词》中说：同盟会的纲领可概括为三民主义，就是民族、民权、民生。民族主义即推翻满族贵族的统治，恢复汉族政权；民权主义即废除君主专制，建立民国；民生主义即平均地权。

浏醴萍起义

黄兴发起丈夫团，四海悬飘招讨幡。

首义声惊浏醴萍，先驱热血报轩辕。

注释： 同盟会成立以后，黄兴把主要精力放在准备和组织武装起义上面。他在日本挑选坚贞可靠的同盟会员组成了一个"丈夫团"，依靠这批力量回国发动武装起义。1906年春天，黄兴派同盟会员刘道一和蔡绍南从日本回到湖南长沙，联络当地的会党于12月4日发动浏、醴、萍（浏阳、醴陵、萍乡）起义。起义军以"中华国民军南军革命先锋队"的名义发布檄文，与清朝军队展开了激战。由于准备工作不充分，起义力量不足，起义失败。刘道一和蔡绍南成为同盟会为革命献身的第一批志士。

鉴湖女侠

宁愿千金换宝刀，女侠豪气贯云霄。

为酬同志抛头愿，热血甘心化碧涛。

注释： "不惜千金买宝刀，貂裘换酒也堪豪。一腔热血勤珍重，洒去犹能化碧涛。"这是同盟会员、"鉴湖女侠"秋瑾的诗。秋瑾和她的革命伙伴徐锡麟发动安徽、浙江起义失败，壮烈牺牲，用生命践行了自己的诺言。

君主立宪

慈禧忽拥立宪潮，组阁皇室骗民招。

冰稀热血人心冷，雨打风烛慢自摇。

注释： 1901年，慈禧太后宣布实行变法；1905年，慈禧派五大臣出国考察君主立宪事宜，1906年颁布《钦定宪法大纲》，建立"皇族内阁"。这位独裁的老太太似乎想通了。但这时已是革命当头，无论变法还是君主立宪，对摇摇欲坠的清王朝已于事无补，何况"皇族内阁"的出现更让人看清了这位老太太的心思，立宪派大失所望，清王朝寿终正寝的日子已经不远了。

清廷残烛

光绪瀛台悲泪尽，佛爷宝座寿阳终。
幼儿宣统登皇位，且看清廷几载风？

注释： 1908年十月二十一日，光绪皇帝死亡；第二天，慈禧太后寿终。慈禧临终前让三岁的溥仪继承皇位，是为宣统帝，由溥仪的父亲载沣（光绪皇帝的亲弟弟）摄政，而大事仍然要报告新的太后（隆裕太后）作最后决定。慈禧死后不久，红极一时且有能力挽救危机的袁世凯忽然被解除官职，回老家"息影园林，垂钓恒水"去了。清朝已走到了最后时刻。

詹天佑

幼童留美艺工成，领衔京张路业精。
技压环球多感慨，弱邦亦有志强兵。

注释： 1909年10月2日，京张铁路通车。京张铁路开通，詹天佑功不可没。詹天佑十二岁考取幼童出洋预备班到美国学习，后在耶鲁大学土木工程系专攻铁路工程技术，获学士学位。回国后经历多年坎坷，终于在1888年到中国铁路公司当上了工程师，参加了修筑由外国人主持的唐山到天津的铁路工程，设计、修建了外国第一流的工程师无法修建的滦河大桥。1905年，詹天佑担任京张铁路总办兼工程师，克服了铁路穿越崇山峻岭的所有难题，在中国的铁路建筑史上树立了一块丰碑。

冯如

务工美国求精进，蓄技多能付苦辛。
呈送飞机酬志愿，殉身事业励来人。

注释：1903 年，世界上第一架飞机问世。正在美国打工的中国有志青年冯如决心为中国造出飞机。他在旧金山的华侨中募捐筹集资金，招聘了几位青年华侨助手，开始设计、制造飞机。1909 年 9 月 21 日，冯如驾驶自己制造的飞机在奥克兰市上空翱翔了 2640 英尺，这是当时的世界纪录。冯如一心只为中国设计制造飞机，技术不断创新，成为当时世界上知名的飞机设计师。1911 年 3 月 22 日，冯如带着三名助手和两架飞机回国，住在广州。1912 年 8 月 25 日，冯如在广州郊区做飞行表演时发生事故，为国殉职，时年二十九岁。

黄花岗暴动

少壮挥戈闹广州，天时不济志难酬。
留得烈士黄花墓，激励同仁刺恶酋。

注释：1911 年 4 月 27 日，黄兴领导的同盟会起义在广州爆发。起义目的是占领广州，然后北上，经过湖南、湖北和江西直捣北京，一举推翻清朝统治。但毕竟力量不足，事先联系的同盟军又缺少配合，起义最终失败。同盟会会员潘达微冒着杀头的危险，组织群众收集作战中牺牲的和被杀害的烈士遗体，把收到的七十二具尸骨安葬在广州城外的黄花岗，从此人们把他们叫作"黄花岗七十二烈士"，把这次起义叫作"黄花岗起义"。

辛亥革命

一阵武昌炮，神州起烈烟。

清廷皇座塌，民国大旗鲜。

帝制成回顾，共和写续篇。

风云催势动，日月上中天。

注释： 在黄花岗起义的同时，四川爆发了保路运动。当时，商办的川汉铁路已经动工，可清政府却宣布将铁路建筑权收归国有，这是对集资百姓赤裸裸的掠夺，于是在四川成都爆发了声势浩大的保路运动。清政府急忙从湖北调集新军到四川镇压保路运动，这样一来，湖北的清军兵力减少，为武昌起义的爆发创造了条件。保路运动成了武昌起义的导火线。

10月10日晚上，武昌起义爆发，经过一夜的激战，革命军占领了总督衙门和武昌全城。数百名革命士兵在战斗中贡献了年轻的生命，用鲜血换来了胜利。10月11日上午，武昌城头飘起了革命军的大旗。这次起义是在武昌举行的，所以叫武昌起义。武昌起义正值旧历辛亥年，因此称为辛亥革命。

革命成功得太突然，让资历很浅的革命党人不知所措，他们请出协统（旅长）黎元洪维持局面。革命党人宣布废除清朝宣统皇帝年号，建立新政权，国号称"中华民国"，向全国发布文告。全国各省纷纷响应武昌起义，宣布独立。这时孙中山回国，当选为中华民国临时大总统。

后 记

我总觉得中国需要一部史诗。

"质胜文则野，文胜质则史。"王青先生在为《诗述中华史》写前言时对孔夫子的话作了精辟的阐释，说明只有文和质的有机结合，才能产生理想的效果。即孔夫子所说"文质彬彬然后君子"。

而真要做到"文质彬彬"，难也！

纳入中国文化，用史诗的形式体现文质彬彬应该是最切题的。

可惜，中国没有一部完整的史诗。

于是我便动了心思。

心思是动了，而动手却很难。我算老几？正长身体的时候饿肚子，正长知识的时候当农民，年富力强的时候劳碌奔波，步入老年阶段时还在为生计发愁。作史诗这样的事儿，本不该我操心。

但我又有些不甘心。什么事儿总得有人开头吧？记得1994年秋我在牟其中总裁安排下于公司内部开设修身课时，全国不是也没有先例吗？是北京大学的任彦申书记将其发扬光大，以致形成震荡全国的国学课。星星之火，是可以燎原的。

受修身课成为国学课这一事实的鼓舞，我决定放手一试，写一部中国的史诗。

辛辛苦苦弄出一本书有没有人看？我心里十分忐忑。

在我的印象中现在的年轻人好像不喜欢读书，悬梁刺股、凿壁偷光是古时候的故事，现在的年轻人已为之不齿。当有人将我初写的百十来首诗交给一位名牌中学的校长看时，得到的回答冷得刺骨：拿去烧柴。

这也难怪。当前的应试教育将学生掩埋在题海里，还有几个学生有闲心去读几本课外书籍？当然后果也早已显露，看看现在年轻人的应用文水平，真让人有不寒而栗之感。文化衰落已是不争的事实。

文化兴亡，匹夫有责！

于是我动了笔。不用说人们都知道，其写作何其艰难！读史书，习句读，清线索，设题目，样样是基础。更兼古稀之年仍在打工，写作间是租房的二尺阳台，每日四点半起床劳作，忙碌三个小时后再步行去上班。日复一日，几乎积劳成疾，以至几次停笔。何必这般劳苦？我不想写了。

是 2020 年的一道高考题触动了我，让我再次提笔。

2020 年的全国 I 卷高考作文试题是这样的：

阅读下面材料，根据要求写作。

春秋时期，齐国的公子纠与公子小白争夺君位，管仲和鲍叔分别辅佐他们。管仲带兵阻击小白，用箭射中他的衣带钩，小白装死逃脱。后来小白即位为君，史称齐桓公。鲍叔对桓公说，要想成就霸王之业，非管仲不可。于是桓公重用管仲，鲍叔甘居其下，终成一代霸业。后人称颂齐桓公九合诸侯、一匡天下，为"春秋五霸"之首。孔子说："桓公九合诸侯，不以兵车，管仲之力也。"司马迁说："天下不多（称赞）管仲之贤而多鲍叔能知人也。"

班级计划举行读书会，围绕上述材料展开讨论。齐桓公、管仲和鲍叔三人，你对哪个感触最深？请结合你的感受和思考写一篇发言稿。

据说不少考生当场痛哭，因为这段材料在他们的头脑中是一片空白。显然，历史知识已成青年学生的短板。

学生读史重要！我加快了完稿步伐。

学生也需要诗。

诗言志。每逢盛世必多诗。而今又是盛世，可诗却是弱项，岂不怪哉？

诗歌是中华文明传承的纽带，是华夏民族陶冶情操、抒发感情的重要方式，也是向世界展现中华文明的一种必不可少的手段。中国人爱自己的诗歌，因此屈原、陶渊明、李白、杜甫等诗人能流芳百世，受人景仰。

可能是频繁的经济活动占据了人们欣赏诗歌的时间，可能是一些禁令人为地阻碍了中国诗歌的发展，也可能是绚丽多彩的现代娱乐方式转移了人们的注意力，作为中华文化瑰宝的诗歌正在逐渐淡出人们的生活范围。

不信？请看看作为诗歌基础的对联便知。中国人喜欢对联，逢年过节，总喜欢贴上红彤彤的对联以迎合喜庆的氛围。可让人伤心的是，很多人把好好的对联弄得惨不忍睹。不信到街头看看，家家户户用以装潢门面的对联，有几副名副其实呀！不合规矩，分不清上下联已成通病。对联已是这样，诗歌能好到哪儿去？文化衰败如此，后人是要耻笑的。

我没有拯救中华诗歌之力，但有一颗呼吁呐喊之心，希望通过我的微薄之力，引起人们对中国诗歌现状的关注。

"质胜文则野，文胜质则史"，只有将二者结合起来才有好的效果，于是有了我的《诗述中华史》。

《诗述中华史》所述内容上起盘古开天地的传说，下至辛亥革命。按时间顺序将中国历史上的重大事件、重要人物、朝代更替及历史传续用格律诗的形式作了概述，其中也包括自己对这些内容的见解。为排解读者在阅读中可能遇见的疑惑，在每首诗的下面加上了"注释"内容，对自己觉得需要解释说明的问题作了提示和解释。

《诗述中华史》的落脚点是诗，因此对诗的内涵比较偏重，然后才是史。希望读者通过观览或吟诵的方式幻生诗情画意，在阅诗吟诗的过程中萌生对诗的爱好。当然，既然是"史诗"，对史的内容也尽量兼顾，在读诗的时候回顾历史。诗中寓史，史中喻诗，二者兼顾，相得益彰，这便是作者的初衷。

　　需要向读者说明的是，现在出版的《诗述中华史》仅是初稿，一部有价值的史诗，岂是一朝一夕可能完成的？更兼本人能力有限，时间有限（系业余之作），作品的水平必然有限，因此目前奉献给读者的版本必然缺陷累累，谬误迭出，只可当成一次抛砖行动，希望通过这一抛能引出玉来。因此本人诚恳希望各位读者在阅后提出宝贵意见，本人将虚心吸取其中有益的内容，对本初稿进行认真修改，争取在再版时向读者奉上一部比较满意的作品。

　　谢谢读者！

　　　　　　　　　　　　　　　　　　　　　　　作者

　　　　　　　　　　　　　　　　　　　　2020 年 12 月